LES VULNÉRABLES

Mémona Hintermann

LES VULNÉRABLES

Michel Lafon

118, avenue Achille-Peretti – CS 70024
92521 Neuilly-sur-Seine Cedex
www.michel-lafon.com

À Lutz, Julien et Élodie.
À toutes les Amélie, Sybille, Sylvia,
sous tous les traits de l'humanité,
pour leur courage, leur dignité, leur intelligence
à survivre avec ou sans artifices.

Où est l'enfant que j'ai été
Est-il en moi, est-il au loin ?

Sait-il que je ne l'ai jamais aimé,
Et qu'il ne m'a jamais aimé ?

[...]

Pourquoi ne sommes-nous morts tous deux,
quand mon enfance est morte ?

Pablo Neruda,
Le Livre des questions.

Ceux qui déchiffrent les symboles
le font à leurs risques et périls.

Oscar Wilde,
Le Portrait de Dorian Gray.

Avertissement

L'univers de ce roman est calqué sur des réalités historiques largement occultées en France.

Les personnages qui traversent les frontières de leurs existences interprètent leurs propres rôles. Sans se connaître, leurs destins se répondent dans des jeux de miroirs, à des milliers de kilomètres de distance. Quiconque croit distinguer des similitudes avec une personne ayant réellement existé n'a ni tort ni raison. C'est l'essence de l'imagination de tresser des trames d'histoires inventées empruntant à la vie sa vraisemblance et ses mystères. Chacun de ces personnages incarne la capacité vitale à surmonter les épreuves, car tous ont su saisir leur chance, même en pleines ténèbres. Et revivre un jour.

– 1 –

Comme un rayon laser

En bas, dans la brume, la Terre tressaille, elle sursaute par endroits comme un humain emporté dans un rêve. Des champs et des villes se réveillent. Nez collé au hublot, Momine soupire de lassitude dans un siège trop étroit pour dégourdir son corps plié en deux. Elle bourlingue depuis trop longtemps pour savoir que onze heures de vol n'expliquent pas tout. Une corrosion plus sournoise use son corps, son âme et elle en connaît la cause. Élongation de muscles, respiration, méditation express ne suffiront pas, il lui faut surtout prendre le temps de réfléchir à sa vie. Elle se promet une mise à plat. Besoin d'un peu de maintenance, comme les machines. Un décrassage des verrous de sécurité pour ne pas disjoncter.

Le long des allées étroites du 777, le tohu-bohu enfle dans la course de vidange du matin. Elle regarde les voyageurs passer, unis dans un même sort si l'appareil crashait, adeptes du chacun pour soi dès l'atterrissage, philosophe-t-elle.

Un coup d'œil furtif par le hublot confirme la sensation physique. Personne n'a détourné le vol UU975 reliant l'aéroport Roland Garros au bord de l'océan Indien à Roissy Charles-de-Gaulle. L'avion descend les marches du ciel, une à une, ici et là deux par deux comme s'il était pressé, en secouant son chargement. La parenthèse de tant d'humains enfermés ensemble par le hasard des calendriers s'achève bientôt. La vie ordinaire va reprendre le dessus, le train-train tend déjà ses griffes.

Les jours de fuite ont toujours une fin se raisonne Momine. Cette fois, la fuite a eu lieu au pas de charge, dans le sillage d'un président de la République connu pour ses grandes jambes et ses bras de robot qui serrent trente mains à la fois. En deux jours, Jacques Chirac a embrassé la moitié de La Réunion, de Saint-Denis à Saint-Pierre jusqu'au pied du volcan. Ses amis, ceux qui l'ont trahi, ceux qui ont besoin de lui, même les communistes, tout le monde est venu. Il y avait un spectacle et une invitation de riz-cari de poulet gratuit au stade chauffé par des milliers d'idolâtres et d'opportunistes, dansant et chantant un maloya électoral inventé tout spécialement pour un type aux anges, « Grand Moun'd Chirac ». « Lui, si on lui fichait la paix, qu'est-ce qu'il serait heureux ! » a rigolé un Yab des Hauts en montrant une rangée de dents toutes neuves comme des dominos – nouveau signe de prospérité – et un portable à la main. À côté de lui, le maire du Tampon trépignait sur des charbons ardents, mais il connaît son Chirac. Une bière Dodo déguisée dans une gourde opaque, des samoussas et du graton, voilà ce qu'il aime, tout était prêt, comme d'habitude. La foule était à la fête dans un théâtre en plein air qui ne fait pas dans le compliqué.

Passer de ces vibrations de rassemblement insulaire au balancement aérien avec vue plongeante sur Paris ne devrait pas se faire sans un sas d'acclimatation.

Le corps n'oublie pas facilement ces jours d'exaspération des émotions. Pendant que l'avion bouge comme un soûlard, Momine sent ses épaules remuer sur un air complètement entêtant qui fait du bien, « Jacques Chirac, nou lé bien content… Jacques Chirac, Ou mem not président ». Le maloya est une musique qui ne vous lâche pas, surtout quand on l'a respirée au premier instant de sa vie sur une île tellurique comme l'ancienne Bourbon. Momine le sait bien, après des années à sillonner la planète comme reporter, revenir chez elle à La Réunion ne ressemble à aucun autre voyage. On est toujours du pays de son enfance. Saint-Ex avait raison, se souvient-elle en frissonnant.

Pendant que les petits rectangles verts ou jaunes des champs se rapprochent puis s'étendent à perte de vue, l'amertume d'un séjour raté fait surgir un goût de bile alors que l'appareil gesticule soudain dans une nappe de brouillard. Après la folie au stade, pourquoi n'est-elle pas repartie vers Paris avec la troupe de la presse présidentielle ? Quelle erreur d'être restée trois jours supplémentaires au Tampon ! Comme si le temps avait pu abolir tout ce qui l'avait poussée à fuir l'île.

Dire que Momine avait cru faire plaisir à Amélie ! Elle avait pensé que sa mère allait être fière de la voir marcher entre ses bordures de piments, devant le voisinage invité à déguster une tasse de son délicieux café Bourbon qu'elle fait pousser avec tant d'amour. Elle avait succombé à une illusion. Les voisines allaient savoir qu'elle était là, en chair et en os, sous la varangue, venue avec le président de la République en personne, enveloppée dans le monde des dorures. Vous vous rendez compte, Oté Ghislaine, ma fille journaliste parmi tous les « gros vasas », le préfet et tous ceux qui décident de tout ? Qui l'eût cru ! L'ancienne pauvre sait bien que les voisines n'en reviennent toujours pas de sa vie de conte de fées – enfin presque, mais vu de là où elle est partie…

Non, les voisines d'Amélie ne comprennent toujours pas. Et souvent elles l'avouent avec des yeux larges comme leur jalousie. Comment Momine, l'enfant débrouillarde qui chipait des mangues encore vertes dans les jardins et à l'occasion une poule couveuse au nid, comment a-t-elle fait pour s'échapper de la misère, « saut' la mer » vers la France – ce paradis terrestre – et revenir dans la lumière des « Grands Blancs » ? Journaliste, elle ? Laissez-moi rire ! Journalière, oui et encore. Mme Archambaud, Mme Picard, et toutes les autres « Madames » des parages n'auraient pas parié un centime CFA sur la petite voleuse. Une chance sur dix milliards d'échapper au destin de journalière dans une habitation de riches sucriers, les Isautier, les De Villèle, Adam de Villiers, les descendants d'esclavagistes, pas forcément parmi les plus riches, mais toujours un brin nostalgiques. Journalière donc et encore, elle aurait dû fermer son bec. Ce qui aurait été un supplice pour cette fille mal partie, vu qu'elle parle, elle parle, elle ne fait que ça. Amélie avait rêvé la voir en « pied de riz » – surnom des institutrices – ou au moins, secrétaire. Fonctionnaire à l'état civil du Tampon, là où la généalogie de Marie-Amélie Rivière dite de Kerveguen tremblote dans le clair-obscur des incestes et du droit de cuissage à volonté. Le rire des voisines a changé de timbre, l'incrédulité acide masquée sous une admiration trop sucrée pour être honnête.

Dans les années soixante, quelque chose de nouveau avait déboulé chez les va-nu-pieds comme Momine. L'école. L'éducation jusqu'alors réservée à quelques-uns arrivait dans les villages du sud de l'île. Là, des enseignants envoyés par avions entiers de la France métropolitaine avaient fait croire aux enfants – à tous les enfants, pas seulement à ceux d'une petite caste – que l'école allait les embarquer vers la Lune. Momine n'avait rien à perdre. Elle avait donc grimpé dans la navette spatiale pour un autre monde. Sa maman qui ne savait ni lire ni écrire lui avait dit : « Vi peu, si vi veu » – Tu peux, si tu veux. Sa fille rebelle l'avait cru, elle qui n'écoutait personne sauf les promesses des « Madames » Defaut, Payet, Gonthier – dans leurs classes à cinquante élèves.

Mais dans les îles, le vent tourne en rond, comme la mémoire. On n'oublie rien. Les voisines savent toujours très bien d'où vient cette fille d'Amélie qu'elles avaient surnommée « Main longue ». Forcément, l'affamée allongeait la main vers n'importe quoi qui se dévore puisqu'elle avait le ventre creux. Tout se chuchote encore sur ces années gangrenées par une pauvreté mordante. Un jour, devant l'école des Trois Mares, devant la boutique du Chinois Henri, elle avait arraché des mains d'une plus petite qu'elle un grand cornet en papier rempli de sorbets rose, ces délices entourés de raisins confits, montés sur des bâtons plats. Elle s'était excusée en s'enfuyant, prétextant agir sur ordre du sorcier de la Ravine des Cabris qui exigeait les sublimes choses glacées pour une cérémonie sacrificielle. Plus tard, sa même fantaisie – plus exactement sa capacité à raconter des bobards – avait travesti la vérité dans un concours pour devenir journaliste à la télé. Momine avait vu une seule fois un écran neigeux en noir et blanc. Tout le voisinage disait que l'écran s'appelait « télévision ». Pas de problème. Elle avait prétendu tout savoir de « Cinq colonnes à la une », de la « Piste aux étoiles » et « Épinettes et guimbardes » – ces deux mots fascinants, mais totalement inconnus en pays créole, ce qui ajoutait à leur magie. Elle n'avait jamais vu une seule de ces émissions, juste entendu parler de leur existence, à tel point qu'elle avait compris qu'il s'agissait de « Cinq colonnes à la lune », et comme c'était l'époque d'Apollo 11, rien d'anormal pour celle qui rêvait de raconter son village. Toute jeune, sans l'aide d'aucun mentor, elle avait déjà intégré une règle absolue dans l'art de la survie : préférer un petit mensonge à une grande injustice.

C'est ainsi qu'elle s'était échappée de la pauvreté par tous les hublots possibles. À dix ans, avec ses longs cheveux bruns emmêlés et ses yeux d'un vert bizarre, sa réputation était établie. Elle personnifiait le danger. Les plus vieilles voisines racontaient le forfait du cornet de sorbet aux plus jeunes, et la destinaient à l'enfer. « Une diablesse ! Sa place est à l'APECA. » Les cinq lettres sinistres désignaient un lieu désolé sur les pentes de La Fournaise, à la Plaine des Cafres, où « marmailles la mizer » ne sortaient pas grandis, mais tout juste bons à entrer par une porte à deux battants dans le sinistre bâtiment du bas de la rue du Four-à-chaux. La prison de Saint-Pierre. Momine devait être châtiée, et les punitions dans la maison de redressement, dignes des traitements au chabouc[1] sur le corps des esclaves, auraient raison de ses sales agissements. Mais Momine y avait échappé. Amélie n'a jamais manqué de rappeler sa réputation à la rescapée, si par hasard « sa fille journaliste », comme on l'appelle, s'était prise pour une lumière… Elle avait eu de la chance, c'est tout.

Les illusions sont faites pour être perdues. Pendant les trois jours qui ont suivi la folie Chirac sur l'île, Maman Amélie n'a pas préparé un seul café Bourbon pour « sa fille de France ». Sa grègue[2] au long bec pointu est restée froide sur l'émail du réchaud. La tradition veut pourtant qu'on offre un jus de grains frais aux gens de passage. Des femmes vieillies ont frôlé la clôture de la cour, le cou tendu comme des oies, un petit signe timide de la main adressé à Momine qui avait du mal à reconnaître ces voisines toujours gonflées de curiosité comme le sont les insulaires.

---

1. Fouet en aloès tressé.
2. Instrument de cuisine traditionnel dans lequel on prépare le café.

Ce matin, pendant que les ailes de l'avion tanguent au-dessus de Paris, Momine essuie ses yeux larmoyants et peste contre cette « maudite clim ». Devant le rideau de larmes qui brûlent comme du piment, un visage apparaît dans le ciel blafard et vient s'accrocher au hublot. Sa mère est là, l'observe, complètement immobile, avec cette froideur qu'elle lui connaît. Amélie sourit rarement. Quand elle découvre ses dents, l'ironie n'est jamais loin.

Elle est là, ce matin, avec ce même visage d'hier après-midi. Comment sa fille oublierait-elle cet instant ? Amélie arrivait du fond de sa cour, un sécateur à la main. Elle voulait s'assurer que sa fille prendrait le vol du soir. Quand son regard s'est posé sur la valise prête à partir, un petit sourire aussi abrasif qu'un rayon laser disait son soulagement. Quand Momine est venue l'embrasser, ses joues étaient froides comme la mort.

Le bruit des moteurs change, l'avion a bien entamé sa descente. Appuyée sur les accoudoirs, Momine inspire, puis expire profondément. Calée contre le dossier, elle replace le bandeau sur ses yeux à la recherche des mots justes, lucides, capables de traduire le message des deux yeux froids qui la ciblent, même dans l'obscurité. Le souvenir d'Amélie de Kerveguen la hante. Si Momine se trouvait sur un chemin isolé, une plage déserte, au cœur d'une forêt, elle hurlerait, « Stop ! Cette fois, ça suffit. Je veux comprendre pourquoi tu me traites comme une intruse dans ton existence… pourquoi aujourd'hui encore tu pourris ma vie. ». À vrai dire, si elle obtient un jour la réponse, ses frères et sœurs l'auront aussi. Tous sont logés à la même enseigne, mais elle avec un degré de plus dans la certitude d'être rejetée.

Ce cri viendra, mais plus tard, il viendra du fond de son cœur, depuis le temps qu'il attend de sortir. Ces trois jours de cendres glacées auront renforcé sa détermination.

La clarification ne peut plus tarder. Sa décision est prise. « Stop. » Si elle pouvait, elle reprendrait le vol de ce soir, elle repartirait directement vers son jardin, sous ses arbres, parmi ses herbes miracles – la vraie famille de sa mère. Elle irait lui arracher la vérité. Ce serait leur dernière algarade, mais cette fois, ce serait la bonne. Celle de la vérité.

Avec qui pourrait-elle partager sa douleur inavouable ? À qui pourrait-elle raconter ces trois jours au-delà du pénible ? Du blessant. Volontairement blessant. Mais quel peut être son mobile ? Comment comprendre son regard coupant ? L'histoire de maman paraît de plus en plus cousue de fils blancs, elle dissimule la vérité. Mais quoi exactement ? s'interroge sa fille. Amélie a verrouillé son enfance, sa jeunesse. Black-out total sur les circonstances de sa rupture avec le clan Rivière de Kerveguen. Sans le récit de témoins directs, ses secrets l'accompagneront dans sa tombe. Elle s'acharne à brouiller les pistes depuis que ses enfants la connaissent. Pourquoi a-t-elle fait surmonter son caveau spacieux d'une plaque en faux marbre « Amélie Rivière de Kerveguen ET ses enfants ». Comme si elle se réjouissait de les réunir sous son aile après une frontière symbolique. La mort les laverait enfin de quelque chose, alors que sur Terre, ils portent à jamais une tache, un mal incurable, inavouable. Quelque chose de sale, de criminel. Sur Terre, la vie d'Amélie fut une histoire de silence qui hurle.

L'avion n'en finit pas de descendre, il tangue comme un ivrogne, mais les lois de l'aéronautique ne sont peut-être pas la seule explication de la nausée qui guette Momine. En pliant les coudes sur ses genoux pour poser sa tête, elle se souvient soudain d'un choix incroyable. Quand elle a quitté son île, la première fois. Le soir du départ fut un arrachement physique aux ravines, au volcan, à l'embrasement du ciel à l'heure brève du crépuscule. Pas à la mer, les requins faisaient trop peur à la créole qui ne savait pas nager comme la plupart des habitants de son époque. Elle a attendu dix ans avant d'y revenir. Dix années d'absence à une période charnière de la vie, entre vingt-trois et trente-trois ans, sans revoir les siens. Sans être fâchée avec personne. Écrire une lettre une fois par an à ceux qui savaient lire suffisait. Téléphoner était cher, réservé aux moments essentiels. De toute façon, elle avait besoin du silence et de l'oubli. De la paix.

Momine se rend compte qu'elle n'a jamais raconté son exil volontaire. Ni à son mari ni à ses enfants. À personne. Qui aurait compris ? De son histoire, de celle de sa famille d'origine, elle n'a confié que des bribes. Préférant fourrer ses non-dits enchevêtrés au fond d'un bagage clos pour traverser le temps. Plus simple, moins encombrant, moins dangereux à trimbaler que la vérité qui peut faire tout exploser. Elle a tout transporté en silence, comme un évadé dans la nuit, convaincue que « toute vérité n'est pas bonne à dire ».

Le vol UU975 a fini par s'achever. Retour dans ma vie, auprès de ma famille, au port d'attache, s'encourage-t-elle en cheminant dans la foule endormie de l'aéroport. Son téléphone tinte « Bon retour mon oiseau des îles. Besoin de toi. Quelque chose à te montrer… Je t'attends. Bisou. Ton Oskar ». « Oiseau des îles ! Oiseau des îles ! maugrée-t-elle entre ses dents, j'ai un cerveau, mon cher mari ! » Elle a beau décortiquer le sens caché du SMS, quelque chose lui échappe, elle est prête à donner sa langue au chat. Quelque chose à te montrer ? s'interroge-t-elle. Elle lit, relit sans parvenir à déchiffrer le sens caché du message.

Le chauffeur de taxi brûle de curiosité dans le rétroviseur.

– Je vous connais, vous ! La télé, non ?

Il jubile de voir un visage connu, une tête familière dans sa Peugeot. Son accent typique des Hauts de l'île dévoile leurs origines communes, l'un et l'autre crachés par la même terre de volcan. Lien immédiat des diasporas. Il veut savoir si elle a fait bon voyage, elle lâche une confidence passe-partout :

– Oui. Mais pas simple de se remettre dans l'ambiance créole quand on a « saut' la mer » depuis longtemps.

– Je connais ça, dit l'homme, fasciné. Il agite ses mains pour exprimer sa nostalgie, en attente d'une confidence. Il a beau conduire comme un robot en scrutant le visage sur le siège arrière, pas de réponse, un rideau de mutisme est tombé dans son véhicule.

Les yeux fixés ostensiblement sur son portable, Momine sait bien qu'elle n'a pas dit l'exacte vérité. Si au moins, en arrivant, elle pouvait confier une part de son fardeau à Oskar. Par quoi commencer ? À supposer qu'elle se décide à desserrer l'étau pesant, instaurer un climat de confiance serait la condition préalable. Mais voilà, elle a pris ses distances récemment et fait chambre à part dans un petit studio. Après vingt ans de vie commune avec son confrère allemand devenu son mari, difficile de débarquer ce matin en larguant abruptement un grand paquet de choses compliquées qu'elle porte sur le cœur. Déballer des secrets demande du temps, des précautions, de la nuance. Elle pourrait tenter la manœuvre auprès de sa meilleure amie, sa sœur de cœur, Agnieszka. Cette éventualité ne résoudrait rien, ne débloquerait pas sa vie.

Parler à Oskar de tout ça, réfléchit-elle, en cachant un œil derrière la paume d'une main. Comme si elle cherchait à mieux voir alors qu'elle doit avoir la tête de l'âne de Buridan tant elle tergiverse. Un chapelet de « mais » rend la chose incertaine. Oskar est là, il flotte sur les pupilles de sa femme, dans ce taxi qui n'avance guère. Elle ne se rend pas compte de la paralysie de la circulation, occupée à caillasser son époux à distance avec de petits, de minuscules reproches. Il est parfois si insaisissable, bougonne-t-elle intérieurement. Son itinéraire tout droit dans sa famille tranquille – un papa, une maman – ne fait pas de lui l'interlocuteur rêvé pour circuler dans mon univers traversé par le chaos d'une famille en lambeaux. Au début, et pendant des années, leurs différences étaient le sel et le piment. Entre les deux, ce fut l'alliance entre l'eau douce des rivières en bas des digues de tourbe et le feu éclaboussant des entrailles du volcan de la Fournaise.

Socialement, tout les séparait. C'est ce qu'elle croyait, du moins. Elle, père musulman émigré d'un comptoir indien en Afrique, mère née de Bretons très catholiques qui avaient fui la pauvreté paysanne du côté du Finistère. Pas d'eau courante, pas d'électricité, même pas de toilettes – un trou couvert de tôle ondulée au fond de la cour… La pauvreté, inscrite dans l'ADN de Momine. Même longtemps après, la pauvreté reste indélébile : dans ses gestes, sa crainte maniaque de manquer d'argent, de nourriture, de livres, de tout. L'angoisse viscérale de chuter à nouveau dans le vide.

Lui, Oskar, « mon Schleu » comme elle l'a appelé tout de suite, avec ses épaules larges comme une maison et ses yeux bleus vastes comme un océan, n'a pas tout dit tout de suite. Par bribes, il a raconté qu'il venait d'une dynastie de la bourgeoisie prussienne disciplinée. Né moins d'un an après la chute du nazisme. Et c'est à peu près tout ce qu'elle a su de lui pendant les premières années. C'était vrai. Mais il avait escamoté une partie de son histoire.

Ils ont compris, instinctivement, que parler d'eux au passé pouvait compromettre leur avenir. Ils ont mis de côté tout ce qui aurait pu mettre en danger cet amour immédiat de l'un pour l'autre, alors ils se sont tus, trop peur d'effrayer l'autre.

Il a fallu attendre le premier voyage d'Oskar à La Réunion – que Momine a retardé pendant des années – pour qu'il découvre, effaré, l'enfance et la jeunesse de sa femme dans une île où tout se sait. Mais ils étaient déjà si attachés l'un à l'autre que lui aussi a pu ouvrir son cœur. Avouer que sa famille bourgeoise avait tout perdu et sombré dans une pauvreté extrême dans l'Allemagne en ruines. Son ascension professionnelle ? Oskar ne la devait qu'à lui seul, à la force de son travail. La faim ? Lui aussi la connaissait bien, cette garce.

Un frisson fait tressaillir Momine. Ses souvenirs l'ont emmenée loin de l'autoroute. Sa tête revient brutalement sur ses épaules en entendant « Maudits booooouchons, Oté ! ». Dans le rétroviseur, le chauffeur réclame urgemment un choix cornélien entre deux autoroutes, l'A1 ou l'A3. Elle hausse les épaules avec un « Pfuss… Boffff ». Il comprend, visiblement.

Elle ne sait pas où elle va dans sa vie, alors choisir entre deux itinéraires ? Si le chauffeur veut passer par Deauville pour aller de Roissy à Paris, que lui importe…

Depuis plusieurs semaines, Momine a pris la poudre d'escampette pour vivre dans un minuscule logement proche de France 3, le temps de « réfléchir un peu à la vie qui passe ». Oskar tient le gouvernail de la famille, pour les enfants, et elle revient de temps en temps faire escale sous le toit familial.

« Tu fais quoi ? C'est long ! » se plaint-il dans un SMS. Son empressement à ce que Momine rentre la surprend d'autant plus.

« Boooouchons », répond-elle en écho au désespoir du conducteur. Elle se ravise, expédie un second message : « Besoin de moi, tu as dit. Un problème ? »

La réponse arrive en trombe : « Une lettre de Mutti ! On l'ouvrira ensemble… » « Fils à môman » raille Momine au milieu des klaxons. Pauv' môman, pense-t-elle, et pauvre

Oskar, aussi, il était si attaché à elle. Il n'empêche, elle ne comprend pas ses réticences à ouvrir un courrier. Il a peur de son ombre ou quoi ?

Elle va le savoir d'ici peu. Le taxi se gare en bas de la rue Violet.

– 2 –

La lettre de Sybille

La cabine s'élève en grinçant, elle s'entend dire « ascenseur pour l'échafaud ». Ça lui a échappé. Elle exagère et elle le sait. Ce n'est pas si terrible de revenir ici, et Lola et Jules, ses amours absolus, la retrouveront après leurs cours. Ses deux enfants, grandis sans être bordés chaque soir, sont très tendres pour des jeunes de leur âge. Et puis, il y a Oskar, quand même, insiste une petite voix qui traverse ses souvenirs tandis qu'elle tourne la clef dans la porte. Subitement, il y a bientôt un mois, Momine a entassé quelques livres, deux cadres de photos entre des vêtements, et s'est retirée avec ses deux valises comme les jeunes filles d'autrefois allant se réfugier dans un couvent après un déraillement amoureux. Partie sans conflit ouvert, sans dispute, juste par besoin de s'éloigner de la « routine qui fait tout rouiller », s'est-elle justifiée. Pas fâchée, pas séparée. Le temps de remettre les pendules à l'heure, a expliqué Agniezska, son amie qui la connaît mieux que personne, pour rassurer tout le monde.

Mais ni Oskar ni les enfants ne l'ont vraiment retenue. « Si ça te fait du bien, pars, tu es devenue vraiment speed. » Ils ont d'abord pris sa décision pour une lubie passagère, comme une ado à la recherche du vertige de l'indépendance.

De retour de reportage ce matin, elle transite ici comme les bateaux se dirigeant vers un port d'attache habituel. Besoin de voir les êtres chers, de savoir qu'ils forment toujours une famille, même si elle joue avec le feu de la dislocation. La porte s'ouvre sur la sensation d'un nid resté intact. Sa famille. Ce mot-là lui paraît toujours étrange, pas fait pour elle. Elle n'en a pas eu avant. Le genre de manque irréparable.

Monsieur Bisous frétille déjà derrière la porte. Trémoussant comme une toupie, le chien noir des alpages suisses est en pleine extase malgré la jalousie de Sachachou qui lui décoche un coup de griffe magistral.

« Oskar, j'suis là ! Ossskaaarrrr ! Tu m'entends ? » À part le bouvier fou de joie et le matou qui se roule autour de ses jambes, aucun signe de vie du mari qui s'impatientait tout à l'heure au téléphone. « Hé ! Hé ! La Gestapo t'a enlevé ? » Elle le nargue en faisant claquer ses talons sur le parquet du vestibule. Soudain, miracle :

– J'arrive ! Je me fais beau pour toi ! bêle un agneau docile au fond du couloir.

– Mouais ! Beau pour moi, Père Noël bavard !

Dans le miroir, elle s'observe en train de gonfler ses joues remplies de doutes et de grimaces, et appuie sur sa peau un index qui provoque un bruit de ballon crevé.

Un jour, leurs regards se sont croisés. François Mitterrand pliait et dépliait ses doigts pour mieux ensorceler des journalistes qui ne demandaient qu'à croire à ses tours de magie, la conférence de presse allait prendre fin dans la grande salle des fêtes de l'Élysée. Une fois de plus, personne n'avait osé lui parler des sujets qui bruissaient partout en France. Une fille, un cancer… De toute façon, ce jour-là, ce premier jour, après ce premier regard, une Française et un Allemand pensaient à bien autre chose. Ils allaient prendre le temps de se marier, d'avoir un garçon et une fille, d'acheter un logement. Sans faire attention, ils puiseront sans compter dans une ressource rare et pas forcément durable – ce qu'ils ignorent alors. L'amour en couple s'use aussi quand on l'économise trop. Mais aujourd'hui, tant d'années après, sauver à tout prix un amour chancelant, est-ce vraiment raisonnable ? Elle entend des pas. Lui aussi sait que la facture les attend. Ils en sont là, à se demander s'il est encore temps de se débattre pour respirer encore un peu le parfum de l'amour. En ont-ils seulement envie ?

– Merci d'être revenue saine et sauve, mon p'tit Momine…

Oskar se précipite et la serre dans ses bras, caressant ses cheveux. Elle rentre la tête dans les épaules à la manière des chats qui méprisent les caresses, griffes dehors. Que reproche-t-elle exactement à son mari ? Elle ne le sait plus très bien. Des choses confuses. Service câlin minimum en attendant d'identifier l'origine de la panne.

– Le thé est prêt. Tu as faim… ? demande humblement le mari qui, elle s'en rend compte, a amassé une bonne réserve de patience.

– Ben… j'suis un peu pressée, lâche-t-elle avec une voix de fille de douze ans et demi, le corps nonchalant et le regard rivé à un écran. Dans son champ visuel apparaît une tête de pauvre diable qui a dû passer sa nuit à lire, faute de trouver le sommeil.

– O.K. ! On prend un thé ensemble… Je m'arrangerai, concède-t-elle en levant les yeux vers ce visage aux pommettes hautes qui l'ont tout de suite séduite.

« Tu as une gueule d'Asiatique », l'a-t-elle taquiné parfois. « Pas faux, je descends des guerriers de Gengis Khan, des Tatars, des Slaves. » Les mots sont restés, mais avec le temps, quelque chose manque, quelque chose s'est effacé sur le visage de son mari.

Debout à côté de la fenêtre avec vue sur l'hôtel d'en face, comme elle le faisait d'ordinaire, Momine souffle sur de petites vagues dans son mug de thé vert.

– Bon, se lance Oskar en roulant des pupilles, je ne sais pas trop par quoi commencer… mais… je suis vraiment content que tu sois avec moi. Je pressens un truc pas clair.

– Qu'est-ce qui te tracasse ? Vas-y, raconte ! l'encourage-t-elle en renversant la tête en arrière, sur un soupir.

Il traduit son impatience à fleur de peau, elle ne passera pas la matinée à l'ausculter. S'il veut partager son problème, c'est maintenant. Il répond par une main qui bat la mesure en suggérant : pas trop vite, suis déjà assez misérable. Épargne-moi. Mais les mots ne viennent pas. Verrouillé comme d'habitude quand quelque chose coince, grince sa femme en son for intérieur.

Il doit deviner ses pensées. Elle l'impressionne plus qu'avant, quand il se posait comme le maître du jeu. Momine est forte, pense-t-il, coudes appuyés sur la table, retenant sa tête entre pouce et index pour l'empêcher d'atterrir sur son assiette de fruits.

– Alors, c'est quoi le problème ? Une lettre… tu as mentionné une lettre dans ton SMS.

– Oui, c'est ça, pfuss… marmonne Oskar en triturant le papier du sachet de sucre.

– Quel genre de lettre… ?

Il toussote, puis un « euhhh » se bloque dans sa gorge.

Elle se penche vers lui.

– Ouvre-la ! Qu'est-ce que tu risques ? Sinon, comment tu sauras... ?

Il n'écoute pas, se lève, mains aux hanches.

– Je ne sais pas ce qu'elle m'annonce ! La voici !

Oskar tend la main vers une étagère, saisit une enveloppe de format moyen rangée entre des livres de recettes de cuisine allemande. Il la soupèse, la brandit devant les yeux impatients de sa femme, en hochant la tête comme une marionnette. Il allait articuler un mot, mais sa voix se coince à nouveau. Il se reprend et dit en soufflant, avec difficulté :

– C'est une lettre de ma mère. J'en suis le seul destinataire. Le seul, l'unique ! Pourquoi Mutti m'a-t-elle distingué... ?

Oskar prononce « Mutti » – Maman, en allemand – comme seuls des petits savent le faire. Momine ouvre les yeux largement, en signe d'encouragement :

– Pour le savoir, c'est simple, Oskar ! Ouvre-la, cette fichue enveloppe ! Tu verras bien ! insiste sa femme qui commence à trouver ses tergiversations infantiles et énervantes. Tu ne risques rien, après tout, elle est... Elle se rattrape *in extremis.* « Sybille est morte » a failli ajouter la gaffeuse. Car « morte » est un mot que son mari bannit. La mort est un territoire trop indéfini pour en parler à la légère. Il dit que sa mère est « partie », « plus là », « passée de l'autre côté ».

Oskar Weber a perdu sa mère, Sybille née Rossbauer. Ce deuil le rend malade de la tête aux pieds. Le jour de l'enterrement, Momine l'a soutenu comme un jeune orphelin. Au moment où les croque-morts ont descendu le cercueil de Sybille dans la terre de la Forêt-Noire, lorsqu'il a entendu le cliquetis des crochets sous le bois du lit pour l'éternité, dans le vieux cimetière près de la cité Vauban à Freiburg, dans le sud-ouest de l'Allemagne, Oskar a souffert comme un amputé ayant subi le supplice de la roue. Ses enfants, Jules et Lola, ont eu un mal de chien à l'apaiser avec des mots à eux, des mots de jeunes pour qui mourir est une échéance impalpable. « Mais c'est la vie, c'est la vie » répétait avec eux son cousin Peter en lui donnant des tapes dans le dos, espérant le rendre lucide.

Une semaine plus tard, Oskar, journaliste cultivé et amusant, est une ombre hésitante réclamant un peu de bienveillance à sa femme devant un thé refroidi.

– Il faut que je t'explique une chose, confie Oskar sur le ton d'un magicien planté devant un grand tiroir rempli de secrets.

Il raconte, les doigts noués, un épisode qu'il avait jusqu'alors choisi de taire :

– Je ne sais pas pourquoi je ne t'en ai pas parlé, je ne sais pas me l'expliquer… confesse-t-il en levant les yeux vers une Momine érigée en statue de marbre inquiétante dans le contre-jour de la fenêtre.

– Nous nous sommes tus trop longtemps, trop souvent, murmure-t-elle.

– Trop de pudeur inutile, répond-il.

Lors du déjeuner réunissant famille et amis après la cérémonie mortuaire, son frère cadet, Manfred, lui a remis discrètement cette lettre, posée maintenant comme un sac plein d'énigmes sur la table du petit déjeuner.

– Tu l'ouvres au retour, à Paris. Pas avant ! m'a ordonné mon frère.

Il n'a fait que respecter la demande explicite de leur mère, écrite en bas, à gauche de l'enveloppe.

– Tiens, regarde ! se justifie Oskar en passant un index sur la recommandation soulignée d'un trait précis et déterminé

« *Wenn ich beherde bin* » – Après mon enterrement. Au retour en France.

– Elle aurait pu me faire signe... mâchonne-t-il entre ses dents, pourquoi n'en a-t-elle rien dit de son vivant ? s'interroge le fils en soulevant l'enveloppe d'un geste hésitant.

– C'est un exemplaire unique, tu vois ? C'est pas si simple quand on vient de perdre sa maman !

Il ajoute, comme s'il avait trois ans et était seul dans l'obscurité :

– J'ai peur ! Je sais que c'est ridicule, Momine, mais comprends un peu, ça me fait peur, plaide-t-il en saisissant la main inerte de sa femme.

– Je me demande de quoi ? Je ne vois pas ce qu'elle a pu te cacher et qu'elle te révélerait après sa mort.

À son retour à Paris, il n'a rien dit à personne et caché l'enveloppe sur une étagère de la cuisine comme on chercherait à dissimuler une preuve accablante. Depuis, un autre paquet lui est parvenu. Un pli lourd, à l'intérieur duquel un autre document unique : le journal de jeunesse de Sybille Rossbauer.

Oskar a découvert ce gros registre gris bleu, semblable aux anciens livres de comptabilité. Des dizaines de pages rédigées par sa mère. Il a rapidement feuilleté le document, sans l'envie ni la force de le lire. Le premier récit date du 25 décembre 1944. Le dernier, sur le papier tacheté de traces d'humidité qui ont eu tout le temps de sécher, remonte au 5 février 1955. La date du 5 février l'a tout de suite interpellé. Il est né un 5 février.

Oskar s'est senti harponné en tournant le gros registre entre ses doigts. Son imagination galopante a fait le reste, il a vu sa mère sous les traits d'une femme qui cache au congélateur son bébé qu'elle a assassiné. Une criminelle bizarre qui fait tout pour se trahir. Il ne sait pas du tout pourquoi un tel cauchemar lui a traversé l'esprit. Le fils aîné de Sybille a dissimulé le gros volume bleuté dans sa bibliothèque entre deux romans de Stefan Zweig. À côté – par hasard ? – du recueil de nouvelles comportant la « Lettre d'une inconnue ». Une histoire d'amour et de mort.

Momine soupire, impatiente, devant un homme tétanisé par une enveloppe comme si elle contenait un colis piégé.

– Alors, moi je sais ! Ta mère a joué à l'EuroMillions, elle a caché le magot. Il est là, un énorme chèque pour toi, toi, son fils adoré, plus adoré que les autres ! Ouvre, tu es riche… Courage !

Elle glousse, mais ses pitreries tombent dans le vide, alors elle se tait. Pas le jour pour une blague à deux euros, conclut-elle en silence.

Les doigts collés sur sa bouche close, Oskar se demande quand sa défunte mère a choisi de lui écrire. « Elle est restée lucide jusqu'au bout » ont confié les deux infirmières qui ont entendu son dernier souffle. L'enveloppe n'est pas particulièrement froissée. Peut-être l'a-t-elle rédigée dans les toutes dernières heures précédant sa mort, imagine son fils. Momine le réconforte, compare la lettre à un coffre-fort miniature portant une marque de tendresse particulière tant leur relation sortait de l'ordinaire. Oskar répond par un soupir, puis se lève en évitant d'affronter le regard de sa femme et marche la tête rentrée entre les épaules.

Elle le suit dans le couloir, fait mine de replacer son foulard en bandeau dans ses cheveux, ostensiblement décidée à partir sur-le-champ. Le message va finir par atterrir dans la tête d'Oskar espère-t-elle avant de se risquer à un ultime essai.

– Peut-être une confidence qu'elle n'a pas souhaité partager avec tes frères ?

Il suffoque presque. Elle enfonce le clou :

– Toutes les mères cultivent leur part de secrets, tu sais… ? Plus ou moins épais.

Peine perdue, Oskar reste de marbre. Elle le saisit par une épaule en le forçant à la regarder.

– Eh ! Il faut du temps pour dire les choses. Et puis on ne peut pas toujours tout claironner… C'est pas si facile, confesse Momine.

Après un instant de silence, alors que son regard reste fixé sur une photo de son enfance, elle lâche :

– Moi, ma mère n'a rien claironné du tout. Je ne sais rien. Rien…

Oskar ne réagit toujours pas, bien trop absorbé par son propre passé pour souhaiter entrevoir celui de sa femme.

Oskar scrute un tableau, le portrait d'une adolescente blonde au regard d'un bleu presque mauve, joyeuse et jolie. Son caractère solide transparaît. Sybille Rossbauer doit avoir quatorze, quinze ans. Sur un papier collé au dos de la peinture, il sait ce qui est écrit : « Dernier Noël à Waldenburg. Avant la fuite. »

Momine observe son mari soulever l'enveloppe comme si elle contenait le code nucléaire de la France. Elle attrape son sac, se dirige vers la porte, cette fois décidée à ne pas mariner dans les éternelles hésitations de son conjoint.

– Bon, ce grand secret… dit-elle, en marchant. Sybille te révèle qu'elle était la fille naturelle du Führer. Et toi, Oskar, tu es le petit-fils d'Hitler ! *Eins, Zwei, Drei !* Je dois filer ! Suis super en retard à cause de toi, continue-t-elle devant son silence agaçant.

– Reste encore une minute ! Reste, s'il te plaît. J'ai besoin de ta présence. Il parle comme s'il glissait sur la planche d'un échafaud. Le coupe-papier fend l'enveloppe avec le chuintement d'un scalpel dans la chair d'un mort. Au-dessus de son épaule, un peu à l'oblique, Momine aperçoit une écriture appliquée qui se déploie sur une page pliée en quatre. Bien que comprenant l'allemand, elle ne parvient pas à déchiffrer mot à mot les phrases écrites au feutre bleu, mais saisit l'annonce faite à Oskar. Il dépose la feuille de papier sur la table, blêmit en baissant les yeux. Il coule en silence.

– Tu permets, dit Momine en saisissant la lettre à deux mains, comme on prend un objet fragile. Qu'est-ce qu'elle dit exactement ?

« Mon très cher Oskar, mon petit-grand,

Je t'écris cette lettre comme une preuve d'amour et de gratitude, même si je suis passée de l'autre côté du miroir. Écrire ces mots a été difficile. Cette lettre est la décision la plus compliquée de mon existence. J'ai commencé à formuler, j'ai corrigé, ajourné au moins dix fois, au cours des années, pour finalement décider d'un compromis : écrire la tête lucide, mais attendre la mort pour qu'elle te soit remise.

Oskar, mon fils, je m'empresse de te jurer, tout de suite, tout l'amour qu'une mère peut éprouver pour son enfant. Dès l'instant où je t'ai tenu dans mes bras, je t'ai aimé et tu m'as beaucoup consolée.

Je te dois la vérité, mais je ne voulais pas remuer le passé avant de partir. À quoi bon ? C'était fait. J'ai donc gardé un secret de mon vivant dans ton intérêt, et le mien aussi. Parce que je n'ai pas pu faire différemment. Je n'ai pas eu le choix. Parce que la vérité aurait perturbé nos vies, et peut-être même les aurait endommagées de façon irréparable. J'applique une règle simple : la vérité, oui, toujours. Mais elle trouve sa frontière là où elle cause plus de dégâts, de chagrin que du bien.

Ce ne fut pas très juste pour Sylvia. Car, voilà ce que je viens te dire : j'ai dû faire semblant que tu étais l'aîné. L'aînée de mes enfants est une fille. Tu as une sœur, Oskar. Elle s'appelle Sylvia. Je te joins une photo pour qu'enfin tu la découvres.

Pourquoi ce silence qui m'a tant fait souffrir, si souvent ? La guerre. Notre Sylvia (oui : notre !) et toi, vous êtes entrés dans mon existence dans des conditions effrayantes. Freiburg, notre ville, était presque totalement détruite, nous avons vécu dans des ruines mouillées et glaciales, la faim était atroce. Mais l'horreur absolue fut la violence.

Sans connaître tout cela, nos existences ne sont pas compréhensibles et mon silence non plus. Mais, mon Oskar tant aimé, à quel âge t'expliquer les horreurs de la guerre ? À deux ans, à quinze ans ? Je t'aurais précipité dans des remous et confusions dont tu ne serais jamais sorti indemne. Que répond une jeune maman quand son petit bout de chou lui demande : comment ça s'est passé… ce que tu racontes… maman… ?

Et un jour, j'ai été sûre de mon choix : je n'en parlerai plus, ce sera mon secret jusqu'à la fin de ma vie. Je croyais que Sylvia était perdue pour toujours. En toi, j'ai réuni mon amour pour deux enfants, je t'ai tant aimé dès le début, je voulais te protéger des fantômes de mon existence et des questions auxquelles je ne pouvais et ne voulais pas répondre. Je crois que j'ai eu raison. Tu m'as donné en retour tant d'amour et ce garçon que j'ai vu grandir, toujours joyeux, quel bonheur ! Et puis, ma vie redevenait normale, nous étions une famille.

Malgré ce bonheur, le souvenir douloureux de ma fille ne m'a jamais quitté. La retrouver fut une quête constante et la récompense de mon malheur. Et c'est pourquoi, mon fils chéri, je t'en supplie : rencontre Sylvia – mon bébé perdu pendant si longtemps –, découvre ta sœur. Plonge dans le passé, fais un travail de journaliste, enquête au nom de nous trois et de toute notre famille. De tant d'autres que nous, aussi. Sylvia n'a pas souhaité que je confie ses coordonnées. Je dois respecter sa décision. Mon souhait le plus cher est que vous puissiez, un jour, vous serrer dans les bras l'un de l'autre. Je vous ai toujours aimés, l'un et l'autre.

Auprès de mes quatre enfants, de Gustav, mon mari qui m'a sauvée, la chance m'a offert la joie de vivre et d'accepter mon passé. Quoi que tu découvres, je te fais serment de tout mon amour, Oskar, mon fils pour l'éternité.

Ta Mutti qui veille sur toi. »

Momine plisse les yeux, ébranlée à son tour. Mon Dieu, je ne l'avais jamais devinée ainsi. Mais qu'est-ce qui lui est arrivé ? pense-t-elle. Elle dissimule son émotion, choisit l'évitement sur le ton de la plaisanterie.

– Bon, visiblement, ce n'est pas une histoire de loto qui aurait fait de toi un millionnaire… Dommage pour moi, je vais devoir aller trimer !

Oskar semble frappé par la foudre. Il fait deux pas dans la cuisine, se rassoit sur l'étroite chaise alsacienne en bois. Il contemple la lettre et remarque que sa main tremble. Il se lève, s'appuie à la table avec les gestes d'un vieillard qui craint le vertige. « Merde alors » murmure-t-il. Il a besoin d'une cigarette. « Non ! » se jure-t-il, pas question de descendre au tabac comme il y a encore moins d'un an.

Ses yeux tombent sur une autre béquille. Avec son étiquette noire et rouge, la bouteille de kirschwasser, l'eau-de-vie de cerise amère de la Forêt-Noire lui tend les bras sur le buffet. Il avale une rasade directement au goulot. « Ahhh… » Il se secoue, la gorge rendue brûlante par l'alcool qui l'engourdit et le calme provisoirement.

Oskar évite le regard éberlué de sa femme. Une seconde rasade, puis il se rassoit et relit la lettre en entier. Il lève le visage en direction de l'hôtel.

– Le titre est incroyable, « Mon petit-grand ». Jamais dans sa vie elle ne m'a appelé avec une telle tendresse ! Il passe ses doigts sur les mots On dirait qu'il y a eu une larme ici, se dit-il. Arrivé au bout de sa lecture faite à voix haute sur certains passages, il parle comme s'il était seul.

– Mutti aurait pu me laisser un peu de temps, je suis encore totalement sous le choc de sa mort, ce deuil me déchire et voilà cette révélation…

Il retourne le papier. Peut-être un mot de plus, un signe, quelque chose pour l'aider à s'orienter. Rien. Il examine ligne après ligne l'écriture allemande, correcte et propre – elle en était si fière. « Les gens ne savent plus écrire » regrettait-elle souvent. Est-ce l'alcool qui lui donne ce ton détaché quand il se redresse sur sa chaise en parlant comme devant un tribunal :

– Le passé, c'est pas mon affaire. Ma mère sera toujours ma mère. Le reste, je m'en fiche !

Le ton est bravache, mais ses yeux scintillants disent le contraire. Momine remue le couteau dans la plaie.

– Ça dépend de ce que tu vas découvrir !

Il fait le sourd. Ce qu'il vient d'apprendre provoque un choc si profond. Tant de non-dits se blottissent dans cette confession tardive.

Momine se sent remuée, touchée qu'Oskar ait attendu son retour pour partager son fardeau avec confiance, sans peur de dévoiler sa fragilité. S'est-elle trompée ? Et si Oskar était lesté – lui aussi – d'une histoire pleine de secrets et de petits mensonges qui cacheraient l'indicible ? Lui et ses frères semblaient pourtant bien rangés, en ordre au sein d'une fratrie ordinaire. À observer ses yeux naviguer de la table à l'étagère, une intuition lui dit que le roman tranquille de la famille Weber pourrait ressembler à un chapelet de mines. Elle pense aux fleurettes qui cachent des mines antipersonnelles à cinq euros pièce et arrachent sournoisement les mains d'enfants. Des fleurettes aussi ordinaires qu'une enveloppe contenant un papier plié en quatre et qui va mettre la mémoire de son homme en lambeaux. Les mots de Sybille Rossbauer, épouse Weber, ouvrent une porte vers l'inconnu.

Sybille ne correspond plus à l'image lisse d'une mère allemande ordinaire, dévouée à sa famille, une femme sans aspérité, si banale que sa belle-fille créole ne lui a jamais confié une bribe de sa vie d'avant. Soudain, Sybille lui paraît bien plus intéressante sous les traits d'un personnage ambigu qui a menti. Elle pique la curiosité au vif, cette femme complexe qui a étendu un voile d'omission pour empêcher la vérité d'étouffer sa chance de survivre. Momine rassemble ses souvenirs. Elle se souvient en effet de sa belle-mère pesant chacun de ses mots, se montrant si évasive sur sa jeunesse. Parfois, elle avait un air traqué, mais elle souriait si vite que sa tristesse s'évanouissait.

La biographie de sa belle-mère était parsemée de trous et d'absences. Récemment, le cousin Peter a publié un livre comportant des photos de famille. L'album d'un monde avalé qui ressuscitait leur Heimat[3], leur terre natale donnée par Staline à la Pologne en compensation des dommages de guerre – Momine a pu identifier des visages, tenté de reconnaître des noms derrière les deuils et les alliances au sein des cousinages. Mais des pans entiers de leur passé manquaient. Il y avait une lacune béante entre fin 1944 et l'été 1947.

3. Ce « chez soi » empreint de douceur, de bonheur, de nostalgie, « le pays que chacun porte à l'intérieur de soi » selon la formule du grammairien Waltraud Legros.

Les photos de ces bourgeois bien habillés, levant leurs verres en ces débuts des années quarante, ne les montrent pas trop inquiets. Difficile de savoir si l'un d'eux – un seul – avait résisté intérieurement au dictateur infernal. Avaient-ils imaginé, même une seconde, qu'ils deviendraient des civils abandonnés, fuyant leurs maisons éventrées par des obus sous les attaques des vainqueurs ? Sur les photos du cousin Peter, les familles Rossbauer et apparentées regardent ailleurs.

Oskar et Momine se réfugient à nouveau dans la cuisine avec du thé chaud dans un mug tenu à deux mains. Elle a les jambes molles.

L'instinct de Momine bouillonne, elle pressent quelque chose, mais ne partage pas son intuition avec un homme en état de sidération. « Laissons les choses se décanter » se dit-elle. Sous ses yeux, deux mains s'agrippent à la table, puis aux placards, à la porte. Oskar a pris un coup sur la nuque, il marche comme un robot. S'il était un avion, on le dirait privé de ses instruments de commande. Il se rassoit et scrute les traits de sa femme, avale chacun de ses mots comme si elle savait prédire l'avenir, comprendre le langage des astres et donner l'heure universelle. Il a besoin d'elle contre les bourrasques et les tempêtes. Elle saura tenir, se dit-il. Ragaillardi, il se laisse aller :

– Malheureusement, les histoires qui arrivent aux femmes sont considérées comme des histoires qui n'intéressent que les femmes. On dit « c'est leur faute ! Et… ».

Il s'interrompt comme s'il venait de buter sur une porte en verre. Momine est en train de s'étrangler.

– Quoi ? Les histoires qui arrivent aux femmes sont des histoires d'hommes, Oskar ! Ouvre les yeux ! À cause des hommes plus exactement. Et je sais de quoi je parle ! On ne m'a pas raconté, j'ai vu ! J'ai subi !

Cette observation réveille le maladroit qui murmure :

– Ah ! Tu m'en parleras ? Tu as subi quoi… ?

– Oui, on en parlera, mais pas tout de suite, promet sa femme en arrangeant ses cheveux dans un élastique. « J'ai besoin de refaire ma couleur », dit-elle, passant tranquillement du coq à l'âne pour faire diversion.

Les mots imprécis rebondissent dans l'imagination d'Oskar. Il se cale contre le dossier de sa chaise et réalise qu'il sait peu de choses de la vie de Momine. Aucune idée de l'enfant, de la jeune fille, de la femme très habile pour brouiller les pistes. Ils vident leurs mugs en regardant les vitres de l'hôtel, pareils à de mystérieux miroirs.

Momine vient de dévoiler quelque chose d'elle. Elle sourit intérieurement, soulagée par cet aveu fortuit. Merci Sybille, se dit-elle, mais je compte parler sans attendre mon lit de mort.

Un appel téléphonique les ramène à l'instant présent. Le SMS d'Oskar envoyé tôt ce matin débouche sur une conversation avec Manfred et Sebastian, ses deux frères installés en Forêt-Noire : « Quoi de neuf ? » demande Manfred. C'est lui qui a remis la lettre entre les mains d'Oskar à la sortie des obsèques de leur mère, lui aussi qui a expédié le journal de Sybille. Le plus jeune frère se montre prudent.

– *Hallo* – Bonjour – Manfred, *Hallo* Sebastian... Mes chers frères… Mutti…

En prononçant ce mot, « Mutti », la voix d'Oskar se vrille dans son larynx. D'ordinaire, il n'est pas du genre à se laisser envahir par les émotions, mais ce matin, impossible d'empêcher quelques larmes de filer sur ses joues. Ses frères demandent s'il peut lire chaque mot de la lettre.

Ils écoutent, incrédules, sidérés. Le silence est lourd quand ils entendent : « Je ne voulais pas remuer le passé avant.

C'était fait ! On ne pouvait plus rien changer. Quoi que tu découvres, je te fais serment de tout mon amour, Oskar, mon fils pour l'éternité… »

Oskar, Manfred et Sebastian se parlent dix fois dans la journée ; les questions succèdent aux silences abyssaux, incapables qu'ils sont de démêler les évidences des dénis, la vérité des mensonges. Aucun des trois n'avoue clairement que la lettre de Sybille déclenche un séisme. Les deux frères résidant en Allemagne ne comprennent pas pourquoi leur aîné est le seul destinataire de la lettre, pourquoi ce statut singulier dans une famille en train de dégringoler dans un précipice de questions.

– 3 –

L'amour en embuscade

Momine ouvre les bras, Oskar laisse sa tête tomber contre la peau, le cou, les bras qu'il n'a pas touchés depuis des semaines, retenant ses larmes. Elle porte secours à son homme qui erre les yeux fermés au bord d'une falaise en s'accrochant à ses pas. Deux pantins dérivent vers le canapé du salon sans autre guide que leur instinct de survie.

– Pourquoi tu veux une séparation ? murmure-t-il avec un air de crucifié.

– Chut ! Pas de discours !

Il l'embrasse, elle ne dit rien. Les tableaux au mur tournent comme sur une roulette de salle de jeu, le géranium dans le pot décolle vers le plafond. Ils croient échapper à l'ombre du destin qui vient de frapper à leur porte. L'amour, l'arme fatale la plus stupéfiante, sera-t-il capable de terrasser les fantômes des guerres ? Pour l'instant, ils refusent de gaspiller l'instant dérobé à la méfiance et à l'usure des sentiments.

– On ferait rire si on nous voyait, pourtant, l'amour, c'est bien ce qui rend nos vies acceptables, ce matin, demain… non, tu ne crois pas ? dit Oskar comme s'il voulait se convaincre lui-même.

Elle rend les armes. Les fantômes ricanent. Ils les attendront en embuscade.

Le silence revient doucement dans leurs corps, mais ils se sentent palpiter encore après ce ravissement inattendu, une parenthèse sur l'infini. Ils savent combien cette parenthèse est fragile, elle peut se fermer aussi brutalement qu'elle est arrivée. Ils se serrent l'un contre l'autre, sans forcer les mots, leur souffle parle pour eux.

– Le parfum de notre bonheur ! ose chuchoter Oskar.

– Bonheur imprévu, faut le garder dans une petite boîte bleue, chuchote Momine, avant de poser un index sur ses lèvres pour réclamer le silence.

Il supplie des yeux.

– En pensant à la lettre… commence Oskar.

– Ah, non, de grâce, pas maintenant… je suis fatiguée de cette lettre, se plaint Momine en cachant son visage au creux d'un bras.

– Je t'en prie, proteste son mari, je veux te parler d'une histoire merveilleuse à propos de lettres, de centaines de lettres. La correspondance littéraire la plus exaltante. C'est un étudiant brillant que j'ai interviewé avec sa prof de théâtre qui me l'a racontée.

Elle enfonce sa tête entre ses bras pendant qu'il décrit la scène où Diderot rédige une de ses sept cents lettres et davantage encore à son « amie » Sophie Volland. Il décrit la bougie qui se consume quand l'auteur de *L'Encyclopédie* termine sa rédaction dans l'obscurité.

– Je sais ce passage par cœur, dit fièrement Oskar, celui où le romancier confie à son amoureuse : « Je continue de vous parler sans savoir si je forme des caractères. Partout où il n'y a rien, lisez que je vous aime. » Momine, à chaque fois que tu te poses une question sur nous, convaincs-toi de cela, souviens-toi que je t'aime.

Elle fond à vue d'œil telle une fleur fragile qui ploie sous une bourrasque. Délestée de sa carapace qui la fait paraître dure, trop souvent, elle est à nu et ferme les yeux.

– C'est beau, cette lettre de Diderot, elle parle de l'amour sublime… l'amour sans condition d'échange, l'amour qui permet de tout accepter même s'il nous brûle, confesse Momine.

– Je sais bien que tout disparaît, mais pas notre amour, pas notre famille. Reviens à la maison. Tu m'as assez puni, répond Oskar en regardant le plafond, la tête de Momine au creux de son coude.

Il tente de capter un regard fuyant, et poursuit :

– Je ne crois pas du tout à la célèbre phrase d'Aragon « Il n'y a pas d'amour heureux ». Il y a des hauts et des bas, poursuit-il, personne ne changera rien à notre histoire… De même, personne ne m'enlèvera ma mère, pas même Sylvia…

– J'ai vu qu'il y avait une photo avec la lettre, c'est une photo d'elle ?

– Oui, je l'ai à peine regardée.

– Tu veux bien me la montrer ?

Il se lève et extrait une photo de l'enveloppe qui gît au sol, lâchée dans le feu de leurs ébats.

– Montre ! Fais voir !

Derrière l'impatience de Momine, Oskar semble distinguer une pointe de jalousie. Lui qui redoutait l'indifférence de sa femme…

Ensemble, ils examinent la photo légèrement abîmée. Sybille a dû la tenir souvent au creux de sa main, et probablement caressée, comme on caresse une image pieuse. Sylvia et sa mère sont assises côte à côte, leurs visages radieux penchés l'un vers l'autre. Oskar n'en croit pas ses yeux.

– Ça doit dater d'une dizaine d'années, calcule le fils qui alors enchaîne des mots sans verbe comme les pièces d'un puzzle qui d'un coup s'assembleraient en un insoutenable tableau. « Vacances… pays exotique… végétation en arrière-plan… Quand ? »

Momine ne peut s'empêcher de persifler :

– Bon, ce n'est pas non plus la découverte d'une trahison ! Tu as été tenu dans l'ignorance, d'accord, mais ce n'est pas l'histoire d'une fiancée partie avec le voisin… Cette photo porte un témoignage d'amour… maternel, et non d'adultère !

Il regarde sa femme, bouche bée, l'entend demander :

– Pourquoi serais-tu jaloux ? Souviens-toi de Victor Hugo : « Oh l'amour d'une mère ! Chacun en a sa part et tous l'ont tout entier. » Je l'ai appris par cœur en CE1. Je n'en sais pas plus… sur la chose elle-même.

Elle se surprend à ajouter ce commentaire dans des oreilles visiblement orientées ailleurs.

Il secoue la tête, lui a sa version :

– Elle ne nous a rien dit. C'est quand même incroyable ! Et pendant toutes ces années ! ronchonne le fils de Sybille.

Il a beau se raisonner. Ça ne passe pas. La révélation le frappe à nouveau comme une batte de base-ball. Il doit s'asseoir à nouveau. Il ferme les yeux, Momine le sent se dire « Je fais un cauchemar, réveille-moi, c'est sans doute une erreur ». Il aimerait tant que la révélation ne soit pas vraie. Mais, se rassure-t-il, si c'était une trahison, elle n'aurait pas écrit « Trouve Sylvia » ! Il ouvre les yeux, regarde à nouveau la lettre : non, c'est la vérité et d'une brutalité dont il n'aurait jamais cru sa mère capable. Pendant toute sa vie, depuis sa naissance à ce jour, plus de quarante-cinq ans, sa maman – Sybille, l'adorée – a donc vécu une double vie, une vie dans l'ombre, à côté de lui.

– Maman, comment as-tu pu faire ça ? À moi, à nous ? pleure Oskar qui se sent seul au fond du désert de l'amour, sur une planète éloignée.

Momine pose un bras autour de son épaule.

– Écoute, des histoires d'enfants cachés, on en connaît tous, le rassure-t-elle. Tu veux savoir l'histoire de mon amie Marianne, journaliste elle aussi ? Tu la connais, Marianne…

Elle n'attend pas sa réponse et détaille :

– Son petit garçon vient de découvrir que son papa a eu un enfant avec la baby-sitter. Oui, oui ! Le mec a insisté pour engager son amante comme nounou.Vu qu'elle est moche comme un pou, la manœuvre est passée comme une lettre à la poste ! La baby-sitter était installée dans le nid familial ! Service à domicile pour les deux enfants et le papa. Il a tout caché. Et ce salaud a fait croire que l'enfant né de l'adultère était un p'tit étranger que gardait la baby-sitter pour rendre service à une femme seule. Ce sale type a menti à tout le monde. À sa femme et à ses enfants. Un champion, ce menteur, toujours à se vanter d'être un protestant strict, un calviniste n'ayant que la défense des droits de l'homme à la bouche. Quelle bassesse !

Elle ajoute : « C'est une histoire vraie, Oskar. »

Il n'est pas ravi de l'analogie suggérée.

– Ah ! Tu imagines que c'est une histoire de coucherie, que Sybille aurait trompé son mari ? Et moi, je suis le bâtard, c'est ça ? questionne Oskar.

Elle hausse les épaules, il regarde dans le vague.

– Sylvia doit avoir à peu près ton âge, devine Momine en promenant un index sur la photo. Regarde, la mère et la fille ont la même bobine ! Ici, là, là...

La ressemblance est frappante. Le même front joliment bombé, les mêmes pommettes hautes. Pas le nez. Oskar n'a pas envie de regarder, pas du tout envie de lire l'amour qui transparaît sur le papier.

– Et ce n'est pas seulement la morphologie, mais l'atmosphère de traits communs. Si tu superposes les portraits, analyse

Momine avec le regard d'une professionnelle de l'image, pas de doute. En revanche, elles ne devaient pas utiliser le même fond de teint, remarque-t-elle dans un sourire, contente de sa trouvaille qui, finalement, attise la curiosité d'Oskar.

Il se penche, d'abord l'air contrarié, puis subitement soulagé par ce qu'il aperçoit. Un cri du cœur fuse :

– Pour ça, en effet, elle ne ressemble pas du tout à maman ! Pas le teint diaphane des Allemandes de Silésie. On dirait une Italienne ! Euh, une Arabe même ! On est en Libye, là...

Sylvia a des sourcils naturellement épais et le teint mat des Méditerranéens.

– C'est une fille adoptée, c'est tout ! Elle ne peut pas être ma sœur de sang ! Enfin, regarde, c'est évident... claironne-t-il.

Momine l'observe et ne partage pas ses constats.

– Pas de racisme déguisé, Oskar ! Elle est très belle, ta sœur. Mêler les sangs n'a jamais fait de mal à personne.

Son mari n'écoute pas, atteint – visiblement – d'un syndrome proche de la jalousie possessive. Mais le mal est fait. La photo est une preuve bien plus douloureuse que la lettre. Fille adoptée ou pas, la photo respire l'amour, la tendresse, la douce complicité entre Sylvia et Sybille. Celle d'une mère et de sa fille. Oskar ressent une concurrence dissimulée inadmissible. Une sorte de rapt.

Sybille, c'était Sa maman, il était « le petit préféré », comme remarquaient parfois Manfred et Sebastian, alors qu'ils étaient nés après lui.

À cet instant, Momine n'est pas la femme, mais la journaliste curieuse qui observe la photo avant de la lui rendre. Elle est confortée dans sa première impression. La question « Pourquoi cette révélation ? » ne conduit pas à une énigme, mais à un écheveau d'événements passés sous silence dans la famille d'Oskar.

– Une bonne histoire pour mon projet de film, savoure-t-elle, hochant la tête en souriant.

Oskar n'a vraiment pas le cœur à sourire ; il saisit son visage entre ses mains, le presse si fortement que ses lèvres ressemblent à un caoutchouc déformé sous l'effet d'une chaleur vive :

– Non, franchement, je ne comprends pas. Et je ne comprends surtout pas pourquoi je serais plus impliqué que Manfred et Sebastian.

Il se lève et pousse une chaise avec fracas, marche à droite, à gauche :

– Mais c'est une histoire de fous ! Une histoire de fous ! se lamente-t-il en se tapant la tête avec les paumes des mains. Oskar l'ironique aurait bien ri s'il avait vu pareille scène dans la vie d'un autre.

– Bon, c'est un problème, mais pas un drame non plus ! Au contraire, tu as une sœur, c'est chouette, non ? Résumons ! propose Momine. Sybille a écrit une lettre en ajoutant une photo sans le patronyme de Sylvia, ni son adresse ni sa profession. Aucune information pouvant aider à la trouver ne figure dans le courrier.

– Elle ne le souhaitait pas, souligne Oskar en ajoutant Tu l'as bien lu ? C'est étrange, non ? comme s'il testait sa capacité à se convaincre lui-même.

– Alors qu'est-ce que tu veux faire ? questionne-t-elle.

– Maman a été dingue de me plonger dans un tel méli-mélo, assène ce fils blessé sur un ton de reproche qu'elle ne lui connaissait pas. « Cette Sylvia fait irruption dans ma vie alors même qu'elle refuse de me divulguer ses coordonnées. Et maintenant, il faudrait que je la trouve ? Dans quel but ? »

Momine saisit sa parka, replace un châle autour de son cou, vérifie si son portable se trouve bien dans son sac à main. Elle s'apprête à partir, fait mine de se gratter le front en plantant son regard dans celui de son mari.

– Tu peux déchirer la lettre en mille morceaux, brûler la photo, mais tu ne pourras plus oublier l'aveu de Sybille. Elle réfléchit avant d'ajouter : « Relis la lettre encore une fois. Sybille s'est adressée à toi en tant que mère, mais elle te demande aussi quelque chose de précis. Éclairer un pan caché de l'histoire. Celle des femmes, des civiles… et ça, ça veut dire quelque chose, peut-être, non ? »

Oskar secoue la tête, comme s'il voulait effacer de sa mémoire toute cette histoire qui chahute sa vie, mais il sait que sa femme est lucide.

Elle ajoute, en embrassant doucement sur la joue Oskar qui semble paralysé par le choc.

– Tu ne trouveras pas la paix, crois-moi, tant que tu ne sauras pas répondre à une question.

Momine triture la lanière de son sac.

– Une question essentielle, selon moi : « Qu'est-ce qui est arrivé à Sybille ? Qu'est-ce qui s'est passé dans sa vie ? » Ensuite tu pourras t'intéresser à sa fille. Et découvrir pourquoi elle l'a cachée !

Oskar est figé, Momine sent le conseil infuser en lui. Elle en profite pour bien implanter son idée de catharsis dans la tête de son confrère journaliste. Pour Sybille. Pour d'autres. Tant d'autres.

– Et puis, un jour, tu feras quelque chose en son nom, à travers son histoire, quelque chose pour les femmes comme elle…

Il se réveille.

– Des femmes comme elle ? Tu veux dire quoi exactement ?

Elle soupire. Inutile d'envenimer les pensées.

– Quoi, par exemple, insiste-t-il, persuadé d'être l'objet d'une plaisanterie acide.

Elle bégaie :

– Des femmes contraintes… au silence. C'est mon projet de scénario… J'y pense depuis bientôt trois ans, il occupe beaucoup de mon temps dans mon petit studio…

– Ah oui, c'est vrai, et ça avance ? répond Oskar pour ne pas paraître totalement amorphe…

– Par rapport à ce que j'ai vécu… Oui, j'arrive à me mettre à distance, un peu. Il le faut pour incarner d'autres histoires, tu vois.

Non, Oskar ne voit pas que la vie de Sybille, celle de Sylvia, sa vie à lui aussi inspirent sa femme. D'ailleurs, lui, Oskar, est en train de jouer sa propre scène dans son projet d'écriture…

– Parler de la globalité des choses. De tout ce qui s'est passé dans nos vies. Tu ne seras plus seul à te sentir catapulté dans une… histoire occultée, continue Momine.

Oskar ne voit pas plus loin que le papier plié en quatre. Il relit la lettre qui vient d'exploser comme une bombe à retardement dans son existence. Sa femme murmure, en replaçant un cadre au mur : « L'Histoire est complexe… » Il ne demande pas s'il s'agit de l'histoire de Sybille ou de l'Histoire en général.

– Il faut du temps, conclut-elle, pensivement, en passant la porte, pressée d'échapper à ce moment.

Oskar se précipite, retenant l'ascenseur.

– Hey ! N'oublie pas Diderot ! Même quand tu ne seras pas là, tu seras présente. Là ! Et là ! jure-t-il en désignant son cœur, puis sa tête.

Elle traduit : « Suis si seul, au secours. Je n'ai plus ma maman. » Elle se dégage de ses baisers en lui tournant le nez, transformé en tire-bouchon élastique, comme elle le faisait autrefois quand ils se taquinaient. Depuis l'antique ascenseur et ses grilles en fer forgé, elle lance avec son ton espiègle et de défi, l'index levé au ciel rappelant ainsi la demande de Sybille :

– Trouve Sylvia ! Après on reparlera de tout ça ! Je reviens tout à l'heure. Pour les enfants !

Il a fait comme s'il n'avait pas entendu l'intonation de sa voix disant « pour les enfants ». La cabine s'arrache dans un bruit de ferraille, Oskar ferme les yeux, mains collées à la porte palière de l'ascenseur. L'ordre d'agir frappe dans ses tempes avec la force d'un marteau piqueur.

« Trouver Sylvia ? » Il se met à répéter « Trouver Sylvia… Trouver… Facile, tiens ! La trouver et après ? »

– 4 –

Petits mensonges, grand secret

Quelques instants plus tard, avenue Émile Zola, un coup de frein brutal et l'odeur de caoutchouc brûlé mettent fin aux rêveries de Momine. Il s'en est fallu de peu, trois petites secondes, pour qu'elle passe sous les roues d'un utilitaire qui arrivait en trombe. La tête ailleurs, elle n'a pas vu que le feu était au rouge pour les piétons, le chauffeur furieux hurle des insultes qui profitent à tout le pâté de maisons. Momine doit avoir deux de tension à l'instant où elle tangue sur le petit terre-plein qui entoure la stèle dressée à la mémoire de l'auteur de « J'accuse ». Elle reprend son chemin, mais plus elle avance en direction de La Motte-Piquet-Grenelle, plus un sentiment de malaise la ronge, une grosse pincée de mauvaise conscience qui infuse dans un bouillon de remords. Elle se traîne. Pourquoi diable a-t-elle eu besoin de mentir à Oskar ? Pressée de le quitter pour aller travailler, a-t-elle seriné ! Ce n'est pas en se hâtant vers sa rédaction qu'elle a failli se faire réduire en miettes. Oskar tomberait en syncope s'il apprenait que sa femme faisait la pressée pour aller s'allonger devant un inconnu, sur le divan du docteur L., coqueluche des consultations psychiatriques à Paris. Si son mari la connaissait, il comprendrait qu'elle n'en peut plus de vivre des nuits peuplées de cauchemars. Des scènes d'un réalisme si violent qu'elle se réveille déprimée.

Il ne peut pas imaginer qu'elle lui raconte des fariboles pour les plus ridicules, les plus inutiles, les plus inexplicables motifs. Ce n'est pas la première fois qu'elle ment pour passer sous silence une partie de sa journée. Ni la première fois qu'elle dissimule un entretien, un déjeuner, une rencontre, sans le tromper pour autant. Elle a même fait pire que ces cachotteries de gamine. Et dès le début. Parfois, elle rit encore en pensant à ses pitreries lors de la réception donnée à l'occasion de leur mariage. Ce jour-là, Amélie – sa mère – et Sybille se rencontraient pour la première et dernière fois. L'une s'exprimant plutôt en créole, l'autre en allemand, Momine avait tout naturellement servi d'interprète. Et pour du grand art, ce fut du grand art ! Une traduction simultanée, totalement fantaisiste mêlant l'esprit du Bourvil de *La grande vadrouille* à la *commedia dell'arte* d'un Roberto Benigni dans *La vie est belle*. Prise au jeu de son improvisation tissée de propos délirants et mensongers, elle a réussi la prouesse de faire rire deux femmes visiblement mal à l'aise lors d'une cérémonie de mariage. Sybille et Amélie se sont esclaffées comme dans un cirque. Momine n'a cessé de brouiller les pistes, dissolvant au passage les petites digressions acides de sa mère, ses « Ah, cette Momine n'est pas fiable ! ».

Des années après, en cette fin de matinée noyée dans un voile de pollution au-dessus de Paris, inutile de travestir la réalité. Aujourd'hui, il n'y aura pas de place pour les supercheries, il ne faudra pas mentir ni se mentir. Momine est prête à étaler sa vie – surtout ce qu'elle cache d'ordinaire – devant un thérapeute entraîné à débusquer les blocages dans les méandres de la machine humaine. Elle se voit déjà tout raconter à cet étranger qui ne la jugera pas. Elle chez un psy ! Tant d'années à vilipender la famille des psys accusée de compter dans ses rangs trop d'imposteurs, trop de manipulateurs de pauvres diables mal dans leur peau en prétendant réparer des traumatismes. La dernière fois qu'elle avait cherché du secours, c'était dans un confessionnal de l'église du Tampon. Il y a au moins trente ans.

Dans l'avenue de Grenelle, un panneau publicitaire accroche son regard « Vis ton présent, rêve ton avenir ! ».

« Imbécile de créatif ! maugrée Momine. Moi j'ai besoin de regarder mon passé en face », soupire-t-elle en vérifiant une adresse sur son téléphone. À la mi-quarantaine, elle voudrait enfin vivre, vivre pour de bon et non se contenter d'exister en apprenant à jeter aux encombrants les nœuds du passé.

Deux fois, elle a annulé ses rendez-vous après avoir supplié qu'on lui trouve un créneau sans devoir attendre six mois ou plus comme tout le monde, vu qu'elle voltige constamment pour son travail. Elle s'apprête maintenant à monter dans le métro, ligne 6, en direction de la station Glacière.

Les pneumatiques crissent en raclant les barres de métal, le convoi ralentit. Un nom sur fond bleu défile trois fois. Glacière. Elle hésite à descendre, mais le signal finissant, ballotée contre les épaules de voyageurs pressés, des robots sans yeux, elle s'extirpe du wagon, va s'appuyer contre un mur et appelle Lola, sa fille, la seule à partager le secret de ce rendez-vous.

« Lola, je ne suis plus sûre de moi, j'ai envie d'annuler… Suis trop perplexe… J'ai à nouveau peur de commencer à déballer tout, je ne sais pas où ça va me mener. J'ai peur de perdre le contrôle de… »

Lola l'encourage : « Vas-y, ça te fera du bien de t'accorder ce temps. Pas de crainte que tu perdes le contrôle des choses. Pas toi, maman ! »

La voici devant l'hôpital Sainte-Anne. Paris, 14e arrondissement.

Passé le maigre jardinet, un panneau Consultations externes surplombe l'entrée tristounette au rez-de-chaussée d'un pavillon. Derrière ses lunettes épaisses, une secrétaire apathique et massive lui demande son nom. Elle s'entend articuler « Ha, euh, Amélie Rivière ». Parfaite, mon hésitation, se félicite-t-elle, elle va me prendre pour une dingue qui ne sait plus comment elle s'appelle. Momine a pris rendez-vous sous l'identité de sa mère. « Je paierai la consultation… je n'ai pas ma carte vitale… » Une explication tout à fait plausible ici, à juger les yeux immobiles cloués aux visages de patients qui attendent, épaule contre épaule, les yeux pleins d'oubli. L'hôpital Sainte-Anne, synonyme de folie, n'est-il pas l'un des lieux psychiatriques les plus célèbres de France pour traiter trous de mémoire et autres bobos du cerveau ?

Une femme corpulente aux cheveux gris plantés en touffes épaisses fait mine de se pousser pour lui offrir une place… en s'extasiant : « Ah ! Mais je me disais bien que c'était vous ! Vous venez nous filmer ? »

L'interpellée secoue la tête pour dire non en expédiant un « fichez-moi la paix » muet.

– Hé ben ! Madame joue les vedettes ! s'insurge la matrone prenant la cohorte de malades à témoins. « Vous voyez ! Elle se croit au-dessus de nous ! L'asile, c'est pour tout le monde, Madaaaame ! C'est comme la mort. On y a tous droit ! » s'agite la langue de vipère.

« L'horreur, frémit Momine, moi qui voulais passer tranquillement inaperçue dans l'ombre d'Amélie, c'est raté. »

L'intruse continue à pérorer d'une voix grasse en gesticulant comme un chef d'orchestre dément dans un numéro que personne n'ose interrompre.

– La télé est une menteuse ! Dans la vraie vie, assure-t-elle, se croyant sur une estrade, la vie est une affaire de fous ! De fous ! dit-elle en pouffant de rire, les doigts enflés comme des saucisses autour de ses lèvres trop rouges.

« Ça y est » s'effraie Momine, honteuse. Elle a perdu la moitié de sa taille à force de disparaître dans sa parka, la tête dans les épaules. « Je suis faite comme un rat. Tout le monde va savoir que je suis… folle ! » Elle s'accroche au souvenir de ce matin dans le canapé avec Oskar. Mais au lieu de retrouver un peu de cet instant sublime, la tête de son mari surgit sous les traits hilares de Jack Nicholson dans *Vol au-dessus d'un nid de coucou*, pris au piège de sa fuite dans la folie.

– Madame Amélie Rivière !

Une décharge électrique fouette son dos tandis qu'elle se lève d'un bond vers un couloir qui sent l'eau de Javel et la serpillière sale. Le docteur L. l'attend, trois mètres plus loin, avec ses petites lunettes rondes relevées sur son front, comme elle l'avait vu à la télé. Moins souriant et plus maigre.

Assise en face de lui, derrière un bureau métallique gris des administrations chichement dotées, elle brûle de voir la conversation démarrer.

– Qu'est-ce qui vous amène ? demande la blouse blanche comme s'il appuyait sur un bouton de voix automatique.

– C'est la première fois, commence Momine. Elle cherche son regard avant de préciser que même au retour de terribles reportages, de tapis de cadavres brûlés par un missile, ou de menaces d'exécution, jamais elle n'a demandé l'aide d'aucun psy, ni elle ni ses camarades d'ailleurs. Un psy ? Que pourrait-il comprendre, n'ayant jamais été plongé dans des ténèbres d'une telle intensité ?

Ce préambule, selon elle, devrait permettre au thérapeute de savoir qu'il ne se trouve pas devant une nature fragile entreprenant une démarche à la légère.

– Je n'en peux plus, docteur. Ça a commencé quand j'étais enfant, déjà, mais là, depuis quelque temps...

Elle décrit ses nuits jalonnées de cauchemars, ses jambes qui ne veulent pas courir, sa voix qui refuse d'appeler au secours. Ces rêves dévorants se répètent si souvent, si violemment depuis des mois qu'elle n'éteint plus la lumière à l'heure du sommeil. Au réveil, les monstrueux serpents – toujours noirs et jaunes – la relâchent.

En ouvrant les yeux, il faut un moment, comme dans un sas de décompression, pour s'extirper d'une sensation d'épuisement, de déprime, de dégoût. Même dans la journée, les reptiles la hantent. Si elle avait été un homme, aurait-elle affronté de tels assauts dans sa tête puisqu'elle n'aurait pas été une proie ? Moins ? Être un homme ! Marcher tranquillement, le jour, la nuit sans devoir scruter chaque tournant sur son chemin. Jamais connu cette insouciance. Cette liberté.

– J'ai peur des serpents, docteur, même en photo, même en dessin. Quant à leur représentation sur écran..., c'est une torture. Tout ce qui concerne les reptiles provoque une souffrance physique, une répulsion mentale. Prononcer le mot... le simple mot – elle ne le prononce pas le mot – me remplit d'angoisse.

Elle ne demande pas « débarrassez-moi de ces cauchemars », c'est pourtant ce qu'elle attend, mais pas au prix d'un remède chimique miracle. Elle a besoin d'une explication pour démanteler l'emprise de cette représentation mentale de plus en plus envahissante, pour comprendre la mécanique de la phobie et réussir à déraciner ce mal qui empire avec les années...

– Une ceinture posée sur une table ou un lit et c'est déjà trop, mon imagination galope sans contrôle. Distinguer une forme sinusoïdale dans le noir, qui rappelle la forme d'un… je hurle à l'assassin. On dit que je fais exprès, que je n'arrive pas à me contrôler. Ça me ronge !

Elle lève les yeux vers cet homme qui passe pour le plus chevronné des psychiatres dans le traitement des phobies. Pas une mouche n'a volé et pas un mot n'est venu interrompre son monologue, elle a parlé comme si elle était seule, plongée dans un paysage déserté. A-t-elle été ridicule de se raconter ici, dans un asile de fous, de vrais fous souffrant de pathologies lourdes, elle et ses serpents jaunes et noirs ? Une histoire de « pipi de chat », ce mal qui la ronge, comme disait la vraie folle aux cheveux gris ?

Le docteur L. écoute, un stylo Bic coincé entre ses doigts croisés. L'homme taciturne ne laisse rien transparaître, le regard vissé sur son bureau. Où est le médecin convaincant et humain de la télé ? s'interroge Momine. La consultation, aussi banale et brève que si elle était venue présenter une vague douleur au pied, va s'achever. Si elle n'avance pas aujourd'hui, ce sera un échec pour longtemps. Alors, elle se lance.

– Je dois quand même vous dire que…

Elle se rapproche du bureau gris, comme pour capter le regard et les oreilles du psychiatre.

– C'était un matin, dans un jardin exubérant, un jardin créole, tombé à l'abandon. Je me souviens de tout. J'avais six ans.

Le docteur silencieux lâche enfin son maudit Bic.

– J'étais occupée à enfermer mes coccinelles dans une boîte d'allumettes avec trois étoiles rouges sur le couvercle. Quand j'ai levé les yeux, mes deux frères avaient disparu, j'ai appelé…

Il aura fallu attendre quarante ans. Quarante ans pour s'entendre dire, à voix haute, ce qu'elle a subi à six ans. Bouche cousue pendant tous ces jours, toutes ces nuits, tant d'années, quarante ans. Et là, se mettre à nu, devant un étranger, pour la première fois, admettre que sa vie, un matin, a été amputée. Pas amputée à vrai dire. Saccagée. Définitivement saccagée. Depuis, elle a fait comme si. Comme font tous les survivants.

À la fin de son récit, le psychiatre soulève ses sourcils et marmonne, un index coincé entre les dents :

– Bon, vous avez fait le premier pas…

Il prend une ordonnance dans un étui ouvert, prescrit deux noms de produits chimiques, lève le Bic, et prévient :

– Chez certains patients, ce traitement peut produire des effets secondaires, tels que vomissements, diarrhées, éruptions cutanées.

– Vous voulez dire que je devrai prendre des médicaments avant de saisir ce qui se passe dans ma tête ? Pourquoi tous ces cauchemars à répétition ? lui demande-t-elle sur le ton d'un appel au secours. Elle le secouerait par les épaules, si elle ne se retenait pas. Elle est venue pour une prise en charge psychologique, pas pour un traitement de cheval qui fait vomir, et vous rend possiblement dépendant.

Elle recule sur sa chaise. Ce docteur, se dit-elle, réserve sa capacité à expliquer et à convaincre sur les plateaux télé. Dans son bureau triste de Sainte-Anne, pas de temps à perdre avec une femme qui vient consulter un psy pour la première fois de sa vie à cause de cauchemars à répétition. Même si elle a lâché le morceau sur un secret qui lui pèse depuis quarante ans, la place n'est pas à la parole. Un troisième produit aligné sur l'ordonnance, une signature, une main molle accompagnée d'un distant « Je vous revois d'ici un mois. Prenez rendez-vous en sortant » et c'est fini. Il se lève. Au prochain. À la prochaine. Ses patients sont pour la quasi-totalité des patientes dans la salle d'attente.

Elle n'en revient pas. « Nausées, maux de tête, diarrhées », voilà ce qu'il reste du temps perdu dans un lieu qu'elle avait eu raison de vouloir fuir. Des molécules chimiques et pas un conseil, pas une explication. Elle s'en va, irritée, sans prendre évidemment rendez-vous pour une deuxième consultation. Avec des thérapeutes comme ce docteur vedette, les laboratoires pharmaceutiques n'ont aucune raison de faire des cauchemars, s'indigne-t-elle en s'éloignant des rangées de têtes qui repartiront avec une liste de courses à faire vomir.

Sur le quai de Glacière, Momine chiffonne méticuleusement un papier. Encore un peu, elle cracherait dessus. L'ordonnance du docteur L. ne prendra pas le métro. Poubelle. Elle raye définitivement les psys de ses fréquentations, sans colère, mais déterminée à fouiller elle-même les poubelles de sa mémoire et à « vivre avec ». Avec une espérance folle de briser les barreaux de sa prison intérieure.

Le défilé de façades le long du métro aérien ramène lentement le présent. Je me demande comment Oskar a réagi, s'il a commencé à chercher une piste pour trouver sa sœur, s'interroge Momine. La déception ressentie aujourd'hui à Sainte-Anne rebat les cartes.

« Étrange la vie, se dit-elle. Chacun de nous deux va devoir lever le voile sur ce que nos mères nous ont caché… » Elle ajoute « sans oublier ce que nous aussi, nous avons enterré… au fond de nos jardins de famille ». Le front appuyé contre la vitre, elle se voit aller jusqu'au bout de sa quête. Même au prix de déchirements inévitables, de douleurs quand on cherche la vérité… Momine n'a pas vu que sa station de métro est déjà loin derrière la rame qui l'emporte. Retour vers le passé, dit-elle en mâchonnant ses mots alors qu'elle descend les marches qui mènent au quai, en sens inverse. C'est le jour J, le premier jour du reste de ma vie, s'encourage-t-elle, plus de temps à perdre.

– 5 –

Climats

Les coups de Klaxon dans l'avenue Émile-Zola grimpent jusqu'au sixième étage et viennent frapper à la vitre.

« Fichus travaux qui n'en finissent pas », peste Oskar. Il se lève et va tirer les rideaux. Bientôt une semaine qu'il n'a pas mis un orteil dehors. Aujourd'hui ne fera sans doute pas exception. Il y a des jours où rien ne marche. L'air grimace, ricane et le nargue en battant la mesure, bien content d'ériger un mur. Sur le mur, l'air écrit « N'insiste pas, Oskar ! N'insiste pas. Tu ne trouveras rien ! ». L'atmosphère vibre comme une guêpe fuyant son nid enfumé.

Oskar obéit. Vaincu docile, il éteint son ordinateur. Aucune piste sérieuse pour retrouver sa sœur. Il enlève ses lunettes précautionneusement, comme un mineur exténué qui remonte d'un boyau crasseux sous la terre, plie méthodiquement une branche après l'autre et les observe vivre leur vie de branches de lunettes. Il ne serait pas vraiment étonné de les voir se déplier d'elles-mêmes et marcher de travers en se dandinant à la façon d'un crabe en balade. En bas, les coups de Klaxon continuent de plus belle, il ne les entend presque plus.

Assis comme une marionnette molle, les yeux hagards, les bras ballants, ses aisselles baignent dans une moiteur inhabituelle – son nez plonge, par réflexe, sous ses bras. Ses narines rapportent une odeur de transpiration. Je me suis pourtant douché, pense-t-il. Ça va cogner aujourd'hui, se console Oskar en insistant avec jubilation sur le « o » de cogner – sous-entendu « je ne serai pas le seul puni par cet air maudit ». La météo annonce une vague de chaleur depuis des jours. Elle ne changera rien à son existence de poisson rouge. Qu'il fasse quarante, soixante degrés, que le thermomètre explose, que Paris respire à la température de Bagdad en août ou que la ville grelotte comme au bord de la banquise n'a aucune importance. Depuis six jours, pas une ligne écrite, pas la moindre idée de papier, il a cessé d'être le journaliste à l'affût des vibrations de la vie en France. Rien à raconter aux lecteurs de son magazine. Oskar s'est débranché de ce qui faisait sens pour lui. Il végète, comme un parasite recroquevillé.

Six jours, déjà, qu'il a lu la lettre remise entre ses mains lors du déjeuner d'obsèques de sa mère. S'il avait su ! Il n'aurait rien dit à personne et fait disparaître cette enveloppe et la catapulte qui l'a propulsé dans un monde inconnu, là où existe une sœur cachée. Une sœur unique.

Enfant, Oskar a follement rêvé avoir une sœur. Jusqu'à huit, dix ans, il a même supplié sa mère de lui en fabriquer une, à quoi Sybille a toujours répondu que les sœurs ne ressemblent pas aux frères. Elle restait évasive quand son petit garçon demandait d'être davantage éclairé sur cette dissemblance.

Commençons par le début, s'encourage Oskar comme s'il se lançait dans une enquête classique, en se basant sur les cinq fameux W allemands *Wer*, *Wann*, etc., traduits en français par Qui, Quoi, Quand, Où, Comment. « D'abord, Qui », commence Oskar à voix haute en prenant cinq fiches cartonnées afin de transcrire ses idées et – qui sait – les résultats de ses recherches.

Qui ? Sylvia. Un prénom devenu tout d'un coup synonyme de coffre-fort verrouillé rempli de mystères et de secrets endormis. De silences et, forcément, de quelques mensonges aussi. « Il faut qu'elle parle, il faut qu'elle me raconte, je veux savoir », murmure Oskar comme on rabâche une obsession. Il faut que je sache, se promet-il en sentant des gouttes couler sur ses joues. Je ne comprends pas pourquoi ça m'obsède à ce point… parvient-il à penser quand la lucidité rapatrie un moment de calme.

« Trouve Sylvia ! » lui a lancé sa femme comme on lance une bouée. Il passe une main, puis l'autre sur son visage, des essuie-glaces en position 3 une nuit de pluie drue sur l'autoroute. Trop compliqué, tout ça ! Il veut dire : « Ça fait trop mal et je ne sais pas où le fil de la pelote de laine va me mener. »

Une semaine bientôt qu'il s'est installé dans la peau d'un détective pour trouver sa sœur. Des jours entiers à buter sur le dos du vent. La lettre de sa mère vire au lambeau, à force de la déplier, de la parcourir, mot à mot, comme si quelque chose pouvait lui avoir échappé. Ses yeux ont beau fouiller chaque caractère, examiner le papier à contre-jour, traquer d'hypothétiques ratures. La confession de Sybille Rossbauer épouse Weber comporte trop de mystères. Il manque des informations essentielles. Sylvia, comment ? Résidant où ? Mariée ? Profession ? Il ne sait rien, rien qui permette de la localiser et de prendre contact avec elle.

Ni Weber comme Oskar. Ni Rossbauer – le nom de jeune fille de Sybille. Il l'a cherchée sous ce patronyme. On ne sait jamais, s'est justifié Oskar, avec un pincement de remords. Comme si Sylvia aurait pu être une enfant née hors mariage. Une bâtarde dans une famille bourgeoise originaire d'une province architraditionnelle comme la Silésie ? Une bâtarde née d'une Allemande éduquée suivant des codes intangibles, protégée des mauvaises mœurs ? Inimaginable ! Sybille fille-mère, comme on disait à son époque ? Calembredaine ! Quelle méfiance sotte et sale, s'est-il reproché avec un zeste de honte. Toujours ce réflexe du journaliste qui vérifie point par point, même des pistes absurdes.

Si Sylvia s'appelait Rossbauer comme sa mère, ou Weber comme lui, son frère, il l'aurait déjà trouvée. Sans patronyme, autant chercher une aiguille dans une botte de foin ! Des Sylvia, estime Oskar, il doit en exister des centaines et des centaines, peut-être des milliers, en Allemagne. Il suffit de prononcer ce prénom pour en nommer instinctivement une demi-douzaine qu'il situe personnellement. La reine Sylvia de Suède, une Allemande de Heidelberg, sourit-il en se souvenant d'une interview, il connaît aussi une Sylvia Von Mezzler, épouse du propriétaire d'une banque d'affaires à Francfort, il apprécie également une Sylvia Guibert au service du protocole à l'ambassade d'Allemagne à Paris. Des femmes de caractère, se dit-il en hochant la tête avec satisfaction. Qui encore ? Beaucoup d'autres, croisées ici et là, y compris des copines de jeunesse rencontrées à l'université de Freiburg ou quand il était jeune journaliste à Bonn, capitale de l'Allemagne avant la réunification. À quoi ressemblaient-elles, se demande-t-il ? Brunes ? Blondes ?

Il aurait du mal à se souvenir de leurs visages, de leurs corps. Passées dans son existence sans laisser de traces. Même pas une petite photo. Sylvia – il prononce Sulvia, à l'allemande – est un prénom si courant, si intemporel entre les fleuves Rhin et Oder, surtout chez les femmes de quarante-cinq, cinquante ans. Oskar meuble son imagination, un peu camus[4] d'être encore les mains vides après des jours dans le vide. Me voici bien avancé, se désole-t-il. Je ne gagnerais pas ma vie comme détective, à débusquer des fantômes… à moins que ça se décoince d'un coup comme dans certaines enquêtes journalistiques, se console un homme qui se laisse de plus en plus aller. Sa dernière douche date de trois jours, sa barbe dépasse le stade des canons de la beauté, même son assiette du petit déjeuner traîne avec des casseroles qui attendent d'être rangées dans le lave-vaisselle. Le temps passe à tourner autour de l'énigme. Si Sybille – qui a ouvert un trou dans les vannes du passé – a sauvegardé l'anonymat de sa fille, c'était peut-être pour la protéger ? Ou était-ce vraiment une demande explicite de Sylvia de demeurer dans l'ombre pour le reste de son existence ? Après tout, elle aussi se trouverait projetée dans une spirale qui viendrait perturber sa tranquillité. Exposer sa photo accompagnée d'une annonce de recherche sur le mur planétaire de Facebook était certes facile, mais impliquait de la livrer à la curiosité des voisins, des collègues de travail, de tout son réseau personnel. Il hésite. Ce ne serait pas la voie la plus distinguée, la méthode la plus subtile, s'il voulait préserver leur lien de parenté et nouer le dialogue. A-t-elle créé une famille ? A-t-elle des enfants, un conjoint, un ami ? Qu'a-t-elle fait de sa vie ? Comment s'est-elle arrangée avec elle-même pour accepter cette existence à part ? Cachée. Comment a-t-elle fait pour se situer en marge d'une racine essentielle, séparée de sa mère pendant l'enfance, l'adolescence, la jeunesse ? Loin de ses trois frères.

---

4. Embarrassé.

Ces questions le ramènent à l'interrogation originelle. Oskar sait combien la brutalité de la révélation entourée d'une forêt d'ombres l'a mis en état de choc. S'il trouve Sylvia, pourra-t-il jamais accéder à la vérité autour de sa propre existence ?

Dans les moments où il parvient à laisser sa raison reprendre froidement le contrôle, il imagine l'existence de sa sœur verrouillée dans un réseau de secrets. Un secret initial en a généré d'autres, qu'elle a dû enfermer comme on parque des bêtes féroces. Le reste s'est enchaîné. Que s'est-il passé pour que Sybille cache ce pan de notre histoire familiale ? Comment tout « cela » est-il arrivé ? Quand il dit « cela », le fils de Sybille ouvre les mains, semblant déplacer un objet lourd et fragile prêt à s'évanouir dans le néant, insaisissable comme la vérité. Peut-être une histoire toute simple, banale, mais les gens ne parlaient pas… se console-t-il.

Plongé dans les méandres de ses questions à tiroirs multiples, il n'a pas entendu la porte claquer et un optimiste « Coucou, suis là ! ». Momine est de retour.

– Tu n'as pas vu mon SMS ? l'interroge-t-elle avec une pointe de reproche. Sans attendre la réponse, elle souligne la raison de sa venue en attachant ses cheveux. « Agniezska va passer. Je vais lui donner des fringues pour son association. »

Si elle avait dit « il fait jour dehors », son annonce aurait provoqué le même effet sur le fantôme devant elle.

Oskar dit « Ah ! Oui ! » et reste muet comme une carpe. Comme le poisson des eaux troubles, il aimerait savoir s'enfoncer dans la vase et se dissimuler. Et pour cause ! Il se garde d'aller découvrir le SMS raté de Momine ; elle risquerait d'apercevoir le fond d'écran de son téléphone, l'image centrée sur un visage de femme. Sylvia. Il a recadré la photo de vacances transmise dans l'enveloppe de l'aveu, mais sans sa mère. Il tend la main vers le bord de son bureau, murmure « Hum ! Hum ! » pour gagner du temps, attrape l'appareil et le glisse au fond de sa poche sans quitter Momine du regard. Pas la peine qu'elle fasse des histoires pour rien, se justifie-t-il intérieurement, content d'échapper à « l'inquisition sur pattes », comme il surnomme sa femme.

Il faudrait affronter des insinuations sur son désir d'avoir Sylvia sous les yeux dès que le téléphone est allumé. Et à vrai dire, c'est exact, il allume l'écran juste pour cela, précisément, pour voir ce visage. Il connaît par cœur chaque ridule, chaque millimètre qui sépare les sourcils épais du nez fin et droit. S'il savait dessiner, il pourrait crayonner son portrait à main levée.

– Alors… ? demande Momine.

La question soulève Oskar de ses songes.

– Alors quoi ? rebondit-il, comme si sa femme le sortait du lit de force avant de poursuivre sur un ton acre, à la limite de l'irritation. « Alors, je cherche ! Tu crois que c'est facile, toi, mais c'est compliqué ! Je n'avance pas ! Depuis que tu es partie, dit-il en la regardant enfin, je n'ai rien trouvé, pas une piste. Je vais accélérer maintenant, je ne peux pas continuer à faire du surplace. Il faut que je trouve Sylvia ! »

Tiens, tiens, se dit Momine, je ne suis pas réapparue depuis quelques jours et ça lui semblerait long ? L'orgueil le dispute à la mauvaise conscience. Pourra-t-elle l'abandonner longtemps encore, en vivant à part, alors qu'il traverse des jours de doute et de désarroi. Il n'empêche ! Où sont passés ses mots doux, susurrés lorsqu'elle est partie, Diderot et ses lettres à Sophie Volland ? Elle s'assied en biais sur le sofa, jambes repliées, main sous son menton, lèvres songeuses. Arrivée avec l'idée de confier quelque chose à son mari, elle se ravise, contemplant silencieusement un mur de photos. Le doute pointe son museau.

Son regard se pose sur le cliché en noir et blanc voisin d'une gravure ancienne. Elle aime la disposition des cadres autour des deux images. Au-dessus, une photo – unique en son genre – représentant une grappe d'enfants avec des têtes d'autrefois dans leurs accoutrements et leurs mines intimidées. La seule photo de son enfance. En dessous, décalée vers la droite, la reproduction d'une gravure du Moyen Âge illustrant la mythologie des trois Nornes, ces déesses scandinaves qui tirent le fil d'une bobine pour tisser les destins des dieux et des humains.

– Les Nornes t'inspirent, je vois ! la taquine Oskar pour meubler le silence.

– Oui, oui ! Surtout la déesse qui symbolise le passé, chuchote Momine en fermant les yeux.

Explicitant sa préférence pour la déesse du passé, plutôt que celle du présent ou du futur, elle ajoute d'un filet de voix éteinte : « La mythologie nordique prétend que si on traite le passé, on peut réparer l'avenir. »

Oskar est très distrait ce matin, son intellect synthétise à grand-peine les mots « passé-avenir ».

– Oh ! Ne crois pas trop à ces vieux trucs... Les histoires de déesses, tu sais... dit-il faute de trouver une suite plus convaincante à la conversation.

Momine le regarde comme si une épave venait de bouger.

– C'est ça, reste un bon protestant bien rationnel ! Tu crois pouvoir exclure le monde magique de notre territoire d'humains ? Moi, pas...

Il sursaute. Pourquoi cette agressivité soudaine ? Il ne voulait rien dire de mal ! Il la voit bondir du sofa comme si elle était montée sur ressorts.

Des craquements de ferraille accompagnent la poulie du vieil ascenseur et sa cabine encadrée de fer forgé. On sonne à la porte. Le pas lourd d'Agnieszka vient opportunément neutraliser l'électricité qui montait dans ce couple qui bat de l'aile à cause de Nornes tisseuses de destins.

L'amie polonaise a l'air d'avancer dans un sanctuaire bouddhiste, chaussures à la main, imperméable accroché à l'extérieur « pour ne paaaaar salir ». Momine éclate de rire en la prenant dans les bras. Pas à cause de son accent slave à couper à la serpe, tant d'années après son arrivée comme réfugiée politique. L'orage l'a trempée. Agnieszka entre pieds nus, entraînant dans son sillage un flot de souvenirs. La voici, la petite Momine, qui foule le béton rougi à l'encaustique, les pieds glissant sur des patins pour garder « la propreté », l'obsession d'Amélie. Sa mère voulait toujours tout laver comme si elle chassait une tache éternelle.

Des chiffons qui glissent sur le sol de la mémoire surgit un carrousel d'émotions aussitôt refoulées. Entre la fille des mers du Sud et la paysanne des forêts bordant la Baltique, le courant est passé tout de suite, dès le premier jour, au premier regard, aux premiers mots. Elles intervenaient ensemble, lors d'une soirée de levée de fonds pour « Le Gîte et la parole », leur association qui aide des femmes vulnérables. Agnieszka sait, comme personne, raviver la vie dans le cœur et l'esprit des êtres abîmés par l'existence. Elle les arrose de pensées réconfortantes sur le modèle des jardiniers expérimentés qui savent réhydrater un arbre desséché.

Elle dépose sur la table ses pommes de terre farcies au porc et bien sûr, une bouteille de Żubrówka ornée d'une étiquette reconnaissable entre toutes. Dans son attirail d'immigrée, la Polonaise a toujours gardé une place au flacon de liquide blond du pays de Chopin. Elle soutient qu'aucune blessure de l'âme ne résiste à sa Wooaudka de seigle distillé.

Dans sa jeunesse quand la nourriture manquait, on trouvait toujours de la vodka dans les presbytères où allaient se cacher les dissidents de Solidarność, là où les troupes de Lech Wałęsa, l'électricien des chantiers navals de Gdańsk au nord de la Pologne, préparaient la naissance du premier syndicat libre à l'Est.

Donc, quand Agnieszka la combattante a sonné avec sa Żubrówka et ses délicieux zakouski, Momine a ouvert la porte à son amie la plus chère, la confidente qu'elle peut appeler-à-midi-à-minuit, celle qui ne juge pas et sait tenir sa langue. L'amie costaude se penche par-dessus la table, comme si elle se trouvait dans un confessionnal, quelque part dans un village de Mazurie. Elle dissimule mal ses sentiments, Agnieszka ! Ce matin, ses yeux bleu pâle passent Momine aux rayons X. Diagnostic : court-circuit. La malade a disjoncté dans la mélancolie.

– J'ai compris que tu es dans le doute, en ce moment, non ? Tu ne vas pas laisser des vieux… troucs pleins de rouille polluer ta vie ?

Agnieszka roule des pupilles aussi transparentes qu'un lac du pays de son enfance, pour ordonner le silence.

– Moi, je vais te poser quelques questions… commence-t-elle, l'air d'un huissier dressant un inventaire.

Bras ouverts, celle qui connut la Pologne d'avant la chute du rideau de fer désigne l'appartement spacieux situé dans un quartier bourgeois du 15e arrondissement de Paris. Du menton, elle passe en revue le décor.

– Tous ces placards remplis de provisions comme pour tenir un siège et ces armoires qui croulent sous des masses de vêtements qui pourraient habiller un défilé entier sont des signes qui ne trompent pas, hein, dit-elle, les bras dans le dos. Tu as réussi ta vie, ma fille !

Agnieszka poursuit son monologue. Elle pose sur ses lèvres un doigt en signe d'interdiction de la contredire. Impossible pour Momine de protester, inutile de souligner que « ce n'est pas le problème ». Rien à faire. La Polonaise en rajoute, englobe virtuellement dans ses bras potelés quantité de cartons de chaussures qui s'empilent sur des rayons, comme dans un magasin.

– Combien de bottes, bottines, sandales hautes, basses, colorées, noires, escarpins, souliers de toutes formes, de toutes couleurs, à lacets, à brides, sur plate-forme, en bois, en corne, à bouts larges ou fins, combien de paires possèdes-tu ?

Momine lève un index, dérobe une poignée de secondes, le temps de glisser une explication :

– Mes tas de chaussures ? C'est moins cher et plus efficace que tous les psys du monde !

– Reconnais que tu as tout ! Tout ! Tout ! insiste la visiteuse en se penchant. Elle cligne des yeux, d'un air entendu, en croisant le regard de Momine.

– Je l'assume : je suis, j'incarne la folie d'Imelda Marcos !

– C'est qui, celle-là ? s'inquiète la Polonaise en se redressant sur sa chaise, l'air d'avoir raté l'héroïne d'une série à la mode.

– Imelda Marcos ? C'était l'épouse d'un dictateur des Philippines. Un pays rendu exsangue, mais elle, Imelda possédait trois mille paires de chaussures, c'était dans les années quatre-vingt.

– Eh ben ! Tu n'en es plus très loin ! raille Agnieszka en faisant un signe insolent et tendre.

Momine sourit vaguement, ajoute un petit secret à la liste d'Agnieszka.

– Sais-tu, ma chère, que je collectionne d'autres objets très précieux ? Je suis complètement dingue de parapluies ! Oui, des parapluies ! J'en possède des dizaines, d'époques, de formes, de couleurs différentes… Enfant, je n'en avais pas un seul pour m'abriter des trombes d'eau sous les poivriers roses.

La Polonaise secoue la tête, elle n'a pas fini :

– Faut pas pleurnicher comme ça pour des troucs pas clairs ! Alors, prends du Mr. Propre et oust ! Du balai ! Oui, du balai sur ces merdes… Ah ! Mais tu me rends voulgaire !

Elle termine par une grimace en frottant énergiquement son corsage éclaboussé de zakouski, scrute les traits de Momine en prenant un air qui rappelle De Funès. Il ne manquerait plus qu'elle lui demande de tirer la langue. Toutes les deux se mettent à rire, se serrant l'une contre l'autre en s'embrassant les mains.

– Tu as quand même bésoin d'un pétite remontant, ma chérie ! concède la Polonaise en dévissant d'un coup sec le bouchon du flacon à tête de bison. *Na zdrowie !* Santé !

Trois zakouski et deux larmes de wouodka plus tard, Momine a rassemblé les mots nécessaires pour expliquer à Agnieszka que les tonnes de chiffons dans les armoires et les dizaines de paires de chaussures ne suffiront jamais à combler les pointillés de sa vie, les manques, les silences, à effacer la violence intérieure qui l'habite.

– Je vais m'en occuper… promet-elle en regardant son amie dans les yeux comme si elle lui faisait un serment.

– Je serai à tes côtés, promet Agnieszka, sans l'ombre d'une hésitation, mais sois raisonnable. Ne casse pas tout. La vérité n'est pas toujours bonne amie.

Elle se penche plus près de Momine. « Crois-moi, la vérité n'aide pas forcément pour sauver… » Elle s'arrête, polit ses mots. Posant ses coudes sur la table, elle termine son ordonnance, et après s'être assurée qu'elles sont bien seules, elle prend Momine par l'épaule et lui murmure à voix basse tout près de son visage : « La vérité ne sauve pas un amour… malade ! »

Un amour malade ? Comment ça ? Qu'est-ce qu'elle croit Agnieszka, que je vais vivre avec elle parce qu'on a passé un week-end ensemble ? Ce que je ressens pour elle ne se compare pas à ce que j'ai construit avec mon mari et mes enfants ! Ces pensées secouent la torpeur qui gagnait Momine. Elle frotte énergiquement sa nuque douloureuse. Et si elle voyait plus clairement que moi, s'inquiète soudainement Momine ? A-t-elle discerné un réel danger de dislocation de ma famille ?

– Attends, Agnieszka, une minute ! lâche-t-elle tout à trac en se lançant hors du salon à la vitesse d'un javelot. « Oskar ? Tu es où ? »

Oskar est occupé à rassembler des documents dans diverses pochettes étalées sur son bureau. Il se retourne, l'air pressé et lèvres cousues.

– Oskar, je voulais juste te dire, tout à l'heure, que la photo à côté des Nornes n'est pas une simple photo d'enfance. C'est pour ça que ton observation m'a fâchée.

– O.K. ! O.K., répond-il sans interrompre son rangement.

– J'ai rendez-vous. Suis en retard !

C'est la voix d'Agnieszka qui retentit dans l'entrée. Elle tient déjà ses bottines à la main en s'excusant : « Faut que j'y aille. »

– *Do widzenia* Maria-Agniezska, claironne Oskar en se précipitant de son bureau. Bizarre son sourire en demi-teinte qui accompagne son « au-revoir ». A-t-il idée de la conversation acidulée entre sa femme et celle qu'il surnomme « Santa Maria Agnieszka » ? Elles se serrent dans les bras. Oskar n'entend pas ce qu'elles se disent.

Quand la poulie grinçante emporte Agnieszka, Momine se réfugie auprès de son mari, les yeux mi-clos, mains croisées, gênée. Agnieszka a semé le trouble dans son esprit. Le cœur battant, elle teste la compassion de son homme. À la recherche d'un apaisement, elle chuchote vers un visage immobile, conciliante.

- Tu sais, moi aussi… je te raconterai… Moi aussi, j'ai des choses… pas simples…

Si peu simples qu'elle n'arrive pas à terminer sa phrase. La vue sur le couloir, de l'autre côté du bureau, la cloue au parquet.

– Ben, c'est quoi… ? demande-t-elle, d'une voix effarée.

- Ma valise ! répond tranquillement son mari.

Les yeux de Momine, incrédules, naviguent, comme des ombres inquiètes, du bagage à son mari, visiblement en roue libre, qui choisit ses vêtements et les plie tranquillement dans le contentement de ses gestes. Oskar n'a pas besoin de dire dans quel état d'esprit il va entamer son voyage non annoncé et certainement pas improvisé. Elle pourrait « l'accompagner », propose-t-elle d'une voix humble. Son offre reste en suspens.

Cette fois, c'est lui qui décide. C'est lui qui part. Il fera son voyage seul.

– J'ai besoin d'un peu de solitude, pour mettre de l'ordre, tu comprends ?

Sous-entendu, tu as la monnaie de ta pièce, n'as-tu pas choisi de faire comme les chats ? Tu pars, tu reviens…

Elle sent ses pensées, se mordille les lèvres, ne répond rien, curieuse de connaître les raisons du changement de partition. Entre le couplet d'Oskar inspiré des lettres de Diderot, la dernière fois, à la fin de leurs étreintes inattendues et son étrangeté ce soir, que s'est-il passé ? Qui va-t-il rencontrer ? S'il croit qu'elle s'abaissera à poser ces questions, il se trompe, se jure-t-elle en trottinant d'une pièce à l'autre, le regard torve vers la valise. Un gros registre bleu gris est posé sur des chemises. Le journal de jeunesse de Sybille part avec lui. Elle se demande bien pourquoi ? Pour le faire lire à qui ?

Demain matin, gare de l'Est, Oskar partira par le train de six heures quinze en direction de Strasbourg. Il franchira ensuite le Rhin, traversera les plaines autour des vignobles en pentes douces du pays de Bade. Vers treize heures, Oskar Weber sera assis dans le mythique restaurant Oberkirchs Weinstuben de Freiburg. Madlen l'attendra. Elle sera l'ange qui veillera sur lui.

– 6 –

Des photos

Quand Momine ouvre les yeux, le jour passe largement à travers les volets, l'appartement est plongé dans le calme. Cette nuit, les serpents noirs et jaunes ne sont pas venus. Au fond du couloir, dans la chambre d'amis, le parquet qui craque au moindre bruit n'a pas dérangé son sommeil. Oskar a dû s'éclipser sur la pointe des pieds. Elle consulte son téléphone. « Mon Dieu, presque neuf heures déjà ! » Lola et Jules sont au lycée depuis une heure. Elle s'étire de la tête aux pieds en répétant : « Tout va bien, tout va bien, je vais bien ! Ahhh ! Oh ! Hisse ! Un bon thé pour commencer, le reste… »

Le reste l'attend. La brève gym du matin s'achève par un piteux mouvement de yoga, la traditionnelle figure dite du chien tête en bas la fait ressembler à une effigie en chiffon. Son corps amolli s'affaisse, elle s'allonge par terre. Un ronronnement se rapproche, elle se blottit contre Sashachou qui fait son numéro d'amoureux transi en clignant ses pupilles ambrées.

Dans cet angle, sans l'avoir cherché – pas consciemment en tout cas – elle capte le regard de l'enfant sur la photo accrochée au mur. Elle connaît les moindres détails de cette image, son totem qui siège un peu partout dans l'appartement, dans des cadres de toutes formes et des cadrages différents. La seule et unique photo de son enfance. Elle n'a pas encore tout à fait six ans. Aux dernières lueurs de son innocence. Le cliché a été saisi juste avant que les serpents noirs et jaunes commencent à l'assaillir la nuit.

Au chat, elle peut tout dire des anfractuosités de ses souvenirs. Une grosse patte soyeuse dans une main, Sashachou, l'opportuniste gavé de câlins, fait mine de se laisser convaincre.

– Si Oskar savait… se dit-elle. Mais il ne sait pas… Elle toussote pour chasser son mari de sa tête.

Sachachou doit sentir qu'il n'est pas au centre des pensées qui galopent autour de son pelage. Rassasié de caresses et saoulé de mots, il prend la fuite comme s'il s'échappait d'une forteresse en flammes. La masse de poils va se déployer sur un tapis, pattes dissimulées, il bâille avec insolence, indifférent.

– T'es bien un mec, maudit chat égoïste !

S'il avait compris la litanie d'injures créoles – pour lui et ses semblables, à quatre ou deux pattes –, Sashachou aurait miaulé au secours.

À ce moment, un bruit de porte ramène Momine au temps présent. Sa fille se met à rire de bon cœur en la découvrant étendue par terre.

– Tu t'es envolée sur ton tapis magique, mam ?

Lola se penche, lui donne la main pour l'aider à se remettre debout. Dans les bras l'une de l'autre, elles s'embrassent et se mettent à danser, virevoltent. On ne sait plus qui est la mère qui est la fille. Elles n'ont pas d'âge. Une ado et sa maman sans pont-levis dressé devant d'inutiles incompréhensions. Un instant de bonheur pur et éternel. Pourquoi faut-il être au bord de la falaise pour retrouver ce goût ?

Depuis que Momine s'est éloignée du nid familial, la « petite » a pris conscience – sans savoir pour autant tout démêler – qu'une mère peut connaître des passages à vide et être fragile, elle aussi. Elle comprend que les douleurs d'âme ne sont pas réservées aux enfants et aux jeunes filles amoureuses. Le temps passé ensemble devient précieux. Elle grandit.

Momine s'immobilise. Sans crier gare, elle fond en larmes sur ses joues, sur ses mains, elle pleure comme si elle venait de découvrir qu'il existe une fonction larmes dans son corps. Depuis combien de temps, depuis combien d'années ne s'est-elle pas laissée aller à rompre les digues ? Lola ne pose aucune question, elle prend sa maman dans ses bras, la berce comme on berce une enfant souffrante, lui murmure à l'oreille qu'elle est la meilleure maman au monde :

– Tu es une guerrière, maman, et on est avec toi. Alors, hein… On t'aime maman… ! On t'aime et tu ne le sais même pas ! La petite, là, sur la photo, c'est une bagarreuse, elle sait donner des coups de poing !

« La petite » ? Le souvenir la réveille. Les larmes de Momine sèchent aussi vite qu'elles ont fait irruption.

– Suis désolée, vraiment, s'excuse la mère.

– Moi aussi, je pleure parfois, maman, tout le monde pleure, c'est normal de pleurer !

Momine la serre contre elle, c'est elle la maman, non ? Et pourquoi Lola a mentionné l'enfant sur la photo ? Lola répond qu'elle pourrait décrire par cœur cette photo d'autrefois aux bords finement découpés. « Ah, alors toi aussi t'es sensible à l'image !? Je t'aurais donc soufflé dessus ! » sonde Momine en reniflant. Son ado, plus attentive qu'elle ne peut le croire, répond que dans les yeux de la petite fille qui trône en majesté au milieu d'une grappe de gosses, on devine déjà la femme qu'elle est aujourd'hui, celle qui ne se laisse pas faire. Elle prend sa mère par la main, l'emmène devant un exemplaire du cliché, marque un silence, s'attriste soudain.

– Quand même, ce regard si dur, pour une enfant… Lola esquisse un sourire admiratif.

Plus que son accoutrement, robe et chaussettes épaisses portées en collerette sur ses chaussures presque carrées, sa dégaine de petite rebelle, son incroyable aplomb la font sortir du lot. Un détail lui saute aux yeux.

– Regarde cette main ouverte avec assurance sur le dossier de la chaise, elle a l'air de dire « si tu m'embêtes… je t'attaque ! ». C'est tout toi, maman.

Le rire joyeux de Lola rend léger ce qui ne l'est pas. Sa jeunesse, son optimisme, sa beauté rayonnante balayent les idées sombres.

Momine lui demande si elle remarque un autre détail. Sa fille désigne le chignon dressé comme un gâteau enrubanné au sommet du crâne de la petite fille.

– Pas ça ! répond Momine, amusée.

Intriguée, Lola cherche, interroge d'un haussement d'épaules.

– Là, sous l'organdi, tu vois ce cordon… ? indique sa mère, le menton collé au cadre en verre. Tu ne remarques, rien ?

Il faut connaître les pratiques ancestrales pour deviner ! La robe blanche sans manches dissimule une amulette suspendue autour du cou.

Elle explique à Lola que les mamans créoles glissaient une protection rituelle sur la peau de leurs petites filles qui risquaient d'être volées pour être données au diable.

– La p'tite diablesse que j'étais appartenait à cette catégorie d'enfants en danger… Le diable a bon dos, il sévissait sous des formes très humaines, soupire Momine.

Lola apprend que le sachet attaché au bout de l'amulette recélait des variétés d'herbes tropicales séchées – zerbes à bouc, ayapana, indigo – mêlées à des zestes de cannelle, quelques gouttes d'huile essentielle de géranium rosat sans oublier un peu d'eau bénite. L'amulette était d'abord destinée à faire fuir les mauvais esprits, mais elle était réputée efficace, aussi, dans la prophylaxie contre l'infestation des intestins. Les ascaris et oxyures s'agitaient encore dans tous les sens quand les plus jeunes faisaient leurs besoins à même le sol, raconte la maman.

– Ah ! Beurk, grimace Lola.

Elle n'a pas idée des problèmes de santé qui touchaient tant d'enfants – surtout parmi les pauvres. Momine poursuit sa leçon de choses.

– Les vers sortant tout chaud de nos corps d'enfants étaient de vieilles connaissances, familières à tous, frères et sœurs accroupis sous les arbres. Tous les enfants s'amusaient à compter les grands vers jaunâtres qui se débattaient pour survivre à la lumière après l'éviction de leur résidence habituelle, dans l'obscurité de nos ventres infestés.

Au visage horrifié de Lola, Momine n'épargne aucun détail.

– Nous avons chassé ces bestioles comme des trophées. C'était vital ! Beaucoup d'enfants mouraient à cause de ces parasites. On appelait ça « une révolution de vers » ! Heureusement, un puissant vermifuge aidé des influx magiques de l'amulette réussissait à les déloger. Pour revenir à la photo, explique Momine – mise en confiance par sa fille –, c'est le seul témoignage de notre fratrie presque au complet, avant quelques rares clichés à l'âge adulte. Elle a été prise tout près de l'église du Tampon où des yeux de pierre surveillaient nos allées et venues. On avait beau passer dix fois dans la journée devant la statue du Père Rognard, dix fois il fallait faire le signe de la croix. Rarement on baissait la tête sans se signer. Seulement quand papa se tenait en face de l'église et nous observait. Nous n'avions pas le même Dieu. Lui, c'était Allah. Le jour de la photo, nous avons ignoré le Père Rognard, papa nous attendait devant sa boutique avec quelqu'un que nous n'avions jamais vu, exerçant une profession mystérieuse : photographe.

– Aucun de vous ne semble joyeux, remarque Lola.

Les trois plus grands frères, placés à l'arrière, sont effacés, le quatrième garçon, malingre, a la tête de tous les enfants dociles, ces êtres fragiles prêts à obéir aux ordres sans se poser de questions. Un enfant de la peur.

Derrière lui, l'aînée des filles, avec un nœud immense plaqué sur son crâne, aura éternellement l'allure d'un œuf de Pâques triste. À côté d'elle, sa sœur maigre au maintien assuré arbore un léger sourire au coin des lèvres. Son paletot tricoté en points serrés, décoré de boutons qui ont dû être nacrés, s'ajuste sur une robe rayée à gros plis laissant découvrir des sandales à talons épais. Sa tenue portée avec solennité et délicatesse est sûrement un exemplaire unique réservé aux cérémonies exceptionnelles.

Ce sera LA photo de leur vie ensemble.

– Sept enfants vivants ! Seuls les plus solides ont dû vivre, non… ? imagine Lola.

– Hélas, il en manque trois. Un garçon, Hamza, et…

Momine s'arrête, puis elle dit :

– J'ai perdu deux sœurs aussi. Des jumelles.

Un mouvement de sourcils de Lola dit son effroi. Le récit fait apparaître la mort comme une possibilité de la vie. Elle serre fort la main de sa maman en évitant de la regarder.

– Tu pourras me parler d'elles, mam ?

– Promis.

Mam n'a pas fini. Elle explique l'importance de ce document unique. Il n'était pas destiné à être une photo souvenir pour le plaisir de voir un troupeau rassemblé. Non, le papier illustré devait servir de pièce d'identité collective du groupe d'enfants et d'adolescents. Présenter la ribambelle que leur père avait l'intention d'expédier à sa famille, à Zanzibar, où certains de ses frères n'avaient pas réussi à produire une descendance en nombre.

Leur père n'avait rien dit de son secret.

La photo devait être une pièce à conviction cruciale, une preuve attestant qu'aucun enfant de cette bande ne se trouvait entravé par un handicap détectable.

Tous portaient une invisible estampille « sains, en bonne santé ». On aurait pu ajouter « bons pour le service ». Ceux qui attendaient de leurs nouvelles en Afrique, à des milliers de kilomètres de distance, ne les avaient jamais vus en chair et en os. Les commanditaires pourraient découvrir que tous étaient aptes à marcher, courir, travailler. Savoir lire et compter étant une option utile.

Du côté des filles, la plus exigée de toutes les aptitudes, la plus essentielle, résidait dans la capacité à perpétuer l'espèce. Elles pourraient être épousées dès leur arrivée sans avoir à dire oui ou non. Même la plus petite se plierait à l'ordre non écrit. On attendrait le jour J pour concrétiser l'affaire. Même si, en principe, ils étaient enfants de la République française, personne ne viendrait contrecarrer le projet. L'île de La Réunion n'était plus une colonie depuis 1946, mais un département au même titre que la Creuse ou les Landes. Pourtant les deux lettres magiques aux yeux des anciens colonisés, « RF », brillaient faussement, un attrape-nigaud au lieu d'être un talisman. RF et ses lois étaient des promesses mortes. Pas de protection contre le rapt d'enfants destinés au mariage forcé pour les filles, ou le travail gratuit pour les garçons. Il fallait bien rembourser le prix du voyage en bateau jusqu'à la côte africaine où résidait le clan de leur géniteur. Une affaire privée.

Le projet d'expédition de chair humaine échoua pour une raison inconnue. On dit que Mukesh Bajaj, leur père, en a été très mortifié. Donner ses enfants en cadeau aurait été une façon brillante et exemplaire de racheter ses fautes et son interminable chute.

Momine raconte à sa fille que dans la bourgade où ils ont grandi, ces garçons et filles ne passaient pas inaperçus, étant, à l'époque, les seuls métis dans leur catégorie ethnique – mélange blanc/indien. Au moins pouvaient-ils se consoler. Ils ne souffraient pas des cruelles et effrayantes difformités dues aux tares de la consanguinité, si fréquentes alors, tout particulièrement sur les hauteurs du volcan.

Lola doit faire un effort pour se familiariser avec le monde de ce temps pas si lointoin. Les yeux écarquillés, elle se résigne à admettre que naître comme sa mère de parents d'origines différentes n'allait pas de soi.

– Les Blancs fuyaient frénétiquement la promiscuité des gènes inférieurs. Et ils ne s'en cachaient pas, se souvient la fille d'Amélie. Faire des enfants avec des étrangers d'une autre couleur, d'une autre religion, d'un autre pays ? On ne s'abaissait pas à de telles compromissions chez les Hoareau, les Fontaine, les Lauret et surtout pas chez les De Kerveguen, quels que fussent les liens incestueux…

Dans ces grandes familles, on arrangeait les mariages sur trois critères. On s'invitait sous les varangues, on buvait des jus de grenadilles ou « un p'tit coup d'sec » et on parlait de la pluie et du beau temps. Les négociations commençaient doucement entre hommes. Premier critère : la couleur de la peau.

Blanche sans tache. Ensuite, venait la situation professionnelle du candidat au mariage. Enfin, l'héritage. Passait encore d'être illettrés et pauvres, mais noir, coloré, mélangé ? Déclassement naturel ! En bas de l'échelle de la considération.

Si, par malheur, une fille blanche s'égarait, elle savait qu'elle ferait un aller simple vers sa nouvelle vie. Rayée pour toujours de sa famille. Ses enfants au sang-mêlé répondraient à une appellation qui ne choquait personne « Z'enfants bâtards ».

– Mais, répond Lola, grand-mère Amélie s'est pourtant bien mariée avec un immigré musulman…

Momine ne se laisse pas désarçonner.

– Elle n'a pas été mariée.

– Ah bon ! Elle était vraiment moderne, grand-mère !

– Ce n'était pas aussi simple, Lola. Dans ce temps-là…

Dans ce temps-là, du côté de Bois Court, au village proche du Piton de la Fournaise et de son volcan qui se met en colère pour un oui, pour un non, les Rivière sont connus sous un patronyme rattaché à une lignée d'aristocrates. Un nom célèbre et honni à la fois, une ascendance infiltrée dans le sang d'une famille de petits cultivateurs, mais jamais transcrite à l'état civil. On les appelle – parfois avec une lèvre moqueuse – les RDKDC, les Rivière De Kerveguen de Derrière la Cuisine.

– Pas très reluisante cette rumeur de « mariage derrière la cuisine », observe Lola.

Momine explique une histoire de concubinage, le voyage de gènes issus du droit de cuissage.

– Tout le monde le sait, cette tradition n'a pas pris fin avec les siècles d'esclavage, insiste-t-elle.

Elle raconte que des jaloux mettent en doute le lignage issu de la petite noblesse de Jean-Michel Rivière, son grand-père. En revanche, son origine bretonne, une souche arrivée du Finistère, du côté de Plougastel, ne fait aucun doute. Comme presque tous ceux qui ont trouvé refuge sur les hautes terres du sud, l'histoire de la famille d'Amélie remonte aux années 1750.

Dans ces temps-là, les vaisseaux à voile partis de Lorient, de Brest, de Saint-Malo, accostaient à Saint-Paul, dans l'ouest de l'île Bourbon. Les Rivière, les Séry, les K'erbidy ou les Moreau, cheveux fins comme de la barbe de maïs, visages roses, pommettes hautes, auraient pu s'établir tout au bord de l'océan Indien. La mer, rêve breton… Mais sur l'île Bourbon, un danger les attendait en embuscade. Trop de Noirs importés d'Afrique débarquaient régulièrement comme de banales cargaisons. Vendus fers aux pieds aux riches planteurs de café. Les ancêtres d'Amélie n'avaient pas envie de se mélanger à eux. Depuis, les Blancs comme les Rivière de Kerveguen s'accrochent aux pentes sud de l'île Bourbon renommée La Réunion à la Révolution. Plutôt vivre chichement sur des terres maigres que voir le sang des femmes se mêler aux atomes de l'univers émigrés au bord des vagues. Comme Jean-Michel Rivière, les plus pauvres parmi les Blancs se réfugiaient toujours plus haut. Cependant, les vrais De Kerveguen, issus d'une lignée de nobles mariés à des aristocrates de leur rang, étaient les maîtres du Sud de l'île où ils avaient accaparé les meilleures terres, jusqu'aux rivages de Saint-Louis, Saint-Pierre et tout autour de Saint-Joseph jusqu'aux hauteurs du Tampon.

Lola ouvre des yeux ronds en apprenant qu'un des comtes de Kerveguen a possédé plus de mille six cents esclaves. Des hommes, des femmes, mais aussi des enfants, exploités dans ce qu'on appelait des « habitations » – des exploitations agricoles. Ils cultivaient café, cannes à sucre, girofliers et d'autres richesses à exporter.

– Tu as donc du sang d'esclavagiste, maman ? s'effraie Lola.

Momine ne peut démentir clairement l'appréhension de sa fille.

– Mais c'est horrible, quelle honte ! s'insurge l'adolescente. Ça m'dégoûte.

– Lola, le passé doit être un tremplin d'où tu t'élances vers l'avenir, non ? Serais-je coupable pour l'éternité si ce sang circulait dans mes veines ? Elle regarde sa fille : « …dans tes veines ? »

Momine fait une promesse à sa fille. Elles iront ensemble là-bas. Elle verra que les pierres parlent encore du temps des gouverneurs. Elle découvrira une terre devenue française avant la Savoie, avant Nice. Terre de France où la ségrégation liée à la couleur et à la religion faisait la société. Sa fille apprendra que même les silences – aujourd'hui – en disent long encore sur ce temps de la colonie… Issue d'un tel passé, elle confie ses doutes quant à sa propre origine. Pour la première fois, elle partage un secret avec sa fille :

– Sur l'histoire de ta grand-mère Amélie, ça fait mal, oui ça fait mal… Je dois encore chercher… on ne sait pas ce qui s'est passé, précisément… Mais je saurai, ajoute-t-elle d'une voix résolue, comme si elle prêtait serment.

Lola trouve que sa maman a beaucoup parlé aujourd'hui. Elle lui donne la main. D'un même mouvement, elles s'allongent sur le tapis, ferment les yeux, blotties l'une contre l'autre. Momine flotte et rêve, elle rêve d'amadouer la petite sur la photo, elle rêve que l'enfant s'évade du cadre, qu'elle lui raconte comment elle a passé le temps. Comment elle a vu Momine vivre sa vie, dehors…

– Les objets parlent. Qui prouve le contraire ? murmure Momine en serrant sa fille dans ses bras.

Lola se pose en équilibre sur ses genoux, assise comme une petite enfant, ravie de l'idée d'une réalité plastique.

– C'est peut-être de la folie douce, mais j'ai aperçu des choses comme ça au musée. Dans les années trente, personne parmi les copains surréalistes d'André Breton n'aurait trouvé pareille perspective décérébrée. Sur leurs tableaux, dans leurs textes, les ciels vert pomme s'ouvraient en entonnoir par où s'engouffraient des cortèges de cigognes bavardes et pressées, se querellant dans toutes les langues. C'est magnifique d'y penser, s'extasie Lola, en virevoltant, bras ouverts. Imagine que ce soit possible, imagine un peu, la vie serait quand même plus poétique, suggère-t-elle, enchantée de remodeler le monde.

– Alors, l'interrompt Momine, une enfant sortant d'un cadre pour livrer son témoignage sur ce qu'elle a vécu, pourquoi pas après tout… ?

– Grave ! reprend la lycéenne, tu me rappelles un devoir de philo : « Que penser de la phrase d'Oscar Wilde "Ce n'est pas l'art qui imite la vie, c'est la vie qui imite l'art" ? » Tu vois un peu l'énoncé, maman !

– Et tu n'as pas oublié Marcel Aymé et son facétieux Dutilleul de Montmartre alias Passe-Muraille ! Si passer à travers les murs est possible, s'évader d'un cadre de photo doit être un jeu d'enfant… répond Momine en scrutant le regard de la fillette sur le mur. Tout est dans la tête, Lola ! Raison de plus de pas marcher dessus !

La gaieté les envahit. Elles rient sans savoir si elles pleureront la minute d'après, elles rient comme elles n'ont pas ri depuis un bon bout de temps.

– 7 –

Départ pour l'inconnue Sylvia

Quelques heures plus tôt, ce jour-là, Oskar s'est éclipsé en silence et très en avance. Il n'allait pas rater son train. Le convoi s'arrache de la gare de l'Est en offrant une vue imprenable sur des immeubles éraflés, semblables à ceux de toutes les entrées de villes, peinturlurés de graffiti avec des vélos hissés sur les balcons, et même une moto. Très vite les pavillons en briques disparaissent à leur tour dans le décor monotone des terres plates. Oskar cligne les yeux dans la lumière morte du matin balbutiant, autant dormir. Un masque sur le visage, il se cale sur son siège en pensant qu'il a de la chance de ne pas vivre dans les parages. Ce doit être des terres de cimetière, par ici, tant de guerres sont passées par là… Hum ! la guerre, réfléchit-il, quel drôle de truc ! Tuer des gens qu'on n'a jamais vus, parce qu'on n'est pas dans le même camp… Il bâille, la nuit a été lente et sans sommeil, mais dormir n'est pas si simple. Il a beau tenir ses yeux clos, son existence des derniers jours défile sur l'écran de ses pensées.

Ses doigts cherchent à tâtons la couverture du registre rectangulaire posé sur la tablette devant lui. Le journal de jeunesse de sa mère reçu par la poste quelques jours après sa mort. Jusqu'à présent, il l'a feuilleté rapidement, remarqué les dates de début et de fin. Décembre 1944. Février 1945. Pourquoi est-il le dépositaire de cette pièce qui normalement devrait appartenir à toute sa famille ? Aucune idée.

Sybille Rossbauer Weber avait empaqueté elle-même le journal intime de ses années de jeunesse. Longtemps avant de mourir. Même Manfred, son frère cadet – chargé de l'expédier – n'a pas pu le consulter. Les récits consignés apporteront-ils des précisions à la lettre posthume ? Dévoileront-ils la raison pour laquelle elle a caché l'existence de sa fille ? Oskar se dit qu'il ne risque plus grand-chose maintenant. Que pourrait-il découvrir de plus renversant, sa vie est déjà sens dessus dessous ! Il reste encore plus de quatre heures et demie avant de descendre à Strasbourg, il enlève son masque et ouvre le registre.

Six mots séparés du corps du texte lui sautent aux yeux.

« Noël 1944. Papa n'est pas rentré. »

Six mots secs pour annoncer l'ambiance d'un dernier Noël avant la fuite. Les mots d'une enfant de la guerre. Des frises de fleurs coloriées mènent, deux lignes plus bas, à janvier 1945. Le texte est dense. Les lettres tracées à l'ancienne, pleins et déliés parfaits mêlant caractères latins et gothiques s'alignent sous les yeux stupéfaits d'Oskar. Peu à peu, dans son esprit, l'histoire de sa mère prend vie et c'est un peu comme s'il était là, à ses côtés, et l'entendait. Le film peut commencer…

*

* *

– *Die Russen kommen !* – Les Russes arrivent !

Le bruit court à travers la forêt, frappe les murs de la maison.

– N'aie pas peur, c'est une sorte de tonnerre, murmure Hannelore en tournant la tête vers sa fille Sybille.

– Un tonnerre, Mutti ? On dirait qu'on frappe avec une massue sur un tambour géant.

À travers les rideaux entrebâillés, la montagne se confond avec le ciel, les sapins noirs sont habillés de blanc laiteux.

– Où est papa ? Il devrait être avec nous. J'ai peur !

– Il ne faut pas avoir peur. Ça n'aide pas ! répète sa mère.

Elle ouvre les rideaux en grand sur des collines plongées dans la solitude. On entend un roulement sourd qui raye l'air, puis le vacarme se traîne dans une cadence infernale et perfore les oreilles. Perfore le moral. Ce serait bien de pouvoir fermer les yeux, réciter des prières, des poèmes, jouer une sonate. Comment ? L'étreinte du monstrueux tambour ne se relâche pas, elle cogne partout autour de chez nous. Une immobilité étrange envahit les bras, les jambes, les cordes vocales. Si un attaquant surgissait, aucun cri ne pourrait s'échapper.

Blottie dans un épais capuchon de laine qui descend jusqu'au-dessus de ses bottes d'intérieur en feutre, Sybille ressemble aux personnages du Moyen Âge sur la reproduction d'un Dürer accrochée au-dessus du sofa. Elle a beau empiler les couches de chiffons sur sa silhouette gracile, elle grelotte. Sa mère la prend par les épaules.

– Un froid comme ça, ça vient de l'intérieur, assure-t-elle en montrant comment activer le sang vers son cœur. Frappe dans tes mains, puis sur tes épaules. Tous les scouts savent ça !

Mais ce n'est plus du sang qui coule dans les veines de son enfant. Cet orage qui va les rendre folles a coulé dans son corps un métal plus glacé que la mort.

– Je te prépare une bouillotte, tu n'as pas assez dormi, décide Hannelore en se dirigeant vers la cuisine.

Elles ont tout imaginé. Le cliquetis métallique suivi d'un effondrement lourd vient-il de la forêt de pins qui s'étend au pied de la Montagne de la Croix ? Est-ce un dynamitage, quelque part dans une carrière de granit ? Le calme entre deux secousses est de courte durée. Nouveau roulement de tambour. Est-ce vraiment du granit extrait pour construire une cathédrale, un château, une université… là-bas en Europe ? En ces temps de destructions à travers le continent ? D'ordinaire, ces chocs de roches ne se propagent pas jusqu'ici.

Hannelore Rossbauer revient avec une bouillotte, sa fille cligne les yeux en signe de remerciement ; elle continue à marcher d'un pas de pantin, du corridor au salon, de sa chambre au long couloir peuplé de gravures. Au deuxième étage de leur maison, une étroite bâtisse en pierre au 7, rue Ferdinand von Zeppelin, elles s'avouent, intérieurement, que le fracas intermittent n'annonce rien de bon. Il devrait être l'heure de préparer le déjeuner, mais à quoi bon allumer le fourneau, réchauffer un bouillon, leurs estomacs sont trop noués.

Entre deux longues déflagrations, le silence installe un effrayant linceul. Hannelore pense aux veillées mortuaires du printemps et de l'été dernier, au grand drap de lin blanc au-dessus de l'entrée ; elle revoit les iris mauves qu'elle avait accrochés aux portes devant deux photos de visages rayonnants. Il manquait les corps des défunts. Georg et Wolfgang ne reviendront jamais. Ses enfants, deux garçons si jeunes, tués sur le front russe à quelques mois d'intervalle. Tout ce qu'il reste d'eux est un papier gris tamponné d'un aigle à croix gammée et une phrase sans appel « morts héroïquement pour le Führer et le Vaterland – la Patrie ». Et Christian ? Plus de nouvelles de lui depuis l'automne. Perdue la trace de son aîné après une lettre vague, passée par le tamis de la censure, évidemment. La guerre, de l'autre côté du Rhin. Dans les Vosges.

Sybille soulève le combiné noir sur le guéridon. Pas de miracle. Le téléphone a cessé de fonctionner avant-hier soir, à la tombée de la nuit. Elle raccroche l'objet devenu inquiétant.

Par la fenêtre, le parfum mielleux des jours d'été fait irruption dans les souvenirs. Ce matin, les tilleuls centenaires agitent de hauts squelettes noirs contre le ciel, les bourrasques glaciales promènent des rouleaux de neige qui chuinte en heurtant les façades. Un camion militaire arrive en trombe dans la rue Zeppelin ; pas un chat sur son passage. Au coin de Zeppelin et de Adolf Hitler Strasse – le Führer a sa rue comme dans chaque ville –, elle sent la présence de l'inconnu. L'inconnu attend dans toutes les rues de Waldenburg. Les traces familières ont disparu du paysage.

Sybille va se coller contre l'horloge massive, un index barre ses lèvres, elle essaie d'imaginer la suite. Sa mère l'observe.

– Ça va être laid, les innocents vont payer pour les coupables, dit Hannelore, résignée.

– Qui viendra nous aider, Mutti ? l'interroge Sybille en serrant le col de son capuchon.

– Nous aider ?... Nous... Un sanglot suspend son souffle.

– Mutti, Mutti... La voix de Sybille s'étouffe. Des gouttes tièdes et salées humidifient ses lèvres sèches. La guerre ? Son père est parti quand elle jouait encore à la poupée. Il est revenu de temps en temps. Bientôt, elle sera à l'âge des fiançailles.

« La peur n'empêche pas le danger ! » Des mots se raniment un à un, jaillissant de sa mémoire. C'est le soldat Matthias Rossbauer qui avait prononcé ces paroles en caressant le visage de sa petite fille. Il rentrait de l'occupation d'un pays quelque part autour de l'Allemagne. Ou de très loin peut-être. Sybille s'en souvient comme si c'était hier, elle devait avoir dix ans, à peine. Son père avait dormi pendant trois ou quatre jours d'affilée, tout le temps de sa permission. Assise au bord de son lit, elle lui avait demandé de lui décrire la mer en ouvrant des yeux émerveillés. La petite n'arrivait pas bien à se représenter à quoi pouvait ressembler la guerre au bord de la mer.

– Ça ne va pas bien ensemble ! avait répondu son père.

Le sourire du sous-officier Rossbauer s'était éteint en disant : « Ne pose pas ces questions. Tu comprendras plus tard ! »

Elle aimerait savoir ce que faisait son père entre deux permissions. Mais à chaque retour il passait son temps à s'enfoncer dans un sommeil de plomb. Une fois, il avait fermé les yeux quand elle avait voulu savoir à quoi ressemblait sa vie chez tous ces gens méchants. Les traits las du soldat rendaient ses joues encore plus saillantes. Un jour, comme il ne répondait pas, elle avait boudé, assise sur le rebord du lit, les jambes ballantes, en promenant son regard sur le liseré blanc du col de l'uniforme vert gris accroché au portemanteau. Une casquette en lainage assorti au costume complétait la tenue. Elle se souvient de chaque détail, de ce large rabat boutonné, cousu sur le devant de la casquette. Au-dessus des boutons, un aigle argenté, serres déployées, ornait une croix gammée. Sybille était fière de son papa.

Un jour, le soldat lui a parlé d'une ville plus ancienne que l'avènement du Christ. Par un sentier sinueux, il est monté avec son escadron, tout en haut, sur un éperon rocheux. Il lui a parlé de partisans, « des combattants redoutables ». Le papa affectueux a caressé le front de l'enfant en mimant un tir d'armes. « Tac, tac, tac… » Abattus, les partisans. « Tac, tac, tac » a mimé Sybille, les bras tendus, poings serrés, riant aux éclats. Athènes et l'Acropole sous les bottes de son papa.

Ce matin de janvier, pendant que le bruit mystérieux s'infiltre du sol au plafond, elle n'a aucune idée de l'endroit où se trouve son père. L'effroi saisit Sybille. Est-il possible que le soldat Matthias Rossbauer bouscule des gens affolés, est-il imaginable qu'il menace une femme et sa fille qui tremblent en entendant un bruit effrayant, est-il possible qu'il fasse ce que font les « Russes » ? Lui, son père, un instituteur, fusil à la main, dans la Heimat d'autres enfants. Que fait-il dans un pays qui ne l'a pas invité à entrer ?

Des grondements monstrueux viennent percuter les pensées effrayantes de Sybille. Les éclatements sont devenus trop intenses, les coups se suivent à une cadence trop régulière pour provenir d'un événement naturel.

Sybille a quinze ans. Fille d'une guerre qui dure déjà depuis plus de cinq ans, elle admet la réalité avec horreur : ces orages d'acier apportent le bruit de la mort. Le même son entendu dans les actualités cinématographiques du Weltkino, le cinéma de Schweidnitz[5], la ville des grands-parents. Sur le grand écran, l'artillerie allemande remporte victoire après victoire chez des ennemis méprisables et lâches. Elle imagine très bien des canons sur roues métalliques ou sur les tourelles de chars qui avancent dans Waldenburg. Tout le monde croit tout connaître de ces machines infernales qui crachent des obus capables de détruire un immeuble. Mais dans les parages du 7, rue Zeppelin, à quelle armée appartiennent ces panzers ? Ceux de la Wehrmacht du Führer et de ses soldats qui se défendent férocement ou bien… ceux des va-nu-pieds de l'Armée rouge de Staline ? Il est interdit d'en parler, cependant, on le sait depuis des jours, les soldats soviétiques progressent dangereusement. « Les Russes conquièrent, mètre après mètre, les marches orientales du Troisième Reich. » Ces mots-là ne sont plus seulement une rumeur cachée sous les manteaux de la peur.

5. Actuellement Świdnicat, en Basse-Silésie, dans le sud-ouest de la Pologne.

Or, justement, Sybille vit ici, aux avant-postes du Reich, face aux ennemis slaves, dans une province allemande située sur la route de Berlin.

« Un bruit infernal nous enveloppe. »

Maman Hannelore Rossbauer arrive de la cuisine en courant. Elle se sèche nerveusement les mains avec un torchon pour essayer de cacher sa panique envahissante.

*
* *

Oskar a la gorge sèche, il doit fermer un instant le registre bleu. Lire, lire le plus possible de ce qui lui a été caché. Comprendre pour être capable de poser des questions à Madlen en arrivant en fin de matinée à Freiburg. Il s'y replonge.

*
* *

Mère et fille se postent devant une petite radio reconnaissable à son œil-de-tigre, le fameux « Volksempfänger » – récepteur populaire. Les nazis ont équipé tout le peuple, c'est-à-dire chaque ménage, d'un de ces appareils. Personne n'est dupe ! Ce cadeau n'est pas destiné à divertir ! Il sert à atteindre chaque Allemand, jeune ou vieux, partout, jour et nuit, avec son arme fatale : une propagande rusée et des informations truquées. Musique populaire, chansons, opérettes, chœur des orchestres militaires… et lavage des cerveaux.

Mutti – Hannelore – ne doit pas tourner le bouton noir trop longtemps. Une voix excitée, s'exprimant sur un ton martial souligné par des fanfares, donne les ordres, affirme que l'artillerie allemande s'est retirée en Silésie « pour raisons tactiques » en vue « d'une prochaine offensive qui anéantira les bêtes soviétiques ». La Silésie, tonne la voix, demeure sous le contrôle total de l'armée allemande, protégée contre les « hordes asiatiques ».

Sybille et Hannelore hochent la tête en grimaçant. Hannelore tourne le bouton à la recherche d'informations plus fiables sur le service allemand de la BBC Londres.

Mère et fille savent ce qu'elles risquent. Écouter une émission de l'ennemi est strictement interdit ; le non-respect de cet ordre vaut condamnation à mort. On raconte qu'il suffit de peu pour que viennent frapper chez vous des brutes assoiffées de violence et que votre vie bascule dans l'horreur. Pas besoin de preuves. Une dénonciation par un voisin malveillant ou un nazi consciencieux qui presse son oreille au mur. Et la machine ne s'arrête plus. À l'aube, deux hommes de la police secrète, en longs manteaux de cuir, geôliers zélés de la redoutable Gestapo, s'arrêtent devant votre domicile. *Heil Hitler !* Ordres hurlés, puis ils traînent le suspect somnolent encore en pyjama jusqu'à leur véhicule. Direction la prison de Schweidnitz ou de Breslau si le cas paraît plus grave. Interrogatoire sous torture et si nécessaire, déportation vers un KZ. Deux lettres d'horreur. *Konzentrationslager*. Camp de concentration.

Trahir Hitler, c'est trahir la patrie. Dans l'école de Sybille, Frau Elga Dobb fait trembler plus d'une maman. L'institutrice demande aux petits d'une voix douce si, chez eux, des membres de leur famille écoutent la radio dans une langue bizarre. L'anglais.

Malgré le risque, Hannelore manipule un fil de fer relié au radiateur métallique qui sert d'antenne auxiliaire ; millimètre après millimètre, elle tourne le bouton de la bande de fréquences, tâtonne longuement, patiemment. La radio commence à grésiller en s'approchant de la bonne longueur d'onde. Ta-ta-ta-taaa ! Les notes célébrissimes de la cinquième symphonie de Beethoven s'égrènent. La « Schicksalssinfonie », cafardeuse musique « du destin », ouvre la porte sur l'autre monde.

Dans un allemand parfait et rigoureux, les journalistes à Londres – ce sont des émigrés allemands, souvent juifs, socialistes, communistes ou simplement résistants – confirment leurs craintes. L'Armée rouge avance vite, très vite, s'empare d'une ville après l'autre, chasse les troupes en ruine de l'armée hitlérienne malgré leur résistance acharnée. Les soldats de Staline sont aux portes de Waldenburg.

La mère et la fille se regardent, le même désarroi dans leurs yeux. Hannelore chuchote :

– *Die Russen kommen…*

– Les Russes ne viennent pas, ils sont déjà là, Mutti !

D'une seule voix, elles murmurent : « Il faut s'enfuir ! Vite ! »

Tout le monde répète que les Russes massacrent massivement les civils. Femmes, enfants, vieillards. Ce qui reste de la population. Radio Goebbels assure que ce sont des sauvages, qu'ils boivent le sang de leurs ennemis. Les femmes, surtout, subissent les châtiments les plus indescriptibles, a raconté la BBC. Mais peut-on déserter au nez et à la barbe des nazis qui surveillent les moindres mouvements ?

La jeune fille veut partir dans la minute. Sa mère cherche à la raisonner.

– On se hâte sans se précipiter, avise-t-elle.

– Sybille, attention, la Gestapo va nous arrêter. Tu as entendu comme moi ? Ordre est donné de défendre notre terre, coûte que coûte, jusqu'à notre mort.

– Je préfère me jeter par la fenêtre plutôt que tomber entre les mains des Russes ! jure Sybille.

À ce moment, on frappe à la porte. Elles se font signe. « On ne répond pas. » On frappe, sans force, mais avec insistance.

– C'est Frau Kiefer, annonce une voix sur le palier. J'apporte un message de votre père, c'est urgent, Frau Rossbauer…

La visiteuse n'est pas une inconnue, elle habite au rez-de-chaussée. Le mari de la vieille femme travaille pour les chemins de fer du Reich comme chef adjoint de la gare de Schweidnitz. Il lui a demandé d'aller frapper chez Hannelore avec un secret à lui transmettre de la part de son chef. Les « hordes communistes » ne sont plus très loin de Waldenburg. Tout le monde le sait maintenant, mais c'est un secret-défense du Reich. Il peut vous valoir une balle dans la peau ou la corde au cou si vous le divulguez. D'ordinaire, le chef de la gare de Schweidnitz, Ernst Schulte, fonctionnaire prussien discipliné jusqu'aux os, rangerait tranquillement ce genre de renseignement encombrant dans un coin silencieux de sa mémoire. Pas cette fois. Cette fois, son cœur lui commande d'être plus fort que la peur. Plus fort que la discipline. Cette fois, les destins de sa fille et de sa petite-fille sont en jeu.

Les gares de Silésie ont beau tomber une à une comme des fruits pourris. Les « Russes » n'ont qu'à se pencher pour les ramasser en chassant et tuant personnels et voyageurs.

Cette fois, pour sauver Hannelore et Sybille, le chef de la gare a confié le secret à son adjoint, qui l'a confié à sa femme montée du rez-de-chaussée au deuxième étage du 7, rue Zeppelin. Frau Kiefer se dévoue dans une mission dangereuse : complicité de trahison du Reich en transmettant des renseignements de nature à répandre des doutes sur la *Endsieg* – la fameuse victoire finale. Mais les « Russes » arrivent.

– Frau Rossbauer, il faut partir ! Votre père vous demande de rejoindre votre famille à Schweidnitz, conjure la vieille dame. La pitié se lit sur son visage. Je prierai pour vous, mais il faut partir. Dès aujourd'hui.

Hannelore baisse les yeux, maîtrise ses larmes. Frau Kiefer surmonte la peur viscérale qui torpille les relations entre voisins, entre amis et jusque dans les familles. Elle ne tremble pas, même si elle mesure le danger pour elle, pour sa famille entière. Hannelore non plus. Tout le monde peut dénoncer tout le monde. Tout le monde a peur de tout le monde. La suspicion suinte de partout.

Deux femmes de marbre se serrent la main en signe d'adieu. La plus âgée a fait son choix. Chez elle, la peur cède sa place à une autre compagne. La résignation. Elle s'estime trop âgée pour laisser son toit à des envahisseurs. Et pour aller où ?

– On verra bien. Nous avons enterré beaucoup de morts dans nos familles, dit-elle calmement.

Frau Kiefer ne dit pas tout. C'est la terre de ses ancêtres qui la retient. Son Heimat.

– Le compte à rebours commence, dit Hannelore en fermant la porte.

– Ils ne vont pas nous demander l'autorisation d'entrer chez nous, lui répond sa fille.

Sybille se tait, puis ajoute : « Il n'y aura peut-être plus de chez nous si nous revenons un jour ici. »

Dans sa course pour rassembler ses affaires, Sybille touche des objets comme si elle serrait des mains. Ils ont une âme. Ce coffre en bouleau peint, héritage de son arrière-grand-père ébéniste, ce cheval en bois de son enfance, ce tableau représentant un couple sous un tilleul, le jour des noces de ses grands-parents paternels.

Dans le fond d'un grand sac, Hannelore empile ses photos de mariage, celles des baptêmes de ses trois enfants, le livret de famille. Tout à coup, une douleur l'envahit sans prévenir.

Un sentiment fulgurant semblable à une amputation la fige. Elle ferme les yeux, avale sa salive. Elle veut reprendre le contrôle de son corps.

– Ce n'est vraiment pas le moment de moisir ici, se sermonne-t-elle.

Respirer, ne pas se laisser submerger par les émotions, garder son sang-froid. Cette discipline de fer, la femme allemande, silésienne de surcroît, sait s'y conformer. Dans sa province, les gens sont réputés contrôler leurs affects. Ne rien montrer qui vous fasse passer pour une petite nature. Si on pleure, c'est en silence et dans la solitude.

Elle a besoin de rassembler toutes ses forces pour choisir sur-le-champ des vestiges de l'histoire de sa famille disloquée qu'elle emportera avec elle, sur la route vers l'inconnu. D'instinct, elle se dirige vers la console d'angle du salon. Mais une vague la submerge, puissante, impossible à dompter. Ses digues intérieures craquent en voyant, côte à côte sur la console, les photos de Georg et de Wolfgang. Ils sourient sous une branche de houx. Ses deux fils. Dix-sept ans, à peine, et dix-huit ans et demi, tombés sur le front russe à deux mois d'intervalle, entre le printemps et l'été dernier. Ses jambes ploient, elle devient blême, s'affaisse.

Sybille hurle

– Mutti ! Je ne veux pas que tu meures !

À genoux près de sa mère, Sybille éclate en sanglots.

– S'il te plaît Mutti ! Reste avec moi. S'il te plaît !

– Je ne peux pas, Sybille, je ne peux pas, répond doucement la maman. Elle se redresse, se cramponne à la console, s'assoit sur le sofa, ferme les yeux.

Pourquoi n'a-t-elle pas écouté son intuition. Offrir à Sybille une belle part de gâteau au pavot, sa pâtisserie préférée, dans laquelle elle aurait versé de la strychnine. Il en reste dans le flacon de stimulant utilisé, à petites doses, par son mari, lors de ses permissions. Quand le poison aurait commencé à agir – elle voulait être sûre de ne pas abandonner sa fille vivante – son tour serait venu. Elle aurait fait comme tant d'autres Allemands – des femmes surtout – placés devant le terrible dilemme. S'enfuir ou attendre les attaquants.

Hannelore s'en veut de ne pas avoir eu ce courage. Elle aurait pu faire comme Helen. Une nuit, sa cousine a plaqué un oreiller sur la tête de sa mère pendant son sommeil. Puis Helen est montée au grenier. On l'a retrouvée pendue à une poutre. La jeune femme a choisi de se suicider en revêtant sa robe de mariée. Son mari, Herbert, était parti en uniforme, deux mois après la noce. Son corps est resté du côté de la pointe du Raz, dans la terre de Bretagne, il y a sept mois, c'était en juin 1944. La cousine, comme une sœur pour Hannelore, a laissé une lettre demandant pardon à toute la famille.

Hannelore se reproche amèrement d'avoir manqué de cran pour agir comme Helen, elle sait clairement, désormais, sur quels chemins, vers quels dangers elle va jeter sa fille de quinze ans. Elle a honte de la regarder.

Sybille n'attend pas que sa mère reprenne ses esprits. Elle s'empare des photos dans leurs cadres argentés, les pose à l'intérieur d'une taie d'oreiller qu'elle place verticalement entre ses vêtements.

– Merci, ma fille ! Pardonne-moi. Mais Georg et Wolfgang…

Hannelore se dirige vers la cuisine, avale un verre d'eau et revient.

– Bien, je n'ai pas le choix. Dans un étui en moleskine, elle range les chaînes en or avec les médailles de naissance enveloppées dans du papier de soie de ses enfants disparus.

Elle partira avec eux. Leurs corps reposeront pour l'éternité dans la terre de Russie. Leurs âmes resteront auprès d'elle, Dieu sait où. Elles demeureront sûrement un peu ici, dans cette maison de pierres où ils sont nés, où elle est née, comme ses grands-parents. Sur une terre allemande depuis le Moyen Âge, une terre disputée entre Slaves et Germains, au gré de l'Histoire.

Sybille emporte ses trois plus belles robes, une paire de gants, le strict minimum. Si, dans leur fuite, la Gestapo les arrête, il faudra savoir convaincre qu'elles ne désertent pas.

– Séjour de courte durée chez les grands-parents. Oma – la grand-mère – a pris froid à cause de cet hiver si rigoureux cette année. La main levée, elles s'écrieront « Nous vaincrons ! *Heil Hitler !* ».

Hannelore prend sa fille unique dans ses bras, elle la serre doucement contre son cœur. Elle respire fort, puis elle dit tendrement :

– Regarde par la fenêtre, ma fille, regarde les arbres, regarde le jardin où tu as fait tes premiers pas. Nos ancêtres aussi. Depuis le treizième siècle, notre Silésie est allemande.

Elle soupire, rassemble son courage et ajoute :

– La guerre a tout ravagé. Nous ne sommes pas sûres de revenir ici un jour ! Quand j'étais petite, mon grand-père Theodor m'a dit : « Il ne faut pas perdre une guerre ; sinon on paye… Ce sont les vainqueurs qui racontent l'Histoire. »

– Nous sommes en vie, Mutti ! Viens, dépêchons-nous ! répond sa fille.

Encore un regard de Sybille vers les sommets de Kreuzberg, sa chère Montagne de la Croix, symbole de son Heimat, souvenir vivant des excursions l'été, de cueillette de myrtilles et de framboises sauvages. Ses pensées se bousculent. Est-il vraiment écrit qu'elle ne reviendra plus jamais chez elle, l'hiver, pour dévaler en luge les pentes de la montagne tant aimée des Silésiens ? Que plus jamais elle ne reviendra courir sur les sentiers au printemps ? Billevesées ! Elle se promet de continuer à tisser le fil des générations en Silésie allemande. Elle sera ici pour se marier dans cette ville où les Rossbauer et les Schulte font bénir leurs unions depuis que les Allemands ont construit Waldenburg en 1239, au temps des cathédrales gothiques.

Ce matin, elle a besoin de graver dans sa mémoire la musique de chaque objet avant de s'enfuir. Une fois encore, elle veut les contempler. La console d'angle en bois d'acajou, l'horloge monumentale du grand-père Paul, transmise par son propre grand-père, les rideaux épais où ses frères jouaient à cache-cache avec elle, la petite dernière.

Sybille soulève le couvercle du piano, héritage des Rieger – la branche familiale émigrée vers les Grands Lacs américains, autour de Chicago, pour faire fortune dans les brasseries. Elle caresse le bois de tilleul, attachant et doux comme un vieux parent trop fragile pour fuir. Ses doigts effleurent les touches d'ébène et d'ivoire. Clavier pour musique funèbre, songe-t-elle, des airs plus sombres qu'un requiem allemand, moins solennels que *La marche funèbre*. Bonne nuit Brahms, bonne nuit Chopin, pense Sybille, ressentant la culpabilité d'abandonner son piano au danger.

Sa mère l'observe sans un mot. Sa gorge est brûlante, alors elle ouvre les mains, l'air de l'inviter à s'asseoir sur le siège recouvert de velours.

– Prenons au moins le temps des adieux. Joue quelque chose, ma fille ! parvient à proposer Hannelore. Un signe de tête de Sybille et un soupir en guise de réponse. Non, ce n'est pas un jour pour se réjouir des belles choses. Pas un jour pour l'art. Hannelore saisit une couverture, recouvre l'instrument.

– Pour nous, ou pour quelqu'un d'autre, il ne faut pas qu'il prenne la poussière. Il a traversé le temps…

Sa fille se tait, puis souffle tristement :

– Il sera désaccordé, de toute façon !

Dehors, les bourrasques balayent leurs visages. Elles attendent qu'un véhicule passe pour demander du secours. Schweidnitz est aussi loin que la Lune. Une quinzaine de kilomètres. Un camion militaire surgit à toute vitesse et semble ignorer les signes de Hannelore lancés comme des S.O.S. Il mugit, tangue comme s'il était ivre, ses hauts pneus crissent dans la neige. Miracle ! Il fait marche arrière, ralentit, s'arrête devant les deux naufragées, moteur allumé. Les mots de Hannelore suscitent la pitié dans les yeux du chauffeur. Deux soldats assis à l'avant descendent, laissent leurs places. Mentir ne sera pas nécessaire. Ils roulent vers la capitale de la province, Breslau. Schweidnitz est sur la route. Ce sont de simples soldats de la Wehrmacht, comme les fils de Hannelore, les deux morts et l'aîné, Christian, le plus âgé de ses enfants qu'elle n'a pas serré dans ses bras depuis longtemps. La vie se joue à pile ou face. Elles auraient pu tomber sur un équipage de la Gestapo.

Elle raconte au chauffeur que son mari se bat quelque part sur le front ouest ; son dernier signe de vie est arrivé il y a déjà des mois. Une lettre, portant le cachet de la censure militaire, parle de la pluie et du beau temps dans le sud de la France. Les descriptions du soldat de la Werhmacht Matthias Rossbauer mentionnent la mer et quelques vagues détails. Sybille s'empresse fièrement de dire qu'elle a regardé une carte de France. Mais ni elle ni sa mère ne savent s'il a écrit d'une garnison du côté de Bayonne, peut-être Saint-Jean-de-Luz. L'instituteur, les armes à la main, a mentionné l'église où Louis XIV s'est marié. Est-il encore en vie ? Elles n'en ont aucune certitude. Christian a pu téléphoner brièvement, un peu avant Noël, pour son anniversaire. Vingt ans. Il a dit que les Vosges lui rappelaient leur Montagne de la Croix.

– À chaque jour suffit sa peine, dit Hanelore en descendant du camion et en remerciant vivement les soldats. Sybille la romantique ne pense pas à la Bible ni au Sermon sur la Montagne, mais à un roman qu'elle a eu la présence d'esprit d'emporter. En marchant dans la neige, alors que la nuit descend, elle murmure : « Après tout, demain sera un autre jour. » Demain est loin. Le froid fouette leurs visages sur le chemin de la maison des grands-parents de Sybille. Les rouleaux de neige continuent leur course folle et le vent emporte tout sur son passage.

*

* *

Oskar referme le gros registre bleu et soupire d'une tristesse profonde. Mon Dieu, je ne savais rien de tout ça. À trop les imaginer, les visages de Sybille et de sa mère se brouillent dans son imagination. Il ferme les yeux. Oskar Weber est en 1945. L'année qui précède sa naissance.

– 8 –

Les trains pour Gross-Rosen

C'est un paysage de petits bois et de collines, de prairies et de champs de pommes de terre qui courent le long de l'Oder. Le grand fleuve n'est pas le seul à arroser ces terres de marécages. L'été, on devine facilement le fond des ruisseaux où les truites prennent la fuite au moindre bruit. Un paysage pas si idyllique, sur la route des conquérants venus de l'Est, de l'Ouest, de partout.

– Nous sommes ouverts aux quatre vents, dit Ernst Schulte quand il n'a pas peur de parler.

Ces jours-ci, le grand-père de Sybille ne le dit à personne, mais il tremble pour Schweidnitz. Il le sait mieux que d'autres, lui, le directeur de la gare. Sa ville est un lieu de transit depuis des siècles. On a appris à fortifier les sols mous, ériger des digues pour y faire passer des routes et même des chemins de fer.

Au-dessus de la digue qui passe devant son jardin, le rythme des trains devient un thermomètre de la guerre. Les convois lents roulent toujours vers l'Est. Au retour, ils semblent vides, on entend la ferraille qui hurle. Ces quelques jours de vacances dans la maison des grands-parents, en bas de la digue, sont bizarres. Quelque chose change dans l'atmosphère. Par exemple, les signes adressés par ceux qui passent en haut à ceux qui regardent d'en bas n'ont pas totalement disparu, mais ce ne sont plus les voyageurs habituels qui transitent sur cette voie surchargée.

Avant, dans le potager en contrebas de la ligne de chemin de fer, la petite Sybille et une grappe d'enfants couraient avec les trains, dans une compétition perdue d'avance. Quel amusement, quelle joie c'était de jouer avec le serpent aux écailles plates et grises et ses wagons proprets, alignant fenêtres et portes munies de manches en cuivre jaune qui brillaient au soleil ! À chaque compartiment, des voyageurs habillés en costumes de bourgeois – touristes, hommes d'affaires, voisins – souriants ou concentrés, adressaient souvent des petits signes de la main. Les trains passaient comme des amis que l'on saluait avec joie.

Les enfants ont grandi. Ils observent les convois passer. Plus envie de courir. Ni de rire. Le thermomètre de la guerre monte. Ils le sentent sur leur peau jeune qui sait encore capter les modulations de l'air. Ils prêtent l'oreille quand les rails chantent déjà à l'approche des locomotives. Mais ce ne sont plus les chants joyeux d'autrefois. Les rails dansent sur des refrains funèbres.

Les trains sont désormais bourrés de soldats, souvent très jeunes. De plus en plus, les compartiments habituels sont remplacés par des wagons de fret qui grincent. Des hommes en armes, debout ou assis sur le plancher entre les portes ouvertes, fusil à la main ou sur les genoux, se tiennent sur leur garde, leurs visages inquiets aux aguets.

– Où vont-ils ? demande Sybille à Hannelore.

Sa mère oscille la tête de droite à gauche en soupirant lourdement.

– Aucune idée. Aucune.

Elle assure ignorer la destination des passagers sans visages, sans voix, sans gestes. Des passagers dans des trains bouclés, surveillés par des militaires ? Pour aller où ? Bizarre, pense sa fille. Elles lisent ensemble les lettres qui défilent en gros caractères sur les convois :

« *Räder müssen für den Sieg rollen* » – Les roues doivent rouler pour la victoire.

Peu importe le chargement ? Avec des wagons paraissant verrouillés… ? s'interroge la jeune fille.

La peinture du dernier wagon est éraflée proprement pour être garnie de croix gammées. Des « *Heil Hitler !* » fusent autour de la digue. Mère et fille se regardent, baissent les yeux. Silence.

Comme si de rien n'était et puisque, pour le moment, les bombardements ne s'entendent plus guère depuis la fuite de Waldenburg, elles vont et viennent dans ce jardin qui semble immobile sous une couche de neige. Comme tous les cheminots de Schweidnitz, Opa Ernst Schulte bénéficie d'un privilège en cultivant le terrain situé au-dessous du remblai des voies ferrées. Il y avait une tonnelle avec balançoire et un bac à sable pour les enfants. Autrefois, on y faisait aussi des grillades sur des charbons ardents… mais c'était dans le monde d'avant, quand déguster de la viande et des saucisses n'était pas un luxe.

Hannelore est liée à ce jardin par des courroies invisibles et charnelles qui la maintiennent debout. Sous un pommier en fleurs, Georg, Wolfgang, Christian, Sybille ont pris leurs premiers rayons de soleil dans leurs landaus. Ici, ils ont joué, ri, couru. En bas des remblais, pendant que passaient des trains qui ne faisaient pas – encore – peur, ses enfants vivaient comme si le temps n'allait jamais s'arrêter. Comme si vivre allait de soi.

Et la guerre a commencé. Aujourd'hui, là où elle leur a donné le sein, elle se demande pourquoi tout ce bonheur s'est enfui sans avoir prévenu personne. Comment avons-nous pu en arriver là ? Que s'est-il passé ? se demande-t-elle.

Sa fille s'approche, elle se dépêche d'enfouir sa tristesse au fond de son cœur, la voilà qui sourit.

Un bruit strident jaillit de tous côtés avec une soudaineté qui glace le corps de la tête aux pieds. Les sirènes hurlent à l'assassin au-dessus des arbres noirs, sur les maisons et par-delà les toits. La ville entière gémit. L'annonce d'un raid aérien fait vibrer l'air, les estomacs, les cerveaux. Sybille saisit le bras de sa mère qui a l'air clouée sur le banc. Elles se précipitent vers la grosse bâtisse jaune, poussent avec difficulté la lourde porte encadrée de fer forgé, courent en direction des escaliers comme si soudain vivre méritait cette course folle. Elles atteignent les caves où sont stockés pommes de terre et vieux vélos. Les sous-sols ont été fortifiés par des poutres et du béton puis rebaptisés « *Luftschutzkeller* » – abri de protection antiaérienne. Il y a déjà du monde. De jeunes enfants en pleurs, un vieillard rétréci qui répète « Pourquoi ? Pourquoi ? » comme un tourne-disque rayé. Des yeux collés aux murs guettent le moindre signe d'éboulement. Des voix scandent des prières, ou crient de panique. Un orage de ferraille – orgue en furie – se propage au-dessus d'eux. Une explosion secoue furieusement l'immeuble, les murs tremblent devant les regards incrédules. « Ça dure une éternité » semblent se confier deux sœurs qui se dévisagent en silence comme si elles ne s'étaient jamais vues. L'une s'est mordu la lèvre jusqu'au sang. Sybille est blanche comme une toile.

L'alerte levée, des enfants restent dans la cave en reprenant leurs jeux avec de petits fusils en bois. « Boum, boum, tu es mort ! » crie le petit rouquin sans dents. Des fillettes câlinent leurs poupées, visages joufflus en celluloïd au regard figé dans les billes de verre. Elles sont sinistres, songe Sybille.

Elle insiste pour sortir « respirer ». Un choc brutal l'attend. La rue devant la maison n'est plus une rue. La mort a saisi la vie en plein vol. Son pied bute sur une jambe au bout d'un corps immobile. Elle la reconnaît ! « Mon Dieu... » Une voisine de ses grands-parents Elle lui a parlé hier soir encore à travers la clôture du jardin. Anne-Liese a été projetée sur la chaussée par le souffle de l'explosion. Elle est à moitié couverte par des débris. Ses yeux ouverts semblent s'étonner de découvrir un si grand voile de poussière qui tourbillonne et pique la peau des survivants.

– Elle est paisible, assure Hannelore qui a rejoint sa fille.

– Je vais chercher un châle ou un drap pour la couvrir... propose Sybille.

– Non ! Il est strictement interdit de s'approcher des victimes ou de les toucher... Il faut rentrer ! ordonne sa maman.

Les deux remarquent en même temps, là, un homme aplati sous le lampadaire ; il est plié en deux, la peau du dos arrachée, sa veste est déchirée de haut en bas. « Herr Schwarz, le pharmacien... »

Les pompiers, des garçons de quatorze-quinze ans accompagnés d'hommes trop âgés pour être envoyés au front, s'approchent, couteau à la main, en hurlant :

– « *Haut ab !* » – Foutez le camp.

– Viens ! Maintenant, écoute-moi, c'est pas pour toi, tout ça ! s'écrie Hannelore en contenant une crise de nerfs. Elles ne peuvent éviter la vue d'autres morts qui jonchent la rue. Herr Walter sourit aux anges, la mâchoire arrachée et une jambe coupée en deux. Frau Gauk a essayé vainement de protéger son petit. Tous mutilés par les bombes et les murs écroulés, saisis dans l'espoir fou de s'en sortir indemnes. Sauver sa peau une heure encore, un jour ou peut-être plus, voilà l'horizon de cette maudite guerre.

Malgré les bombardements, les parents de Hannelore, Oma Gerda (mamy) et Opa Ernst (papy) Schulte – issus de vieilles familles de la petite bourgeoisie silésienne – essaient de créer l'illusion d'une vie aussi normale que possible.

Un soir, quand Hannelore a demandé à Oma pourquoi Opa ne rentrait pas, elle a compris à demi-mot.

Ernst Schulte est responsable non seulement des trains qui passent pour aller faire la guerre, mais aussi de ceux qui font route vers l'arrière. Il doit veiller à la bonne organisation des interminables convois transformés en hôpitaux de campagne. Dans les wagons où on soigne des soldats blessés, des mourants crient « maman », des chirurgiens opèrent à la chaîne, comme ils peuvent au vu de ce dont ils disposent, leurs tabliers en sang rappelant ceux des bouchers.

– Cette saleté de guerre est perdue, a confié un officier au directeur de la gare. Amputé d'un bras, il portait d'autres blessures graves à la poitrine et savait que ses chances de survie étaient minimes. Il ne craignait plus les mouchards nazis qui, à bord des wagons comme sur les champs de bataille, espionnent soldats et officiers et rapportent chaque incident « défaitiste » à la redoutable Gestapo (*Geheime Staatspolizei* – la police secrète d'État).

Détestés des soldats combattants, ils sont tenus à l'écart par le mépris. Opa sait tout cela et c'est pourquoi il évite de trop en dire. Rien à l'extérieur de sa maison et très peu chez lui. Sauf quand son dégoût déborde. Par tempérament, il ne s'occupe ni des critiques ni des rumeurs. Le Prussien reconnaît qu'il n'aime pas se poser trop de questions qui l'éloigneraient de son devoir. Il fait son travail. Consciencieusement. « Opa, c'est la Prusse incarnée, un homme discipliné, pour lui un ordre est un ordre, l'obéissance aux ordres est une valeur morale ! » avait décrit Georg, le frère de Sybille, lors d'un petit discours d'anniversaire du grand-père. Hannelore avait approuvé en hochant la tête. Famille et amis souriaient avec respect.

Sybille a observé son rituel quand il rentre de la gare. Sa gare, comme il l'appelle. En silence, il se débarrasse de son uniforme. À ses côtés, comme une aide de camp disciplinée, Oma se tient prête à prendre le vêtement avec dévotion en murmurant de petits mots d'apaisement « Bien ! Très bien ! Après une bonne journée… ». Puis, elle place soigneusement la veste d'uniforme sur un cintre. Opa se glisse dans une « *hausjacke* », une veste d'intérieur en velours sombre héritée de son père, fermée par des boutons et des ganses, sur le modèle d'une casaque de hussards. Ensuite il s'approche d'une horloge massive, haute jusqu'au plafond. Il caresse son bois orné de dessins et dont le cadran peint représente la cathédrale de Breslau, la capitale de sa Silésie chérie. Il ajuste ses lunettes et tire lentement sur les chaînes qui, par l'équilibre savamment dosé des poids, tiennent la machine en marche. Il sort sa montre à goussets de la poche de sa veste et vérifie que l'horloge est à l'heure précise. Si ce n'est pas le cas, Opa attendra le signal, le boing, boing officiel, diffusé à radio Goebbels pour régler les aiguilles sur l'heure du Troisième Reich. Sybille a le droit de suivre le rituel, assise sur un banc étroit, en silence. Personne ne doit déranger la cérémonie.

Opa imprègne les siens d'une philosophie de « père tranquille ». Outre le jardinage, il cultive une autre passion qu'il maîtrise tout autant : la pêche. Il pratique cette discipline avec une précision jubilatoire similaire à celle qui régit ses horloge et montre. Il capture des carpes trois fois par semaine, quel que soit le temps, suivant un rite immuable. À cinq heures, quand hurle le réveil avec un bruit capable de secouer un régiment entier – et de transpercer les oreilles de Sybille qui dort à l'étage inférieur –, Opa se lève sans tarder. On entend ses pas vers la cuisine où une tranche de pain enduit de margarine – le beurre est devenu rare – l'attend. Oma lui a préparé aussi une tasse avec deux cuillerées rases de faux café – le vrai café n'existe plus qu'en souvenir. L'« ersatz » est fait de grains de blé grillés comme des cailloux noirs dans une poêle, puis pulvérisés. Il verse de l'eau brûlante, boit en soufflant parce qu'il est trop chaud… Il revêt alors une sorte de vieil uniforme, saisit son sac à dos, héritage de la Première Guerre mondiale, et claque la porte en sortant.

Dehors, un voisin l'attend déjà, ils se saluent d'un « *Petri Heil* » audible jusque dans la maison. « *Petri Heil* » est un salut traditionnel des pêcheurs qui le préfèrent au « *Heil Hitler* » du Patron des nazis. Ils sont cinq ou six cheminots qui roulent vers le lac sur des vélos réparés pour la énième fois. À midi précis, Opa rentre et sort du sac une carpe emballée dans des feuilles humides qu'il passe à Oma. Il a expliqué à Sybille que lui et ses copains ne prennent jamais plus d'une carpe, pour éviter de « vider un étang », dans le brouillard matinal. Si c'est sa journée de chance – *Petri Heil* – salut à Petrus, le pêcheur de Jésus – et s'il en prend une autre, il la donne à un copain moins chanceux ou lui rend la liberté dans l'eau noirâtre.

Oma Gerda a déjà rempli la baignoire à moitié et jette la carpe, encore vivante, dans l'eau. Les carpes, a appris Sybille, vivent dans la boue et doivent perdre leur mauvais goût lors d'un séjour dans une eau fraîche. Quand elle la juge suffisamment propre, la grand-mère la saisit à deux mains, l'emballe dans une serviette afin qu'elle ne lui échappe pas et, d'un mouvement preste, lui frappe l'arrière-tête sur le coin du four en fer. On entend un son sec comme une noix brisée, les écailles s'envolent dans un feu d'artifice. Sybille, fascinée malgré elle par la brutalité inhabituelle d'Oma la tueuse, détourne la tête par réflexe. Ce craquement reste gravé dans son oreille ; elle ne participera jamais au festin de carpe. Opa mange, lunettes sur le nez et dans un silence total – à part une recommandation quasi automatique « Faites attention aux arêtes » que Sybille ne comprend pas. Il mâche méthodiquement. La vie prussienne inébranlable.

La guerre sape de façon inexorable leur petit monde en apparence paisible et immuable, et eux font comme si de rien n'était. Ils se bouchent les oreilles, parlent de la pluie, de la neige, du potager qui fleurira et restera nourricier. L'illusion dure jusqu'à cette soirée encore ensoleillée, quand passe un train qui, par sa lenteur, s'annonce plus inquiétant que ceux des jours précédents. Est-ce pour éviter trop de bruit ? La locomotive roule presque au pas, en haut, sur la digue.

Subitement, mère et fille, occupées à ramasser la lessive séchée au vent, observent avec une horreur grandissante l'annonce de l'apocalypse en marche sur des roues en fer. Sur la digue, défile un interminable cortège de wagons de fret ou de transport de bétail, portes verrouillées par de grandes barres métalliques et marquées de lettres et de chiffres. Qu'y a-t-il à l'intérieur ? Des animaux parqués en route vers leur destin ?

Sybille remarque la présence de petites lucarnes d'aération, situées un demi-mètre sous le toit des wagons. Incroyable, mais d'une vérité criante, des mains blanches et maigres se hissent à l'extérieur. Des doigts font des signes comme s'ils voulaient dire « Au secours ! », « Aidez-nous ». Hannelore et sa fille sont figées en apercevant des parties de visages, des bouches ouvertes de désespoir. Des cris aigus se mêlent, dans un bruit de catastrophe, au fracas des roues en fer. Sybille croit avoir entendu des noms de villes, des noms de famille, « Winkler, Breslau ».

« Rosenstiehl de Liegnitz ». Est-ce cela ou s'est-elle trompée ? Le convoi s'éloigne vers l'est et emporte avec lui les rumeurs de la mort. Sybille dépose sa bassine de linge.

– Mon Dieu, maman, c'est terrible, c'est quoi ? Sa voix tremblante derrière ses lèvres serrées implore une réponse, Sybille ne supporte plus qu'Hannelore lui mente, qu'elle fasse comme si elle ignorait tout.

– Ce que c'est ? Ce sont des juifs en route vers un camp de concentration, Gross-Rosen – un KZ dans notre belle Silésie, répond à la place de Hannelore une voix basse et rauque qui arrive derrière la mère et sa fille.

Sybille tourne la tête et découvre la silhouette costaude de Herr Fiedler – pantalon troué, pull abîmé – qui s'appuie sur un seau plein de terre. Sybille connaît depuis longtemps cet ex-conducteur de locomotive qui cultive le jardin voisin. Tout le monde aime bien ce retraité de soixante-dix ans, à part quelques mauvaises langues qui le traitent de « communiste », c'est-à-dire de criminel. À ce moment, la jeune fille sent deux mains dures plaquées sur ses épaules et qui la font tourner sur elle-même comme une toupie. Elle se retrouve face à son grand-père, les joues cramoisies de colère.

– N'écoute pas cet imbécile de Fiedler ! aboie, plus que ne parle, Opa Schulte. Il n'y a ici ni juifs ni camp de concentration !

Et s'adressant au voisin qui ne semble pas du tout gêné, il menace froidement :

– Toi, Fiedler, fais bien attention. Tu risques gros avec ta grande gueule. On s'est déjà renseigné sur toi, auprès de moi... J'ai eu tout le mal du monde à te présenter comme un vrai patriote. Ces messieurs ne me semblaient pas du tout convaincus… La prochaine fois, ils frapperont…

- Oh ! Et ils m'expédieront à Gross-Rosen ? KZ… *Konzentrationlager*… ricane Herr Fiedler avec amertume.

Sybille craint un instant qu'Opa se précipite sur lui, mais il lui tourne le dos.

– Vous deux, vous me suivez ! Ne parlez plus jamais à ce Fiedler. Il est dangereux pour tout le monde.

Ce sont ses derniers mots. Hannelore et Sybille obéissent. Quand Opa parle ainsi – c'est plus que rare, tant il se contrôle –, l'alerte rouge sonne. Un peu plus tard, une fois en tête-à-tête avec sa mère, la jeune fille s'apprête à poser ses questions. Deux, pas plus, pour comprendre. Hannelore l'arrête immédiatement :

– Tu es assez grande pour savoir qu'on ne peut pas parler de certaines choses, en ce moment. C'est extrêmement dangereux, pour toi, pour toute notre famille. Tous, dans cette maison, nous risquons d'être arrêtés, enlevés demain à l'aube. Tu as entendu ce qu'Opa a demandé ? Alors, silence total. Tu as compris ?

Sybille comprend et se tait. Mais Gross-Rosen, cette ville au si beau nom (Grandes roses) existe, elle le sait. Elle se trouve à courte distance de Schweidnitz. Qui, dans le voisinage, ignore que ce nom est synonyme d'une sorte de prison-camp de travail où l'on rééduque des gens qui ne respectent pas les lois et ne veulent pas travailler ? Mais « camp de concentration ? » Que signifient ces mots qui ne vont pas bien ensemble ? Les profs à l'école demandent encore et encore de la « concentration » en classe. Cela ne peut pas être si mauvais. Mais faut-il des camps pour cela ? Et cet horrible train qui la hante ? Opa est chef de la gare de Schweidnitz, donc il doit savoir ce qu'il contrôle et aiguille, par exemple vers Gross-Rosen. Le soir, avant le souhait de bonne nuit, Sybille ose encore poser une question. « Opa... » Hannelore met une main sur sa tête et la pousse gentiment vers l'oreiller.

– Opa dirige des trains, mais il n'a absolument rien à voir avec ce qui se trouve dans les wagons. Tu le connais, jamais il ne ferait quelque chose de mal ou d'injuste. Et maintenant assez de questions. Il est temps de dormir. Bonne nuit. Fais de beaux rêves, souhaite la maman en éteignant la lumière.

En s'éloignant, elle ajoute, peut-être à sa propre intention :

– Que Dieu te protège, ma fille ! Que Dieu protège notre Allemagne. Dors !

Le lendemain matin, Sybille reste muette devant son jus de pomme. Elle regarde par la fenêtre où le vent fait courber des branches maigres. Son imagination a pris la route, elle galope sur les rails. Sa mère essaie de capter son regard et son attention.

– Opa est un homme honnête, impeccable. Il n'a jamais poussé un juif dans un train, jure Hannelore.

Sybille tourne la tête, et répond :

– Oui, bien sûr. Mais, Mutti, que sait-il de ces gens qui voyagent dans des wagons à bestiaux ?

Hannelore n'en revient pas de faire face à une rébellion alors que la guerre leur demande d'être fortes et solidaires.

– Sybille, il est facile de dire cela maintenant que les choses tournent mal.

– Maman, Opa fait en sorte que ces trains roulent dans la bonne direction, c'est-à-dire vers les camps, non ?

Hannelore ne répond pas. Elle regarde Sybille dans les yeux et doit admettre que sa fille a grandi. Qu'elle a grandi, plus vite, beaucoup plus vite qu'elle ne l'avait imaginé, et surtout ces dernières semaines, à une vitesse qui n'est pas celle de la nature en temps de paix. Elle, Hannelore, à trente-neuf ans, n'a jamais osé contredire ses parents ni ses beaux-parents. Jamais osé se lancer dans une conversation à caractère polémique. Tu pourras te défendre, pense la mère à la fois décontenancée et vaguement rassurée.

– Pour clore ce chapitre, crois-tu, ma fille, que mon père ait eu le choix d'agir différemment ? Il a cherché à nous protéger. Faut-il le lui reprocher ? C'est un bon père. Il a toujours été là pour nous. Je suis fière de lui.

Quand il revient de la gare à l'heure du déjeuner, Sybille se précipite vers le vestibule pour le rencontrer. Aujourd'hui, elle va poser une question à son grand-père. Une seule. Au dernier moment, la face altière l'intimide trop. Opa est impressionnant dans son uniforme de chef régional des chemins de fer du Reich, la Eisenbahn. Ce petit aigle portant une croix gammée entre ses griffes veut-il dire que son grand-père est au service des nazis ?

– Porter une croix gammée veut dire qu'on est nazi ?

Hannelore fixe sa fille devenue indisciplinée :

– La croix gammée fait partie de l'uniforme, répond-elle en contrôlant sa voix.

Ce soir, de retour de la gare – Hannelore lui a-t-elle parlé des peurs de sa fille ? –, Opa raconte avec émotion à quel point il est fier d'être Prussien et, surtout, Silésien.

– La Silésie était la province la plus importante de l'empire de Prusse avant la création de l'Allemagne, Sybille. La richesse de notre culture t'a-t-elle été enseignée ?

Sans lui laisser le temps de réfléchir, Opa se dépêche de répondre lui-même :

– Sais-tu que le plus grand poète du romantisme allemand, Joseph von Eichendorff, est un Silésien ? Sais-tu que l'architecte génial Langhans, créateur parmi d'autres chefs-d'œuvre de la porte de Brandebourg à Berlin, est un Silésien ?

Sa petite-fille l'écoute avec dévotion. Elle voudrait lui dire combien elle l'aime et l'admire. Mais elle n'oserait jamais. Le grand-père continue sur sa lancée.

– Et le géant adoré des Silésiens, Gerhart Hauptmann. Tu le connais, bien sûr ! Haupmann, prix Nobel de littérature en 1912. Son art du naturalisme le place au coude à coude avec des très grands, Émile Zola et Léon Tolstoï. Il a même écrit en dialecte silésien la première version de sa pièce de théâtre la plus importante *Die Weber* – Les Tisserands – qui décrit la révolte de tous ces braves gens contre l'arrivée des métiers automatiques anglais, qui accaparent leur travail et les précipitent dans la misère absolue.

Opa est intarissable. Il lève un index et se penche vers sa petite fille.

– Et n'oublions pas Fritz Haber. Tu sais qui est Fritz Haber, n'est-ce pas ?

Sybille ne sait pas, mais écoute comme si son grand-père racontait un conte de fées.

– Fritz Haber, grand homme de Breslau, a obtenu le prix Nobel de chimie. Il a inventé les gaz chimiques utilisés sur les champs de bataille de la Première Guerre mondiale.

Opa baisse la voix comme s'il révélait un secret :

– Fritz Haber était juif.

– Tu sais tout, Opa, dit Sybille, fière de son grand-père.

Pour justifier son travail de directeur de la gare de Schweidnitz au service du Reich, Opa raconte que des gens beaucoup plus grands que lui, des artistes célèbres se mettent au service du Führer. Il ouvre les mains en signe de bonne foi, et donne des exemples :

– Réfléchis, Sybille, pourquoi les géants du cinéma et de la scène théâtrale, comme Heinrich George, Heinz Rühmann, Emil Jannings et tant d'autres acteurs et chanteurs, pourquoi tant de célébrités sont-elles amies de notre Führer ? Et le chef d'orchestre légendaire Wilhelm Furtwängler (c'est la première fois que Sybille entend ce nom) suivi de son assistant surdoué, Herbert von Karajan ? Eux aussi ! Mais oui ! La famille du grand compositeur Richard Wagner vénère Hitler en public, lors des festivals à Bayreuth. Presque tous les grands industriels, les peintres... Qui suis-je, moi, directeur d'une gare, pour m'opposer au Reich ? demande Opa.

Sybille le comprend. Un peu, du moins. Comment pourrait-elle lui reprocher d'être en possession du livre qui est là, bien en évidence sur le guéridon verni, posé comme une œuvre d'art sur un napperon brodé ?

Mein Kampf, Adolph Hitler. Le vieux cheminot possède le livre – obligatoire pour tous les fonctionnaires. L'État offre même l'ouvrage à tous les jeunes mariés. Sybille n'a jamais vu Opa lire *Mein Kampf*. Il préfère la radio, la Reichssender, qui diffuse les tirs au canon, les témoignages d'héroïsme des soldats allemands. Les raisons de se croire plus fort que le monde entier. Opa n'entend plus rien quand il a l'oreille vissée à sa grosse radio. Il applaudit en entendant que les Allemands courent de victoire en victoire, il jubile en apprenant que les as de la Luftwaffe abattent en série les avions des ennemis, il croise les doigts quand la Kriegsmarine coule l'un après l'autre leurs navires.

Fidèles auditeurs de Reichssender, Opa et Oma reconnaissent que Goebbels et ses équipes savent les gâter. Grands concerts classiques, opérettes et chansons populaires, pièces de théâtre adaptées en version radio, ils ont de quoi se divertir, loin de Berlin.

Oma regrette cependant des voix familières et chaleureuses qu'elle n'entend plus. La vedette des opéras de Berlin et de Vienne, le sublime Richard Tauber a disparu des programmes.

Oma ose murmurer « il est juif… il est parti en exil ». Opa, des oreilles toujours fiables, l'interrompt d'une voix coupante comme une scie :

– Tauber ? Pas de souci pour lui ! Il chante à Londres ! Il gagne beaucoup d'argent et passe son temps à dénoncer son pays ! Alors… La Prusse, poursuit-il, était sans doute l'État le plus tolérant d'Europe. L'empereur Frédéric II, appelé Frédéric le Grand, avait décrété que son peuple pouvait être « heureux selon sa façon » – il l'exprime en français – autrement dit, chacun pouvait adhérer à la religion de son choix. Ainsi, recevait-il à bras ouverts les huguenots français.

– C'est quoi ça, « huguenot » ? demande Sybille à sa maman qui se dépêche de briller à son tour.

– Les huguenots étaient les protestants français chassés de leur pays par Louis XIV à cause de leur religion.

Opa, qui n'aime pas être interrompu, reprend le fil de son récit historique :

– Les huguenots ont reçu tous les droits du citoyen et ont contribué énormément à faire fleurir la Prusse. Le roi était un ami intime de Voltaire qui passait beaucoup de temps à sa cour. Ils ont échangé 800 lettres qui existent toujours.

Et les juifs de Prusse ? Opa pose la question et apporte la réponse. Ce soir il se surpasse, ouvre un dictionnaire et lit :

– En 1817, un comité de citoyens affirmait qu'à Breslau vivaient 4 409 juifs. Les rois de Prusse leur avaient conféré tous les droits du citoyen, ils avaient accès au statut de haut fonctionnaire et jouaient un rôle important dans la vie économique. À l'université existait un séminaire théologique pour les juifs orthodoxes…

Opa ne dit pas un mot sur l'incendie de la synagogue de Breslau et tant d'autres en Silésie, rien sur la Nuit de Cristal, rien sur les trains qu'il faisait passer pour Gross-Rosen. Rien sur les « *Juden Raus* » – Juifs dehors – affichés en ville. Opa pousse son lourd fauteuil devant sa radio à œil-de-tigre. L'heure sacro-sainte du « *Wunschkonzert* », le concert selon les souhaits des auditeurs. Des soldats allemands en Russie, en Grèce, en France, quelque part avec Rommel en Afrique, ont la possibilité de saluer à travers les ondes leur femme chérie, maman, fiancée, sans oublier leur chien. Ils choisissent un morceau de musique et le dédicacent.

Ces pièces sont toujours du goût d'Opa, on dirait qu'il ressent totalement les émotions, puisqu'il ferme les yeux et balance son corps au rythme des mélodies. Ce qu'il préfère, ce sont les chœurs de soldats, les opérettes, les chansons populaires de la Heimat. Depuis quelques mois, la vedette incontestée de la chanson est une Suédoise du nom de Zarah Leander, la coqueluche de Goebbels. Et il faut le dire, celle d'Opa aussi. Avec sa voix un peu mâle, roulant les « r », Zarah est l'incarnation musicale de la nostalgie, de l'amour et d'un optimisme légèrement désespéré dans une Allemagne démoralisée qui sombre de plus en plus sous les bombes américaines et britanniques.

Zarah chante l'impossible, le miracle. « *Ich weiss, es wird Einmal ein Wunder geschehn* » et l'Allemagne, y compris Opa, chante avec elle : « Je le sais, un jour il y aura un miracle. »

Oskar pose délicatement le journal de Sybille sur la tablette devant lui. Est-il possible qu'un homme comme Ernst Shulte ait pu connaître un tel aveuglement, alors que les Américains ont déjà libéré Paris ? Comment fait-il pour paraître si tranquille en écoutant ses opérettes après ces cris, ces bras, ces mains dans le vide, les mots « juif », « camp de concentration » échappés d'une lucarne au-dessus d'un wagon cadenassé…

Il effleure de ses doigts le papier que sa mère a touché et noirci à la même encre bleue. Les lettres semblent plus nerveuses, quelques rares ratures. Le papier s'est un peu collé par endroits. Entre deux feuilles presque soudées, il a trouvé une photo d'un format d'autrefois, une douzaine de centimètres de côté, assez jaunie, en noir et blanc. Il reconnaît Sybille instantanément. Cheveux courts avec une raie sur le côté, elle porte un haut graphique à la Mondrian et une petite chaîne en or. Du jardin de ses grands-parents, Sybille semble voir passer un rouleau compresseur. Une interminable colonne de wagons couleur brique rouge qui cahotent lourdement dans un bruit de chaînes rouillées.

*

*   *

Oskar aimerait trouver le calme pour mettre un peu d'ordre dans ses émotions, s'arrêter un moment pour respirer. En ajustant son col, il aperçoit les champs qui défilent sous le soleil, il se rend compte qu'il grelotte et ferme son gilet jusqu'au cou. Ses jambes tremblent, prises d'une frénésie incontrôlable. S'il pouvait puiser, quelque part, la force d'échapper à l'exploration fascinante, épuisante, qui le cloue sur son siège ! Mais la curiosité est plus forte, le marque-page glisse à nouveau sur le côté de la tablette.

– 9 –

Nazis de service

Cette neige qui tombe sans discontinuer… Gerda Schulte fait crisser la nappe en raclant de rares miettes, et se tourne vers Hannelore et Sybille. Sous ses lunettes sans cadre, elle les observe. Elles sont muettes comme la carpe qu'Opa rapporte du lac chaque semaine. Opa avale son troisième ersatz en silence.

– Pas trop de café, Ernst. Ton travail te tue ! dit-elle à son époux.

Intriguée, Sybille lâche une supposition :

– Opa a peur… ? ose interroger la jeune fille.

Les murs tremblent. C'est la révolution !

– Opa n'a jamais peur. Il n'a rien à se reprocher. Il se fait de grands soucis, pour nous, pour l'Allemagne ; il s'inquiète… tonne Oma de sa voix d'alto.

Elle a failli dire « il s'inquiète pour toi ! Misérable créature ingrate, que deviendras-tu entre les mains des Russes, sais-tu ce que les Russes font aux femmes, aux filles de leurs ennemis ? ». Oma sait se contrôler, mais sa blessure d'orgueil la brûle de colère. Soupçonner Opa d'avoir peur de ces méprisables hordes communistes ! Opa se retourne vers Sybille, étrangement conciliant :

– Estimons-nous heureux, Sybille.

Elle croise sagement les mains sous la table, prête à obéir. Elle a craint une bonne gifle. Le grand-père précise son idée :

– Il faut te préparer… Ta place est désormais dans la *Hitlerjugend* – Jeunesses hitlériennes.

Plus le grand-père avance dans l'énumération des détails de la formation des Jeunesses hitlériennes, plus Sybille tremble comme une feuille. Compétition de lancer de grenades à main, maniement de fusils, tirs antiaériens, creusement à toute vitesse de fossés antichars, marches d'orientation nocturnes, escalade. Elle ouvre la bouche et les yeux d'incrédulité.

– Tu apprendras par cœur la proclamation avant chaque entraînement : « Nous sommes pour le Führer, *flink wie die Windhunde, zäh wie Leder, hart wie Kruppstahl* – prestes comme les lévriers, coriaces comme le cuir, durs comme l'acier Krupp. Compris ?

Elle hoche la tête. Elle frissonne.

Une heure plus tard, dans une cour d'école, Sybille Rossbauer fait son entrée officielle dans les Jeunesses hitlériennes de Schweidnitz. Elle vient d'avoir quinze ans, l'âge de l'enrôlement obligatoire.

Le froid glacial s'engouffre dans sa veste en laine, ses chaussettes laissent passer les morsures de l'humidité, mais Sybille se tient droite. À côté d'elle, une grande fille maigre, le cou enveloppé dans une écharpe blanche large comme un drap, claque des dents ; elle renifle et a l'air d'avoir pleuré. Sybille se sent moins isolée, elle n'est peut-être pas seule à se sentir désorientée dans ce tourbillon d'ordres et de cris. Elle tâchera de lui parler à la fin de l'entraînement.

Mais les autres ? Où trouvent-elles la force de dominer ces bourrasques puissantes qui balaient la cour ? Sont-elles fabriquées dans un matériau plus résistant qu'elle ? Comment font toutes ces filles pour sourire jusqu'à l'extase quand le nom du Führer circule de lèvres en lèvres ?

Soudain, du préau, enfle une musique ; un chœur militaire dicte les pas. Sybille se sent emportée, elle découvre ce qu'est une Banne, l'unité à laquelle elle appartient désormais. Fanfares et trompettes défilent avec fureur et jubilation dans la cour de l'école. Le sang revient irriguer ses veines. Sans ce drapeau immense d'au moins deux mètres claquant au vent froid de l'Est prussien, sans ce bandeau bleu et jaune sur un coin du fanion, sans cet aigle paré d'une épée et d'un marteau, Sybille se croirait encore dans sa petite ville de Waldenburg. Elle n'a pas eu le temps de tourner la page. Ici, pourtant, elle se sent faire partie de l'élite. Sa nouvelle vie.

Avec des dizaines d'adolescentes transies, elle apprend à jurer qu'elle est « prête à mourir » pour le plus grand génie de tous les temps. Adolph Hitler, Dieu vivant. Leurs visages rougis disent la peur de ne pas être à la hauteur malgré le credo qu'elles répètent comme des machines. Elles défendront l'Allemagne et gagneront. Et pourquoi gagneront-elles ? La fille qui brandit un fanion au bout du préau est en train de les remonter à bloc – c'est ce qu'elle croit.

– Les Allemandes appartiennent à la « *Herrenrasse* », la race des seigneurs, hurle-t-elle. Plus fort, encore plus fort !

– Nous sommes de la race des seigneurs ! exulte le préau glacé de la rue Fuchsschwanz.

– Les autres femmes, les Polonaises, Russes, Roumaines et leurs « Tziganes », sont des « *Untermenschen* » – des sous-êtres.

Dans la hiérarchie de l'humanité, les Allemandes se trouvent en haut. À la place qui revient à la race pure. En bas, tout en bas, vaque une catégorie responsable de tous les malheurs des Allemandes et du monde entier. « *Die Juden* » – Les juifs. Le Führer et ses fidèles s'en occuperont. La fille dans le préau conclut sa tirade par un « *Heil Hitler !* » à briser les tympans.

Sybille Rossbauer observe furtivement ses voisines plus âgées chargées de donner l'exemple aux nouvelles recrues comme elle. Elle est stupéfaite. Pourtant, ce n'est pas une bleue ; elle a appris à saluer pour un oui, pour un non – déjà à la maternelle et sans jamais vraiment comprendre : « *Heil Hitler !* » Dans la cour de récréation, elle a été formée au hurlement mécanique sur ordre de très jeunes institutrices (les hommes sont soldats). À Waldenburg, parfois, elle a cru entendre, des élèves – très, très rares, des enfants de communistes, a-t-elle pensé – qui murmuraient entre eux quelque chose ressemblant à « *ein liter* » – un litre. Hitler, un litre, qui aurait idée… ?

En quittant la cour glaciale, le détachement de Sybille a ordre de courir rejoindre un centre de secours d'urgence. Sous un auvent, deux hommes âgés se tiennent près d'une table où s'alignent pansements, flacons d'alcool, ciseaux, masques à oxygène. Dans un coin, une religieuse prépare de grosses seringues. La chef des HJ – *Hitlerjugend* – annonce le programme :

– Vous êtes dans un hôpital de campagne. Vous allez apprendre comment porter une aide d'urgence à des héros blessés…

Sybille a trop froid pour tout retenir, mais le bruit lourd de quelque chose qui se fracasse contre le sol la tétanise. « Non, non… », c'est tout ce qui sort de sa gorge.

Une jeune fille s'est jetée d'une fenêtre, en face de la table où s'alignent pansements et ciseaux. À deux mètres près, la suicidée s'écrasait sur Sybille et l'entraînait dans sa mort. Sans réfléchir, Sybille se penche, elle la reconnaît. C'est la grande de tout à l'heure, avec son écharpe blanche, qui avait l'air désorientée. Sybille passe doucement ses doigts sur le visage qui gonfle à vue d'œil, elle essaie de rabattre les paupières sur des yeux exorbités. La mort sur les traits de filles de son âge, la mort apprivoisée chaque jour, vue de si près, sous le voile de poussière recouvrant Anne-Liese, après le bombardement de la veille. Personne ne pleure, on s'habitue à la pulvérisation instantanée de la vie.

Un porte-voix grésille. « Évacuation ! » Comme si de rien n'était, l'unité de Sybille se met en rang, tranquillement, deux par deux, direction la sortie de l'immeuble en briques orangées. Au bout d'un corridor, une femme s'arrête pour laisser passer le défilé de filles qui avancent comme si elles allaient au cinéma.

– Stop ! crie une jeune déjà habituée à commander. *Eins ! Zwei ! Drei !*

Un, deux, trois, pas une minute à perdre, mais en ordre, elles sont conduites dans une rue perpendiculaire. Cette fois, les exercices de secours aux blessés se feront en grandeur nature. Sybille passe par le « *Lazarett* », le dispensaire d'urgence, à l'intérieur d'une salle de classe improvisée hôpital de campagne – hier soir, Opa a confié que la plupart des écoles publiques sont transformées en « *Lazarett* ».

Sous leurs yeux, quantité de soldats recroquevillés sur des lits, attachés sur des brancards, posés sur des chaises comme des marionnettes assoupies, la plupart très jeunes, amputés d'un bras, d'une jambe, parfois des deux. Des têtes prises de mouvements affolés, des visages aveugles qui sanglotent, des carcasses qui se tordent en réclamant dans des torrents de larmes « *Ich will meine Mutti* » – Je veux ma maman. Et partout le sang qui traverse les bandages.

Sybille cherche à reculer. Une recrue aguerrie la fusille du regard, gourdin à la main, alors Sybille se redresse, l'air de dire « j'ai du cran moi aussi ». Mais ses jambes lâchent, elle vomit dans ses mains.

– Respire fort et pense à une étoile, souffle une petite qui a une tête de grande et un air de lutin.

Sybille la regarde en essuyant son visage sur le revers d'une manche et essaie de reprendre son souffle. L'odeur d'éther et des plaies n'aide pas vraiment, mais la gentillesse de sa camarade de hasard la réconforte. Elle a vaguement honte de craquer dès le premier jour de son embrigadement dans l'élite des enfants qui grandissent.

– Donc c'est comme ça, la guerre ? demande-t-elle à une inconnue en descendant l'escalier. Une sorte de grésillement sort de la bouche de sa camarade qui se bat pour ne pas s'effondrer. Qui a dit que les Russes ont couru comme des lapins devant ces courageux soldats de la Wehrmacht ? Elle pense au soldat Mathias Rossbauer. « Vater » – Papa, murmure Sybille. Où est son père ?

Sur le chemin du retour, alors que la neige étend un rideau blanc qui virevolte dans un froid glacial, Sybille découvre Schweidnitz comme elle ne l'avait encore jamais vue. Des affiches « *Juden raus* » – juifs dehors – exhibent un nez proéminent et courbé, des oreilles longues et pointues comme le diable qu'elle a vu au théâtre, avec des yeux qui louchent. Sybille se dit qu'elle n'a jamais rencontré un tel personnage ni ici dans la ville de ses grands-parents ni à Waldenburg où elle a grandi. Elle ne connaît personne qui ressemble à l'affiche.

Un autre dessin traverse sa rétine. Sur fond rouge, un visage à moitié caché sous un vaste chapeau sombre est accolé à une mise en garde : « *Achtung, Feind hört mit* » – Attention, l'ennemi t'écoute. Avertissement familier. À l'école, on a expliqué que des espions se cachent dans la population pour collecter des informations ; puis ils les adressent, la nuit, à des organisations ennemies, à travers des émetteurs-récepteurs qui indiquent des cibles à bombarder. Sybille connaît aussi la figure du « *Kohlenklau* », le voleur du charbon qui gaspille chauffage et énergie pour affaiblir l'Allemagne.

Ses jambes, ses bras, sa tête claquent, son corps entier craque. Exsangue après cette première journée dans les *Hitlerjugend*, Sybille n'a plus la force ni l'envie de se poser de questions sur ce que font Opa, Oma, Mutti, son père, avalés par la guerre. Sur ce qu'ils n'ont pas fait pour lui éviter aujourd'hui à quinze ans d'être dressée pour devenir une fanatique prête à tuer, au lieu de lire, danser, vivre ! Comment ne pas s'habituer – comme eux – à l'irréparable ?

Au rez-de-chaussée de la grosse bâtisse jaune, elle retrouve ceux qui lui ont volé une journée de son existence. Elle les regarde et pense : demain, ça recommencera, et après-demain aussi. Est-ce bien la vie que je veux ? Et si je faisais comme la grande à l'écharpe, celle qui a choisi de sauter du deuxième étage ?

Sur sa chaise au dos sculpté comme un instrument de musique, de celles qu'on trouvait jadis dans les églises de l'Est, Hannelore se remue comme sur des charbons ardents. Elle dévisage son adolescente avec un mélange d'incrédulité et d'admiration secrète, en souriant avec deux dents qui tordent ses lèvres. Il faut éviter un nouveau dérapage ce soir. Trouver une raison de parler de la pluie et du beau temps.

– On va donner à Opa quelque chose qu'il aime : son cigare ! propose-t-elle.

– Mais c'est trop tôt ! Opa ne fume que le soir tard ! Que se passe-t-il, enfin ? proteste Oma Gerda en bougeant la tête dans tous les sens comme une cigogne affolée, l'air de dire : « On devient fou, vraiment fou dans cette maison. Que sont devenues les bonnes manières de nos aïeux ? »

Oma se lève et file en cuisine chercher de l'eau bouillante et des grains de blé grillés concassés. Comme si elle ne voyait pas que le faux café est déjà servi, sur la table, elle va grommeler en paix. Hannelore ouvre le buffet, saisit une sorte de saucisse flasque faite de feuilles de tabac jaunâtres. Un cigare maison ! Elle l'allume avec un gros briquet métallique, tourne la chose autour de la flamme jusqu'à ce que le bout devienne rouge puis elle l'offre avec un sourire de petite fille à son papa tant aimé. Les yeux fermés, Ernst Schulte soupire en poussant un nuage bleu de ses narines.

– Ça me fait du bien.

Le sommeil le happe, sa tête penche de côté. Mais avec une soudaineté stupéfiante, le directeur de la gare de Schweidnitz entrouvre ses yeux couleur de ciel délavé et philosophe calmement.

– Les cigarettes sont réservées en priorité à nos soldats, ils sont au combat pour nous. Quant aux cigares, c'était dans une autre vie, se souvient-il en serrant les dents.

Opa sait bien que la vie a la fragilité d'une bulle de savon ces temps-ci. En attendant que sa gare tombe aux mains des « Russes », il savoure ses petites joies. Une demi-douzaine de plants de tabac, abrités sur un coin du balcon, poussent sous une grosse bâche verte ; les feuilles de la précédente récolte ont été mises à sécher sur la corde à linge à côté des culottes et des serviettes, et finalement roulées à la main.

– Nous apprenons à nous contenter de notre « *Marke Eigenbau* » – la « Marque du fait maison » –, se résigne l'homme des trains pour Gross-Rosen.

Oma répond que les timbres alimentaires autorisent encore l'achat de cent grammes de graisse d'oie, autant de sucre. Un peu de farine. Les rayons des épiceries sont quasiment vides. Ils se gardent bien d'admettre à voix haute que leur monde s'écroule.

Sybille bâille en se cachant dans le pli d'un coude. Il n'y a que ça qui les intéresse… Remplir nos estomacs ! Oma, Opa, Mutti ne voient donc pas que tout est devenu laid autour de nous ? se lamente-t-elle intérieurement en les imaginant suspendus à un gibet. L'effroi la saisit, elle s'endort en grimaçant sur sa chaise.

Lire ce récit des jours de chute a complètement happé Oskar. Son train vient de s'immobiliser en gare de Strasbourg avant de filer vers Cologne. La tête en marmelade, il range précipitamment le gros registre bleu au fond de son sac à dos.

En posant le pied en Alsace, il lui faut un moment pour se reconnecter à sa propre existence. Qui revient indemne d'une telle excursion dans un passé lourd de fautes et de honte ? Oskar lutte avec ses émotions pour ne pas rester figé dans le trou noir de son histoire. Aucun roman, jamais, aucune fantaisie ne l'a autant impressionné, au sens photographique du mot, que la lecture du quotidien des Schulte-Rossbauer au moment où leur univers s'écroule. Encore une moitié du journal de Sybille à lire. Il se demande ce qu'il lui reste à découvrir. En feuilletant rapidement les pages restantes, il essaie de trouver trace de Sylvia. Rien sur l'existence de sa sœur cachée. Un goût aigre monte dans sa gorge, il n'a pas avalé une goutte d'eau depuis cinq heures, il avance sur le quai, les épaules rentrées à la recherche du tableau des départs. Freiburg… Vue d'ici, la ville allemande à une centaine de kilomètres a l'allure une forteresse parsemée de pièges. C'est là que Sybille a enfoui ses secrets. Mais Madlen l'attend.

– 10 –

Adama et moi

– Je vais le faire ! Je vais le faire ! Ce sera une bataille, mais je le ferai, ce film.

Ce cri du cœur sort comme un cri de guerre. La réponse de Momine au message qui l'a réveillée à l'aube. Elle le relit. « Tu es prête ? Prépare-toi à mordre ! Sans le montrer... Crois en toi, tu ne te décevras pas. »

Personne ne la voit dans ce lit devenu trop grand sans Oskar, alors une larme peut couler tranquillement à contempler la potion d'encouragement de son mentor, Adama Doucouré. Trois ans de compagnonnage créent forcément des liens.

Aujourd'hui, c'est le grand jour, elle va « pitcher » son projet de film devant un jury de professionnels.

Elle se redresse avec la légèreté d'un cerf-volant dans un ciel brodé de bleu et de blanc, en ce printemps où les planètes sont en train de s'aligner. D'un bond, elle court à la fenêtre, tire les rideaux et ouvre les volets.

« Rien ne va m'arrêter ! Rien, rien, rien ! J'irai jusqu'au bout. Mon premier film sera mon nouvel enfant ! » Elle entend sa propre voix comme si elle s'adressait à un public rassemblé en bas de l'immeuble, une foule venue acclamer l'histoire qu'elle va raconter. Les heures mélancoliques à tergiverser, à douter du chemin à prendre, sont derrière elle. Le Festival de scénario de Vanosc en Ardèche doit être la rampe de lancement de son long-métrage. Bien sûr, Vanosc – qui connaît ce village ardéchois ? – n'est pas Deauville, ni même La Rochelle ou Lille, mais c'est là qu'elle ira tester son projet devant bon nombre de noms qui comptent. Elle aura sept minutes pour convaincre ceux qui ont le pouvoir de dire stop ou encore, eux les maîtres des coupes et des ajouts.

Momine a refait le plein d'énergie parce qu'elle a un but et « ça change tout de faire grandir un projet » s'encourage-t-elle en s'étirant. Le film qu'elle a en tête ne compte pas encore une seule image, mais il fait déjà des miracles. Elle danse sur la pointe des pieds, droite, tête haute, s'imaginant en champignon robuste poussé sous la mousse. Ce matin, le champignon ose affronter les rayons du soleil et elle l'annonce à la ronde.

« Vas-y fonce ! » l'encourage Oskar au téléphone. Lui-même fait face à de tels chambardements dans son existence. Du train qui cahote vers Freiburg, il trouve tous les arguments pour l'inciter à suivre sa propre voie ; si sa femme est très occupée, elle aura moins de temps pour se mêler de ce qu'il fait…

Lola et Jules, ses enfants, Agnieszka, sa sœur de cœur, tous ses amis proches répondent par des « Oh ? C'est vrai ? Aujourd'hui, l'épreuve devant le jury, oh mon Dieu ! », ils expédient des brassées de bisous, des « On est avec toi ! », « Tu y arriveras ! ». Elle ne peut plus reculer, bien lestée à la façon d'une ancre marine par autant de grappes de mots délicieux sur son téléphone ; ils l'empêcheront de divaguer dans le doute qui l'a tenaillée ces dernières semaines.

Adama vient d'envoyer un deuxième message : « Tu as eu la force de commencer, vas au bout de ton idée, on a le droit d'échouer, pas de renoncer à son rêve. » Elle lit, relit, récite ses mots qui ouvrent les portes de l'espoir. Lui ? Elle l'écoute avec une révérence particulière. Parce qu'il vient de loin, comme elle, et pas seulement parce qu'il est né quelque part entre Bamako et Tombouctou. Adama est « Marathon Man », un homme de course de fond qui exige un souffle peu routinier. Des années dans l'ombre à subir des refus, des remarques teintées de suffisance, des petites mesquineries trempées dans le dédain de ceux qui possèdent les clefs de la réussite. Et peu à peu, la reconnaissance du public qui a fait la différence et imposé le réalisateur face aux lois du marché. Adama Doucouré est devenu un cinéaste reconnu, un de ces artistes « bankables » comme on le dit d'Omar Sy. Chez les vulnérables ou les misérables, son style personnel fait naviguer sa caméra avec la puissance d'un laser entre poésie et réalités dangereuses. Qu'un cinéaste de son calibre ait accepté d'être son partenaire d'écriture est une chance inestimable pour faire aboutir le projet de son premier film. L'histoire sera bâtie sur un nid de secrets familiaux, tout en brouillant les pistes afin de ne pas briser définitivement les derniers liens entre des frères et des sœurs que la vie a séparés. Toute ressemblance entre les personnages du film et des personnes existantes ou ayant existé serait due à des circonstances ou à de simples coïncidences. Ce sera leur refrain. Ils diront « Quiconque croit reconnaître des similitudes entre un personnage du récit et lui-même, ou une personne de sa connaissance, devra réfléchir au curieux manque de singularité qui s'attache au comportement d'un grand nombre de nos contemporains ». Une antisèche tous terrains, empruntée à Christa Wolf et son *Trame d'enfance*. Cela sera-t-il vraiment suffisant pour calmer ceux mis en cause ?

L'important, répond Momine au message de son coréalisateur, est que la caméra d'Adama apporte des éléments de réponses aux questions complexes qui seront posées. L'image et le son sont des armes pour changer le monde de façon lente, mais inexorable. Elle sait ce qu'elle veut. S'inspirer des femmes de son enfance, ces êtres soumis à la violence qui ont tant à transmettre.

Momine se remémore les recommandations de son coscénariste : « N'oublie pas de faire rire aussi ceux qui te jugeront. Faire pleurer est facile. »

Son pitch doit donner envie de voir ses mots et ses idées bouger dans un récit d'images et de sons. « N'oublie pas Camus ! L'art n'est pas une réjouissance solitaire » se rappelle-t-elle.

Ce projet de film porte un rêve secret longuement réfléchi, et non une lubie surgie de la nuit. Elle y a pensé, chaque jour depuis des années, aidée de ses « anges gardiens », scénaristes, réalisateurs, producteurs qui l'ont guidée, formée, conseillée. Les rêves secrets sont faits pour fleurir à l'abri des mauvaises ondes comme des ondes incertaines. Même Oskar a été tenu à distance de son canevas un peu trop longtemps. Alors, il a fallu qu'elle l'apprivoise à son jeu d'invention, petit à petit, tricotant, au fur et à mesure, une trame sans cesse remise sur l'ouvrage. À travers les trous du canevas, à bien y regarder, Oskar devrait deviner dans le clair-obscur deux histoires croisées. Le hasard est quand même un super metteur en scène, se dit-elle en pensant au séisme qui vient de se produire dans la vie de son mari. Quoi de plus humain que ces non-dits familiaux, ces minuscules et ces très gros mensonges par omission – ou pas –, tous ces ventres pleins de secrets, toutes ces victimes qui mentent de gré ou de force, tous ces cortèges de témoins muets par choix ou parce que l'oubli est si commode. Amélie et Sybille, deux destins craquelés parmi tant d'autres. Tant d'entre nous, résume Momine. Pas simple à raconter, tempère la scénariste débutante, saisie de vertige devant l'épreuve d'un miroir redoutable. Saura-t-elle restituer la parole des morts et des vivants sans les trahir ? Sans déformer leurs vérités.

Ce matin, un torrent de pensées la bouscule. Pas longtemps ! Le temps est venu d'accélérer le pas. Le travail qui l'attend va l'aider à comprendre des choses d'elle. Des pans entiers de son histoire, demeurés occultés depuis toujours. À la mi-quarantaine, elle se sent armée pour produire un travail de création artistique à partir d'une émulsion complexe née d'une maturation lente. Les faits, les observations, les regrets, les révoltes, l'amour, et la haine aussi, ces bouillonnements autour d'une vie ont eu le temps de mûrir ensemble comme des fruits imprégnés les uns des autres, au fond d'un alambic. Une huile essentielle de fiction, se dit-elle en se souvenant avec nostalgie des alambics rafistolés au bord des champs de géraniums sur les hauteurs du Tampon. Il faudra que j'en trouve un pour le film, se promet-elle.

Ce matin, elle est prête à gravir une montagne. « Suis-je candide ? » répond-elle au SMS d'Adama en ajoutant : « Oui ! Je vais accrocher des ailes plus grandes sur le dos de ma vie. »

Elle ne doute pas que les amis seront sur le chemin, prêts à monter dans sa caravane, par passion, par conviction, par solidarité. La chance a toujours été de son voyage. Ce mot fait surgir les visages de copains de reportage rentrés dans des cercueils. La route piégée de Jalalabad en Afghanistan, et cette stèle fraîche à la mémoire de collègues vus la veille encore, fauchés par une rafale de kalach. Ou ces débris de guerre grimaçants dans les sables de Mésopotamie sous les chenilles des chars M1 Abrams. Elle revoit aussi les silhouettes voûtées de celles et ceux qui se sont effondrés au retour de missions.

Elle aussi, elle a connu la peur, dans l'obscurité d'un village où riaient les coupeurs de gorge du côté de Medellín. Mais elle repartait toujours.

Au Nord, au Sud, elle franchissait les frontières partout où la Terre ne tournait pas rond, dans le cortège de ceux qui se sentaient invulnérables. Elle voudrait que son long-métrage raconte tout ce que ses reportages n'ont jamais eu le temps de dire, tous ces détails non sélectionnés, versés dans la grande fosse à rebuts. Raconter tout ce qu'elle a toujours tu. Prendre le temps enfin de découvrir ce qui la hante depuis sa tendre enfance. Le soudain départ d'Oskar vers sa famille allemande apporte une preuve supplémentaire de l'insoutenable vulnérabilité de nos certitudes. L'annonce, si surprenante, au creux d'une lettre posthume est le grain de sable qui vient de gripper la machine bien huilée de leur existence. Un signe du destin, se dit-elle. Chacun de nous va devoir regarder son miroir en face, sans détourner la tête. Revoir la vie, notre vie ensemble, de fond en comble. Sans se faire de cadeaux qu'on finit toujours par payer trop cher.

Dans la vieille église en pierres de Vanosc transformée en espace de concours pour le festival de scénario, Momine s'arrête devant un rideau de scène rouge sang. Un souvenir puissant l'aspire.

Elle allait avoir sept ans, affamée, maigre, ses pieds nus blessés par les roches de lave coupante, une petite robe pareille à un fanion, dix fois réparée par sa maman dans leur case sans eau courante ni électricité. La petite arrivait sur l'estrade, le cœur battant. Elle voulait absolument gagner la compétition du Quatorze Juillet. Chanter *La Marseillaise* ! Momine ne parlait que le créole, mais connaissait le texte de l'hymne national par cœur. Ses concurrents étaient des filles et des garçons aussi pauvres qu'elle et d'autres, bien nourris, certains plus âgés. La récompense était aussi haute que le poteau en bois d'où pendaient des fils électriques, transformé en mât de cocagne sur la place de la mairie. Cent francs CFA ! Vertigineux comme un rêve. Une poussière d'argent pourtant, mais bien assez pour parer la table chancelante et vide. Un peu de riz et d'huile, une livre de sucre, une boîte d'allumettes siglée Trois Étoiles. Un repas pour sa maman, ses frères et sœurs (deux petites sœurs et un frère étaient déjà au cimetière).

Elle s'était mise à chanter, de sa voix étreinte par l'émotion et l'espoir. Et l'avait emporté. Larmes de joie, applaudissements tous azimuts et déjà, vaguement, un fil rouge se mettait à ourler ses pensées : « Regarde-toi ! Tu peux si tu veux… »

Tant d'années après, si elle réussit à accrocher son rêve dans la salle des fêtes de cette bourgade ardéchoise, elle reviendra un jour, pour descendre du haut des forêts de Vanosc, glisser comme sur un toboggan, un film à la main. Elle l'offrira aux gens d'ici et incitera d'autres à se raconter.

Adama a bien vu que Momine était encore loin de son but. Il l'attend en bas des marches.

– Tu as donné le meilleur de toi-même en sept minutes. Pas mal, pas mal – il la prend par les épaules. Mais je crois que tu as intérêt, dès aujourd'hui, à chercher en toi comment donner de la chair à tes personnages. Il manque la vie qui cogne. Ta vie, celle de tes personnages. Prépare-toi à devoir étoffer ton scénario…

Une semaine plus tard, le verdict du jury de Vanosc confirme la présomption de son coréalisateur. Projet trop flou, pas assez maîtrisé, les quinze pages du scénario ne permettent pas de discerner une arche dramatique convaincante. La narratrice doit revoir l'écriture de son histoire de femmes happées par la violence, face au défi de vivre. Après un instant de flottement, la candidate recalée serre les dents en se souvenant du vieil adage de Fleet Street, jadis la rue des grands titres de la presse à Londres : « *Good writing is rewriting* » – Bien écrire c'est réécrire.

Pas le choix, mais rien de perdu, au contraire. L'exercice de Vanosc a servi de catharsis. L'aspirante scénariste a compris un point capital. Tant qu'elle ne saura pas clairement ce qu'il est arrivé à Amélie, elle aura du mal à camper son personnage. Parce qu'elle a du mal à se comprendre elle-même ?! Momine pose maintenant des mots sur ses tourments : « Trop de zones d'ombre m'empêchent de m'orienter. Je vais devoir reprendre la direction du volcan. Rentrer chez moi. Rentrer à temps pour saisir l'ombre du soleil frôlant déjà les fougères ancestrales. Forcer ces mémoires vacillantes au crépuscule de leurs vies. Et sauver d'indicibles secrets. »

– 11 –

Deux mortes sur les bras

Oskar passe au-dessus du fleuve. Il ne pense à rien, content de se laisser fondre dans le tintamarre des rails sur le pont de l'Europe à la sortie de Strasbourg. Il roule les épaules d'avant en arrière et inversement. La réponse au message de Momine peut attendre. Il a déjà tant à faire, comment pourrait-il répondre sur-le-champ à la question de sa femme – en plein dilemme – affichée sur son écran : « Partir ? Rester ? Si Agnieszka peut s'installer à la maison pour Lola et Jules… ma décision sera plus simple » écrit-elle. Il est de l'autre côté de la frontière, dans tous les sens du mot. Regarder défiler des villages et des villes collés comme des timbres-poste sur la plaine du Rhin l'aide à faire le vide en lui. Remontent les odeurs et les couleurs d'enfance et de jeunesse qu'il croyait englouties pour toujours dans le grand broyeur des années. Elles sont là, ces scènes de compétitions de foot et de natation dans ces « bleds allemands » qui surgissent comme des fantômes pressés – Emmendingen, Kenzingen, Friesenheim… Les pique-niques également avec sa Mutti adorée, ses frères Manfred et Sebastian.

Tous ces jours partis sans prévenir reviennent avec une force stupéfiante. Personne ne meurt dans les souvenirs.

Sybille bouge et sourit, elle a l'air heureuse. C'était donc ça, le bonheur, se demande Oskar, ces petits morceaux de vie ordinaire qui ressemblaient à l'ennui. Dans cette version du bonheur, Sybille a trois enfants, un mari – Gustav Weber –, le père de ses trois garçons. Ils forment une famille banale de l'après-guerre, un temps où chacun s'escrime à rayer le mot guerre.

« Mais où est la quatrième ? Où est Sylvia pendant ce temps-là ? » s'interroge Oskar. Il vient de parler seul. Autour de lui, on doit croire qu'il est au téléphone. Il pétrit son sac et tandis que ses doigts labourent sa mémoire, il n'aspire qu'à une chose : le repos.

Par la baie vitrée, sa chère Heimat danse en lui faisant de l'œil. La terre natale escortée de toutes ces choses impossibles à nommer a une tête de menteuse ce matin. Il croyait au bonheur ordinaire et un peu ennuyeux, il revient chez lui avec l'histoire d'une maman qui avait une double vie. Oskar marche dans sa tête avec des semelles de plomb sur des traces inconnues. Les cendres du passé entassées en immenses terrils menacent de l'ensevelir. Il se frotte les yeux, se dit que les brûlures de 1945 l'attendent au-delà des vergers tranquilles. Arriver à Freiburg ouvre une douleur et offre un espoir.

En observant son train longer les vergers de pommiers et des cerisiers, il lutte pour ne pas se sentir totalement décalé parmi les autres passagers, tous ces travailleurs qui rentrent fatigués, ces mères chargées de sacs siglés Lidl ou Rewe, cette bande d'écoliers hilares. Il sourit en écoutant l'ado au visage africain qui parle avec un fort accent d'ici, du pays de Bade, ceux qui discutent en polonais, en roumain. Ces voyageurs le ramènent à l'Allemagne d'aujourd'hui. Celle qui cache toujours quelques fantômes dans les jardins ouvriers comme celui du vieux Fiedler, le voisin de son grand-père, ce parfait

Prussien aux ordres. A-t-il participé au désastre en faisant rouler les trains de déportés sans se poser de questions ? Ces pensées lui font tordre les lèvres.

Depuis la lettre posthume de sa mère, depuis qu'une sœur totalement inconnue a fait irruption, il erre dans des zones obscures de l'Allemagne des années maudites et craint de souffrir plus encore quand il prendra le chemin du retour dans sa famille. Pour le moment, tout ce que Momine lui raconte au retour de ce festival dans un coin paumé de l'Ardèche ne parvient pas à l'intéresser vraiment.

Oskar quitte la gare de Freiburg, il hâte le pas en remontant vers le Münster, la cathédrale miraculeusement sortie indemne des bombardements de 1944. Ce n'est pas un jour pour déambuler avec un cœur de touriste dans la ville, même si elle est surnommée la Perle de la Forêt-Noire. Il a le même regard de pierre que les statues de l'édifice gothique. Pourvu que Madlen soit au rendez-vous, elle est son dernier recours. Il pourrait marcher les yeux fermés jusqu'à la grosse porte en bois du Oberkirchs Weinstube, sur la droite du Münster. Tout le monde connaît ce restaurant typiquement allemand où l'on imagine très bien Gutenberg assis au fond de la salle à manger au plafond bas, avec ses tables en bois et sa Weissbier dorée comme du miel.

Madlen est là. Bras croisés, figée comme une sculpture en cire, une Silésienne de carte postale avec ses cheveux bouclés blond cendré qui encadrent un visage aux pommettes hautes. Madlen a fait danser Oskar sur ses genoux. Elle a très bien traversé le temps, mais à cet instant précis, maintenant qu'il avance droit vers elle, elle doit se contrôler, ses jambes sont coupées, elle n'a pas la force de se lever, pétrifiée d'émotions.

En sentant le souffle du fils de Sybille toucher la peau de son visage, elle dissimule qu'elle tremble comme un suspect.

Oskar ne sait pas qu'elle est un témoin clé dans ce qu'il cherche à savoir. Toute sa vie, cette femme au visage rayonnant a gardé un secret aussi lourd que la dalle d'un tombeau, sans jamais trahir. La dame sourit en domptant une appréhension qui fait claquer ses tempes dans un chuchotement insistant. Comment vas-tu faire, Madlen ? se demande-t-elle.

Mais elle en a vu d'autres pour succomber sous la crainte d'avouer ce qu'elle sait, alors elle se redresse sur la banquette en ajustant son chemisier bien repassé. Après tout, quand on a échappé à l'Armée rouge, qu'on est parvenue à traverser l'Allemagne à feu et à sang, qu'on a reconstruit le pays, à bientôt soixante-dix ans, peut-on encore se sentir intimidée ?

Elle a faim.

– *Forelle* – truite sauvage – de la Forêt-Noire, pommes de terre rissolées, s'il vous plaît.

– Moi aussi, dit Oskar sans même regarder la carte.

– Comment ça va ? Bon voyage ? demande-t-elle en scrutant à la loupe un homme qui va devoir être courageux.

Oskar sait ce qu'il veut, il n'a pas préparé de mode d'emploi pour ses retrouvailles. Il a croisé Madlen le jour des obsèques de Sybille, mais comment aurait-il pu deviner revenir si vite en Forêt-Noire, s'asseoir en face d'elle pour avoir la conversation qu'il s'apprête à engager ? De retour avec une sœur dans la nature et le legs d'une mère qui a choisi de ne pas tout dire, de laisser une énigme derrière elle.

Il y a quelques jours, Madlen, tel un ange, s'est présentée à la mémoire d'Oskar au matin d'une nouvelle insomnie. Après de vaines recherches sur Facebook ou auprès des amis de son âge dispersés en Allemagne, après avoir sondé ses frères, de guerre lasse, il a fini par composer le numéro de téléphone de Madlen trouvé simplement dans l'annuaire. Il s'est trouvé bête de ne pas avoir pensé à elle plus tôt.

Il savait qu'elle était une amie proche de Sybille sans mesurer l'étendue de leurs liens. Quand Oskar a quitté le sud-ouest de l'Allemagne, à vingt et un ans, pour entrer en apprentissage dans des journaux du nord du pays avant une expatriation définitive, il est rarement revenu à Freiburg. Sybille faisait des voyages en France, en Grande-Bretagne, aux États-Unis, partout où il était en poste. Elle préférait venir voir son fils. « Pas grand-chose à découvrir à Freiburg » disait-elle. Pendant toutes ces années, Madlen a donc disparu du radar d'Oskar. Les rares fois où il repassait par ici, elle n'était jamais invitée. Il s'en rend compte seulement maintenant. À la regarder dévorer sa truite sauvage – qu'elle arrose généreusement d'un blanc sec de Bade –, il ne peut s'empêcher de songer à la joie de Sybille devant un bon repas. Elle aussi semblait insouciante parfois, pense son fils, l'imaginant reprendre goût aux choses simples. Ces gens qui ont survécu au cataclysme du siècle ont la sagesse de saisir ce que la vie leur offre, comme si tout était devenu léger en eux… comme s'ils avaient allumé un grand feu avec leurs souffrances, se dit-il.

D'emblée, Madlen confie que, toute son existence, elle s'est sentie « mystérieusement » en harmonie avec Sybille. Elles ont fui la Silésie en même temps, dans les mêmes trains, mais ne se sont remarquées qu'à l'arrivée, après cinq semaines d'un voyage terrifiant sous les bombes américaines. Elle saisit une main d'Oskar et dit :

– Tu sais, ce qu'on a vécu est très peu connu de ta génération. Nous avions autre chose à faire que bavarder… Tu as le journal de Sybille, n'est-ce pas ?

Oskar acquiesce, puis ouvre les mains, l'air de dire « Vas-y ! Raconte ».

Madlen pousse son assiette, range son verre, croise les bras. Chaque mot est pesé.

– Ce que je vais te dire ne figure pas dans le journal de Sybille. C'est elle qui me l'a précisé. Elle voulait que ses enfants sachent dans quelles conditions elle est arrivée à Freiburg. Mais seulement après sa mort. De son vivant, Sybille détestait remuer les choses. Elle m'a dit que sa vie a basculé un lundi…

*

* *

Lundi 22 janvier 1945. Il fait encore nuit à la gare de Schweidnitz. Ernst Schulte accompagne sa femme, sa fille, sa petite-fille sur le quai en direction de l'ouest du pays. Ils patientent en silence. Le chef de gare est nerveux. Il cache ses mains dans ses poches. Elles tremblent. Le train spécial en provenance de Breslau, capitale de la Silésie, est réservé. Et pas à n'importe qui. Dans l'aube glaciale, il fait les cent pas.

À ce moment précis, ce n'est plus le fonctionnaire zélé du Reich, mais Ernst, le grand-père de Sybille. Opa sait que des commandos SS sont à bord du train qui siffle dans le brouillard. À bord, les seigneurs du nazisme et leurs familles qui voyagent dans des wagons en bon état – chauffage, eau, toilettes propres –, des fuyards qui demandent aux civils de se faire tuer au nom de l'Allemagne et de donner jusqu'à leur dernière goutte de sang.

L'adieu d'Opa est sec et formel. Aux yeux de tous, sa famille va faire un trajet muni d'un billet de retour. Officiellement, personne ne fuit. Oma Gerda, sa fille Hannelore et Sybille portent plusieurs couches de vêtements superposés qui les font ressembler à des poupées russes. Elles écartent les bras pour s'accrocher et grimpent avec difficulté les deux hautes marches. Les trois places réservées sont bien disponibles, derrière des manteaux en cuir vert surmontés de casquettes immobiles. Coup de sifflet du contrôleur. « Le dernier en Silésie ? » murmure Hannelore la gorge serrée. Le convoi tousse, fait grincer les rails, il s'élance « vers l'inconnu » s'angoisse la grand-mère, les mains sur la poitrine, comme si elle emprisonnait son passé dans un coffre-fort. Sybille serre ses lèvres pour dévier les larmes salées qui coulent sans contrôle. Hannelore place ses bras autour d'elle.

– J'ai gardé la clé de notre appartement de Waldenburg. On y retournera un jour, quand tout ça sera fini. Et… sa voix s'étouffe, étranglée par la peine incommensurable de partir. Croit-elle vraiment au retour ? Croire en ce rêve fou aide à accepter l'inévitable. Les premières lueurs éclairent les vitres embuées du train, ce train qui lui rappelle d'autres convois, au-dessus du potager, en haut sur la digue, qui roulaient en sens inverse. Vers l'Est, vers le camp de Gross-Rosen. Grande rose.

– Un camp de concentration dans un lieu nommé « Grande rose », dit Madlen. Plus horrible, ce n'est pas possible.

Elle continue le récit rapporté par son amie Sybille.

Un champignon de fumée noire s'élève dans le jour naissant, la locomotive mugit sous un nuage de vapeur.

– On est où ? s'inquiète une voix enrouée.

– On entre dans une petite gare. Mais je ne vois pas son nom. Toutes les indications ont été enlevées pour égarer l'ennemi.

– C'est peut-être Frankenstein, à moins que ce ne soit déjà Glatz, pas loin de la frontière tchèque, répond avec autorité une voix d'homme âgé. Le convoi grince horriblement, ralentit, en frôlant un quai couvert de visages et de corps affolés qui se précipitent sur les wagons alors qu'ils roulent encore.

Les trois voyageuses parties de Schweidnitz, comme les occupants des autres sièges, se raidissent dans un réflexe d'hostilité pour protéger leurs places. La foule immense ondule comme une mer agitée, femmes, enfants, vieillards gesticulent, agrippés à des tas de bagages, ils se pressent contre le train, sur les marches d'accès, jusque sur les rails, des hommes essaient de prendre le train d'assaut. Pour n'écraser personne, le conducteur roule au pas, mais ne s'arrête pas. Oma sourit, rassurée, comme d'autres passagers, en apercevant des uniformes SS. Ils prennent position aux portes pour en protéger l'accès contre ceux qui essaient de monter à tout prix et s'accrochent aux parois extérieures. Les SS brandissent des revolvers et montrent leurs crocs effrayants pour les intimider. Mètre après mètre, la gare s'éloigne, le train prend de la vitesse tandis que les mains accrochées perdent leurs forces, lâchent prise. Elles disparaissent dans le vent glacial.

Oma, Hannelore et Sybille se regardent.

– Mais c'est l'horreur, gémit Oma.

Les trois SS qui étaient aux portes s'approchent avec lenteur. Contrôleurs en manteaux de cuir vert, croix gammée accrochée au revers, ils se posent devant les trois femmes, mains sur leurs ceinturons brillants. Ils les fixent.

– Billets ! éructe le premier de la file. Hannelore les leur tend d'une main hésitante. Les trois font mine d'examiner les papiers quand l'un d'eux édicte sa condamnation d'une voix haineuse :

– Je l'ai reniflé. Des faux ! Vous n'avez aucun droit de voyager sur ce train. On devrait vous arrêter immédiatement. Hein ! Qui vous a fourni ces torchons ?

Son collègue, chapeau mou sur le crâne, une belle gueule de tueur, prend le relais en ricanant :

– On fait les malignes. Vous avez de la chance, on n'a pas le temps aujourd'hui. Allez, oust, dehors ! Dehors au prochain arrêt !

Les trois gestapistes les poussent dans le couloir. Elles ont tout juste le temps de saisir valises et sacs à dos qu'elles sont propulsées vers la porte. La prochaine gare n'est pas très loin, toujours sans nom. Devant une nouvelle foule de désespérés, le train ralentit jusqu'à rouler quasi au pas. Une sentinelle déverrouille la porte, pousse les voyageuses, l'une après l'autre, vers l'extérieur, en lançant valises et sacs au milieu des innombrables candidats au départ. Les trois se retrouvent sur le béton enneigé du quai, dangereusement proches des rails. Elles se relèvent péniblement, ballottées dans la foule paniquée en quête désespérée d'un train.

– Il faut rester ici, c'est la meilleure place pour monter sur un autre train ! crie Hannelore qui se bat pour garder son sang-froid.

Il fait une température épouvantable. Trois naufragées parmi des centaines de semblables se serrent l'une contre l'autre – elles claquent des dents, pas seulement de froid –, frappent dans leurs mains pour se réchauffer mutuellement. Le train des bonzes parti, il n'y en aura pas d'autre avant des heures. Les deux suivants passent, bourrés de soldats et ne ralentissent même pas. Des femmes pleurent, des enfants crient : « Nous mourons de froid ! Nous avons faim. »

Puis les rails vibrent, une longue file de wagons émerge de la nasse brouillardeuse et, miracle, le convoi s'immobilise. Chacun essaie de prendre d'assaut une des voitures. Les trois de Schweidnitz craignent d'être écrasées ou poussées sous les roues métalliques. Hannelore a eu raison, elles sont les mieux placées pour atteindre une porte. Elle pousse Oma, Sybille se colle à son dos, toutes trois s'extirpent d'une bousculade sans nom. Une des trois valises tombe des mains de Sybille dans le sauve-qui-peut sans service d'ordre. Des milliers de moins chanceux se pressent sur le quai, dans la gare, tout autour.

Hannelore entend la voix amère de son père – les « lâches », « salauds » a-t-il même murmuré. Il était renseigné. Comme il l'a dit dans la cuisine, hier matin, les civils des trois provinces les plus orientales du Reich – Silésie, Poméranie, Prusse de l'Est – prennent en masse la route de l'exode, hurlant dans un enfer inhumain sans savoir exactement quelle direction prendre. Ils se jettent dans le vide.

Partir, s'éloigner pour aller on ne sait où, mais surtout ne pas attendre l'ennemi assoiffé de vengeance. Quand le train surchargé s'éloigne en craquant comme une noix monstrueuse, Sybille, collée à une vitre, aperçoit une cohorte impressionnante déambuler sur une route attenante à la voie de chemin de fer. Ses yeux ne croient pas ce qu'ils voient. Des attelages avec chevaux ou bœufs, surchargés, grands-mères et enfants posés sur des tas de bagages, avec luges, brouettes, lits. Un cortège ininterrompu suit à pied, courbé sous les bourrasques de neige… Dans le wagon, tout le monde a une horreur vécue à raconter. Un homme âgé assure qu'une première vague de réfugiés, une vague gigantesque, précise-t-il, est en train de s'abattre sur la Silésie venant de la Prusse de l'Est, tombée aux mains de l'armée de Staline.

Gerda Schulte, Hannelore et Sybille Rossbauer, qui croyaient fuir à l'égal des privilégiés du régime, se trouvent immergées dans ce maelström dantesque. Elles sont désormais des atomes fragiles d'un même corps malade. Hannelore regarde autour d'elle, sent la colère la dominer. Aucun homme en âge d'être envoyé au combat – c'est-à-dire de plus treize ans –, mais des femmes avec des enfants qui ne tiennent plus en place – besoin d'aller aux toilettes – des bébés qui hurlent, des personnes âgées qui semblent ne pas comprendre dans quel univers elles sombrent, en larmes, le visage désemparé.

– L'absence de scrupule dans la propagande nazie, les mensonges pathologiques quand les importants personnages disaient que nos régions sont absolument sûres et protégées ont empêché tout plan d'évacuation. Le chaos était préfabriqué, se révolte Hannelore.

– Chut ! fait Oma en regardant autour d'elle. Tu risques ta tête !

– Ça m'est égal, répond la maman de Sybille à Oma en faisant un geste circulaire.

– Nos ennemis massacrent humains et animaux, ils torturent comme des sadiques, les cadavres sont mutilés, tout est détruit, la terre est brûlée là où ils passent, s'insurge une grand-mère.

Les fuyards, pressés les uns contre les autres, ne parlent que de brutalités extrêmes.

– Pour une fois on peut croire Goebbels, affirme un monsieur d'âge mûr qui porte un costume de bureau sous une couverture en laine.

À côté de lui, des réfugiés qui ont survécu s'interrompent les uns les autres avec des bribes de récits qui se répondent :

– Des bêtes sauvages, pires que des bêtes sauvages, souffle une femme encore jeune qui sanglote en cachant son visage entre ses mains.

– Ces soldats soviétiques ont probablement vu ce que les SS ont fait dans leurs villages et à leurs familles, ose observer l'incorrigible Hannelore.

On s'en prend à elle :

– Encore celle-là ! Le soldat allemand ne fait pas ça, il est courageux, dur, mais correct ! Foutez-le camp, espèce de folle ! l'insulte une femme.

D'autres au contraire adressent un signe d'approbation discret en direction de Hannelore.

– Arrêtez ! Je n'en peux plus, gémit Oma pour calmer l'hostilité. Ma fille a perdu deux fils. Morts en Russie. Un troisième est on ne sait où, pareil pour son mari. Alors… Oma s'effondre en pleurs. La tension est électrique dans ce wagon bondé, comme dans tout le train.

À chaque arrêt, des paquets de réfugiés essaient de le prendre d'assaut. Plus la moindre place libre, ni assise ni debout. Hannelore a réussi à construire une sorte de mini-canapé avec les restes des bagages écrasés. Les trois s'en servent à tour de rôle, faisant figure de privilégiées, observées avec envie, haine parfois, par de moins chanceux épuisés. À plusieurs reprises, il faut défendre le nid en menaçant des poings et des ongles. Chacun s'organise pour les plus petites choses devenues centrales dans leur existence. Aller aux toilettes nécessite une tactique en escouade familiale. Sybille fait la queue avec des dizaines de personnes, quand son tour arrivera, c'est Oma qui en profitera, en espérant atteindre les cabinets avant que le corps ne cède. La vue, l'odeur provoquent des haut-le-cœur qui s'achèvent en vomissements, les excréments souillent les passages.

Première nuit à bord pour les trois naufragées envoyées par Ernst Schulte. Des heures encore plus glaciales que le jour, dans un train sans chauffage. Tout se met à geler. Des mamans totalement épuisées s'endorment avec leurs bébés souillés dans les bras. Au petit matin, un murmure glisse de siège en siège, de corps en corps, une femme pleure en serrant un petit paquet contre elle. Son enfant a cessé de respirer. Il est mort sans un cri.

– Depuis notre départ de Sagan, un autre bébé et un vieillard ont déjà trépassé, témoigne une femme âgée. Les malades ne résistent pas, se raisonne-t-elle.

Sa voisine acquiesce, donne des détails :

– Oui, c'est ainsi. Chacun a dit deux mots de prière et on a fait glisser les corps dehors. Quel autre choix ?

Quelqu'un déploie un tissu, un châle probablement, il faut cacher celle qui est en train d'uriner ; la pudeur se préserve en détournant le regard. Une femme qui a pressé son sein pour nourrir son petit, se déshabille un peu plus. Elle se nettoie les aisselles avec un chiffon et indique, pour se justifier, « la saleté pue et ça me gratte ; j'ai besoin de me sentir propre ».

Sybille chuchote à l'oreille de sa mère. L'instant d'après, tenue d'un côté par Hannelore, de l'autre par une solide femme qui a une tête de paysanne munie de mains puissantes, Sybille se vide par une porte déverrouillée. Ce n'est pas le vent glacial qui mord le plus ses fesses nues. Elle veut mourir de honte. Quand elle a fini, elle assiste la même paysanne dans la même tâche, puis sa propre mère qu'elle n'a jamais vue nue. Elle commence à trouver la technique assez normale.

Juste le temps de remettre les vêtements en place, des craquements secouent l'apathie qui s'empare d'eux. Tac-tac-tac de mitrailleuse.

– Un avion en rase-mottes, hurle un homme près de la porte.

– Non ! corrige un autre. Ce sont nos soldats ! J'en suis sûr.

Le monsieur en costume de bureau a raison. Au fil des heures, la rumeur se répand. Le train est à l'arrêt. Des soldats allemands ont confisqué la locomotive. Deux jours d'une attente interminable. Les réfugiés refusent de descendre. Le bruit court qu'un groupe de civils a été exécuté pour l'exemple. Cris, hurlements, sans pouvoir vérifier ce qui se passe, les portes sont ouvertes, personne ne veut sortir, chacun garde fermement sa place.

– On mourra ici, s'il le faut ! Ça suffit ! s'énerve une voix de grand-mère.

C'est Oma ! Oma sort de la léthargie qui l'avait saisie depuis l'expulsion du train contrôlé par les SS. Épuisée, elle réussit encore à insuffler un peu de courage à de moins audacieux autour d'elle.

Deux hommes en armes font irruption, ils menacent de tirer. Tout le monde refuse de céder les wagons.

– Tuez-nous ! Qu'on en finisse, dit le monsieur qui a dû faire la guerre de 14.

La routine s'est installée à bord, quand un long coup de Klaxon secoue l'attention. Ceux qui prenaient l'air sur les marchepieds rentrent leurs épaules prestement. Le train repart ? Le train bouge, il flotte entre des talus couverts de neige. Faim et soif commencent à régner, mais on les oublie un instant, absorbé à vérifier que des cimes noires défilent bien sur un fond métallique. On avance dans la lumière qui décline.

Heureusement, Hannelore a préparé des biscottes avant de partir de Schweidnitz. Dures comme des cailloux – mélange de farine, pommes de terre, légumes secs –, on ne peut pas les croquer sans risquer de se casser les dents, il faut les sucer. Mais quel délice ! Hannelore les passe, discrètement, dans l'obscurité tombée tout à coup, à sa mère et à sa fille, craignant que les affamés autour d'elles les leur arrachent.

Quand le jour paraît, le train de misère a des hoquets, il freine, s'arrête ; la locomotive à vapeur crache des fumées monstres qui s'infiltrent à travers les multiples fissures et trous de mitraillettes en noircissant l'intérieur des voitures. Elle manque d'eau, de bois et de charbon. Plus que quelques réserves disponibles, vestiges de l'organisation prussienne. Une aubaine, l'arrêt dans cette petite gare ! La Croix-Rouge et une équipe de bénévoles – les secouristes se croient encore en sécurité – ont préparé des stands ; ils proposent de l'eau potable, un baquet de soupe aux légumes et, surtout, du pain. Sec, vieux, mais du pain de leur Silésie.

Les affamés se précipitent, la peur aux trousses, car le train risque de redémarrer sans annonce préalable et d'autres réfugiés pourraient conquérir les places abandonnées. Parmi les plus rapides à arriver aux stands, Hannelore. Mère et fille se sont presque disputées pour décider laquelle des deux allait sortir chercher du ravitaillement sur le quai. Sybille a insisté pour que ce soit elle.

– Mutti, j'ai fait la préparation chez les HJ. Il faut que cela serve à quelque chose, justifie-t-elle avec politesse, mais aplomb.

Hannelore le sait et c'est pourquoi elle ne demande pas à Sybille de se boucher les oreilles quand des réfugiées qui ont fui la Prusse en flammes parlent de ce qui leur est arrivé. Elles racontent toutes la même histoire sous des angles différents, mais concordants comme un puzzle. Certaines sont encore si choquées qu'elles en parlent ouvertement, brutalement comme si elles parlaient d'autres femmes.

Devant sa mère et sa grand-mère, raidies de honte et de terreur, la jeune Sybille entend tous les détails de la force bestiale des vainqueurs qui violent systématiquement, sans exception. Enfants, jeunes filles, garçons, femmes âgées.

– Ils sont arrivés au magasin, ils étaient plusieurs, l'un riait avec un cigare au coin de la bouche et une main, là. Elle désigne une braguette. Il m'a dit « *kommt Frau* » – viens femme –, il a arraché ma robe, il a écarté mes jambes, descendu son pantalon, un autre s'est frotté contre ma bouche, il puait horriblement… Après, je ne me souviens plus… Ils ont déchiré mon corps… Je suis salie à jamais, décrit cette toute jeune femme comme si elle racontait un film d'horreur. Quand je me suis réveillée, j'ai entendu des coups de feu.

– Des sadiques nous ont pourchassées, ma belle-sœur et moi, jusque dans l'église, ajoute une femme en âge d'être grand-mère.

– Oui, Hitler et Goebbels ont raison, ce sont des sous-hommes et pire même. En tout cas, ils sont pires que des animaux !

– Après ça, moi je ne crois plus en Dieu ! pleure une femme frêle qui regarde des bébés avec effroi. Craint-elle de porter un enfant issu de cette violence… ? D'un même réflexe, Sybille et sa mère prennent les mains de ces passagères réunies par un même désespoir. Elles voudraient les réconforter, mais leur peau est froide et leurs yeux ailleurs.

– Leur thermomètre intérieur a été détruit, murmure Hannelore.

Le paysage défile sans relief. Blanc, toujours blanc, mais il défile. Des civils du Troisième Reich avancent vers l'inconnu.

– Tant qu'il roule, ça va, s'encourage Hannelore qui n'ose plus regarder sa fille. Tout ce qu'elle a entendu… Tout ce chagrin… Une fille de quinze ans… Insoutenable… se dit-elle. Si cela continue, elle n'aura plus une fille dans son sillage, mais une amie d'infortune.

Les réfugiés ne se soucient plus du temps, pourvu qu'ils s'éloignent, pourvu que les roues roulent le plus à l'ouest possible.

– Vous savez que la guerre est finie à Paris, affirme soudain le monsieur qui a fait celle de 14. Là-bas, ils dansent depuis l'été dernier… Depuis le mois d'août, on danse à Paris !

Les gens autour le regardent comme s'il parlait de la Lune. Il confie sa préférence :

– Mieux vaut encore que ce soit les Français qui nous… occupent.

– Non, non, malheureux, pas les Français, le reprend vivement un vieillard avec une voix de trompette, ils feront comme les Russes, leurs amis de toujours ! Je les ai vus à l'œuvre, les Français, s'ils sont parmi les vainqueurs, ils nous traiteront comme les bolcheviks ! Sûr et certain !

Derrière lui, Hannelore ferme les yeux, Sybille ouvre les siens très grands. Elles sont en route depuis bientôt deux semaines.

Jour après jour, une gare après l'autre, les épreuves s'enchaînent dans la routine de l'insupportable, dans ce wagon surpeuplé, envahi par la puanteur des excréments et l'odeur aigre des vomissements, et l'absence fatale d'eau.

Le train s'arrête. Pas de secouristes espérés. Après des heures de palabres, on apprend que la locomotive de secours a été réquisitionnée à son tour, par des militaires allemands.

– La fois précédente, c'était à cause d'un manque de charbon. Et ça dure des journées entières. On n'arrivera jamais nulle part dans ce train fantôme ! Je n'en peux plus, conclut Oma.

Elle n'a plus envie d'être optimiste, elle qui savait toujours inventer quelque chose pour faire croire qu'il ferait beau demain, qui aurait pu vendre du sable en plein désert. Elle sonne le glas de l'espoir dès qu'elle émerge de sa somnolence malheureuse.

La carcasse métallique craque, on sent le train se gondoler, les rails crissent, trouent les tympans. Nouvelle attaque aérienne.

– Qui a propagé le mensonge disant que Staline n'avait pas assez d'avions ? ose questionner un homme aux mains fines qui a l'air d'être renseigné – et qui n'a pas peur. Il ajoute, en homme d'expérience, qu'il y a sûrement des morts dans les voitures de tête.

Sybille se précipite avec un flot de curieux, en escaladant toutes sortes d'obstacles dans le couloir. Elle revient à sa place longtemps après, sous le regard froissé de sa mère, contrariée de ne pouvoir la protéger :

– J'ai vu ce qu'ils ont fait ! dit sa fille, pâle et les yeux humides.

Hannelore la sermonne :

– Ne regarde pas tout ça ! Ça va te tourmenter toute ta vie. Tu es trop jeune pour tout ça, Sybille. Reste tranquille. Nous arriverons dans peu de temps maintenant. Garde tes forces pour l'arrivée.

Sa fille secoue la tête et argumente comme une adulte. D'égale à égale…

– Mutti, il faut que je voie « tout ça ». Tu crois que ce sera vraiment mieux à l'arrivée ? Ici, on a une sorte de nouvelle famille… dans ce train. Personne ne nous croira si nous racontons ce que nous avons vu, entendu, assure-t-elle sous le regard surpris de sa mère. Elle attache un bouton qui ne tient plus qu'à un fil, puis continue : « Tu crois qu'on me croira si je raconte que j'ai vu deux enfants morts jetés par la porte du train dans la nature ? Qui me croira ? Que j'ai vu une femme qui voulait sauter du marchepied ; elle avait déverrouillé la porte, et hurlait. Elle souffrait comme la chienne quand nous lui avons enlevé ses petits, tu t'en souviens ? Deux hommes déjà vieux comme Opa l'ont attrapée par son manteau… »

Hannelore retient son souffle.

– C'était peut-être… la maman des enfants morts de froid ? répond-elle, à court d'arguments.

– Où est passée cette femme, celle qui était là, en pèlerine bleue ? demande Sybille. Elle était déjà là quand nous sommes arrivées, rappelle-t-elle.

– Elle a peut-être changé de wagon ? fait mine de supposer sa mère qui sait la vérité, mais choisit de travestir la réalité. La maman a réussi à sauter du train.

Des gens disparaissent. « Ils se sont supprimés » murmurent des rescapés hors des oreilles des trop jeunes ; ça devient banal, ils parlent d'autres choses.

Oma Schulte, épuisée, découragée, mais lucide, comprend la décision de ceux qui lâchent prise.

– Peut-être qu'ils ont raison ceux qui choisissent de… Elle marque une pause, cherche les mots les plus inoffensifs : « … ceux qui choisissent de descendre… à leur façon… ils ont la paix… »

Hannelore prend la main de sa maman, la serre fort, sans prononcer un seul mot. Leurs chagrins se mêlent. Comme elle a vieilli, pense-t-elle. Elles se sourient jusqu'aux larmes, tournent la tête dans la même direction, vers la forêt qui ploie, sur la pente douce, sous la neige.

Hannelore saisit son sac à main, elle en sort une belle enveloppe légèrement rectangulaire, l'ouvre méticuleusement.

– Regarde, Mutti, murmure-t-elle en présentant trois scènes en noir et blanc. Sur la première photo, deux mariés sortent d'une église monumentale. C'est elle, Hannelore, tout intimidée, diaphane dans sa robe en dentelles, bouquet de fleurs à un coude et main au bras d'un homme de haute taille. Lui, élégant et beau dans son costume en queue-de-pie, ses mains fines retiennent un chapeau haut de forme.

Gerda Schulte hoche la tête, soupire doucement, elle saisit un mouchoir brodé.

– Ce mouchoir était dans mon trousseau.

Des larmes coulent.

– Opa, que devient-il ?

Hannelore essaie de la distraire en lui présentant une deuxième photo. Une treille gigantesque parsemée de roses et, tout autour, des gens qui lèvent leurs verres.

– Ah ! C'était le jour de ton baptême ! Comme si c'était hier ! Là, ce beau garçon, c'est mon jeune frère, ton oncle Hans, devenu pilote. Il a été tué pendant la bataille d'Angleterre.

Oma parle comme si elle décrivait la vie sur une planète lointaine. Une vaste bâtisse en granit composée de deux étages apparaît sur la troisième photo. Sur le mur, en lettres gothiques, on lit « *Luxus Waren, Kaffee, Schokolade* » – Produits de luxe… – « *Frankenstein Strasse, Reichenbach* », précise une légende.

– Ah, bien sûr, le magasin de papa et notre berceau familial, rappelle Gerda Schulte. Merci, ma fille ! Ça me fait du bien. Merci.

Depuis ce jour, Oma parle de moins en moins, ne mange plus rien, somnole en permanence, semblant glisser vers un état de paix intérieure que reflète son visage serein. Sa petite-fille la regarde avec affection et pitié, sa mère lui confie à l'oreille.

– Oma souffre trop de la vie d'errance, la promiscuité, la saleté et surtout l'absence d'Opa. Elle est trop âgée pour supporter ce que nous supportons…

– Alors, elle va mourir, Oma ? s'inquiète Sybille, redevenue une enfant tout à coup. Sa maman ne répond pas, la serre dans ses bras. Elle ne sait pas si Oma a apporté des somnifères, si elle a prévu du poison. Mais elle connaît bien sa mère – elles ont le même caractère – si elle veut partir, elle n'aura pas besoin de médicaments.

Une nuit, le train s'immobilise une fois de plus. Dès que ses êtres chers sont assoupis, Gerda Schulte fait glisser sa couverture sur les épaules de Sybille. Elle se lève, traverse le couloir en simple blouse de nuit, descend s'asseoir en bas des deux marches, sur sa terre de Silésie plongée dans un froid sibérien. Quand le jour se lève, Gerda continue son voyage, au-delà de la forêt qui descend tranquillement, de l'autre côté de la vie.

Sybille et Hannelore, aidées d'un homme encore solide, portent son corps, léger comme une plume, jusqu'à un fossé et le couvrent de branches de sapins. Rendue à la nature comme tant d'autres avant elle et beaucoup après, sûrement.

– Enterrement de guerre, dit Hannelore. Elle imagine que ses enfants Georg et Wolfgang ont dû être ensevelis de la même manière, quelque part dans la terre glacée de Russie. Mais ils n'avaient pas toute une vie derrière eux, ils avaient vingt ans et vingt-deux ans, pense la maman pendant que ses larmes coulent. Signe de croix, quelques mots. Il faut se dépêcher, le train va peut-être redémarrer. Gerda Schulte reste pour toujours dans son Heimat. Sa patrie natale. Hannelore et Sybille Rossbauer sont désormais deux femmes seules dans un train de hasard, fuyant la guerre et surtout les hommes.

Dans le wagon, le sang-froid de Hannelore est salué par tous ces naufragés qui ont appris à être guidés par la discipline prussienne. Puisque le voyage se prolonge indéfiniment, leur communauté de femmes, d'enfants, de personnes âgées a besoin d'une main ferme. Sans débat ni vote, leur choix se porte sur Hannelore, la plus énergique, la plus résolue et aussi celle qui possède la plus forte expérience des vicissitudes humaines par temps de cataclysme. Elle est chargée d'organiser la vie collective. Répartition des corvées d'eau, surveillance des enfants pendant que des mamans iront chercher du secours, attribution des heures de repos, distribution du pain s'il arrive. Ce qu'elle préfère, c'est l'idée de faire porter témoignage lors de l'animation de groupes de parole. Élaborer des récits de leurs souffrances pour dépasser les cas personnels et se sentir dans une communauté de hasards maintenant que tous leurs repères sont faussés.

Quand une très jeune femme témoigne de son destin de veuve, les larmes coulent sur d'autres visages qui lui font face. Ces jeunes femmes ont vécu les mêmes histoires. Un mari rencontré dans un bal, des noces rapides, l'époux-soldat mort pour « Führer, peuple et patrie » – la terminologie des nazis. Tout un groupe de naufragées se sent soulagé de se souvenir à l'unisson. Sybille assiste sa mère. Elle rêve de devenir institutrice ? Le périple sans fin lui offre une classe toute prête et attentive. Elle apprend le calcul mental à des petits, les entraîne à épeler des mots difficiles – sans cahiers, ni livres –, offre une récompense toute trouvée avec une compétition d'escalade vers les filets à bagages, où, depuis des semaines, ils dorment entassés comme des baluchons.

Pour garder un tant soit peu le moral, résister au défaitisme et à l'apathie, Hannelore propose à chacun de raconter un épisode amusant de sa vie, une anecdote sur des enfants à la maternelle, une histoire de haut talon cassé à la fête du village, des petits riens qui faisaient la vie. Quand le soir s'annonce, la nostalgie baigne le wagon au chant d'un « *Schlesierlied* » de Silésie, « Montagnes bleues, vallées vertes… mon Heimat ». Ou « Coccinelle vole, ton papa est à la guerre, ta maman en Poméranie, la Poméranie est en cendres ».

Au fil des soirs, la ferveur pâlit si une voix entonne « *Grosser Gott wir loben Dich* » – Grand Dieu nous te louons. Sybille a scandalisé une dame sévère en osant une blague, certes douteuse, « Dieu a dû prendre un autre train. Il ne nous reconnaîtrait pas ». A-t-elle tort ? Tous ces voyageurs appartiennent désormais à une cohorte puante, avec un statut de réfugiés sans protection, des civils abandonnés qui ne savent même pas où ils se trouvent – les allers et retours incessants à cause des voies détruites et les noms des gares arrachées pour empêcher l'ennemi de s'orienter renforcent l'incertitude angoissante.

Un jour, dans la matinée, le convoi progresse lentement dans un décor complètement dévasté. Il s'arrête. Les réfugiés se précipitent aux fenêtres et aux portes.

– C'était une gare ici ? s'enquiert Sybille.

Des débris de guerre jonchent les alentours. Un nom a survécu aux tirs d'obus. Prague. En reconnaissant un train portant des signes de l'ennemi allemand, les civils tchèques, martyrisés par les soldats d'Hitler, attaquent le train avec bâtons et pierres. Le conducteur a le réflexe de redémarrer. Les passagers qui s'apprêtaient à descendre s'accrochent à grand-peine pour remonter ou sont hissés à l'intérieur.

Le wagon est plongé dans le silence. « Dire que Prague faisait penser à l'Italie. » Idéaliste Hannelore, encore imprégnée de ses études de philologie à l'université de Breslau. La guerre a tout emporté sur son passage. La beauté, l'art de vivre en Europe, l'insouciance. Le train sort de la boucle de territoire tchèque et rentre à nouveau en Allemagne. Des noms connus : Plattling, puis Deggendorf où enfin le train s'immobilise. La Bavière. Rendus prudents par la halte ratée de Prague, les exilés suivent le conseil de Hannelore d'attendre avant de se précipiter. Un homme portant un uniforme de la Croix-Rouge recommande de ne pas s'attarder si on s'aventure dehors. Il explique que les bombardiers américains pilonnent tout autour pour neutraliser des ports stratégiques sur le Danube. Avant de monter dans un autre train, d'ici quelques heures, de l'eau, une soupe solide et, oh ! miracle, du pain sont à disposition.

À Deggendorf, Hannelore passe deux heures à parlementer avec les responsables de la gare. Fille de cheminot, elle n'hésite pas à leur parler de ses propres malheurs. Ses deux fils tués en Russie, un troisième garçon sur un front inconnu, son mari probablement prisonnier de guerre – ou mort –, sa mère sous la neige, dans un fossé, son père aux mains des Russes et maintenant, elle se retrouve seule avec sa fille de quinze ans. Sa vie plaide pour elle et pour des centaines de naufragés en fuite depuis bientôt trois semaines dans des trains de fortune. Elle obtient qu'un train soit réquisitionné. Si tout va bien, il roulera jusqu'à Freiburg.

– Combien de kilomètres encore, Mutti ? demande Sybille.

– Six cents environ, mais la mesure se fait en jours, pas en kilomètres, tu comprends ? Tout dépendra des obstacles, des retards… Personne n'est capable d'évaluer le nombre de jours nécessaires. Il suffira d'être patient ! répond la cheffe.

Tout le monde l'applaudit. Freiburg, c'est justement là où elle espère arriver. Les passagers du wagon venant de Prusse et de Silésie se regroupent à nouveau sous sa houlette. Le voyage continue, la guerre aussi.

– Regardez !

Sur la droite, ça doit être un verger, des corps se balancent aux branches.

– Quelle horreur ! s'écrit Sybille.

D'un index, elle désigne un uniforme, puis un autre, des soldats pendus, la langue sortant de leurs bouches déchirées. Le train roule lentement, on les voit bien, on se précipite pour en avoir le cœur net parce qu'on ne croit pas à une chose pareille.

– Les SS pendent les soldats qui désertent, raconte le monsieur qui sait tout. Il dit que des milliers de soldats ont déjà été passés par les armes.

Son voisin en costume de bureau, avec sa couverture qui ne l'a pas quitté depuis le départ, raconte à voix basse que des soldats allemands occupent trois wagons au milieu du train depuis que des hommes en armes sont montés les menacer. Tout le monde le regarde. D'où tient-il ce secret ? Parmi eux, assure-t-il, se trouvent des blessés – une masse d'amputés – des valides aussi. À ce moment, des uniformes se précipitent dans le compartiment, prêts à tout écraser. L'un d'eux demande à parler à Hannelore. Une dizaine d'hommes a besoin de vêtements civils, explique-t-il. Que des passagers ouvrent leurs valises et vite.

– Je n'ai pas transporté l'armoire de mon mari, répond Hannelore avec assurance. Deux d'entre eux descendent la vitre, jettent leurs fusils, on voit des vestes et pantalons militaires voltiger au vent.

– Déserteurs, mâchonne un vieux monsieur qui tente de dissimuler son dégoût en serrant le col de son manteau devant ses dents qui claquent.

– Nos unités se sont dissoutes. Il y a des paquets de SS qui nous traquent, on a besoin de s'habiller ! Vite ! Allez, vite ! exige un jeune homme aux yeux de pierre. Un revolver jaillit d'une de ses poches. Surexcité, il se plante devant Hannelore. On vous a vue à la gare, c'est vous la cheffe. On veut dix pantalons, chemises et manteaux. Vite.

Rien n'a préparé la civile Hannelore Rossbauer à servir d'intermédiaire entre des déserteurs qui n'ont plus rien à perdre et des réfugiés hagards. Le soldat qui hurle à trente centimètres de son visage doit avoir l'âge de son troisième fils, s'il a survécu. Elle le regarde comme le ferait une mère attachée aux règles du respect et de la politesse.

– Nous sommes en fuite depuis près de trois semaines, vous devriez nous défendre, nous les civils, et vous désertez ! Mes fils sont morts pour l'Allemagne et vous, vous nous abandonnez ?

Le soldat hurle de plus en plus fort, son visage devient pourpre :

– La guerre est perdue, de bout en bout ! Va défendre Hitler si tu veux, pour nous, c'est fini.

Malgré son état d'épuisement, Hannelore tente de rester calme, croyant pouvoir le raisonner. Les passagers restent assis sans bouger.

La déflagration les surprend tous.

– Non ! hurle Sybille.

Le soldat a la main sur son revolver. Les yeux de Hannelore, grands ouverts, semblent s'étonner. Lentement, elle se penche en avant et s'effondre. Sybille regarde le sang couler sur le sac à main et les photos en noir et blanc de la vie en Silésie. Un cri traverse le wagon, plus puissant que les sirènes de toutes les guerres. Un cri que personne dans ce train de réfugiés ne pourra jamais oublier. Jusqu'à leur mort, ils entendront les mots d'une enfant de la guerre, désormais seule au monde. « Mutti ! Mutti ! Pourquoi ? Pourquoi ? »

*

* *

Oskar secoue la tête. Sa gorge est vissée. Ses larmes coulent. Il ne cherche pas à les fuir. Jamais Sybille n'a raconté tous ces malheurs. Au mieux, elle disait : « Ce voyage en train, plus de cinq semaines d'errance, il vaut mieux l'oublier. » Oskar s'en veut de ne pas avoir insisté pour la faire parler. S'il avait su, il lui aurait manifesté plus encore la force de son amour.

– Les grandes douleurs sont muettes, dit-on. Que de souffrances, murmure-t-il à Madlen.

– Sybille ne voulait pas que ses souffrances rejaillissent sur ses enfants. Les enfants n'ont pas à porter le passé des parents. Son bonheur de revivre, c'était vous quatre.

Madlen le fixe et répète en détachant les deux mots : « Vous quatre. » Elle le regarde en secouant la tête.

– Oui, ça, je peux te l'assurer. Elle plaisantait parfois et disait « ma bande des quatre » à l'époque où on parlait de la bande des quatre en Chine.

– Nous quatre... reprend Oskar, tête baissée en comptant chaque fil du tissu de la nappe. Il soupire longuement. Madlen prend sa main comme elle l'aurait fait avec son propre fils.

– Tu la connais ? demande-t-il en précisant très vite « ma... sœur ? ».

– Oui.

– Tu peux m'aider à la rencontrer ?

– Cela dépend d'elle. Je ne te promets rien.

Il se redresse et la regarde, surpris.

– Peux-tu me donner ses coordonnées ?

– Elle m'en voudrait. Je dois d'abord lui parler, se défend Madlen.

La colère gagne Oskar :

– Mais c'est fou ! s'offusque-t-il en chassant une miette, Mutti a eu une fille qu'elle a cachée, elle a révélé cette chose énorme après sa mort et maintenant il faudrait courir derrière cette créature trop fragile...

Il part dans un éclat de rire sarcastique qui pourrait briser le verre devant lui. Puis il demande l'addition, la mâchoire prête à broyer n'importe quoi.

Madlen s'apprête à saisir à nouveau sa main, il résiste, arc-bouté comme un dindon furieux. Elle ne cède pas :

– Écoute, tout ça dormait depuis quarante-cinq ans... Alors... laisse les choses se faire. J'ai une amie avocate qui connaît du monde... Peut-être va-t-elle t'ouvrir une porte sur ce passé qui, personnellement, m'ennuie à mourir. Ici, on en a marre de ce passé qui a amputé nos vies !

Ils quittent la table où Sybille s'était assise peu de temps avant sa mort. Sylvia et Madlen lui tenaient compagnie. Un déjeuner d'adieu paisible, dénué de tristesse.

Oskar en veut à sa mère qui a caché une énormité, il en veut à Madlen, sa complice, il en veut à la Terre entière. Les yeux fixés sur le clocher de la cathédrale aux pierres rosâtres, il s'éloigne de la place du Münster en butant sur un pavé « *Scheisse !* » – Merde. Ce mot – il s'en souviendra toujours – lui a valu une claque magistrale vers l'âge de dix ans. Sybille n'aimait pas particulièrement les grossièretés.

L'après-midi, il marche au hasard, dépité. Et s'il rentrait chez lui, à Paris, peinard et seul, si possible ! Le temps de digérer tout ça.

Il a vraiment besoin d'oublier son fiasco sans fin depuis huit jours interminables. Ses doigts cherchent une cigarette. Il a arrêté de fumer depuis plus de six mois. Heureusement que les grands tilleuls sentent si bon, se raisonne-t-il. Il ferme les yeux, goûtant la brise parfumée qui effleure son visage fatigué. Paris, d'où il est parti le matin même, lui semble si loin. Une sonnerie de téléphone interrompt sa rêverie :

- Allo ? Madlen… Ah ! Bien sûr !... Oui ! Merci Madlen. Merci !

– 12 –

La visite

L'avion ventru d'Air Austral, chargé jusqu'à la gueule, titube dans le brouillard au-dessus d'Orly. Il reste onze heures au compteur. Au bout de la nuit, il y aura une île mauve sur la droite de l'avion. Saint-Exupéry a raison. « On est toujours du pays de son enfance. »

Momine est reparti vers son pays et cette fois, il n'y aura pas d'angle mort. Le jury du Festival de Vanosc, en mettant à jour les failles de son scénario, n'a fait que confirmer son intuition : comprendre le vrai film de sa famille est devenu une nécessité urgente. Ce n'est pas seulement la curiosité de savoir pour savoir, son équilibre personnel est en jeu. Pour ne pas regretter non plus, pour éviter d'arriver trop tard – devant un cercueil – et vivre l'enfer sur Terre comme Oskar. Son mari était loin, très loin d'imaginer que Sybille avait attendu sa mort pour laisser enfin son secret filer par-delà ses lèvres. Et encore, des pans entiers de sa vie restent à découvrir. Plus encore que Sybille Rossbauer Weber, Amélie Rivière de Kerveguen a passé sa vie sous un glacis de non-dits avec la claire intention de s'y faire inhumer le moment venu. Malgré son nom d'aristocrate, sa mère serait incapable d'écrire une lettre, un journal, et même si elle le savait, pas sûr du tout qu'elle ait envie d'éclairer les siens sur quoi que ce soit de sa jeunesse. Momine pense à Oskar, à eux deux, et le cafard la gagne. Leur vie de couple a été précipitée dans une centrifugeuse infernale, ils ne contrôlent plus rien. Il faudrait ralentir, souffler, se serrer les coudes.

Ce n'est pas le cas.

Momine est partie ce soir sans hésiter. Un grand sac à dos comme pour aller en reportage, le cœur triste, mais rassurée de confier Jules et Lola aux soins de sa sœur de cœur. Sans Agnieszka, elle n'aurait jamais pu parcourir le monde en partant au pied levé, au gré des événements et des reportages. Ses enfants l'ont encouragée à plier bagage. Les racines, les liens et le sentiment d'identité – un père allemand, une mère de sang-mêlé, indien, breton… –, tout cela les travaille. « Je ne leur laisserai pas des bombes à retardement comme leurs deux grands-mères », se promet Momine en replaçant le masque de voyage sur ses yeux. Le froid la saisit, elle tire nerveusement sur l'étroite couverture.

La nuit sans nuit passe longuement dans l'avion ; encore deux heures à supporter des haleines qui n'ont pas vu la couleur d'une brosse à dents depuis Noël dernier. Sans compter les bavardages dans votre cou, derrière un siège riquiqui.

« Je suis de moins en moins tolérante ! » reconnaît Momine en se dégourdissant les jambes et le dos.

« Mesdames, Messieurs… aéroport Roland Garros, Saint-Denis de La Réunion… la température… ne ramassez pas de coraux… île protégée par l'UNESCO… »

Au téléphone, hier soir, juste avant d'embarquer, elle a entendu la surprise muette de sa mère après sa question « Mais que viens-tu faire ? ». Amélie de Kerveguen ne comprend pas la raison de ce retour si rapide. Moins de deux semaines après sa venue comme reporter pour suivre le voyage de Jacques Chirac.

Comment dire son désir de retrouver Amélie en tête à tête, sans la présence de ses trois frères et deux sœurs dans le rôle de Casques bleus pour amortir les mots, les insinuations, les silences de leur mère. Amélie sait bombarder là où ça fait mal, de préférence devant des témoins choisis, elle « bombarde utile » comme dit Solange, l'une de ses filles les plus dociles.

En cette fin de matinée, Amélie est aux aguets. Elle a pris soin d'écouter la radio. Le vol parti de Paris-Orly a bien atterri. Deux heures plus tard, une voix montée du chemin lui parvient. Elle la reconnaît tout de suite. Ni Josette, son aide ménagère, ni Yvette-la-bavarde de « Salut et guérison » qui passe vendre ses chapelets et une place au ciel, ni Carine, la factrice toujours enceinte, n'ont ce timbre. Elle lève les yeux au ciel. Aucun de ses enfants n'a cette tessiture vocale dont les gens se souviennent. Amélie Rivière dite de Kerveguen n'en a jamais aimé les vibrations. Elle ne s'est pas privée de la singer depuis toujours. « C'est elle », murmure Amélie en se calant dans son fauteuil en bois de tamarin.

Amélie a gardé l'ouïe fine de ceux qui ont longtemps vécu sur le qui-vive. Bien entendre a toujours fait partie du kit de survie de cette descendante de Bretons. Comment aurait-elle pu, sinon, faire déguerpir les salauds embusqués sous les arbustes dans les tournants de sentiers désolés ? Comment aurait-elle repéré les frottements des corps de méchants plaisantins embusqués sur la façade en bardeaux à la nuit tombée ?

Devant le 7, chemin Papangue, Momine recule pour mieux voir une annonce bizarre accrochée par deux fils de fer au sommet du portail. Cet écriteau, visiblement bricolé à la hâte, n'y était pas lors de son récent passage. Un bout de planche grossièrement découpée, badigeonnée de rouge, prévient les ambitieux. « Ma maison n'est pas à vendre. » Elle ne sait pas encore que Josette a fait le « modèle des lettres de l'alphabet » à dessiner. Amélie a tenu à écrire elle-même son message en lettres énormes, surlignées. Le « V » de vendre est plein de rage. V comme venger, V comme vivre, se dit Momine.

Pendant que sa fille cligne des yeux tant elle est saisie d'incrédulité, à une quinzaine de mètres, postée dans son fauteuil, Amélie répète chaque mot en les détachant un à un.

– Ma maison n'est pas à vendre ! Ma maison n'est pas à vendre. Elle jubile en ponctuant sa tirade d'un défi à relever. Elle va voir celle-là si elle me met dehors !

Celle-là qui justement l'appelle encore.

– Amélie ! Maman ???…Tu es là… ?

L'appel devient un cri qui monte balayer les murs du salon où Amélie prépare son tribunal. Que veut dire cette visite surprise ?

– Maaaman, maaam…

Rien.

Maman a pris soin de déverrouiller le portail ainsi que la porte de la maison. « Il lui faut une invitation, en plus… » rouspète sa mère pressée maintenant de faire éclater la querelle qu'elle a programmée. Pourtant, hier matin encore, à la sortie de l'église du Tampon, Amélie a parlé d'elle, de sa fille, avec fierté, à des voisines, à de simples connaissances, même à des inconnus, qui la félicitaient pour « sa fille qui a réussi en France, vue avec Chirac ». Son admiration doit rester une affaire secrète, exprimée uniquement en cachette de ses enfants.

En cette fin de matinée, si elle fait attendre la visiteuse non désirée sous un soleil de plomb après un voyage épuisant, elle a ses raisons. « Voilà, bien fait pour toi ! Je te punis et te punirai encore », chuchote Amélie en donnant une gifle dans le vide.

Il faut être créole des Hauts de La Réunion pour saisir le sens d'un pareil affront. Les descendants des premiers habitants de l'île, comme Amélie, ne disent pas portail, mais barreau pour nommer l'accès à une habitation quelle qu'en soit l'allure. Dans leurs univers peuplés de symboles, c'est en se tenant au barreau que les créoles aiment fêter avec empressement les visiteurs annoncés. Autrefois, les plus chaleureux y accrochaient un hortensia bleu, une branche de franciscea mauve et blanc ou une fleur de lys. Du battant des lames jusqu'au sommet des montagnes, chacun a appris à interpréter le code de politesse, dans leur temple de grand air.

De l'autre côté de la varangue, Gisèle, la voisine qui espionne derrière le linge étendu, comme d'habitude, vient à la rescousse, en assurant d'une voix chantante des Hauts :

– Ta maman est là ! Je l'ai vue ce matin, elle a déverrouillé le barreau pour toi. Pousse fort !

Momine grimpe les marches en contemplant les murs solides d'une maison spacieuse, pas une de ces masures qui coulaient comme un panier percé en pissant la misère sous la moindre pluie. Elle regarde la terre autour, les arbres, les fruits qu'on n'a plus besoin d'aller voler encore verts. Elle n'a pas besoin de fermer les yeux pour revoir les abris qui ressemblaient à des parcs pour animaux, de plus en plus éloignés d'une route goudronnée, à des kilomètres du premier robinet public, sous un toit en paille d'où les chenilles et des insectes volants se lançaient à l'assaut d'une assiette de riz. Si loin de l'école, la seule promesse solide à ne lâcher à aucun prix. Souvent, un propriétaire furieux de ne pas recevoir son dû depuis des mois venait faire une scène. Parfois il osait même proposer un marché à une femme élevant seule une kyrielle d'enfants affamés. Amélie n'a jamais eu peur de les chasser en hurlant. Cette vie-là ne disparaîtra jamais.

Les pas se rapprochent, Amélie emprunte son masque impassible, paupières presque closes. Quand Momine se penche vers elle, au souffle qui vient à la rencontre de sa peau, elle répond par un léger tressaillement d'épaule souligné d'un murmure plaintif. Elle entend Momine prendre place sur une chaise vernie qui grince ; une simple chaise à barreau, témoin de ses innombrables fuites quand il fallait faire très vite. Ses paupières se soulèvent avec précaution, lentement, comme un rideau de théâtre. Chaque trait de Momine passe sous le radar mobile de son regard. Sans la trace d'un sourire.

Autour d'elles, tout est demeuré intact depuis que Momine s'est enfuie à neuf mille kilomètres. Au mur, le portrait, accroché de guingois, d'un Jésus aux cheveux longs, très seventies avec d'immenses yeux maquillés au khôl, ouvre largement son cœur saignant. Les margouillats font la course autour de lui, mais ne le dérangent visiblement pas. Le Jésus veille sur une photo gondolée par l'humidité. Les petites taches sur le papier donnent un aspect un peu comique à des visages désuets qui furent jeunes, il y a longtemps. La fratrie… Elle s'attarde sur Axel au regard rêveur. Elle s'assombrit. Momine s'entend dire :

– Quelle vie nous avons connue, Maman. Rester indemnes… après tout ça… hein ?

Une respiration apathique pour toute réponse.

Amélie n'était pas présente le jour de la photo. Exclue par le commanditaire du document. Montrer que les enfants avaient une mère ? Inutile. Elle avait l'âge de produire une autre brochette d'enfants. Dans le souvenir de Momine, la femme devant elle n'a presque pas changé, tant d'années après.

Comme si le temps n'avait pas de prise sur elle. Yeux bleus scintillants, nez droit de vieilles souches du Finistère, bouche demeurée bien dessinée sur un visage toujours grandiose entouré d'une crinière qui n'a jamais blanchi. Cheveux blonds et fins, brillants comme ceux d'une jeune femme.

À part les margouillats translucides qui font des petits bruits de souris en passant d'un mur à l'autre, calme plat.

Elle m'a préparé un piège ? s'inquiète Momine. Sinon, pourquoi ce silence à couper au couteau ? Si au moins Momine savait pratiquer l'art de l'esquive, comme tous ses frères et sœurs, faire le gros dos. Se taire. Montrer à Amélie qu'elle est le chef. On ne disait pas encore la cheffe.

Momine s'allonge sur le sol en béton rouge encaustiqué, entreprend des exercices d'élongation et de respiration pour soulager son squelette endolori par le voyage. Un doute la traverse. Et si Amélie souffrait ? se demande-t-elle D'un mal venu de loin, une douleur qui se serait aggravée avec le temps, sans soulagement possible ? Mais comment l'aider puisqu'elle reste bouche cousue ?

– On va « battre un carré » à Maurice toutes les deux ?

Battre un carré lui est venu sur la langue par réflexe, pour dire « aller faire un tour ». La fille a autant de chance de convaincre la mère que de gagner au loto ce soir ! Moins ! Avec Amélie, il y a zéro chance de gagner. Parce qu'elle ne joue pas avec les autres. Seulement avec elle-même contre les autres. Le bleu étincelant de son iris répond pour elle. Momine n'insiste pas.

Elle se rapproche de sa mère, se penche pour lui parler à hauteur d'yeux – un geste non réfléchi – mais elle n'ira pas plus loin, n'osera pas la serrer dans les bras. Elle pourrait embrasser la Terre entière, une voisine attristée, un passager en désarroi dans un train, n'importe qui. Pas Amélie. Amélie n'aime pas qu'on la touche, qu'on la cajole, qu'on lui dise qu'on l'aime. Pas ses enfants, en tout cas.

Après une nuit sans sommeil, c'est plus fort qu'elle. La fille prend la mère par les épaules.

– Pourquoi, maman, pourquoi tu es comme ça ? Qu'est-ce que tes enfants t'ont fait pour être comme ça avec nous ?

Amélie ouvre ses yeux pleins d'indifférence comme la poupée en celluloïd qui traîne dans un coin. Une poupée ? Qu'est-ce qu'elle fait ici ? La réponse ne tarde pas. On frappe à la porte. Deux femmes apparaissent avec une toute petite fille accrochée à leurs bras. Momine reconnaît Josette, Ghislaine, sa fille aînée, et une enfant qui la dévisage comme une « Moun derrière soleil ». Une étrangère venue d'une planète lointaine. À leur vue, Amélie ressuscite parmi les morts. Comme montée sur ressorts, elle se lève, embrasse l'enfant, son aide-ménagère et sa fille, prend l'adolescente dans ses bras :

– Mais quel plaisir de te voir ? Comme tu es jolie ! Pas trop fatiguée avec tous ces examens ? Tu réussiras… Je vais faire des prières pour toi.

Se tournant vers son aide-ménagère, Amélie s'extasie, des larmes montent dans ses yeux, elle murmure :

– Quelle bonne fille, tu as, Josette ! Puis à Ghislaine, manifestement surprise, elle confie, sur le ton d'un secret : « Ta maman a bien de la chance. Ah ! Seigneur ! Ça n'arrive pas à tout le monde ! »

Avec sang-froid, une ressource puisée elle ne sait où, Momine donne la réplique, du tac au tac :

– Vrai ! Josette est une bonne maman ! Mais ça n'a pas l'air, comme ça… moi aussi, j'ai une supermaman. Une maman qui va venir à l'île Maurice avec moi !

Amélie lève les yeux. Sa fille est folle. Et méchante en plus. Sa fille peut dire ce qu'elle veut, elle ne l'écoute pas. Qu'elle gesticule dans le vide ! L'aide-ménagère et son adolescente sentent que quelque chose cloche.

– Ah ! Dis-le, ça te fait plaisir de me voir ! Moi, je suis supercontente de voir une Amélie bonne mine, joues roses.

Elle s'approche de sa mère.

– Oh ! Regardez-moi ces cheveux de soie ! Pas un seul brin blanc !

– Ah oui… j'aurais dû avoir les cheveux blancs avec toi ! pilonne Amélie en faisant mine de sonder de ses yeux pleins d'orages les paquets de nuages qui se hâtent au-dessus des palmistes.

Josette a déposé le linge repassé et s'éclipse en s'excusant de ne pas avoir le temps de boire le jus proposé. Elle connaît la dame Kerveguen et ne souhaite sans doute pas assister à une de ces scènes qu'elle a déjà vues. Amélie regagne son fauteuil en marchant droite comme un mannequin de la Fashion Week.

Le rideau de silence à nouveau descendu sur la pièce, Momine envoie un SMS, consulte ses mails, redépose le téléphone sur la table, se met à bâiller en rafales, les yeux larmoyants sous les assauts de la fatigue.

En appui sur un coude, une main soutenant sa joue gauche, Amélie fait pivoter son fauteuil vers sa fille. Momine promène ostensiblement son attention sur les murs, le sol, la varangue, partout dans cette maison achetée du temps où elle croyait au miracle. Elle a pensé dur comme fer que posséder un toit sur sa tête allait suffire à Amélie pour couler des jours tranquilles, débarrassée de ses cauchemars.

J'ai été trop naïve ! se reproche-t-elle en marchant vers la rambarde de la varangue ; elle arrache un fruit de la passion qui pend d'une liane comme une boule de Noël, l'ouvre à deux mains et lèche les grains jaunes. Elle relève la tête, ses yeux se ferment dans la lumière qui resplendit au-dessus de la mer, en bas, à Saint-Pierre.

C'est là, à Saint-Pierre… Un jour, Momine arrive dans la plus grande ville du sud, au bras d'Amélie. Elles ne marchent pas, elles volent. Chez maître Esparon, rue du Four- à-chaux, mère et fille se présentent main dans la main, unies comme des mariées. Ensemble, chez un notaire ! Si les contes de fées sont parfois vrais, elles en vivent un, ce jour-là, comme personne ne peut se figurer.

Tout le monde connaît la rue du Four-à-chaux. La grande porte en bois de la prison de Saint-Pierre se trouve au bout de la rue, pas loin des lataniers qui bordent la route qui court le long de la mer. La prison aurait dû être une destination toute tracée pour Momine. Le destin avait souri et actionné son aiguillage vers une autre direction. Cet après-midi-là, le roi n'est pas leur cousin. Maître Esparon semble inquiet. « Vous avez vingt-deux ans, Mademoiselle ! Vous allez vous endetter pour vingt ans. Vingt ans pour loger votre mère ! On voit ça rarement ! » Elles se regardent, irritées qu'un étranger veuille décider à leur place. La jeune cliente qui n'a jamais rien possédé a-t-elle bien conscience qu'elle va payer, en réalité, deux fois le prix de la maison de leur rêve ? Dix-sept pour cent de taux d'intérêt au Crédit Agricole du Tampon… Dix-sept pour cent sur vingt ans.

Aujourd'hui, accoudée à la balustrade de cette maison, elle entend encore l'écho de la voix de Me Esparon. Elle entend sa propre voix répondre au notaire. Elle est venue respecter un serment remontant à l'école primaire. Et elle a signé. Parce qu'elle devait le faire. Elle aurait sauté à l'élastique du haut de la Ravine Blanche si elle s'y était engagée. Rien à discuter.

Momine revient au salon, s'arrête à la hauteur d'Amélie :

– Je ne regrette rien, maman, mais Me Esparon n'avait pas tort, non ?

Amélie ferme les yeux. Peut-être se souvient-elle de la beauté de ce jour-là. Elle aussi a dû croire au rêve.

– Oh ! Non ! Je t'ai appelé dix fois au téléphone sur la route, puis au barreau… Tu as donc fait exprès, maman ? Écœurée une fois de plus, Momine désigne le combiné du téléphone qui gît, décroché. Devant l'évidence, Amélie éclate en sanglots.

– On m'a dit que tu es revenue pour vendre la maison. Pourquoi veux-tu vendre ma maison ? Je ne veux pas partir de ce jardin. Tous mes arbres, toutes mes plantes m'attachent ici. Sans mes arbres… Elle regarde sa fille : « Sans mes arbres, j'aurais lâché depuis un moment… »

Il n'a jamais, jamais été question de vendre cette fichue maison tant qu'elle vivra, répond sa fille. Cela fait dix ans qu'elle fait des crises, régulièrement, en l'accusant de vouloir la déloger. Amélie la regarde. Elle ne la croit pas. Aucune n'a la force de venir au secours de l'autre. Ce qu'elles ressentent échappe aux mots. Elles sont murées. Amélie soupire lentement, pendant que sa tête tombe sur un côté de son fauteuil. Elle s'endort sur-le-champ. Momine se lève, s'arrête sous l'auvent, contemple le jardin et les arbres d'Amélie – le jacquier, le bigaradier, son arbre du voyageur déployé en élégant éventail, tant d'autres essences qu'elle chérit –, ils sont devenus si majestueux. Sa fille baisse les yeux vers les touffes d'orchidées jaunes en écoutant les bananiers chanter comme dans une procession du 15 août.

Ce paradis n'est pas devenu le port d'attache d'une famille en errance, il ne manquait pourtant rien pour croire le bonheur possible. Un barreau muni d'une clef, de l'eau qui coule quand on veut, de la lumière si on appuie sur un bouton et personne qui vienne vous faire peur la nuit.

Il faudra bien que je laisse cette illusion en paix, qu'elle aille se perdre dans les branches, vers le ciel, se raisonne Momine avec un goût de tristesse qui lui monte du ventre. Assise sur une marche, la tête entre les mains, elle vient de comprendre la nécessité de tourner une page. L'obligation de regarder la réalité en face. Il faudrait que je laisse tout ici. Mais je ne regrette pas d'avoir respecté ma promesse !

Elle se lève, caresse le bois du barreau, le referme doucement, fusille du regard la pancarte rouge et l'annonce folle, « Ma maison n'est pas à vendre ». Il lui manque un gros marqueur. Elle aurait rayé cette hallucination.

Un rideau de pluie douce noie la vue sur Saint-Pierre. Elle reviendra quand la colère l'aura lâchée. Elle reviendra pour comprendre. Comprendre, avec un scalpel s'il le faut pour la mettre à nu, pourquoi Amélie de Kerveguen n'a pas été capable de saisir sa part de bonheur sur Terre. « Que s'est-il passé dans sa vie pour en arriver là ? » se demande Momine en marchant vers sa voiture. Elle le sait, il ne faut pas compter sur Amélie pour y répondre. Je saurai, je saurai, je saurai pourquoi elle me déteste. Moi, en particulier, se promet-elle. Sans un regard vers cette maudite maison du 7, chemin Papangue, l'adresse qu'il faudrait pouvoir oublier, elle démarre. Direction la Ravine Blanche. Ursule l'attend.

– 13 –

Un café chez Ursule

– Tu es comme un enfant qui veut absolument approcher son visage d'une flamme. Quand il brûle, il sait, mais il est trop tard !

Ursule caresse la tête de sa nièce, comme si elle avait deux ans, en laissant sa phrase en suspens. Sous sa large capeline en paille de vétiver, deux petits yeux gris bleu scrutent Momine. Ursule est la sœur aînée d'Amélie, aussi douce que sa cadette peut être rêche. La mémoire vivante du clan des Rivière de Kerveguen sait ce que cette visiteuse réputée opiniâtre est venue chercher chez elle. Pas seulement admirer son merveilleux jardin où poussent des espèces rares, fleurs et herbes médicinales, plans de café pointu, la botanique essentielle de l'île Bourbon et la nostalgie du temps enfui.

Au téléphone, il y a quelques jours, la voix d'Ursule s'est fracturée quand a été évoquée la jeunesse de sa sœur. Quelqu'un l'appelait au secours pour soulever la dalle d'un tombeau. Aujourd'hui, en s'activant dans sa cuisine, elle a l'air d'avoir avalé trois litres de décoction zerb-a-bouc tant elle semble requinquée. « Bien gaillard, ce grand'moun » dit-on, ici, d'une Yab âgée, tonique comme cette descendante de Bretons, créole jusqu'aux os.

Momine s'est sentie proche de sa tante dès leur première rencontre. Il n'y a pas si longtemps. Avant, on ne se fréquentait pas. Ursule et Amélie sont restées fâchées pendant près d'un demi-siècle. Cinquante ans durant lesquels les deux sœurs se sont ignorées et leurs enfants ont grandi dans la même bourgade comme de vrais étrangers vivant sur des planètes séparées. Dans l'indifférence, au mieux, avec des petits zestes d'hostilité si jamais les regards de leurs enfants se croisaient à l'école. Quand les deux sœurs se rencontraient dans la rue – dans une communauté exiguë, à l'époque de leur jeunesse, surtout, cela arrivait fréquemment – l'une ou l'autre changeait de côté en abaissant le bord de sa capeline. L'une avait cessé d'exister pour l'autre. Et réciproquement. On n'en parlait pas. Un jour, on a appris, en passant, qu'elles se fréquentaient à nouveau. Et on n'a pas su pourquoi non plus.

Ici on va à son rythme, observe Momine en regardant sa tante choisir une casserole bosselée qui pourrait raconter des années de la colonie, la remplir d'un fond d'eau, allumer précautionneusement sa gazinière en émail blanc comme si elle maniait de la dynamite. Momine se rapproche d'elle, les mains involontairement croisées sur la tête :

– Ursule, aide-moi. Tu sais que j'ai besoin de toi…

Imperturbable, la descendante de Bretons continue à remplir avec soin le tamis muni d'un long bec pour un sacro-saint « café la grègue » distillé à la vanille.

Au bout de cinq minutes, elle cligne les yeux, fait signe qu'il vaut mieux s'asseoir. Elle éteint le feu sous la grègue à café, dirige sa nièce vers la varangue et rapproche deux vieux fauteuils en osier, face à face. Elle se tient immobile dans un mutisme pesant. Le temps de remonter le temps.

– Attends… n'oublions pas les choses qui comptent… Elle se lève, revient avec un broc de jus de grenadilles.

« Tiens, en attendant le café pointu, tu n'as pas oublié ce goût-là, une vraie Yab comme toi ! »

« Fais ce que tu veux, Ursule, mais parle ! » supplie sa nièce en silence, puis elle sourit humblement, avec l'espoir que le goût des choses anciennes réveille les souvenirs comme on réveillerait des morts. Même ceux qui font mal, les choses qu'on ne pardonne pas, longtemps après les cicatrices.

– Écoute mon enfant, ce qui s'est passé… a failli nous détruire, commence Ursule.

Ursule, l'aînée de Léopoldine et de Jean-Michel Rivière dit de Kerveguen, aura bientôt soixante-dix ans. Depuis qu'elle sait parler, chaque soir, quand elle s'endort, elle récite le *Notre Père*. Et depuis plus de cinquante ans, au moment de prononcer « …pardonne-nous nos offenses », chaque soir, à cet endroit précis de la prière, quelque chose ne passe pas. Elle achoppe toujours sur la même pierre. La sœur d'Amélie a la rancune tenace.

La dame se réfugie sous sa capeline qu'elle rabat sur ses yeux. Ursule confesse l'impossible pardon et se barricade.

– Non, je ne peux pas, je veux rien dire de tout ça… répond-elle à sa nièce. Momine jure de ne pas la citer.

– Maman vient de me faire une nouvelle scène ! Elle ignore que je suis chez toi ! Elle ne saura rien !

Ursule relève la tête, se rencogne dans son fauteuil, observe son invitée comme un objet bizarre. Sa nièce représente le type même de personne qu'il lui aurait certainement fait horreur d'accueillir à sa table, il y a quelques dizaines d'années. Quelle honte ! La fille de sa sœur a été enfantée hors mariage. Une bâtarde. Une bâtarde née d'un père non blanc adepte d'une religion qu'elle croit hostile à celle de son Jésus accroché sur une croix dans chaque pièce.

Sous son corsage brodé à l'ancienne, celle dont la peau ne voit jamais le soleil retient un poids énorme.

– Je ne peux pas tout dire, parce que ça reste toujours bloqué là, prévient-elle en désignant son cœur.

– Je te comprends, Ursule ! Mais comprends-moi aussi ! dit Momine.

Deux têtes dures se replient dans le silence des mots. Leurs yeux, leurs mains, leurs soupirs palpitent et parlent. Arc-boutée dans son monde d'hier, la fille aînée des Rivière de Kerveguen bouge la tête comme un oiseau méfiant et craintif. Enfermée dans la société de sa jeunesse, elle n'a pas vu le monde changer.

– Elle n'est pas méchante ! l'encourage Momine, décidée à faire appel à ses sentiments pour atteindre sa raison. « Imagine, Ursule… »

Ursule l'écoute.

– Imagine que tes enfants ne sachent pas où leurs parents se sont rencontrés, imagine qu'ils t'entendent, toi leur mère, répéter encore et encore que tu détestes leur nom à l'état civil… Imagine que tu ne les embrasses jamais ! Imagine que tu laisses tes enfants, tes filles aller…

– Non, je ne peux pas imaginer tout ça ! rétorque-t-elle, soudain à une autre place que la sienne.

Momine se penche vers elle, la prend à témoin.

– Alors j'aimerais savoir ce que ta sœur Amélie cache ? On n'est pas des humains comme vous, peut-être ?

Elle la regarde en appuyant sur ses épaules.

– Franchement, vous les Kerveguen, vous vous croyez toujours au-dessus des autres, comme du temps des esclaves ?

– Ce qu'elle cache ? s'insurge Ursule, en se secouant. Elle croise les mains et se lance : « Je vais te dire, moi, ce qu'elle nous a fait, ma sœur qui a cessé d'être ma sœur pendant près de cinquante ans ! »

Elle se lance comme si elle franchissait un parapet pour s'élancer au-dessus du vide.

– Cette sale histoire a commencé un samedi…

Comme chaque samedi, Amélie vient vendre trois bouteilles de rhum marron parfumé au goût de rose de jambrosades des ravines des Hauts. Son père, Jean-Michel Rivière, distille clandestinement son alcool de fruits sauvages très apprécié. Ce père sévère, petit cultivateur de géranium rosat et de quelques arpents de pomme de terre, peut compter sur elle. Amélie sait exiger un bon prix et ne se laisse pas voler l'argent en route. Ce jour-là, elle et sa cousine Adèle se tiennent par le bras en sortant de la buvette de l'épicier chinois Ah-Teng. Dans sa main, la jeune fille élancée, au visage ovale entouré d'une tresse blonde, serre une somme précieuse. Elle vient d'accomplir fièrement une commission importante. Son père ne dira pas merci, les pères sont ainsi dans les villages.

Un homme suit les deux paysannes sur le chemin de l'Hermitage. Il a repéré Amélie samedi dernier, l'a déjà remarquée les semaines précédentes et s'est renseigné. Une proie ne s'attrape pas au hasard. L'amateur de rhum arrangé servi sec dans un grand verre en pyrex est un client fidèle du maquignon connu pour sa gueule en taillant de couteau qui cache un tripot derrière sa boutique. Dandy d'une quarantaine d'années, toujours habillé avec élégance – une pochette en soie, en signe distinctif parmi ces lourdauds de Yabs blancs – il vient jouer au poker et ne déteste pas parier sur les batailles de coqs.

Lorsqu'il prend Amélie en chasse, il sait qu'elle marchera six ou sept kilomètres sur un chemin isolé le long d'une ravine.

Aucun risque à tenter sa chance sur ce chemin de roches. En dernier recours, il menacera de la dénoncer comme vendeuse de rhum sauvage.

Pour commencer, il susurre qu'il n'a jamais vu une créature aussi magnifique qu'elle – il a voyagé au loin, peut comparer –, annonce qu'il est venu chercher épouse dans l'île, il va la couvrir de parures, il possède des malles entières remplies de pièces d'or de son pays fabuleux, il est commerçant, mais un commerçant de classe supérieure – à la hauteur des « Grands Blancs » qu'il fréquente – les De Villiers, les Lallemand, les De Villèle – pas un pauvre Chinois marchand de riz et de poisson snook puant. Le marchand de rêves vend son conte de fées comme d'autres du sucre.

Flattée jusqu'à ses orteils nus, Amélie, blonde créole de dix-sept ans, fine comme une liane, celle à qui personne n'a jamais dit qu'elle est belle – personne ne lui a jamais soufflé « je t'aime » non plus – ralentit son pas. Elle brûle de découvrir le visage de celui qui prononce ces mots si doux. Aimantée par la curiosité, elle finit par se retourner. Un brun doré, habillé en prince de contes magiques, avance sur ses talons. Il sourit en ouvrant les bras et s'agenouille en plein chemin, comme devant une princesse.

Amélie tremble. Elle sait qu'elle brave la règle absolue répétée par les vieilles femmes de sa famille. Elles lui ont toujours dit « Amélie, ne l'oublie jamais : une jeune fille bien comme il faut, une fille vierge qui sait se faire respecter, ne se retourne jamais sur un homme. Jamais. Si elle le fait, elle montre qu'elle a déjà cédé à la tentation. Elle accepte d'être saccagée, personne ne dira rien. Personne ne viendra à son secours ! Elle sera abandonnée ! ».

Le bonimenteur connaît parfaitement les lois des totems et tabous qui régentent la vie sociale de son propre clan et la société de Zanzibar. Une femme respectée est une femme qui vit à l'écart des hommes. Dans leur ombre. Les autres sont des putains. Peau foncée comme une écorce de cannelle, râblé et agile à la fois, il a grandi au sein d'une famille de marchands indiens, immigrée dans l'est de l'Afrique. Son nom compliqué – Mukesh Bajaj – rappelle que ses ancêtres sont partis des montagnes de l'Indus pour s'enrichir dans le commerce des épices.

Le séducteur n'a plus besoin de faire beaucoup d'effort. Devant lui, celle qui avance en zigzaguant vacille déjà. Elle ne combat pas, elle a déjà perdu. Chaque mot du prophète de chimères répand dans le corps d'Amélie quelque chose de si liquoreux qu'elle se sent inondée d'une douceur divine. Elle tombe amoureuse. Tout de suite. Comme on tombe d'une échelle, dans le vide, sans se retenir.

Assommée, elle lui confie son adresse. Il passera la chercher ce soir, à la nuit tombée, pour aller danser une rumba dans la salle du Bal en train. Un lieu de rêve absolu. Amélie a seulement entendu parler de la salle mythique du samedi soir au Tampon. Elle a été une fois ou deux dans cette ville qui compte deux rues goudronnées, en bas d'une route en pente. Elle accompagnait son père, sur sa charrette chargée de cannes à sucre, pour obtenir le coup de tampon réglementaire avant d'acheminer la cargaison vers l'usine de Grands Bois. Sa cousine Adèle, qui marche elle aussi sur un nuage, l'accompagnera. Un autre prince sera là, un prince que pour elle. Chacune le sien.

Ce soir-là, Amélie attend que la dernière lueur du fanal cesse de briller à travers le bois disjoint de la maison de Jean-Michel Rivière, en haut d'une butte rocheuse. La famille dort profondément. C'est ce qu'elle croit. Le plus bel homme de la création humaine vient de siffloter trois fois, en bas, dans le Grand Chemin. Amélie file comme une fusée dans l'allée bordée de giroflées parfumées, elle vogue déjà sur les ailes du désir. À elle, les doux murmures… Pas plus. Elle est bien élevée et restera vierge de toute caresse jusqu'au mariage. Sans tache. Ce prince qui vient de loin, si distingué, si beau n'est pas un de ces va-nu-pieds grossiers et violents qui ne cherchent qu'à… comme ces fils d'accapareurs qui s'emparent non seulement du labeur des pauvres cultivateurs, mais aussi des cuisses de leurs filles. Quel rêve délicieux ! À son bras, elle sera sa Marinella, il sera son Tino Rossi. Ce soir, elle va « danser la rumba d'amour, vers un pays merveilleux ». Au petit matin, elle sera revenue dans son lit, personne n'en saura rien.

Ursule se lève et revient avec une grègue de café.

– Tu as voulu savoir la vérité ? C'est la vérité que m'a confiée ta maman elle-même, en me demandant de lui pardonner au nom de la famille puisque je suis l'aînée. La sœur d'Amélie n'a pas fini. « Mukesh Bajaj l'a conduite directement chez lui pendant qu'un comparse s'occupait de sa cousine Adèle qui avait fugué de son côté. Ne me demande pas de te décrire ce qui s'est passé. Elle est rentrée dans un état lamentable. »

Momine reçoit un coup de poing en plein visage. Elle avait beau s'attendre à un déballage abominable, entendre le déroulement du massacre est insupportable. Un homme d'âge mûr – pour son époque – déployant une telle ruse pour organiser une nuit de viols sur une jeune fille naïve, une mineure de dix-sept ans. Un crime impardonnable.

– Il méritait la corde… dit-elle à bout de forces.

Elle se lève, descend les marches de la varangue, avance en titubant sous les grands arbres, jusque dans la descente, vers le lit de la Ravine Blanche. Quand les spasmes de son estomac se calment, elle prend appui sur un tronc, puis, le dos calé, elle tend la main, arrache une poignée de feuilles. L'odeur du bigaradier lui fait du bien. Elle sent la présence d'Ursule, ses mains cachent son visage à l'exception de ses yeux remplis de résignation.

– Je suis désolée. Et je ne t'ai pas tout dit. Ça, c'était le début, assure-t-elle en s'éloignant, la vérité n'est pas belle.

– 14 –

Sylvia

Madlen a donné rendez-vous à Oskar dans un quartier anémié de Freiburg, au bout d'une rue presque déserte. Le cœur battant, il longe deux magasins fermés, voisins d'un kébab qui a installé un parasol bariolé, il dépasse un groupe d'immeubles rectangulaires de l'après-guerre. Il fonde beaucoup d'espoirs sur l'amie la plus proche de sa mère. Ça doit être ici, devine-t-il à la vue d'une main stylisée. « Fie-toi à la petite pancarte peinte en bleu pastel, jaune et rose. C'est là, *Der andere Laden* – l'autre magasin » a indiqué Madlen. Il se baisse devant une baie vitrée dévoilant des portemanteaux, des verres, des chapeaux, des sacs, des livres, une sorte de boutique Emmaüs, imagine-t-il. Madlen se trompe-t-elle ? Que fait Sylvia dans ce lieu où il est écrit en gros caractères « 2 euros », « 1 euro » ? C'est elle qui tient ce truc ? s'interroge Oskar.

Il pousse une porte vitrée qu'une fanfreluche métallique fait tinter, passe devant une caisse déserte, se fraye un chemin entre des fichus colorés qui s'affairent autour de grands bacs de vêtements chiffonnés. Mains dans les poches, ses yeux roulent de tous côtés, l'air gauche, il contourne des étagères chargées de porte-photos et d'ustensiles de cuisine côte à côte. Un léger malaise le saisit. Que fait-il dans ce bric-à-brac de pauvreté ?

Il ne voit pas Madlen, assise au fond de la pièce, qui le cherche du regard et des mains, lui fait signe d'attendre à proximité d'une table ronde où sont rassemblés des femmes et des hommes, visages jeunes aux têtes fatiguées. Le rire explosif d'une jeune femme est suivi d'applaudissements frénétiques. Oskar le méfiant commence à comprendre où il a mis le pied. C'est une boutique bizarre où des humains échangent plus de sentiments que de marchandises à prix bradés. Le journaliste découvre dans la ville où il a grandi un univers dont il ignore tout, un havre social ouvert à des personnes différentes, handicapées physiques, psychiques ou simplement isolées. Qu'est-ce qu'elle fait dans cet endroit de misère, se demande-t-il secrètement. En prêtant l'oreille, plus aucun doute. Ici, des vulnérables viennent se retrouver pour le plaisir de se parler, raconter ce qui va, ce qui ne va pas, partager des petites choses humaines ou peut-être même un grand, un lourd secret qui vous dépasse. Une femme brune, aux cheveux très courts, semble donner le la. Elle s'adresse à chacun d'eux, à tour de rôle, les pilote délicatement en faisant tourner un mug qui fume devant elle, leur sourit. « C'est sûrement elle ! » jubile Oskar, enviant tout à coup ce public étrange qui peut la voir de très près.

Oskar allume son téléphone. La même brune est là, en fond d'écran, sur la photo qui accompagnait la lettre de Sybille. Il doit se contrôler pour ne pas s'écrier « Eh ! C'est ma sœur ! C'est la première fois que je la vois ! Pitié, partez tous, laissez-nous tranquilles ». Malgré le regard inquiet de Madlen, il s'éclipse vers la sortie du *Andere Laden*. Elle est belle, Sylvia. Il ne dit rien, ne crie pas, mais il le pense. Il entend le groupe applaudir, se précipite au bout de la pièce sous les regards interrogateurs des participants.

Sauf Sylvia. À l'instant où elle ne peut faire autrement que rencontrer le regard d'Oskar, elle fait comme s'il était totalement transparent. Madlen prend Oskar par les épaules et se lance dans une très brève présentation : « Sylvia, voici Oskar. » Sylvia dévisage l'homme qu'elle a dans son champ de vision depuis vingt minutes, il hoche la tête. Des agrafes invisibles ont dû se greffer sur sa gorge, il déglutit, sourit pendant que ses yeux scannent chaque trait de Sylvia. Quatre secondes à se regarder pour rattraper quarante-cinq ans.

– Toutes les deux, nous sommes bénévoles ici, lui dit Madlen.

– Je vois, répond-il.

Oskar vit un supplice. Il a consulté les horaires. *Der Andere Laden* ferme dans quelques minutes et demain, c'est dimanche. Impossible d'attendre mardi, jour de réouverture pour reprendre le fil de cette rencontre. Il supplie Madlen du regard.

– Est-il possible de se parler en dehors d'ici ?

Sylvia semble sourde, aveugle et statufiée.

Elle a cédé à la demande de Madlen qui lui a dit : « Accepte de le voir, juste le voir, Sybille l'a perturbé ; il a fait le déplacement de Paris… C'est un journaliste d'un grand magazine, il a du travail… Et il doit repartir sans tarder ; un acte humanitaire qui ne t'engage pas. »

Madlen a échappé aux Russes, elle n'a peur de rien, surtout s'il s'agit de rendre service au fils de sa meilleure amie.

Mon Dieu, se torture Oskar devant cette sœur tombée du ciel, j'ai dû la connaître dans une autre vie… Si Momine me voyait dans cet état, elle demanderait le divorce tout de suite. Il se reprend. On a dû se balader dans des poussettes à deux places, ma sœur et moi !

Madlen se met à ranger des tasses dépareillées qui menacent d'atterrir sur un lot de coupelles en priant tous les saints allemands que ces deux-là finissent par se parler. Elle lance un regard de remerciement en direction du plafond. Oskar vient de réussir une prouesse.

« Bon, d'accord, O.K. ! a répondu la brune en décrochant son sac d'une patère. Marchons jusqu'au café du musée de Freiburg ouvert en nocturne… l'exposition Chagall prend fin cette semaine. »

Oskar marche sur un nuage. Un pas après l'autre, se dit-il. Bien incapable de réfléchir à l'instant d'après.

Assis face à face à côté d'une fenêtre, la lumière vespérale dessine quelque chose de doux autour d'eux. Oskar teste ses cordes vocales coincées, en contemplant Sylvia :

– Tu ressembles à Sybille. Il regarde ses mains en baissant les yeux. « Je t'aurais reconnue dans une foule. »

À cela elle répond « moi aussi, je t'aurais reconnu »…

Mais ses pensées vont ailleurs, entre passé et présent, quand son regard se porte sur une énorme horloge ressemblant à celle qui figure sur les photos de la salle à manger de ses grands-parents. Plus qu'un objet, cette horloge est un repère. Sa mère, sa grand-mère n'ont plus jamais revu leur maison quand elles ont dû prendre la fuite en abandonnant toits et terres aux nouveaux maîtres de la Silésie. Il se raisonne. Ce n'est pas le jour pour des questions lourdes, autour des origines, de l'identité, de la famille… Il ne sait pas comment elle réagirait.

Pourtant, les traces du patrimoine génétique familial taraudent sa curiosité. Le visage de Sylvia rappelle un type de physionomie allemande. Front large, pommettes hautes, des yeux très grands. Elle a l'air des civils expulsés des territoires de l'est du Reich, se dit-il. Mais elle porte en elle quelque chose… de différent. D'un ailleurs plus lointain. Il cherche et ne trouve pas. Il pourrait fermer les yeux et continuer à décrire le visage, le cou, les bras, les mains devant lui.

Sylvia prend les devants :

– Sybille – je veux dire, Mutti – t'a raconté ou pas, comment tout ça est arrivé ?

– Tout ça ? Oskar ne saisit pas vraiment. Il répond : « Non, non… »

– Alors, il faut en parler. Interromps-moi quand tu veux. On est en avril 1945. Sybille m'a demandé de raconter son histoire pour que l'oubli n'efface pas les cortèges de réfugiés allemands chassés de chez eux.

Oskar a déjà la bouche ouverte. Il veut savoir quand sa mère et cette sœur toute neuve se sont retrouvées, dans quelles circonstances, ce qu'elles ont ressenti, il a mille questions. Le visage de Sylvia répond sans un mot. Il lit un ordre « Tais-toi et écoute ». Sylvia ouvre son sac sans quitter Oskar des yeux.

– Tiens, ça, c'est ce que j'ai réussi à obtenir d'elle. J'ai consigné ce qu'elle m'a raconté, affirme-t-elle en désignant un cahier d'écolier.

Oskar croise les bras, il se montre prêt à écouter. Elle respire fort et prend son élan.

« On arrive ! On arrive ! » Depuis hier soir, le bruit court, galope plus vite que les bourrasques sur les vitres glacées du train. De compartiment en compartiment, cette promesse passe sans s'arrêter puisque personne ne l'acclame. Sybille ouvre les yeux, cache sa tête au creux de son coude. Si quelqu'un n'est pas pressé de sortir, c'est bien elle. Le bruit a beau se pavaner, raconter encore et encore « on arrive, on arrive », personne ne le croit ni se hâte, personne ne saisit son baluchon pour courir à la portière. Qui a envie de perdre sa place en se précipitant vers la sortie ? Pour se faire avaler par l'ouragan de la guerre ! Dans ce train bourré jusqu'à la gueule de la locomotive, les centaines de femmes, d'enfants et d'hommes âgés n'ont pas vu que le temps les a enfermés dans les bras d'une chose inconnue. L'apathie. Tant que le train roule vers quelque part, ils sont prêts à rouler. Ils ont vécu la peur drapée sous toutes les couleurs et dans tous les oripeaux, la soif, la faim, les bombardements, la mort. Ils ont vu des passagers sur les sièges d'à côté sauter du train, regardé la mère de Sybille Rossbauer s'effondrer sur son sac à main rempli de sang. Cinq semaines à dériver ensemble, entre l'est et le sud-ouest de l'Allemagne, dans une descente vertigineuse, créent forcément des liens. La route a noué leurs destins, sans nécessité de se parler, sans la curiosité de savoir qui est qui. Le simple fait d'être ensemble a suffi pour les envelopper dans une communauté de destins.

« On arrive ! On arrive, bientôt ! » Et si c'était vrai ? Sybille se colle à la vitre humide pour apercevoir ce qui se profile devant la courbe des rails, au-delà des arbres noirs. Elle s'attend à entrer dans une ville. Partout un fatras de débris, pierres et poutres noircies. On dirait qu'un lance-flammes gigantesque a balayé les parages et au-delà. Le convoi se traîne au milieu d'un paysage grimaçant, il avance comme s'il marchait sur des talons hauts en titubant. La lenteur finit par fâcher quelqu'un : « Non, mais, on ne va pas nous lâcher en rase campagne dans ce froid mordant ! » s'alarme une dame sans voix depuis des jours. Elle ouvre des yeux jaunes qui dévorent la pâleur de son visage. Elle veut vivre.

Les roues grincent – un grincement de rouille qui fait mal aux dents – en longeant un champ plat comme la main, dans un paysage vide, à part un amas de corbeaux qui se chamaillent en faisant virevolter leurs ailes furieuses.

Cette fois, enfin, ils arrivent au bout du voyage. Une rue complètement déserte est entourée de quelques grosses maisons ceinturées de grillages, le genre de grillages, se dit Sybille, où l'été poussent des pois de senteur, comme chez Oma, à Schweidnitz. Mais Oma est morte. Il n'y aura plus jamais de pois de senteur à Schweidnitz.

Le train n'en finit pas de ralentir, de ronfler, il gigote entre les rails comme un ivrogne à la recherche de son lit.

– Après presque cinq semaines à être pliés, on va voir si on sait encore marcher, avertit une femme en coiffant sa fille.

– On va peut-être même devoir galoper ! Vous croyez que c'est une colonie de vacances qui nous ouvre ses portes ? grince le monsieur en costume de bureau qui se dégourdit les jambes. Il passe ses mains maigres sur un mollet qui lutte contre une crampe, en maugréant comme un chef privé de ses subordonnées.

– Ça y est ! Je reconnais ! On est à Freiburg, dans les faubourgs, je veux dire ! jubile son voisin penché par la fenêtre. Il soupire cependant. « C'était une belle ville, avec sa cathédrale, ses petites rues du Moyen Âge… »

Le maigrichon qui continue à masser sa jambe l'interrompt :

– Un joyau, Freiburg, oui ! Et son art de vivre ! Le vin du pays de Bade, un rêve ! Mon année de fin d'études de médecine ici… quel bonheur ! Tout ça, c'est le monde d'hier, regrette-t-il en replaçant correctement la couverture sur ses épaules.

– Le monde d'hier sans frontières et sans visa, l'Europe de la légèreté, tout ça, c'est fini, vraiment enseveli sous les décombres de notre pauvre vie, commente une voix douce derrière eux. Il baisse d'un ton en ajoutant un commentaire dangereux si un nazi infiltré l'entendait : « On peut penser ce qu'on veut de Stefán Zweig, mais ce grand écrivain a bien décrit ce monde englouti dans la guerre. Ce qui nous attend… Oh, mon Dieu… »

– Le monde d'hier, oui, tout compte fait, n'était pas si mal, reprend son voisin.

Sybille est une des derniers réfugiés à descendre les deux hautes marches, entravée par deux sacs, deux valises – ses affaires et celles des deux absentes pour toujours. Oma et Hannelore marchent à ses côtés. Par la force de la pensée.

Un groupe de femmes portant toques et chasubles aux insignes de la Croix-Rouge, alignées aux côtés d'hommes à l'allure âgée, accueillent les familles arrivant de l'est du Reich sur le quai d'une banlieue de Freiburg. La gare centrale est détruite. La voix rauque d'un haut-parleur égrène des noms. Sybille a bien entendu ? Il répète : « … Fräulein Rossbauer… Fraülein Emma… Frau Helena… nous vous attendons devant le guichet bleu à gauche. » Le vieil homme chauve – en hautes chaussettes de montagne et knickerbockers, le pantalon à hauteur des genoux qu'elle connaît de sa Silésie natale – lui inspire confiance. Il rassemble quelques femmes arrivées seules. À chacune, il tend gentiment les deux mains :

– Je suis Paul Bader, je fais partie du Volkssturm[6]. Je suis professeur de droit dans la vie… normale, s'empresse-t-il de préciser fièrement en souriant. Je m'occupe de vous.

Sybille est soulagée en voyant Frau Dorer de Schweidnitz et ses deux petits garçons les rejoindre, sales comme elle et chargés de valises et de sacs ; les survivantes se tombent dans les bras. Frau Dorer, la quarantaine passée, comme la défunte maman de Sybille, lui confie :

– Je ne sais toujours pas si je suis veuve ou pas.

6. « Tempête populaire », une unité de défense civile composée d'hommes trop âgés ou trop jeunes pour le combat.

Herr Bader l'entend, il met une main sur son épaule.

– Malheureusement, il y a des dizaines de milliers de femmes dans votre situation ; au moins, vos deux gosses sont sains et saufs avec vous. Maintenant, venez !

Elles montent avec d'autres réfugiés sur un camion équipé de bancs en bois et protégé par une bâche contre le vent glacial. Le véhicule démarre, Paul Bader se met debout, slalome entre les voyageurs comme un skieur chevronné, dans le véhicule qui ronfle péniblement, mais avance quand même :

– Je veux vous souhaiter la bienvenue de tout mon cœur, dit-il. Sa mine dit le contraire. Il ne tarde pas à clarifier les choses : « Je dois, cependant, vous préparer à une grande déception. Ici on ne va pas vous accueillir les bras ouverts, mais plutôt avec mauvaise humeur… » L'air affligé, il s'explique « … parfois même de l'hostilité. Nous avons beaucoup souffert, subi des vagues de bombardements, trois mille morts… ».

– Pourquoi cette hostilité ? s'inquiète la nouvelle amie de Sybille, la mère Dorer. « On n'a fait de mal à personne », se justifie-t-elle.

– Ce n'est pas la question ! s'impatiente le vieux monsieur devant les visages inquiets qui l'entourent. Il veut qu'ils comprennent son message : « Ici, il ne faudra pas vous plaindre. Quoi qu'il arrive. » Herr Bader rappelle à Sybille son Opa.

Le camion passe par la rue Adolf Hitler proche de la célèbre cathédrale gothique. « Plus de flèche ! Massacrée par les bombes, comme l'ensemble du cœur historique », commente le Fribourgeois en serrant les dents. On roule encore quelques centaines de mètres en contournant des amoncellements de pierres et de poutres calcinées, où flotte une odeur âcre. Les premiers à descendre suivent Herr Bader.

Il conduit Sybille et les Dorer dans une maison qui paraît intacte au fond d'une cour.

– C'est chez moi, leur dit-il. Ce n'est pas facile pour ma famille. Herr Bader se tourne vers les deux enfants et Sybille tout particulièrement. « Ma femme ne supporte pas le bruit. » Il est fatigué, Herr Bader, épuisé de servir d'aubergiste, forcé par l'administration nazie. « Rendez-vous compte ? Nous sommes obligés d'héberger des personnes que nous n'avons jamais vues ! Nous avons déjà quatre réfugiés sous notre toit ; plus, vous quatre. Et d'autres envahisseurs… »

Sybille se demande pourquoi Herr Bader l'a choisie parmi ceux qu'il accueille. Frau Dorer chuchote une réponse :

– Le docteur Vedel – celui qui portait une couverture sur son costume – a tous les contacts avec les gens importants de Freiburg. Je le sais… Il a vu quand Hannelore a été tuée.

Sybille se voit attribuer un coin dans un appentis tout en haut, sous les toits. Elle grimpe un escalier très raide. Le luxe ! Pour la première fois depuis des semaines, elle pourra s'allonger. Le plafond est si bas qu'elle doit se baisser pour ranger ses affaires. Un matelas plié, une petite table et une étagère. Des meubles qui ne trouvent plus leur place – à cause des réfugiés – sont empilés. En contrebas, son regard bute sur des toits effondrés pareils à des mille-feuilles grimaçants.

– Mon Dieu, non… Sybille recule. Elle a sûrement mal vu.

– Je vous conseille de ne pas ouvrir cette fenêtre, menace une voix coupante.

Sans avoir vu qui lui parle, la jeune fille s'excuse :

– Oh pardon ! Je n'ai pas fait exprès.

Le profil d'une femme portant des lunettes cerclées de fer et un chignon serré sur la nuque, un long tablier gris sur une robe vert pomme, parle comme si Sybille était un mur.

– Je suis Frau Bader ! Je veux l'ordre chez moi. Je me demande pourquoi les Russes n'ont pas voulu de tous ces gens de l'Est comme eux, comme vous…

Un mot claque comme une insulte « *Flüchtlinge* » – Réfugiée… Elle apprend que les Allemands d'ici traitent les naufragés comme elle de « Polak » et aussi « Si vous étiez des gens bien, pourquoi auriez-vous donc été chassés de vos maisons ? ». La courtoisie à Freiburg im Breisgau dévale les marches sous les pantoufles de Frau Bader. Sybille vient de passer cinq semaines dans un train fantôme. Elle sait maintenant comment parlent les fantômes.

Jour après jour, elle apprend à raser les murs en allant chercher du bois, participer aux corvées, faire la queue avec les tickets de rationnement pour quelques grammes de graisse et du pain. Elle entend dire que les habitants se serrent dans les logements demeurés plus ou moins habitables, que les réserves de nourriture sont catastrophiques, l'eau et l'électricité deviennent rares puisque les installations ont été détruites par les bombes. Toutes les écoles sont fermées, faute de moyens de base.

Ce qu'elle préfère, c'est accompagner Herr Bader quand il va vendre une bague, une broche, ce qu'il reste à échanger contre un bout de lard dans une ferme des environs. Le printemps est loin d'être là, mais le froid fait moins gercer ses doigts, des bourgeons apparaissent aux tilleuls. Les mêmes arbres parfumés qu'en Silésie. En bas du 7, rue Zeppelin, à Waldenburg, sa ville. Reviendra-t-elle un jour, chez elle ? Elle rêve de la tiédeur de l'été, mais le mois d'avril ne l'annonce pas encore.

Et arrive le 21 avril 1945. « *Die Franzosen… kommen ! Sind da !* » – Les Français arrivent ! Ils sont là ! La nouvelle court partout à travers la ville qui tombe sous leur contrôle dans la soirée. « Enfin, la guerre va s'arrêter » annonce Herr Bader aux réfugiés avides de savoir. À quoi peuvent bien ressembler ces *Franzosen* ? Sybille a étudié le français pendant un an et demi, elle pourrait faire quelques phrases si nécessaire. Elle les imagine, ces *Franzosen*, récitant des poèmes en marchant, la fleur au fusil. Peut-être passeront-ils près de la maison de Herr Bader, ces gens éduqués, respectueux, ces vainqueurs honorables. Quelle chance d'avoir pu échapper aux monstres de l'Armée rouge !

Le lendemain, Sybille est dans la rue avec Frau Dorer quand là-bas, devant l'école de Turnsee Strasse, un soldat français met en joue deux hommes. Deux soldats allemands plus ou moins transformés en civils. Ils lèvent les mains en l'air. L'un d'eux ne lâche pas une valise. Un choc. Elle pense à son père. Où est-il passé dans tout ce naufrage ? Elles courent. Sybille se retourne. Plus de Frau Dorer. Au coin de la rue Grünwälder, deux soldats portant des casques ronds comme un ballon de football coupé en deux s'approchent d'elle. « Pas des Français, a-t-elle le temps de se dire, avec cette peau sombre ! » Ils parlent fort – elle ne comprend rien –, ils rient très fort en montrant leurs dents, font des gestes dégoûtants avec leurs mains et leurs langues. S'aidant de leurs fusils, ils poursuivent Sybille comme on chasserait une poule. Les deux militaires la poussent devant eux dans le fossé qui a dû être creusé par la guerre. Une puanteur pourrie se dégage de leur souffle, de leurs vêtements, de leurs mains crottées. Ils empestent l'alcool. Un véhicule militaire passe tout à côté, Sybille hurle au secours. La jeep continue de rouler. Un des deux soldats est déjà en train de descendre son treillis, elle se débat, donne un coup de pied, reçoit une gifle qui la met presque K.-O. Sybille sent ses jambes s'écarter comme un compas. Son corps se déchire en deux au-delà de la douleur. Au-dessus de son visage, braguette ouverte, l'autre soldat cherche à ouvrir sa bouche en frottant une chair longue et raide, dans une odeur pestilentielle, sur ses joues. Sybille est incapable de penser, elle est un objet roulé d'un bord à l'autre du fossé, passée d'un soldat à l'autre dans des râles et des secousses diaboliques.

Quand elle parvient à bouger au ralenti, comme un pantin désarticulé, ses jambes sont si douloureuses qu'elle ne sait pas dans quelle position s'accroupir pour tenter de se lever. Elle s'écroule. Entre ses jambes, une brûlure coule, une sorte de jus chaud et collant qui dégouline le long de ses cuisses. Ses mains se joignent sur son ventre labouré par des lames de rasoir. Sybille est secouée par des flots de larmes ; elle pleure de douleur, de honte, de dégoût d'elle-même. Au troisième essai, elle parvient enfin à se lever en s'agrippant au vestige d'un poteau. Elle ramasse ses sous-vêtements éparpillés et se soulève. Une femme et un homme courent dans la rue Grünwälder, tout autour, une marée de casques en forme de ballon coupé circulent à pied, en jeep, tandis que des coups de feu éclatent. On entend un haut-parleur hurler que tous doivent respecter les ordres des soldats sous peine d'être exécutés. Sybille a besoin de trouver un peu d'eau. Se laver. Se nettoyer. Effacer les traces de quelque chose dont elle n'ose même pas prononcer le mot tant elle a horreur de son corps, horreur d'elle-même, horreur d'être encore vivante.

Quand elle arrive dans la maison des Bader, elle saisit une petite cuvette en émail bleu avec des roses peintes au fond. Il manque un gant, elle fera sans. L'eau est dans le baquet, elle en prend un peu, pour l'économiser. Par chance, personne ne se montre. Il lui faut encore trouver la force de s'accrocher à la balustrade et monter l'escalier. Elle doit s'arrêter à plusieurs reprises. La blessure entre ses jambes est brûlante comme une déchirure à vif. Elle s'allonge dans l'appentis et n'ouvre pas la fenêtre.

Au dîner – soupe de pommes de terre-rutabagas – et surtout un mets exquis qui a déserté les tables allemandes depuis un certain temps, un trésor caché dans un bol. L'espoir.

– Les Français vont recevoir du Commandement allié une zone d'occupation qui va de Stuttgart jusqu'à la Suisse en passant par l'Alsace, raconte Herr Bader. Ils sont à Freiburg pour mettre de l'ordre.

– Alléluia, exulte Gisela Bader.

Cette femme d'ordinaire si réservée se souvient soudain avoir beaucoup aimé les écrivains français.

– Nous sommes vaincus, mais ce sont des gens civilisés, les Français ! veut se rassurer le professeur de droit. Il pense proposer son bagage juridique pour accompagner l'administration d'occupation. Après tout, l'œuvre de Vauban, le bâtisseur de Louis XIV venu construire une citadelle toujours existante à Freiburg, pourrait être confortée sans déshonneur...

– Les Français sont nos amis, ose prédire Gisela Bader en replaçant une épingle dans son chignon pourtant parfait.

Frau Dorer et Sybille se recroquevillent sur leurs chaises comme des momies séchées. Leurs visages sont couleur de cire, leurs yeux absents regardent en direction de l'enfer. Elles préféreraient s'enfoncer un couteau dans la gorge plutôt que se confier. Jamais. Quitte à mentir à tout le monde, partout, tout le temps qui reste. Pas seulement parce qu'elles ne le veulent pas, parce qu'elles ne le pourront jamais. Et parce que personne ne les croira. Que vaut leur parole de vaincues face aux vainqueurs qui raconteront l'Histoire ?

Elles ne le savent pas encore, mais Freiburg est ville ouverte pendant plusieurs jours. Comme Stuttgart, Freudenstadt, Baden-Baden, Rastatt, Karlsruhe, toutes les villes de la zone bleu-blanc-rouge sous commandement d'officiers parmi les plus prestigieux et respectés de la République française.

Personne n'a dit à Sybille Rossbauer, quinze ans, réfugiée de guerre, personne n'a dit à Helena Dorer, quarante-quatre ans, réfugiée de guerre, que ce pays civilisé – la France – ferme les yeux quand ses soldats prennent des femmes, des jeunes filles, des grands-mères en guise de récompense pour se venger d'Hitler. Personne ne leur a dit que ceux qui parlent et agissent au nom du peuple français ne découragent pas ces soldats qui portent l'uniforme tricolore de violer tant qu'ils en auront envie. Massivement.

Des femmes n'ont pas peur d'aller porter plainte. C'est ce que raconte ce soir Gisela Bader en servant sa soupe de pommes de terre. Elle ne vise personne autour de la table, mais elle a appris qu'il est plus prudent, quand on est une femme, de sortir en se déguisant en vieille personne. Il est plus sûr d'arriver saine et sauve si on marche courbée habillée en haillons et le visage enduit de noir de fumée. Ne pas traîner dehors… est vivement recommandé.

Si ces précautions avaient suffi, Sybille ne se serait pas retrouvée entre les griffes de prédateurs, une seconde fois. Un soir, des soldats foncent chez les Bader, après avoir donné des coups de brodequin dans les portes chez des voisins. Fusils pointés sur Herr Bader, trois uniformes puants exigent de savoir où sont les « Frau ». Les femmes. Et comme les deux petits enfants d'Helena Dorer se mettent à hurler à la mort, que le logeur n'a pas envie d'avoir survécu aux bombardements pour prendre une balle dans le ventre, là, maintenant, les trois militaires devant lui apprennent, sans trop insister, où se cachent Frau Dorer et Sybille. Derrière une cloison que Paul Bader a pourtant clouée par précaution.

Le lendemain, le professeur de droit, faisant mine de ne pas voir les deux victimes, s'adresse à sa femme :

– Ces basanés qui sont venus hier, ce sont des Africains et des Arabes.

– J'ai vu, mais l'un d'eux, j'en suis sûre, portait un écusson français sur son uniforme, répond sa femme.

– Oui, ils font partie des troupes coloniales. Tout le monde se plaint des « *Marokaner* », mais en fait, c'est un mélange de population des colonies françaises.

Le professeur Bader souligne un point qui lui paraît important. Ces soldats sont des musulmans, leur religion leur interdit l'alcool, or ils ont pillé des stocks de schnaps et de vin. Ils se sont saoulés sans en mesurer les conséquences. Violence, agressivité, excitation sexuelle, désinhibition. Eux-mêmes doivent souvent être considérés de rang inférieur par les Blancs, et soudain ils deviennent des maîtres, alors ils se vengent.

Gisela Bader hoche la tête.

– Ça explique peut-être, mais ça n'excuse surtout pas. Ce sont des criminels.

Fin mai, Sybille constate que ses règles ont du retard. Elle ne dit rien à personne. En juin, elle fait comme si de rien n'était. Mais Gisela Bader veille. Ne voyant pas de serviettes rectangulaires – quinze centimètres sur cinq – sécher sur le fil, Frau Bader l'interroge en épluchant les pommes de terre pour la soupe. Sybille observe une pomme de terre sous tous les angles possibles. Elle tire lentement la chaise derrière elle et dit :

– *Danke*, Frau Bader.

Elle grimpe l'escalier vers l'appentis, place le tabouret devant la fenêtre. Gisela Bader sait que des femmes violées se sont suicidées dans le voisinage, la voilà qui escalade la volée de marches, elle parvient à rattraper la jeune fille par une épaule en fermant la fenêtre.

– Il y a un problème, nous allons le résoudre, Sybille, dit-elle, une main ferme sur le bras de l'adolescente. Tu ne vas quand même pas faire la crucifiée ?

Gisela s'assied à ses côtés sur le petit lit, elle cherche à savoir si des témoins ont assisté à son viol. Sybille baisse la tête. Elle a honte. Ses larmes coulent. Gisela Bader sait bien que porter plainte est hasardeux. Quel officier de quelle armée d'occupation prendrait le parti de civiles allemandes dans une affaire qui n'intéresse personne ? Les médecins, les policiers, les éventuels enquêteurs sont tous des hommes. Violer dans la rue une fille de quinze ans ou une femme de soixante-quinze ans, est-ce si grave ? Plus grave que le sexe sous contrainte dans le lit conjugal ? Consentement ? Quel consentement ? Ces questions ne franchissent pas les oreilles de Sybille.

Elle pense au carnaval à Waldenburg, en février, quand les masques de sorcières font peur aux petits enfants et rire les grands avant l'arrivée du printemps. La logeuse lui demande :

– Sais-tu vraiment ce que nous subissons ici depuis si longtemps ? Le viol de notre peuple, le viol de la culture allemande par des incultes, nous le vivons chaque jour depuis 1933. Et nous sommes devenus des criminels. Parce que nous avons été complices des criminels par notre silence. Notre faute ! Elle est émue, c'est la première fois que Frau Bader se laisse aller à une telle émotion visible.

Elle prend Sybille par les épaules et plante ses yeux tristes, mais résolus dans son regard de désespoir :

– Je sais que tu es seule. J'ai appris ce qui s'est passé pour ta mère et ta grand-mère. Je vais t'aider. Tu feras le reste. Compris ?

Elle ne répond pas. Elle ne veut pas, ne peut pas comprendre. Comment imaginer porter un enfant imposé dans une telle violence ? Elle a tellement mal à son être qu'elle ne peut pas réfléchir à demain, à ce qui se passera dans quelques mois, à visualiser la vie qui l'attend. Son avenir s'est arrêté brutalement dans un caniveau avec des soldats braguettes ouvertes au-dessus d'elle. Sa robe déchirée et son corps en miettes, voilà ce qu'il reste de ce jour-là. En écoutant Frau Bader, Sybille aperçoit les mille-feuilles des toits effondrés qui grimacent par la fenêtre, tous ces édifices du Moyen Âge qui reflétaient l'art, le savoir, la relation à l'Autre, aplatis par les vagues de bombardements. Elle leur ressemble, la même dévastation.

Sylvia avale sa salive avec difficulté, elle ferme le cahier à carreaux. Oskar a dévissé. Le récit qu'il vient d'entendre est trop violent pour imaginer le viol de sa mère à quinze ans. Il a l'effrayante sensation de descendre, pieds et poings liés, au fond d'un tombeau. Sybille a été violée. Des mots effrayants. Inimaginables dans ce musée de Freiburg. Pourquoi sa sœur, qu'il rencontre pour la première fois, éprouve-t-elle la nécessité de raconter ces horreurs ? Est-elle sadique ? Est-ce vraiment utile de raconter ces scènes d'horreur ? Pourquoi ne pas laisser Sybille tranquille ? Porter son deuil est déjà si éprouvant. Oskar ne comprend pas ce qui pousse sa sœur à salir sa famille. Ils peuvent être frère et sœur sans ressusciter les jours qui ont massacré la jeunesse d'une jeune fille orpheline, une réfugiée qui se croyait protégée de la bestialité des hommes alors que la France venait délivrer l'Allemagne des monstruosités du nazisme. Peu à peu, une peur viscérale envahit Oskar. Serait-il l'enfant du viol ? Il passe ses mains sur son visage, ses cheveux, des gestes sans réfléchir comme pour enlever la boue qui dégouline. La boue qui est dans sa tête.

Il pousse sa tasse de café devenu froid. Un mystère insaisissable transparaît du récit de Sylvia. Comment se fait-il qu'il ait fallu quarante-cinq ans pour découvrir ce qu'a subi sa mère et pourquoi a-t-elle choisi de remettre la clef de ses secrets à cette sœur cachée ? Il sent un trou se creuser dans son estomac, immense comme le mystère qui entoure l'arrivée de Sylvia dans sa vie.

– Bon, qu'est-ce que je dois encore savoir ? demande-t-il à Sylvia en se penchant sur la table pour être sûr qu'elle va tout dire. D'un coup.

Sylvia n'a pas peur de provoquer un choc. Sa réponse est directe. Comme un coup de poing.

– Ce que tu dois savoir ? Mais il reste le principal ! Elle se redresse sur sa chaise. « Madlen m'a dit qu'il fallait tout te raconter. Tout ! Elle a dit que tu cherchais la vérité. » Elle se mord un index et les lèvres. « Tu ne sais pas encore l'essentiel de notre roman, Oskar ! »

Il la regarde incrédule, cloué sur sa chaise, à la merci de cette sœur sans tact et sans pitié. Elle a la bouche de Marilyn Monroe, mais les yeux de Caligula, pense Oskar. Il prend appui sur la table :

– Sylvia, maman a été violée, et ce ne serait pas le principal ? Mais c'est monstrueux ! Tu es folle !

Elle hoche la tête :

– Oui, c'est monstrueux. La suite aussi est monstrueuse, tu vas voir. Je ne suis pas folle, Oskar, même si j'aurais pu le devenir, et toi aussi…

Les bras lâchés le long du corps, Oskar l'écoute, bouche bée. Il lâche prise. Tout ce qu'il entend dépasse son imagination. Sylvia saisit son sac. Ses doigts fouillent dans une trousse plate parmi des documents. Ses yeux parlent pour elle : « Tu vas pouvoir juger par toi-même ! »

– 15 –

Fuir sa destinée

« Un enfant d'un viol ! Axel, le premier, est donc né ainsi… Et nous autres… C'est tout ce que je suis, moi aussi, une enfant née de la violence. Voilà, la vérité ! Maman a été violée. Je le savais… » Momine s'accroche aux arbustes pour ne pas perdre l'équilibre. Elle comprend mieux le regard de sa mère le jour de son départ, lors de la visite de Chirac. Le dégoût n'a cessé de l'habiter toute sa vie. Sa haine pour son violeur l'a empêché de vivre. Comment aimer des enfants nés de viols répétés ? Ce sont ces viols qui faisaient soudain hurler sa mère dans la petite maison en bardeaux quand son père arrivait à l'heure de la sieste ? Momine entend encore les cris abominables, un jour, c'était un début d'après-midi. Inscrits dans sa tête pour le reste de sa vie. Pour Amélie, je suis le visage du crime. J'incarne son malheur, se dit sa fille. La détresse l'envahit des pieds à la tête, elle se déchaîne en hurlant :

« Mukesh Bajaj, criminel, salaud ! » Elle se laisse aller, ses genoux heurtent le sol. Quand les larmes ont fini de couler, quand la sensation d'être vidée d'une insoutenable saleté s'annonce, elle marche lentement au bord de la ravine, remonte vers le jardin arboré en essayant de rassembler ses idées. Après son récit, Ursule a bien dit tout à l'heure « Ce n'est que le début » ? Rien ne peut être pire que ce que j'ai entendu, veut-elle croire. Aller au bout. Tout entendre. Mettre le passé à plat pour pouvoir vivre. Après le choc, le sursaut : je préfère souffrir une fois complètement que de mourir à petit feu. Elle monte lentement les marches de la varangue où Ursule s'est assoupie sous sa capeline. La sœur aînée d'Amélie Rivière de Kerveguen ouvre doucement les yeux, découvre Momine assise à ses côtés, et murmure :

– C'est toi qui as demandé à savoir… Ça te fait mal ? Moi aussi. Ça fait bientôt cinquante ans que j'ai honte.

– Je peux écouter la suite, répond Momine qui essaie d'être une autre. Une doublure capable d'encaisser les chocs, comme dans les cascades. Une autre qui accepterait les révélations sans hurler de douleur. Ainsi je pourrai repartir. Je saurai pourquoi…

Elle n'a pas besoin d'insister. Ursule lève déjà les mains comme pour dire « Entendu ! ». Elle se redresse, fait mine d'épousseter son tablier. Ses yeux, ses oreilles fouillent sa mémoire. Elles sont prêtes l'une et l'autre.

– Un matin, Amélie avait disparu…

Momine se fige avec effroi. « Disparu ? » répète-t-elle. Pas un seul autre mot ne sort. Main en bâillon sur la bouche, elle écoute.

– Amélie avait disparu, insiste la tante.

À l'aube, affolée, Ursule la cherche partout, elle l'appelle d'un ton suppliant : « Amélie, tu es où ! Amélie, reviens ! » Les voisines accourent aux arbustes qui servent de clôture. En bas du Grand Chemin, elle tombe sur un indice effrayant. Une robe de nuit chiffonnée sur un tas de roches. « Sa ruse nous a tous surpris et mortifiés, moi surtout. » Elle souligne que la veille de sa disparition, Amélie parlait de la lessive du lendemain et des herbes à sarcler. Elle riait ! Elle riait de tout. De rien. Sa ruse était organisée. Pour s'enfuir sans bruit, elle a dissimulé, sous sa chemise de nuit, sa plus belle robe. La bleue, avec un volant en organdi.

Elle ne l'avait pas choisie au hasard, la robe bleue ! Ursule l'avait accompagnée le jour des essayages chez Jeanine. La modiste avait reculé pour mieux observer son œuvre, elle avait ajusté sa confection avec admiration sur une taille fine comme celle d'une abeille et un buste altier. Épingles entre les dents, d'une voix zozotant, la couturière s'était extasiée : « Belle comme tu es, Amélie, tu vas vite trouver un mari. Un grand mariage, un homme riche, avec une grande habitation ! »

Ursule se tait. Sa gorge enfle, elle va exploser. Les mains devant ses yeux ne suffisent pas à faire barrage. Ursule est en 1945, elle revit les essayages chez Jeanine comme s'ils avaient lieu maintenant. Elle était chargée de protéger sa jeune sœur.

– Amélie était une vraie beauté, dit-elle avec effroi.

Six mois et demi après le rêve en robe bleue, ni mari ni bonnes terres à l'horizon. Mais un cauchemar. Amélie est enceinte. Enceinte sans être mariée. Ce qu'elle était parvenue à cacher, plus ou moins, saute aux yeux chaque jour un peu plus. Elle choisit la fuite. Quand elle a fait son récit à Ursule plus de quarante ans après, elle semblait avoir congelé ses sensations. Tout s'était figé. Elle a dit à Ursule : « Ce matin-là, moi, la fille Kerveguen, j'ai rendez-vous avec ma destinée. Dans mes yeux, les étoiles sont couvertes de boue. »

Ursule s'arrête soudainement. Elle balance la tête en tremblant de tout son corps comme si elle n'arrivait toujours pas à croire ce qu'il s'était passé. Pourvu qu'elle continue, se dit sa nièce en se rongeant un pouce.

– C'est la première fois que je raconte tout ça. C'est dur… avoue-t-elle.

Momine saisit sa main. Elle voudrait lui dire qu'elle la comprend, qu'elle aimerait demander pardon – pardon d'exister – si cela avait du sens. Un verrou bloque ses mots, puis soudain elle se libère et demande tout à trac :

– Mais on sait pourquoi elle a fugué ? Elle n'aurait pas pu garder son enfant dans votre famille ? Vous étiez déjà si nombreux !

– Non ! Impossible. Inimaginable dans nos familles à l'époque. Et puis, elle savait à quoi s'attendre après les deux corrections terribles qu'elle avait reçues. Elle a dû avoir peur de mourir sous les coups.

Ursule parle de plus en plus lentement, ses doigts lissent un fil de son tablier. Parler de ces jours de jeunesse la plonge dans un dégoût affreux. Ses lèvres se tordent.

– La première punition, se rappelle-t-elle, eut lieu après sa nuit avec ce salopard – pardon du gros mot –, ce Mukesh je ne sais pas comment. Après l'avoir violée chez lui, le criminel a déposé sa proie en bas du Grand Chemin. Elle s'est accrochée aux pierres pour monter jusqu'à la varangue, le jour n'était pas encore levé. Au moment où elle espérait trouver un peu d'eau pour se laver, une masse énorme bondit sur son dos. Gilles a commencé son abominable besogne.

Un coup de pied violent frappe ses chevilles, une main robuste, terminée par des ongles plus tranchants que des sécateurs, la saisit par le cou. Amélie est un rat tétanisé que son frère martyrise à coup de mots et de coups lourds comme un marteau, en riant aux éclats.

– Saleté ! Alors, on prend sa famille pour des imbéciles ? ulule l'attaquant acharné. Le garçon costaud comme un taureau n'arrête pas de la gifler en tirant sur ses longs cheveux blonds.

– Arrête, arrête… Je vais mourir, supplie sa sœur.

Il n'a pas fini.

– Tu n'recommenceras plus, hein ? La prochaine fois, garce, je t'étrangle ! Il hurle en grimaçant dans la jouissance des coups qu'il porte. « On sait que tu pars la nuit ! Tu fais quoi, la nuit ? Tu es une putain, Amélie ! Une sale putain ! »

Gilles, le second de la fratrie, s'acquitte consciencieusement d'une mission commandée parce que « papa a horreur de te toucher ».

Quand Amélie réussit à se remettre debout, des jours après, elle va se regarder furtivement dans le miroir du salon. « Mon Dieu ! » C'est tout ce qu'elle dit. L'effroi tarit ses larmes.

Ursule continue. La seconde punition a eu lieu l'avant-veille de sa fuite. Au retour des champs, de sa voix de scie, Jean-Michel Rivière fait venir sa fille. Assis sur sa chaise à bascule, il parle comme un juge inflexible devant un condamné à mort. Il menace comme le « Gros Blanc » qui lui impose un prix sur les récoltes de ses maigres terres.

– Traînée, tu as volé l'chemin !

Voler l'chemin, une expression venue du temps des esclaves pour dire « fuir vers la liberté volée ». Il ne termine pas sa phrase, regarde sa fille de haut en bas, se lève lentement, lèvres serrées. Le père saisit son chabouc accroché au clou de la varangue, il prend tranquillement le temps de rejeter son chapeau sur un côté de la tête comme avant un combat. Le fouet entouré de cuir claque sur le corps, le ventre, surtout le ventre et les fesses de sa fille. Il tape en crachant son dégoût :

– On veut pas de bâtard ici, saleté ! Le péché qui nous salira jusqu'à la fin de nos jours est passé sur toi. Il dit « passé sur toi » comme s'il décrivait un tracteur chargé de honte qui a roulé sur sa fille.

Momine se bat pour ne pas se laisser submerger par une vague d'émotions d'une puissance inouïe. Elle tente de dévier le récit, espérant retrouver un peu de distance pour affronter la vérité.

– Vous étiez neuf enfants. Des orphelins… demande-t-elle, espérant reprendre son souffle.

Elle apprend que sa filiation bretonne fait la fierté de Jean-Michel Rivière. À l'égal de ses voisins, il est loin de rouler sur l'or, il signe son nom au prix d'une concentration totale de son intellect – écrire les lettres de l'alphabet n'est pas si facile – et parvient tout juste à nourrir sa nombreuse famille. Pourtant, il cultive ce petit quelque chose qui marque sa supériorité. Ce signe distinctif se fonde sur son patrimoine le plus précieux : sa peau. Blanche. Une teinte fragile qu'il protège du matin au soir. Sous son toit, chapeau, capeline et ombrelle font partie de l'équipement essentiel. Le soleil des tropiques n'est pas un ami. Une simple tache sur une joue et la suspicion serait sur toutes les lèvres. Y aurait-il eu une faute quelque part dans la famille… ?

Ici, Ursule s'arrête et dit :

– Momine, ce passé explique, comment dit-on maintenant, le traumatisme. Oui, le traumatisme terrible que ma sœur Amélie nous a tous fait subir. Et la honte, la honte…

Ursule devient rouge d'émotions qui la font presque vaciller. Momine voudrait la calmer.

– Écoute, je comprends…

Elle l'interrompt :

– Gilles s'est montré violent, c'est vrai, mais il voulait que ma sœur comprenne…

La tante déploie un petit carré de tissu brodé blanc coincé sous son corsage, essuie son visage. À Bois Court, dans ce temps-là, explique-t-elle, on sait comment traiter les filles qui ne marchent pas droit. On a le sens de l'honneur ; quand « elles ne comprennent pas », on fait le nécessaire. Les frères, comme Gilles, ont une préférence. Ils saisissent les cheveux, surtout s'ils sont longs parce que forcément, les cheveux longs, ça sert à quoi, si ce n'est à séduire les hommes ? Les pères, eux, misent plutôt sur la dissuasion à coups de chabouc – ces longs fouets qui martyrisent le corps et l'âme.

« Oté, y faut ! » « Hé, toi, il le faut bien ! », c'est ce que répondent tranquillement pères et frères après leur terrible besogne. Ils répondent aux victimes, aux témoins, mais pas aux gendarmes. Les gendarmes habillés en short kaki, chaussettes aux mollets, grimpent en jeep jusqu'ici si quelqu'un vole une poule. Ils marchent, mains aux hanches comme des majorettes, avec leurs épaulettes dorées marquées RF, la tête droite pour ne pas faire tomber leurs képis larges comme des soucoupes volantes. Une escouade de gendarmes se déplace sous escorte de la République française pour une poule volée, une querelle de bornage, éventuellement si un prisonnier s'est échappé, mais certainement pas si une Amélie, une Gisèle, une Marie-Claire ne peut plus tenir debout, pendant des jours, à cause de coups et blessures. Ils répondraient : « Mais quoi ? Ça ne regarde pas la loi ! » Il s'agit d'éducation. Et d'autorité. Des questions d'ordre privé.

– J'ai fait mon devoir. Pour le bien de notre famille ! s'est justifié Gilles. Punir est nécessaire.

La peur d'être battue, humiliée et, s'il le faut, la crainte de mourir, l'arme absolue pour que les filles restent vierges jusqu'à ce qu'un arrangement se conclue, de préférence, aux alentours de leurs dix-huit ans… Pas seulement vierges ! Pures, intouchables, sérieuses. Pour être respectées.

– Les traînées, on les pend dans la ravine, a averti le frère, comme on pend les chiennes quand elles font trop de portées.

Cinquante ans après, la plus vieille des Rivière de Kerveguen n'a pas avalé son amertume.

– J'ai payé pour tout ça. Papa et Gilles m'ont accusée de complicité, se rappelle amèrement Ursule. L'horreur revient dans ses yeux, dans sa voix, l'horreur n'est jamais partie. Les coups, les insultes, l'enfermement jusqu'à mon mariage… Pendant des années, j'ai servi de souffre-douleur. J'étais l'aînée qui avait trahi.

Elle avale une gorgée de son divin jus de grenadilles sauvages, se lèche les lèvres et dit en hochant la tête :

– Eh ! Oui ! J'ai reçu moins de bonnes terres que Gilles…

Silence de mort.

– Et pour Amélie, ce fut encore pire, reconnaît-elle. Elle raconte que son père et son frère se sont arrangés avec un garde champêtre. Le représentant de la loi a témoigné contre Amélie dans une banale dispute de voisinage, des années après sa fuite. Elle a perdu un procès en diffamation, ses terres ont été saisies.

– Elle était la plus pauvre d'entre nous, elle n'a pas reçu une seule gaulette[7] de terre. Pas une. Pardon Momine, mais on parlait comme ça, il ne fallait pas que ses bâtards soient dans notre héritage.

Sa nièce est immobile. Que répondre à la sœur de sa mère ? Que la société d'aujourd'hui n'a pas le même compas moral ? Un soupir dit sa gratitude à tous ceux qui se sont battus pour les droits civiques et l'égalité. Elle ne court pas le risque de décourager sa tante de témoigner. Écouter est la raison de son voyage. Elle n'est pas sous la varangue d'Ursule pour la mettre en accusation, mais pour comprendre ce qui s'est passé dans cette famille.

7.. Unité de mesure agraire qui fut couramment utilisée par les habitants de l'île de La Réunion jusqu'à la fin du XIXe siècle.

Elle apprend que la violence a escorté Amélie dès les premiers temps de sa jeunesse. Bien avant l'affaire de la fugue nocturne au bras de son prince, les hommes du clan Rivière de Kerveguen s'inquiètent ouvertement de voir Amélie sans perspective de tenir son propre foyer. Ils avalent un rhum après l'autre en secouant la tête comme s'ils parlaient d'une vache qui ne vêlerait pas cette année.

– Elle, il faut la marier au plus vite. Aucune demande en mariage, aucun candidat à l'horizon des champs de géranium, constate un oncle.

Jusqu'au jour où son père se montre sans aucune illusion.

– Ses chances d'avoir un bon parti ont été ruinées pour l'éternité du côté de Bois Court.

Le sacrement du mariage ? Jean-Michel Rivière se cite en exemple. Lui qui a fui le péché en ne marinant pas dans le veuvage. Quelques semaines après la mort de sa jeune femme, le voisinage jasait dans les champs de pommes de terre : il cherchait déjà une remplaçante. Monsieur Rivière n'a pas jugé utile d'aller au-delà des douze mois réglementaires du rituel catholique. Pas un jour de deuil supplémentaire. Un an exactement après avoir laissé le cercueil de sa femme six pieds sous terre – Léopoldine n'avait pas trente ans quand elle est morte en couches –, il passe un anneau au doigt d'une vieille fille sans inviter un seul de ses enfants au mariage, ni à la mairie, ni à l'église, ni aux agapes. La bande a entendu parler du banquet comme d'un événement sur la Lune. Le matin du grand jour, Amélie a détesté « le Jean-Michel » s'observer dans la glace en train d'accrocher son nœud papillon de travers sous un sourire béat.

Dès le soir des noces, les enfants voient s'installer une femme hautaine, jamais aperçue dans les parages. Rosina Turpin se comporte aussitôt en maîtresse de maison. Amélie remarque qu'elle est constamment fardée d'un rouge couleur encaustique bavant sur deux longues dents qui lui donnent un air de rongeur. En l'observant de près, elle la trouve non seulement laide et méchante, mais comique. « La Turpin » est décorée de poils noirs aux commissures des lèvres, et quelques autres accrochés à son menton pointu.

– Regarde, une musaraigne ! Comme celles que Gilles attrape avec la tapette ! chuchote la grande sœur en direction de deux petites qui courent dans l'allée de giroflées, éclatant de rire en répétant à tue-tête : « Une musaraigne, une musaraigne ! »

La nouvelle conquête dans le lit de l'épouse défunte se retrouve ainsi du jour au lendemain à la tête d'une maisonnée de neuf enfants. Elle n'en a jamais eu un seul. Derrière les clôtures et les portes, voisins et connaissances observent et soupirent. « Pauvre Léopoldine ! Les fleurs ont eu à peine le temps de pousser sur sa tombe, et la voilà remplacée ! »

La musaraigne choisit ses moments pour décocher ses flèches empoisonnées. En allant étendre la lessive, elle sait soigner son effet devant un public qui ira tout colporter autour de Bois Court et jusqu'à l'îlet de Grand Bassin. À voix haute, afin que les voisines l'entendent bien, elle assure son jeu de questions-réponses tout en secouant frénétiquement le linge : « Amélie ? Amélie, il lui manque la queue pour être un chien ! »

En entendant ces mots, Momine a un haut-le-cœur. Exactement l'injure que m'a crachée Amélie au visage après ce qui s'est passé dans la Maison Lambert. J'avais six ans. Tout ce venin venait donc de la violence qu'elle avait subie elle-même ?

La Turpin possède tout un florilège dont elle fait usage avec une méchanceté affûtée.

– Ah ! Quel brise-fer, cette Amélie ! Elle casse tout ! Elle déchire tout ! Mais qui donc voudra d'elle ? La belle-mère ponctue son théâtre en plein air d'un petit rire sarcastique.

De l'autre côté de la cour des Rivière, Mme Cerveau tend son cou comme une oie pour ne pas perdre une miette, surtout quand Amélie riposte :

– Ma maman était très belle et douce, elle veille sur moi ! À voix basse, elle ne manque pas d'ajouter un compliment supplémentaire : « Vieille peau, fous le camp ! »

Un jour, l'une des petites sœurs répète très fort en s'accrochant à la clôture, sous les oreilles de Mme Cerveau :

– Vieille peau, c'est quoi, Amélie ? Fous le camp, ça veut dire qu'elle va partir, la dame de papa ?

Ursule et Momine rient de bon cœur en imaginant la scène.

– Bon, je continue ? demande Ursule, sûre de la réponse de sa nièce. Le début n'est pas vraiment romantique. La suite est encore pire, prévient Ursule en fixant Momine. Tu vas voir que tu n'aurais jamais dû naître.

Momine regarde ses pieds. Après ce qu'elle a entendu aujourd'hui, elle peut tout supporter. Mais elle ne peut dissimuler son désarroi. Ursule se penche vers elle :

– Amélie est allée au Grand Bassin. Et là, il s'est passé quelque chose d'incroyable… Sinon…

Momine ne sait pas ce que veut dire le léger tremblement des mains de sa tante. Elle sursaute presque en l'entendant frapper un coin de la table avec déception.

– Sinon, ma fille, tout aurait été différent chez les Rivière de Kerveguen.

– 16 –

Grand Bassin

La brise qui souffle vers quatre heures du matin est encore douce et parfumée avant les chaleurs de la journée. Millimètre après millimètre, Amélie soulève le loquet, un grelet[8] chante dans la terre. Prévenance heureuse, s'encourage-t-elle. La douceur du ciel descend éclairer l'aube. Un pied en dehors de la maison, l'autre en suspens au-dessus du pas de la porte. On n'est jamais trop prudent sous ce toit de bardeaux. Une chauve-souris passe dans un bruit d'ailes froissées, la fuyarde recule en levant les yeux. Sous une voûte illuminée de milliers d'étoiles brillantes comme des diamants, elle murmure : « Croix du Sud et ta constellation, aide-moi ! » Sa mère lui a appris à lire le ciel. La nuit, sur les étoiles, le jour, en mesurant du regard les ombres au sol marquées par le soleil, comme Christophe Colomb. « Il sera bientôt quatre heures » calcule Amélie à voix haute, seule dans la beauté infinie au-dessus de son chemin.

Absorbée dans ses pensées, elle ne voit pas la clarté succéder à la nuit. Le soleil ne tardera pas à darder ses premiers rayons.

---

8. Un grillon, en créole réunionnais.

Saint-Louis surgit par une trouée spectaculaire, serti d'un liseré bleu, dans le monde « des Bas », au bord de la mer. Elle n'y a jamais été. Son monde des Hauts s'accroche ici, à une dizaine de kilomètres à vol d'oiseau, au flanc de la Plaine des Cafres. Un étroit sentier dévalant brusquement le long d'une pente vertigineuse.

Un tec-tec[9] l'observe, en balançant sur une frêle branche de benjoin sa minuscule tête beige soyeuse aux grands yeux noirs qui roulent comme des billes. L'oiseau connu pour escorter les randonneurs vient lui faire ses adieux, pense Amélie. Elle lui sourit en se collant à l'énorme dos du rempart de Grand Bassin. L'alizé frôle sa peau en éraflant le silence.

Soudain, le vent apporte des voix, puis des éclats de rire, un brouhaha insolent dans ce monde du silence. Des pas crissent sur les débris volcaniques. « Qui, si… tôt ? » Trois gaillards dévalent la pente et se bousculent derrière elle, qui parvient à s'agripper à un arbuste à flanc de rochers pour se coller à la végétation, les bras en croix. Surpris eux aussi de voir une fille seule au lever du jour sur ce sentier, ils empoignent des branchages, s'accrochent pour leur survie.

L'instant de frayeur passé, l'un des randonneurs tend déjà une main rapace vers la jeune femme en riant fort pour camoufler son insolence. Il arrondit ses doigts prêts à saisir Amélie par la poitrine. Ses yeux dévorent son festin improvisé en exultant : « Oh, c'est beau ça ! Tu vas où de si bonne heure, ma p'tite gâtée ? »

– Arrête Jacques ! Tu la connais… c'est la sœur de Gilles ! Tu touches pas ! ordonne son camarade en haussant le ton.

Le prédateur s'étonne.

9. Le tarier de La Réunion, appelé tec-tec à cause de son appel formé de notes répétées courtes et sèches, est un oiseau forestier.

– Hé ! Jean-Paul, qu'est-ce qu'elle cherche, là, toute seule… à cette heure-ci ? Elle cherche ça !

Le maigrichon vulgaire tâte sa braguette en riant salement dans le paysage grandiose.

– Il peut tout ! C'est le fils Lallemand ! dit le troisième du groupe surmontant sa peur d'un si puissant compagnon.

Il a en effet tous les droits, ce fils de bonne famille. À Bois Court, tout le monde tremble quand passent les garçons comme lui. Son père dirige l'activité des huiles essentielles de géranium rosat estampillé Bourbon. Le roi du fixateur de parfum prestigieux qui fait la fierté des créoles des Hauts, c'est Auguste Lallemand. Il se contente de collecter les productions des innombrables alambics de misère et annonce le prix, son prix… que les producteurs n'ont pas le droit de discuter. Amélie le fixe d'un dédain rancunier. Elle sait qu'un cultivateur comme Jean-Michel Rivière, son père, n'a pas envie de s'assurer des ennuis en ouvrant son bec comme il dit. Même si devant son assiette de maïs parsemé de miettes de morue séchée, il proteste contre les prix injustes qui ruinent un petit planteur. Les « petits » ont trouvé un nom de famille pour les « gros » comme Lallemand. « Accapareurs. » En voyant le regard de rapace du fils, elle sent le goût du mépris monter dans sa bouche. Son père qui l'a tant frappée est si docile face à la puissance des Lallemand. Il va même voter pour lui comme député à Paris, c'est ainsi qu'ils perpétuent leur pouvoir, de père en fils, ces Lallemand, ces Isautier, et la liste est longue des familles dirigeantes. Accrochée d'une main face au précipice, à voir de près un héritier si minable, elle n'a plus peur. Si seulement elle avait la force de le gifler, cette grosse ordure de fils héritier d'esclavagistes… Dans une autre vie, après le Grand Bassin, elle sera un homme. Elle se battra. Elle ne sera plus une proie.

Amélie époussète une tache invisible sur sa robe bleue en organdi et les regarde s'éloigner. Les trois créoles costauds dévalent la pente de leurs pas pressés, bertelle[10] au dos, d'où dépassent un sabre et un mât végétal en choca[11] vert. Elle a déjà été à la chasse. Le sabre servira à couper les branches d'épines pour accéder aux trésors qu'ils convoitent. Au bout d'un fil relié au mât, ils accrocheront un tissu et l'enflammeront avec une allumette. La fumée produira un « boucanage » qui fera fuir les guêpes. Les larves seront prises au piège. Les plus beaux nids sont suspendus dans le vide, à flanc de remparts, au bout de branches fragiles. Les larves frites sont un mets de pauvres, l'un les plus délicats des Hauts. Amélie a vu des nids capturés dans des endroits inaccessibles, des nids aussi larges que des bonnets d'enfants. Le souvenir de ces jours heureux lui fait monter des larmes. Elle se retourne. Le village de Bois Court est déjà loin, tout en haut d'un belvédère. Elle sent arriver la fraîcheur de la cascade qui dégringole sur des dizaines de mètres, dans un interminable voile de mariée, en faisant tourbillonner la surface du Grand Bassin. Autrefois, en parvenant ici, elle et sa cousine Adèle fredonnaient les chansons que leurs aïeules – certaines étaient des filles de La Rochelle – avaient transportées par-delà les flots. « Sur le pont du Nord », « À la claire fontaine »... Ce matin, elle se souvient du « cœur à pleurer... ».

C'est ici... se dit Amélie en s'avançant. L'effroi mêlé à l'extase s'empare d'elle à la vue d'un cortège de libellules bleues qui grésillent à la surface de l'eau. Assise sur une pierre plate polie par la pluie et le vent, elle ferme les yeux. L'heure approche. Pourtant, elle ne parvient pas à prier. Ici, il y a une

---

10. Sac à dos souple tressé en feuilles de vacoa.
11. Le choca vert est une plante de la famille des *Agavaceae*.

semaine, un chasseur a retrouvé une capeline et des souliers en choca. Adèle les avait soigneusement rangés sur une pierre. Puis elle a plongé. Elle avait dix-sept ans. La cousine d'Amélie ne savait pas nager. Et comme elle ne savait pas écrire non plus, elle n'a laissé aucun mot d'adieu.

La dernière fois qu'elles se sont parlé, elles ont conclu leur pacte secret en regardant la mer comme on fixe un ennemi à distance. Plus tard, Mme Cerveau a raconté qu'elle avait vu les deux cousines rire, puis pleurer ensemble. La voisine avait juré une chose étrange. Elle avait entendu – derrière la clôture en étendant son linge – les deux filles qui maudissaient « des princes criminels ». Ces types étaient « moun'derrier soleil » assurait la voisine, des étrangers arrivés de très loin, derrière le soleil.

Amélie imagine des atomes d'Adèle mélangés à l'eau où se désaltèrent les libellules. Comme Adèle, elle aussi flottera sur le Grand Bassin. Comme Adèle, Amélie a choisi de ne pas faire naître l'enfant qu'elle porte. Il se noiera avec elle. Elle serre les dents. « C'est l'heure ! » murmure-t-elle. Elle ôte sa capeline et la pose sur une touffe d'arômes blancs, mais sa main tremble, quand une détonation démoniaque déchire l'air limpide. L'écho se propage comme un orgue déchaîné sur les remparts, l'eau du Grand Bassin s'agite, zébrée sous un influx électrique mystérieux. Le bassin perd ses couleurs, les libellules dansent à l'envers, des scories rouges de la falaise volent en éclats dans un rideau furieux. Tremblante, les tympans en souffrance, Amélie effleure son ventre. Sa belle robe n'est plus bleue, mais constellée de taches rouges qui s'étendent. Ses doigts incrédules remontent vers les manches. Du sang. Du sang partout.

Un oiseau aux longues plumes blanches et noires, les ailes repliées, gît sur le côté. Un paille-en-queue ! Le symbole d'élégance et de liberté s'est écrasé devant ses pieds. Pour la première fois de sa vie, elle contemple de près l'oiseau symbole de liberté pour les créoles des Hauts. Son fameux bec jaune vomit du sang, son corps tressaille encore sous les plumes palpitantes. Elle détourne le regard, vers le côté d'où est venu le coup de feu. « Au secours ! » hurle Amélie, les ongles enfoncés dans ses joues. Un busard, les yeux grands ouverts se bat contre la mort. Une déchirure sous son cou laisse s'écouler un filet de sang noir. Le paille-en-queue a péri en même temps que le Papangue[12] qui l'attaquait. Un chasseur vient d'unir dans la mort la proie et le prédateur. C'est ce qu'il aurait dû m'arriver. Cette pensée funèbre fuse dans sa tête aussi vive que la mort qui règne tout autour du Grand Bassin. La mort, seule la mort peut offrir une issue tolérable à une vie comme la sienne.

La fille des Rivière de Kerveguen remplit la paume d'une main et frotte le tissu, mais au lieu de se dissoudre, les taches s'élargissent en auréoles de plus en plus rebelles. Un goût très amer monte dans sa bouche, elle se tord dans des vomissements de fiel. Les oiseaux vidés de leur sang à ses pieds sont un signe du destin. Le chant du grelet l'a annoncé à l'aube. Où trouver maintenant la force pour plonger à son tour, qui peut l'aider à respecter le pacte avec sa cousine ?

Pas un hasard si l'oiseau mythique m'a aspergée de son sang, imagine la rescapée. Elle arrache une brindille, murmure « Tu ne tueras pas ». Mais le pacte secret avec Adèle ? Son serment de la rejoindre dès que l'occasion se présenterait… Si seulement sa cousine pouvait remonter, lui sourire, prouver que tout ce remue-ménage n'est qu'une plaisanterie macabre.

12. Rapace nicheur endémique de l'île de La Réunion appelé également Busard de Maillard.

Comme elle aimerait retrouver Adèle et aller danser avec elle au Bal en train ! Toutes les deux, seules, sans hommes à leurs trousses. Juste danser la rumba d'amour avec Tino Rossi et rire, rire, rire de tout.

Amélie sanglote, honteuse. Adèle a fait ce qu'elle a dit. On la prenait pour une fille sans caractère, elle est allée droit au but. « Elle a eu le courage de respecter sa parole » admire son amie en mâchonnant la brindille. Amélie sent ses jambes picoter, elle se redresse. Une Kerveguen ne fuit pas, ne pleure pas, ne cède pas. Puisque le destin en a décidé et puisque la mort ne veut pas d'elle, elle va affronter sa vie parmi les vivants.

– Voilà, Momine, dit Ursule, voilà pourquoi je t'ai dit que tu n'aurais jamais dû naître. Amélie a eu peur de crever, c'est tout ! Elle a manqué de courage !

La vieille Kerveguen n'a aucun mal à retrouver la dureté de ses ancêtres. Elle se tait, débordant de colère et de mépris. Momine est incapable d'articuler un mot après ce récit. En une heure, elle vient d'en apprendre plus qu'en quarante-cinq ans. Ce qu'elle a entendu la conforte dans ses intuitions. Mais il manque des pièces pour appréhender toute la mécanique qui a forgé le comportement d'Amélie à l'égard de ses enfants. Le temps de se désaltérer, sa tante reprend son monologue.

– Amélie n'a pas eu le cran des Kerveguen pour se noyer ! Pardon, Momine, dit Ursule en saisissant un avant-bras de sa nièce, mais, pendant très longtemps, j'ai regretté qu'elle n'ait pas plongé dans le Grand Bassin. Sa disparition aurait été plus digne que de faire une dizaine d'enfants le ventre vide, sans toit, et, disons, sans père. Elle nous aurait épargné la honte, elle a gâché nos vies, en plus de la sienne. Je n'osais même plus aller à la messe sauf à celle de l'Angelus. Pendant des années, je me suis recluse. J'étais devenue la prisonnière de ma sœur. Nous, les Rivière de Kerveguen, étions tous devenus des pestiférés. Ici, à La Réunion, tu le sais, quand on est rejeté, c'est d'un bord à l'autre de l'île. Nous avons bu la honte si longtemps.

Elle scrute les traits de sa nièce comme si elle la transperçait pour la convaincre sans ambiguïté aucune.

– Elle a gâché la vie de tant d'autres… un peu la tienne aussi, non ? Sinon, ma fille, tu ne serais pas là à chercher… je me trompe ?

– Oui, je comprends qu'une fille qui tombait enceinte à ton époque, enceinte sans être mariée… bredouille Momine. Elle doit se battre pour ne pas se sentir anesthésiée. Elle voudrait crier qu'Amélie de Kerveguen est finalement plus noble que tout le clan de faux aristos réunis, tous ces analphabètes, ces va-nu-pieds arc-boutés sur la préservation des pigments de leur peau de rat blanc. Elle laisse son doigt appuyé sur le bouton « contrôle » qui pourrait s'appeler « ruse » aussi. Ruser pour amener cette femme restée butée dans son mutisme haineux des dizaines d'années à s'épancher, même si elle fait vomir. Laisse-la parler. Je ferai le tri ensuite, calcule Momine.

Ursule se lève, emportant le broc de grenadilles vide.

– Je suis très fatiguée, et je l'avoue, je pensais que les choses s'étaient calmées en moi… dit-elle. Elle s'éloigne, on entend : « Je vais finir par la détester à nouveau… »

– Ursule, crie Momine, Ursule, j'aurais préféré, moi aussi que maman se noie. Sa vie a été un enfer. Elle n'en sort pas ! Elle nous entraîne dans le désastre !

Ursule revient sur ses pas, la prend dans ses bras.

– Il ne faut pas pleurer, ma fille. Amélie a lourdement payé. Nous avons tant pleuré, déjà.

Ursule n'a pas fini. Elle révèle d'autres malheurs engendrés par la faute d'une fille de dix-sept ans qui a cru au conte de fées d'un imposteur. Peu après la fuite d'Amélie au Grand Bassin, Paul, un frère plus jeune que ses deux sœurs a avalé une bouteille de Cresyl, le poison habituel des désespérés qui travaillent dans les champs, et a succombé à ses effets après des semaines de souffrances horribles. Jean-Yves Rivière a été sauvé *in extremis*. Il avait déjà la corde au cou quand son fils Gilles a réussi à soulever ses pieds. Il a sombré dans la folie. Amélie n'a jamais rien confié de ces drames en cascade.

Ursule se lève, elle secoue son tablier comme si elle chassait la poussière des jours enfuis et avance à grands pas dans l'allée fleurie. Elle ne pousse pas Momine dehors, mais se montre très pressée de la voir s'en aller. Ses récits ont ressuscité un tel torrent de douleurs et de ressentiments à peine enfouis sous sa peau.

– Si tu veux savoir le reste, adresse-toi à Jocelyne Lauret, celle-là devrait être rongée par le remords. Cette Jocelyne s'est mêlée de ce qui ne la regardait pas. N'oublie pas. Gisèle Emery aussi… Elle a vu Amélie dégringoler en enfer.

Momine ne peut s'empêcher de l'imaginer à l'heure de sa prière ce soir, elle risque de s'étrangler plus que d'habitude encore, tant l'amertume s'est réveillée. Un puissant acide qui n'a pas fini de la ronger. Ursule ferme son barreau à clef. « On ne sait jamais » disent ses yeux devenus très petits et sombres tout à coup.

– 17 –

Dos au mur

« Jocelyne ? Un ange ! » L'hymne porté de barreau en barreau aboutit devant une clôture de fruits de la passion. Institutrice pendant plus de quarante ans, à une époque où signer, écrire une lettre, remplir un formulaire relevait de l'art des savants, Jocelyne avait rendu service à tout le monde. Quand elle apparaît au bout de son jardin en s'essuyant les mains à son tablier, elle n'a pas d'âge sur sa tête d'autrefois, une Yab des hauteurs de l'île qui plisse les yeux en souriant. « Depuis le temps qu'on m'a dit que la fille d'Amélie… » Une fois de plus, montrer sa bobine à la télé sert de laissez-passer. Momine prend Jocelyne dans ses bras sans autre précaution de politesse. Guidée par l'intuition. Jocelyne a porté secours à Amélie un jour de détresse. Son geste a été détesté, calomnié, dénaturé par le clan Kerveguen. Entendre sa version, malgré le persiflage de la tante Ursule, aidera à mieux comprendre ce qui s'est passé.

À bientôt quatre-vingts ans, si certains jours de la vie pâlissent dans la mémoire de cette femme, il en est un qui restera gravé à jamais. Jocelyne le confesse en croisant les bras devant sa tasse de tisane. Elle éteint son sourire comme on éteint la lumière. C'est son fils Jean-Paul, de retour de la chasse aux guêpes, qui avait donné l'alerte.

« On avait remonté le corps de la jeune Adèle, quelques jours plus tôt, commence-t-elle. Noyée au fond du Grand Bassin. Amélie avait-elle plongé, elle aussi ? »

Elle s'était aussitôt lancée à sa recherche et était tombée sur la jeune fille émergeant des branchages en haut du chemin qui surplombe le Grand Bassin, avec « une tête de fugitive traquée prête à se défendre ».

Jocelyne Lauret sent que l'aider ne sera pas simple, même si elle lui rappelle qu'elle est sa marraine et qu'elle peut avoir confiance.

– Ça veut dire que je peux te raconter ce qu'il m'arrive ? Et après… Ça servira à quoi ? avait riposté la filleule.

Elle se souvient comme si c'était hier.

Face à la rebelle, elle avale sa salive, pose son dos contre un tronc d'acacia et écoute. Au bout de deux minutes, Jocelyne la regarde, comprend l'essentiel. Amélie est enceinte. Près de sept mois, juge-t-elle en lui donnant une tape d'encouragement sur l'épaule.

– Allez, on va trouver une solution. Je te ramène chez moi, tu as besoin de manger et de te reposer. Le reste, on en parlera… Et demain il fera jour.

Amélie ne dit pas un mot, la suit docilement, sans traîner les pieds, curieuse de découvrir la « solution ». Ce mot vient animer son imagination. Si la solution pouvait la débarrasser de son « problème » ? Vite, très vite. À n'importe quel prix. Même si sa propre vie est dans la balance. Jocelyne sait comment faire. Elle sait sûrement concocter LA décoction à partir d'un assemblage de « zerbages », ces plantes de la forêt qui guérissent tout. Lucette est la preuve vivante de ses secrets de fabrication. La fille du cantonnier s'est empoisonnée en avalant du pétrole. Pour s'en sortir, elle a avalé un broc entier de tisane faite d'écorces et de racines très amères agrémentées d'un œuf qu'elle avait fait pourrir dans la terre. Elle a vomi, l'empoisonnement a été résolu. C'est le dernier espoir d'Amélie. Vomir cette chose qu'elle porte là, dans son ventre, sous sa robe bleue tachée du sang des oiseaux, cette chose implantée de force la nuit où Mukesh Bajaj lui a ouvert les portes de l'enfer en poussant son grand barreau, à côté d'un bougainvillier immense.

Dans la cuisine, un feu de bois et deux bougies découpent les ombres des Lauret et de leur invitée silencieuse autour du plat de guêpes frites, de patates douces bouillies et d'un rougail de tomates arbustes pimentées. Toute la famille est au courant, mais personne ne remuera le sabre à cannes dans les plaies avec des questions gênantes. La marraine a demandé à tous d'observer un silence absolu.

Si les murs de la cuisine parlaient, ils raconteraient tant de souffrances confiées aux oreilles de Jocelyne, l'instit' qui n'apprend pas seulement à lire et à compter, mais à être. Être après des désastres. Les filles qui ne viennent plus dans sa classe arrivent devant sa cour à la recherche d'un pansement d'âme. Dans les parages, tout le monde sait que Jocelyne ne trahit pas les femmes qui ont subi viols, incestes, coups et blessures. Il se dit que l'instit' connaît très bien les plantes qui « font partir les ptits marmailles du ventre ». Banalités, toute cette vie de village ignorée du gros Père Grondin qui balance frénétiquement son encensoir doré en prétendant chasser des diables qui rient de lui.

Jocelyne ne juge pas. Ne condamne pas. Elle aide.

« L'école, c'est la bouée de sauvetage la plus utile, explique souvent Jocelyne. Mais, quand les filles de pauvres lâchent la bouée, il faut aller les repêcher avant qu'elles ne coulent à pic. » C'est ce qu'elle tente à nouveau ce soir. Cette nuit sous le toit des Lauret, Amélie sombre dans un sommeil profond. Elle se débat dans un rêve au moment où sa marraine toque à sa porte. L'heure de se réveiller.

Quand le jour se lève, Jocelyne et sa filleule ont avalé une pleine cafetière.

– Pur café, café pointu Bourbon filtré très, très doucement à la grègue, dit fièrement l'institutrice. « Même Louis XIV n'en a pas eu de si bon ! » assure-t-elle.

Amélie sourit, incrédule.

– Mais oui, ce café, que tu viens de boire, le roi de France l'a bu ! Tu ne savais pas que notre île, Bourbon, dans ce temps-là, expédiait son café jusqu'au château de Versailles ?

L'enseignante soulève sa petite cuillère et attend un éclair sur le visage de Mlle de Kerveguen.

Le regard d'Amélie est fermé… « Et alors… » semblent répondre ses yeux indifférents. « Quelle importance si Louis je ne sais-plus-lequel a bu du café de la Plaine des Cafres ? » Si Jocelyne avait mentionné l'homme de Cro-Magnon, elle n'aurait pas suscité moins de curiosité. Ce matin, Amélie de Kerveguen a oublié ses racines aristos, préoccupée par son seul devenir. Elle est pressée de savoir quelle est la « solution » dont a parlé sa marraine hier soir. Jocelyne sait maintenant que sa filleule accouchera dans moins de deux mois. Amélie attend d'elle un remède miracle pour se « débarrasser du problème » comme l'a fait sa copine de l'ouvroir de broderie, Yolande Folio. Elle mentionne la décoction de plantain et veut savoir si une fine aiguille à tricoter peut faire l'affaire. À la lumière hésitante d'une bougie, il est moins gênant de parler de la vie et de la mort, mais Jocelyne ne veut pas mentir :

– Amélie, je sais faire naître des enfants. Pas les éliminer ! Pas quand ils ont déjà tout pour grandir, comme le tien, avertit l'ancienne instit', menton pointé vers le ventre rond.

Jocelyne avale une gorgée de café, racle le sucre au fond de sa tasse et fait tourner à vide la petite cuillère. Elle cherche les mots pouvant encourager la tête dure devant elle à accepter la réalité. Ses idées ont beau tourner dans tous les sens, aucune solution convaincante ne lui vient à l'esprit.

– Sept mois, passés, c'est bien ça Amélie ? Ce serait un meurtre. Non, c'est trop tard, ça, je ne peux pas !

Amélie la regarde et dit sans ciller :

– Tu n'as pas besoin de le faire, marraine, je peux le faire si tu me dis comment.

Jocelyne la regarde sévèrement. Amélie s'emporte :

– Je ne veux pas d'un enfant que je n'ai pas souhaité. Tu comprends ce qu'il m'est arrivé ? se défend-elle, le regard rempli de dégoût.

Elle ferme les yeux sur des gouttes qui mouillent ses mains, se lève, va regarder par l'entrebâillement de la porte. Ce matin, le ciel est presque noir. Les rares étoiles s'éteignent une à une.

– J'ai compris, tu ne veux pas m'aider, lâche-t-elle en apercevant le mari de Jocelyne. Jean-Yves lustre une portière déjà brillante dans la nuit qui s'achève. Sa voiture est exactement du même modèle que celle qui a emmené Amélie, la nuit du destin.

Elle se retourne.

– C'est une Traction ? C'est comme ça qu'elle s'appelle ?

Jocelyne lui sourit et répond « oui » en clignant les yeux avant de la sonder.

– Il doit y en avoir trois, quatre au Tampon…

Elle s'abstient d'aller plus loin. Elle a compris ce que sa filleule ne dit pas.

La voiture démarre sous un ciel métallique parsemé d'éclairs. Un déluge de vents fait craquer les branches qui s'abattent sur le chemin jonché de feuilles. La pluie ruisselle en un rideau opaque sur le pare-brise.

– Qu'est-ce que nous faisons, demande Jean-Yves ?

– On avance, propose Jocelyne. Il faut se donner toutes les chances possibles pour réussir à débusquer un homme bien connu pour ses ruses.

– Si jamais le monsieur en question va se cacher dans sa famille à Saint-Pierre, ce sera plus compliqué de lui mettre la main dessus.

– Toi, avec tes responsabilités, tu peux lui faire peur…

La traction cahote sur le sol boueux et manque de s'enliser. Si elle était seule avec lui, Amélie donnerait un bon coup de poing à l'estomac du mari de sa marraine et elle courrait se cacher et se débarrasser de son fardeau. Elle l'observe en missouque[13] et trouve son idée de combat bien idiote. Avec ses mains puissantes comme des battoirs de lessive, Jean-Yves la mettrait K.-O. en moins de rien. Si au moins un accident faisait dévier les roues vers « les fonds de cuvettes », ces caniveaux immenses remplis comme des torrents ! Les trombes qui dégringolent du ciel puis de la montagne remplissent les bas-côtés à ras bord… On pourrait s'y noyer, imagine Amélie.

Le temps s'éclaircit soudainement, le soleil apparaît comme si quelqu'un avait appuyé sur un bouton. Sur la droite, une écriture rouge apposée sur un poteau blanc.

– Nous arrivons au Tampon, il ne reste plus qu'à trouver sa maison, dit le garde champêtre qui toussote en ajoutant : « S'il n'est pas chez lui, il doit prolonger sa nuit de poker avec ses commensaux, comme Jean Hoareau. On sait où se trouve leur tripot clandestin… »

– Et pourquoi ce lieu reste ouvert, demande Jocelyne ?

---

13. En missouque : à la dérobée.

Sa question fait rire son mari de bon cœur.

– Tu es naïve, ma chère ! Ce genre de gros Vasa sait comment nourrir la corruption de nos bourgeois du Tampon. Il sait qui arroser avec tout son argent de commerçant voleur. Et lui, apparemment, il arrose de tous côtés… Et copieusement… Alors, avant de le coller… il faut se lever de bonne heure.

– Ça tombe bien, relève sa femme, il est très tôt…

Amélie ne rate pas un mot de la conversation. Elle n'a pas tout compris, mais saisit quelle vie l'homme recherché mène. Des charrettes tirées par deux bœufs attachés de front arrivent au rythme des sabots qui claquent sur le goudron de la rue principale. À la hauteur de l'église, Jean-Yves descend et entre dans la boutique du Chinois Ha Chou. L'odeur sucrée de ses macatias[14] et des gâteaux à l'arrow-root se répand tout autour.

– Plus haut, dit Jean-Yves, en reprenant sa place au volant. Il est passé hier et a réglé ses achats des derniers jours…

– Ah, tu vois, il pourrait très bien déguerpir… répond sa femme.

Elle baisse la voix en se penchant vers son mari :

– Imagine qu'il se trouve chez la grande Josette, cette garce, cette fournisseuse de filles… Il n'a pas eu qu'Amélie pour l'amuser…

Elle se retourne et se rend compte de sa maladresse. Elle a bien vu les yeux de la passagère sur le siège arrière, elle a honte de faire voyager sa laide histoire de proxénétisme au petit matin.

La voiture tourne un peu plus loin, à droite, près de la pharmacie de Fred Lallemand. Amélie aimerait tant qu'elle heurte une charrette, puis une autre, que tout le monde meure sur le coup. Jean-Yves dépasse une plantation d'eucalyptus, puis un champ de maïs qui s'étend à l'infini. Au loin, sur la gauche,

14. Petit pain sucré très apprécié qui ressemble à une brioche.

des montagnes violettes s'élancent vers le ciel ; la traction avance lentement, doucement, pour faire le moins de bruit possible. Jean-Yves se gare sur un coin du chemin Berthaud, là où se regroupent quatre ou cinq maisons.

– Reste là, attends. On doit d'abord aller parler, ordonne la marraine. Tu sais, Amélie, que celui qui t'a fait ton enfant est un monsieur très riche, très puissant. Il ne peut pas te laisser tomber. Et dis-moi, si tu es allée danser avec lui, tu étais amoureuse, non ?

Amélie la regarde, muette. Mais ses yeux brillent comme des billes.

Après une brève inspection de la cour d'une demeure créole à l'ancienne, Jean-Yves fait signe à sa femme et articule entre ses mains placées en entonnoir : « Il est là ! La voiture… »

Le grand portail est bouclé. Le garde champêtre décoche le loquet d'un plus petit, blotti près d'un bougainvillier rouge qui grimpe sur la clôture, ceinturant la maison bleue décorée de losanges jaune clair.

– Il y a du monde ? demande-t-il d'une voix forte. Il y a du monde ? répète-t-il, plus insistant, sur un ton officiel – il représente la loi, après tout ; les mains accrochées à la ceinture. Une fenêtre à bascule s'entrouvre, laisse passer une coupe de cheveux noirs comme du jais, un œil soupçonneux et une voix teintée d'un accent étranger :

– C'est pourquoi ? demande un personnage qui ne manifeste aucune envie d'accueillir des importuns.

Jocelyne prend la relève.

– Pardonnez notre arrivée matinale, Monsieur. C'est pour un sujet délicat qu'on vous dérange, Monsieur.

Pas de réaction. Jean-Yves intervient :

– Je suis le garde champêtre de Bois Court – je travaille avec les gendarmes – et mon épouse est directrice d'école.

« Il faut l'impressionner », glisse-t-il à sa femme qui chuchote en retour : « Maudit salopard. »

Les deux battants de la fenêtre s'ouvrent en grand. Des yeux pareils à deux feux les fixent, le visage reste impassible.

C'est donc lui, pense Jocelyne. Il observe les visiteurs, comme s'ils étaient sur un champ de tir. Ils ne sont pas vraiment les bienvenus.

– Entrez, dit-il en indiquant d'une main la porte principale.

Amélie a descendu la vitre et tout entendu. Quand Jocelyne et son mari se sont engouffrés dans la maison, elle en a profité pour se hisser sur son siège, laissant son regard balayer, comme un radar, la cour qui entoure la propriété. Elle a tout reconnu. Tout était enregistré dans son cerveau, pour le reste de sa vie. La voix dure, la voiture, la maison et son bougainvillier. Même de nuit, un bougainvillier comme celui-ci reste inoubliable.

Jocelyne et Jean-Yves repassent sous ce monument fleuri un bon quart d'heure après. En marchant vers leur véhicule, ils s'arrêtent, se font face. De la voiture, Amélie les voit de profil. L'un balance la tête de gauche à droite comme s'il indiquait « non ». Le garde champêtre se gratte la tête, écoute sa femme qui semble moins inquiète. Le vent apporte des parcelles minuscules de leur conversation comme « gendarme » « a eu peur » « rhum ». On ne dirait pas qu'ils ont aimé le café, sourit amèrement Amélie. Ils se tournent lentement en direction de la traction avant. Ils hésitent encore, puis se rendant compte qu'Amélie les observe, ils accélèrent le pas.

– Allez, viens, c'est arrangé… dit Jocelyne en ouvrant la portière, elle l'embrasse et la regarde s'avancer vers le bougainvillier.

– J'ai peur ! confesse Amélie en s'avançant vers la maison.

Mais déjà la Traction manœuvre pour repartir en direction de l'église. Une jeune femme abandonnée à son sort monte trois marches comme on monte à l'échafaud. Avant d'entrer au salon, elle se retourne vers le chemin Berthaud : Quel jour sommes-nous ? se demande-t-elle. Dans la pénombre de l'antichambre, deux yeux la dévisagent.

– Ah ! murmure Amélie, en frissonnant, vous êtes là ?

– 18 –

Dans la maison du prince

Elle a failli courir l'embrasser malgré la nuit maudite. Son immobilité – et surtout ses yeux – l'a freinée brutalement. Elle s'est sentie ridicule de dire « Ah ! Vous êtes là ! ». Il n'a rien répondu. Le temps qu'elle jette un coup d'œil vers la voiture qui vient de démarrer, il a disparu vers l'antichambre.

Amélie attend maintenant au salon, les mains posées l'une sur l'autre, sans oser s'asseoir. Les imposants fauteuils en bois précieux aux dossiers brodés dans le style Compagnie des Indes sont des coquilles vides menaçantes. Pas âme qui vive dans la grande pièce peuplée de fougères ornementales et d'orchidées blanches.

– Il y a quelqu'un ? Il y a quelqu'un ? interpelle Amélie au bout d'un moment. Dans une cage, accroché à un fil, un oiseau jaune sautille et la regarde fixement. « Un serin ! » reconnaît la fille qui a grandi au milieu des arbres. Elle sent son cœur battre à toute allure et une envie folle de s'enfuir. Mais qui voudrait accueillir une mineure comme elle visiblement enceinte ? Elle appelle encore. Personne ne vient au salon à part la brise qui se promène jusque sur le plafond en boiserie.

À pas comptés, elle avance doucement un pied nu après l'autre, avec l'appréhension d'un chat délicat en visite chez un ogre, puis lève précautionneusement un loquet. Amélie tremble, mais se promet de lancer un pot d'orchidée à la tête de n'importe quel attaquant qui oserait s'en prendre à elle. La porte s'ouvre sur une pièce dominée par une haute table élégante. Elle s'approche d'un objet qu'elle n'a jamais vu, entend sortir une voix enroulée dans un grésillement de casserole sur le feu.

Posée sur le meuble, une machine rectangulaire parle toute seule, dans une langue qu'elle ne comprend pas. L'appareil, illuminé par endroits et orné d'un gros bouton doré de chaque côté, est relié à un cordon qui entre dans le mur. Elle sursaute quand tout à coup une musique s'élève de l'objet étrange tandis qu'une voix de femme, haut perchée, semble inviter à une ronde dans un ciel lointain.

Ça doit être ainsi que l'on danse dans son pays, imagine-t-elle en sentant une présence vibrante. Une odeur habite la pièce, se dit-elle, penchée vers un guéridon où se trouve un plateau ouvragé. Un pot argenté et une tasse à moitié remplie y sont disposés, leurs courbes délicates lui rappellent l'argenterie d'un conte qu'elle a lu il y a très longtemps, avant de quitter l'école, à la mort de sa mère. Barbe Bleue, peut-être ? Elle observe de près le breuvage ambré dans une large tasse fine aux bords dorés. Ni du café ni une tisane, juge-t-elle en connaisseuse des zerbages à décoction.

En refermant la porte de cette pièce mystérieuse, elle se retourne, intriguée par un frottement d'étoffe. Personne ne passe pourtant. Elle s'écrie :

– Il y a quelqu'un ici, s'il vous plaît ?

Du salon, l'oiseau répond par trois cris plaintifs, elle sent la brise effleurer ses cheveux. Amélie ne sait plus si elle rêve, si elle se trouve plongée une fois de plus dans une réalité qu'elle n'a pas cherchée. Puisque cette maison semble désertée, elle saisit une poignée sur sa droite pour aller s'asseoir sous les grands arbres de la cour.

La porte entrebâillée n'ouvre pas sur l'extérieur. Un simple pas de plus lui dévoile une chambre aussi vaste que le salon, éclairée par des miroirs qui se répondent. Sa main se fige sur la poignée, mais son cerveau en mouvement fixe la scène. Les rideaux sont tirés. Dans la pénombre se dessine un imposant lit à baldaquin orné de draps en broderie colorée. Quelqu'un s'y cache.

Elle s'entend s'exclamer « Ah ». Comme le « Ah » d'un dernier soupir d'abandon avant de disparaître dans un autre monde. Son cerveau continue de tourner. Il lui raconte qu'elle voit ce lit monumental pour la deuxième fois. Il ressemble au brancard de procession de la Vierge en mai, à la différence qu'un diable s'y vautre. Sous le dais entouré de voiles, des yeux comme des lampes à incandescence la brûlent à distance. Si un pot d'orchidée se trouvait à proximité, ses doigts ne pourraient pas s'y agripper. La paralysie la gagne.

Une voix teintée d'un accent qu'elle reconnaît aussitôt ordonne :

– Viens ! Tu es venue pour ça, non ? Allez ! Ici !

Il dit « Ici » en tapant deux doigts sur le drap comme on ordonnerait à un chien de venir se coucher au pied de son maître. L'homme qu'elle a retrouvé tout à l'heure – cet homme qu'elle a pris pour un prince raffiné et doux sur le chemin de l'Hermitage, celui qui lui a promis l'amour sublime, est allongé. Elle est clouée au plancher. Il s'agace, donne des coups de pied aux draps qui se chiffonnent, laissant apparaître son arme redoutable au comble de l'impatience. Un animal devant sa proie. Amélie porte son regard vers une table ovale vernie dont la brillance est l'unique éclat qui éclaire encore ses yeux, mais son champ de vision devient complètement flou.

Un liquide métallique coule dans ses veines, sa voix se coince quelque part en dessous de sa gorge, ses jambes sont pétrifiées. Dans un effort inhumain, elle recule d'un pas. Il bondit de la couche à la vitesse d'un caïman, la soulève comme une paille. Amélie se retrouve la tête bloquée sous un bras puissant. Elle s'imagine dans une basse-cour au milieu de gloussements et de grouinements désespérés, dans un voile de poussière, quand s'agitent des ailes et des plumes, des pattes et des croupes. La femelle penche la tête de côté, livrée sans défense.

Quand il a fini de pousser des grognements comme le porc qui coince la truie contre le mur, il desserre son étau sans un regard, sans un mot, descend du lit comme il descendrait de sa Traction avant et décroche tranquillement une longue tunique blanche. En s'éclipsant, il indique comme si de rien n'était « Thérèse te dira comment il faudra vivre ici ».

Dans un miroir apparaît une grande femme noire, portant une coiffe pointue et un long tablier à fleurs. Elle se dirige vers les fenêtres, ouvre les rideaux avec la nonchalance de quelqu'un qui se croit seul en présence d'un malade plongé dans le coma. Ses gestes indiquent que ce qui est arrivé dans cette chambre est une scène qu'elle connaît déjà. Elle se tourne vers Amélie, dit avec douceur :

– C'est moi, Thérèse. Je vais te montrer où tu peux te laver. Je te ferai du café. Ça va ?

Amélie bouge ses paupières, le reste de son corps est absent. Thérèse a bon cœur, a-t-elle la force de penser.

C'est la première fois qu'elle a affaire à une femme qui n'a pas la même couleur qu'elle, une domestique ayant l'âge d'être sa mère. Thérèse s'approche d'Amélie en chuchotant – comme si elle craignait que sa voix soit entendue au-delà de la chambre :

– Si tu veux, je te prépare une tisane de feuilles de patte poule[15]. Elle lui caresse le front comme on ferait avec un enfant qui a la fièvre. « Ça te fera du bien. Le patte poule, c'est souverain contre les bleus », explique la bonne.

Amélie Rivière dite de Kerveguen grelotte, la chambre tourne, les miroirs brouillent sa vue, elle ne sait plus très bien où passe la frontière entre cauchemar et réalité.

– Tiens, j'ai ajouté un peu de miel vert, dit Thérèse, qui revient avec une tisane. Elle scrute Amélie comme si elle évaluait les dégâts intérieurs, extérieurs d'une jeune femme paraissant déjà si abîmée.

Amélie ne dit pas un mot, ne se plaint pas, elle vient de fermer sa vie, elle verrouille les tiroirs du temps. Elle n'a plus besoin de savoir les dates. À partir de ce jour, elle est une prisonnière condamnée à perpétuité. Mais la perpétuité n'aura pas de prise sur elle puisqu'elle raye le temps de son existence.

Un après-midi, deux ou trois semaines avant ses dix-huit ans, vers trois heures, Thérèse, la bonne malgache, court chercher une femme qu'elle appelle avec respect Mme Emery.

– Respire ! Ça sert à rien de crier comme ça ! sermonne la robuste sage-femme en entrant dans la chambre. Ben oui ! Ça fait mal l'amour !

Quelques minutes plus tard, comme un gros ver de terre gluant rampe entre les cuisses d'Amélie. Une chose toute crottée

---

15. Les feuilles de patte poule – ce nom vient de ce qu'elles ressemblent vraiment à des pattes de poule – ou *Vepris lanceolata* sont celles d'un arbre indigène des Mascareignes et de Madagascar ; on les utilise en tisane ou en application cutanée.

de sang gigote sur le bas-ventre qu'elle vient de traverser. La fille de Kerveguen découvre, dans les mains de Mme Emery, entre deux cris, des pupilles noires comme des grains de longanis[16] brillants qui émergent d'une peau de la couleur des écorces du grand pied de cannelle qui étend son feuillage au fond de la cour. Un teint mat si étranger à celui des enfants de sa maman qu'elle a tenus dans ses bras. Ses sœurs et frères, qu'elle a vus naître, avaient les cils jaunes transparents et la peau laiteuse.

La tête bouclée, semblable à celle d'un lapin marron, provoque un rejet immédiat. Gisèle Emery – qui a fait naître la moitié des habitants du Tampon – l'encourage :

– Allez, allez, Amélie, ça y est, tu es maman ! C'est un garçon ! Prends-le sur toi !

Elle ne peut pas. Les gestes naturels aux mammifères sont au-dessus de ses forces. À le voir s'agiter, des épines poussent dans son dos, elle hurle « Non ! ». Un refus viscéral, et pas seulement à cause du teint du nouveau-né. « Une graine du diable placée de force dans mon corps et qui a prospéré contre mon consentement », grimace-t-elle.

L'enfant est lavé hâtivement dans un fond d'eau d'une bassine en faïence à grosses fleurs, puis entortillé dans une piquette[17] cousue de petits losanges de couleurs dépareillées – ces langes de pauvres faits de minuscules chutes de tissu ramassées chez les modistes. Amélie consent à lui donner le sein sur ordre répété de l'imposante Gisèle. Occupé à boire, l'enfant met fin aux miaulements rauques qui sortaient de sa bouche pareille à celles des gens « n' dehors » parlant dans d'autres langues – ces ethnies des quatre coins du monde qui vivent séparées des Blancs, comme Amélie.

---

16. Le longani, ou œil du dragon, est un fruit qui pousse sur le longanier, un petit arbre tropical et subtropical de la famille des *Sapindaceae*.
17. Petite couverture servant à porter les bébés.

Elle fait un effort pour le dévisager. Une fois rassasié, les mains croisées, le petit plisse le front. Il lui rappelle les chiots expulsés du ventre de chiennes maltraitées dans les cours des cultivateurs, parce qu'elles couchent pour un oui pour un non avec n'importe quel chien de passage.

– Il ne ressemble à personne de ma famille, observe-t-elle rassurée. Amélie s'effraie soudain. Cette chair, est-elle dotée d'une âme, comme les chrétiens à peau blanche de la descendance des Kerveguen ?

« Je sais pas quoi faire de "ça" », s'insurge-t-elle après la tétée quand l'accoucheuse le pose dans le tas de chiffons à côté d'elle.

Occupée à détester ce qui vient de sortir de son ventre, elle ne remarque pas que la pièce est devenue plus sombre. Un homme se tient dans l'embrasure de la porte, sans bruit, sans adresser le moindre salut. L'ange Gisèle remballe ses ciseaux, son flacon d'alcool et ses chiffons. Elle rend service, on la récompense suivant ses moyens. En partant, elle se retourne, met encore une fois Amélie en garde contre les risques du tétanos.

– Attention, Amélie. Les infections tuent. Des mamans meurent en couches !

Le mot maman secoue Amélie. Elle ne se sent pas maman et pense à Léopoldine, sa mère, morte d'une fièvre foudroyante après un énième accouchement.

Si seulement, ça pouvait m'arriver, espère-t-elle en s'agrippant à l'encadrement du lit. Mon Dieu, emporte-moi.

Gisèle s'est retournée pour adresser sa sage recommandation, mais aussi pour s'assurer qu'elle a bien reconnu celui qui se tient coi, telle une statue. Cet homme, elle l'a déjà rencontré. Personne n'a ces yeux qui flambent de méchanceté comme des torches en pleine nuit, pense Gisèle Emery.

Elle l'a croisé dans deux autres maisons, chez deux femmes. Mais oui, il était chez Chantal Payet, il était chez Gislaine Robert. Il n'y a pas longtemps…

Quand les pas de la sage-femme indiquent qu'elle a gagné la sortie vers le grand barreau bleu, l'homme en costume croisé orné d'une pochette colorée décoince ses mâchoires :

– À toi de choisir ! propose-t-il en donnant un coup de menton vers le tas de chiffons. Si tu n'en veux pas, tu le jettes au cabinet ! Qui le saura ?

Amélie lâche l'encadrement du lit, se redresse, observe dans le clair-obscur la silhouette devant elle. Le personnage se tient dans une étrange posture, une main sous son menton, l'autre en appui sur la table vernie, comme s'il prenait la pose, coiffé de son chapeau rouge grenat, un feutre en forme de cône. Le gland noir qui en pend lui donne un air ridicule pareil au clown Nicolas Bonbon Noir qui fait rire sur le carrousel, au 14 juillet.

Amélie a le cran de le fixer effrontément. Quel imposteur et quel criminel ! pense-t-elle écœurée. Elle s'essuie le visage, se tourne sur le côté, maudissant le jour où elle l'a regardé.

Mais le charlatan s'impatiente au pied du lit d'accouchement et attend une réponse à sa proposition d'infanticide.

– Alors ? la presse-t-il. Tu crois vraiment que tu pourras remonter vers Bois Court avec un bâtard dans les bras ?

Amélie brave son dégoût. Elle s'accroche, parvient à s'asseoir dans le lit.

– Non ! jure-t-elle en rassemblant ses forces. Non ! Je ne le tuerai pas. Dieu me punirait.

Elle ferme les yeux. Sous une vague d'indignation, elle clarifie son choix :

– Je ne l'aime pas. Je ne l'aimerai pas, mais je le laisserai vivre.

Elle reprend son souffle et, s'adressant à sa conscience, elle reconnaît que « Ce n'est pas sa faute, s'il est là ». En disant ces mots, Amélie se souvient amèrement de ce qu'elle n'a pas fait. Elle n'a pas eu le courage de sa cousine Adèle devant le Grand Bassin.

Le courage d'Amélie, ce jour-là, sera bien plus exigeant que le suicide d'Adèle. Vivre et laisser vivre. Elle ne jette pas son nouveau-né dans le trou puant, grouillant de vers en dessous des deux planches de la cabane où on se tient le nez pincé. Elle sait déjà qu'elle devra en épargner d'autres, tous ces paquets de chair qui vont déchirer sa propre chair en traversant son ventre.

Un jour, elle trouvera la force de fuir. La chance ne peut pas l'abandonner à perpétuité. Il doit bien exister des gloires dans les ténèbres de sa vie.

– 19 –

Papiers !

– Je l'ai ! lâche froidement Sylvia. Elle tient entre ses doigts avec la précaution d'une entomologiste le document qu'elle cherchait dans sa trousse. Puis plus rien.

– Tu as étudié ici ? demande Oskar pour meubler le silence qu'il redoute.

Sylvia soulève son menton en mâchonnant un reproche énigmatique :

– Tu as perdu ma trace, pas moi ; je lisais tes papiers quand tu étais envoyé un peu partout pour ton journal.

– Ah ! Oui, vraiment ? Et pourquoi ne m'as-tu pas fait signe ?

Elle avoue être venue l'écouter incognito, il y a deux ans. Le Lions Clubs avait invité le correspondant à Paris du prestigieux hebdomadaire *Der Zeuge* – Le Témoin – à tenir une conférence sur l'élection présidentielle en France. Elle précise qu'elle s'était placée dans un angle où elle a vu combien Sybille était fière de lui.

– Non ! Ce n'est pas possible ! Tu étais au dîner-débat du Parkhotel ?

Il a le sentiment d'avoir été le pion d'un jeu sinistre. Le mystère s'épaissit. Il secoue la tête. À cet instant, il en veut à

Sybille. L'a-t-elle manipulé sciemment ? Pourquoi ce temps perdu ? Pourquoi avoir gaspillé ces années ?

Les nerfs d'Oskar sont soumis à une épreuve qu'il n'aurait jamais pensé pouvoir supporter. La duplicité de sa mère devient manifeste – c'est ce qu'il pense – et insupportable. Il dit, en avalant une gorgée d'eau avec difficulté, comme s'il regardait un film :

– Je me souviens très bien de cette conférence. J'ai dîné avec notre mère après. Pourquoi n'a-t-elle pas saisi cette occasion pour nous réunir ? Mais rien ! Pas un mot ! Je suis dégoûté.

Il la dévisage d'un air de défi.

– Tu dois m'aider, je ne comprends pas. J'ai l'impression d'être un chien dans un jeu de quilles !

Les mains collées sur son front, il essaie de se concentrer, mais comment faire quand on vient d'apprendre que sa mère a été violée à quinze ans ? Que la sœur assise en face de lui, dont il ignorait l'existence il y a encore une dizaine de jours, semble aux manettes d'une machinerie infernale ? Qui est l'enfant du viol, elle ou lui ?

L'amertume le gagne, la peur aussi, qui enfle et le paralyse. Il se surprend à scruter la peau de la femme très brune aux grands yeux bleu vert – pas tout à fait les siens ni ceux de Sybille – à cinquante centimètres de son regard. Cette sœur tombée du ciel, si rétive, est beaucoup plus « intéressante » que sur la photo jointe à la lettre posthume, se dit-il, en faisant mine de tourner son téléphone dans une main. Il se dit qu'il a de la chance d'avoir une sœur comme Sylvia. Pour tout dire, il la trouve belle. Il s'en veut de presque… la désirer dans une envie de survivre. Une envie folle de tout transgresser, rayer cette histoire de sœur cachée. Si seulement il pouvait voir en elle une femme comme les autres. Trop belle, trop tout pour être une sœur ! Les clins d'œil du destin sont parfois cruels, s'avoue Oskar. Merde ! se dit-il dans son for intérieur.

– Pardon de t'observer de cette façon un peu indiscrète, s'excuse-t-il comme s'il s'évadait soudainement d'un rêve.

Elle sourit. Il est encouragé à poursuivre.

– J'ai connu lorsque j'étais étudiant une fille qui te ressemblait beaucoup. Elle s'appelait – je ne peux pas oublier – elle s'appelait Hannelore. Comme ma grand-mère…

– Ah ! Ce n'est pas ma sœur, répond Sylvia, l'air soudainement intrigué.

Hannelore est le second prénom de Sylvia. Elle baisse le regard, poussée à fouiller dans ses propres archives des visages de sa jeunesse.

– Donc, tu es ma sœur, demande Oskar pour meubler le silence, se disant que sa question est vraiment bête.

– Je suis la fille de Sybille, répond Sylvia, en levant les yeux, un imperceptible rictus aux lèvres.

– Oui, évidemment la fille de Sybille, donc ma sœur, rétorque Oskar, comme s'il disait « il y a de l'air dans la pièce », s'imposant l'évidence d'un théorème qui change tout à sa vie.

La Terre ne tourne pas rond. Sylvia cache quelque chose. Du désarroi, de la colère ? Oskar est suspendu à ses lèvres. À quoi joue-t-elle ? Cela fait bien trois minutes – trois minutes, c'est long comme un jour sans fin, quand on attend juste une confirmation. Oui, elle est bien sa sœur. Non ? Elle se concentre sur les dessins géométriques de la serviette en papier qu'elle tord dans tous les sens, soupire en jouant avec l'anse de son mug de thé, puis pose ses mains à plat. Des mains sans vernis à ongles. Simplement soignées. Ongles au carré. Qu'est-ce qu'elle fait exactement dans la vie ? s'interroge soudain son frère.

Sylvia lit-elle dans ses pensées ? Elle desserre les dents, explique que son travail consiste à aider les êtres humains à s'accepter. À revivre après un trauma. À élaborer un récit qui donne sens aux épreuves pour les dépasser. Bref, elle est tisseuse de liens qui font coexister les choix assumés d'une vie et les hasards imposés par le destin. Oskar se demande où elle veut en venir. Parle-t-elle seulement de son expérience professionnelle, des difficultés à repartir de zéro après une guerre, un deuil, ou de la révélation d'un secret ?

– Si Sybille, ma mère – elle dit « ma mère » en insistant de façon possessive sur le « ma » – a choisi de nous mettre en contact, elle a pris le risque aussi de lever le voile sur sa vie, donc la mienne. La tienne, Oskar aussi, par ricochet.

Là, Sylvia s'arrête. Sa voix se teinte de mélancolie. Elle regarde par la fenêtre et ouvre les yeux très grands comme si elle cherchait à faire refluer un torrent. Quand elle retrouve le calme, elle continue à semer le trouble.

– Il est temps, enfin, de dire les choses… car il y a eu une grande injustice, assure-t-elle, avec l'air de prêter serment.

Oskar est tendu comme un élastique, il fait un geste pour saisir la main de Sylvia. Elle se dérobe. Il sent qu'elle souffre, mais vers quelles sources plongent ses reproches ? Très calmement, Sylvia reprend :

– J'ai subi la plus grande injustice qui soit, Oskar. Sybille t'a choisi. Tu as pris ma place.

Oskar sursaute. Elle ne recule pas, au contraire.

– Mais oui, c'est la triste vérité, certifie-t-elle.

Oskar la contredit d'un signe de la tête, l'air de répondre « Mais non, je ne suis pas au courant ». Cette histoire incohérente lui échappe comme le sable qui s'écoule des mains, l'été sur la plage, mais lui ne peut fuir.

Qui est Sylvia pour déclencher un tel séisme dans sa vie ? Quelles preuves a-t-elle pour se prétendre la fille née du sang de Sybille Rossbauer Weber ? Au prix d'un effort de concentration pénible, Oskar réussit enfin à rassembler son énergie, il pousse abruptement sa chaise et se lève. Il respire et revient avec l'intention de mettre fin à l'entretien.

– C'est une mascarade. J'ignorais tout de la vie parallèle de ma mère et voilà que tu te fais un film…

Il n'a pas le temps de terminer sa phrase qu'elle se redresse et lui fait signe de se rasseoir. Elle ouvre la trousse plate.

– Oskar, ne fuis pas. La preuve est là. Voici ma carte d'identité. Comparons ! As-tu un papier officiel où figure ta date de naissance ?

Incrédule et muet, Oskar sort son passeport de son sac. Il ne dit rien, mais il fulmine. Incroyable, s'insurge-t-il ! Le mur de Berlin est tombé, les Allemands vérifieront-ils encore longtemps leurs papiers ? Quelle manie ! Papiers ! *Ausweiss !* Ça leur colle à la peau, ce réflexe, s'insurge-t-il. Si c'est une plaisanterie, elle n'est pas très amusante, cette sœur franchement jolie est une Stasi ambulante. Oskar ne peut plus penser. Il tremble. Pourtant, il ne se sent pas vraiment en terre inconnue face à Sylvia. Elle semble avoir laissé en moi une inscription durable impossible à cerner et à dater, se dit-il. En la regardant ouvrir sa trousse, extraire sa carte d'identité, en la regardant bouger, une sensation le stupéfait. Aurait-il rencontré Sylvia dans sa petite enfance ? Peut-être étaient-ils placés côte à côte dans une poussette, se disputant le regard de Mutti. Ou plus tard. Mais quand ? Il a déjà vu cette tête brune qui se croit plus forte que lui. Il y a forcément une explication à ce lien qu'il ressent.

Faute de certitude, il se réfugie sur la Lune. Ce n'est pourtant pas le moment de rêver, Sylvia n'a pas l'air de plaisanter. Elle fait même preuve d'un sang-froid impressionnant en faisant glisser un index, ligne après ligne, sur sa carte d'identité comme une boussole en train de caler son aiguille d'orientation.

Non seulement elle souligne, mais elle lit à voix audible : Sylvia Kunner née le 19 janvier 1946 à Freiburg.

Et alors ? s'interroge son vis-à-vis de plus en plus pétrifié.

– Tu permets ?

Sans attendre la réponse, elle saisit le passeport grenat orné d'un aigle. La lectrice austère comme un procureur poursuit son monologue : « Oskar Weber, né le 5 février 1946. » Elle le regarde droit dans les yeux avec un sourire appuyé et des mouvements du front qui disent « Qu'en dis-tu ? ». Elle enfonce le clou.

– Nous sommes nés la même année, tous les deux, Oskar ! Tous les deux, la même année !

Oskar est au tapis. Il vient de perdre à la roulette russe, c'est Sylvia qui a misé pour lui. Si abasourdi par ce qu'il est en train de vivre qu'il n'a pas le réflexe de répondre « Et alors ? Parce que tu es née deux semaines avant moi, à l'état civil, Sybille serait forcément ta mère ? Et pas la mienne ? Quelle logique ! ». La mère biologique de l'un d'eux, sans aucun doute, mais pas de deux enfants nés à deux semaines d'intervalle. Pourtant, la lettre aveu commence par « Mon très cher Oskar, mon petit-grand… » avant de révéler l'existence d'une sœur aînée.

Faut-il que cette sœur implacable ait attendu des jours, des nuits, des années, dans la douleur, le silence et la solitude, pour se montrer si fermée à sa douleur ? Elle qui sait écouter avec humanité des pauvres hères rassemblés au *Der Andere Laden*, pourquoi ne voit-elle pas en lui un de ces naufragés en train de couler ? Oskar implore des yeux, des mains, ses mots étouffés supplient « Stop ! Je ne suis pour rien dans ton malheur. Je n'ai rien fait pour te priver de maman ». Le rouleau compresseur prénommé Sylvia continue de l'écraser sans répit.

– Mais alors, que s'est-il passé ? lui demande-t-il, hébété. Je ne comprends pas, répète-t-il tel un survivant errant dans des décombres avec un bras arraché et la tête en sang.

– Je te raconterai, mais pour aujourd'hui, ça suffit ! Tu es pâle comme un mort !

Elle se lève, contourne la table, le prend par les épaules. Enfin. Il ferme les yeux et n'a pas l'intention de rompre le fil magique du contact si rassurant de ces bras nus sous une robe d'été. Sa sœur, oui, se dit-il, mais une sœur pas comme les autres. Pas le même sang. C'est un mystère.

D'un mouvement synchronisé, au ralenti, Oskar et Sylvia s'embrassent comme un frère et une sœur le font rarement. Comme cherchant à combler l'absence et le temps perdu, tous ces manques qui pourtant ne seront jamais cautérisés, ces gros trous noirs dans la mémoire. Pas de souvenirs des jeux de l'enfance, des chamailleries de l'adolescence, rien de la complicité des années qui forment l'âme. Ils n'ont rien partagé de ces moments si essentiels, ces fibres qui tissent les liens et forgent les sentiments. Ces zones sensibles sont muettes, éteintes. Peut-être que Sylvia sait comment les ranimer ? Tout le reste est en lambeaux, à raconter sur une page blanche.

Le frère cadet est prêt à tout apprendre, tout accepter pourvu que son aînée le garde dans ses bras. Qu'il puisse se blottir au creux de son esprit et partager leurs émotions.

– Il faut bien que tu me protèges, tu es ma grande sœur, seize jours de plus que moi… glisse-t-il en se forçant à rire.

– Fais pas le malin ou je t'assomme tout de suite ! répond-elle en faisant une grimace de sorcière. Il la prend par la main en descendant les marches du musée. Elle regarde dans une direction qui empêche Oskar de lire dans ses yeux. En direction des tilleuls.

Ils gagnent à pied la rue Grünwalder dans l'air tiède de ce mois de mai qui ne ressemble à aucun autre printemps de leurs vies et surtout pas à celui de 1945 quand Sybille se terrait, n'osant plus respirer dehors. Les grands tilleuls qui embaument les alentours étaient là, témoins. Ils ont vu quand Sybille a hurlé devant une jeep de l'armée française stationnant, moteur allumé, au-dessus d'un fossé. Les tilleuls avaient déjà vu tant de larmes couler à leurs pieds, bien avant ce printemps 1945. S'ils devaient porter témoignage, ils parleraient aussi des milliers de citoyens allemands de Freiburg expédiés en France, du côté de Pau, vers le camp de Gurs. Les grands arbres qui sentent si bon la légèreté d'être ont pourtant vu la population juive de Freiburg forcée de quitter sa terre, promise à l'exil avant d'être entassée dans des wagons à bestiaux. Après Gurs, la police française a aidé l'occupant à embarquer ces civils sans défense dans des trains plombés au départ de Drancy. Les innocents ont pris la route des camps de la mort. Presque tous ont péri. Si les grands tilleuls de Freiburg parlaient, ils pleureraient sûrement.

Sylvia pense à tout cela, mais n'en dit pas un mot à Oskar. Ils déambulent comme des amoureux jusqu'à une impasse, sur la droite. Là, Sylvia le précède. Il est curieux de savoir si le mari de sa sœur se trouve au bout de l'allée bordée de grands pieds de tomates cerises qui jaillissent de pots géants. Il l'a imaginée en vendeuse chez *Der Andere Laden*, puis « confesseuse » d'âmes auprès de personnes fragiles qu'elle fait rire aux éclats. Qui est-elle ? Qui aime-t-elle ? Oskar se demande si elle pourrait oublier ce lien infranchissable. Frère, sœur. Elle le sent. Qu'il divague, il ne tardera pas à voir, pense-t-elle en l'observant à la dérobée.

– Je veux te montrer des choses… promet Sylvia en se retournant vers lui avec un clin d'œil espiègle.

– 20 –

L'amour plus fort que l'ADN

Sylvia n'a pas seulement « des choses » à montrer, mais une personne à présenter dont on distingue la silhouette derrière la porte vitrée d'une bâtisse qui clôt l'impasse Grünwalder. Oskar a tout juste le temps de lire la plaque qui annonce sur fond bleu « Institut pour une Mémoire sociale. Femmes dans/après la guerre ». Une femme à l'entrée se précipite sur Sylvia, la serre dans ses bras en l'embrassant plus que tendrement. Oh ! Alarme, elle balise sa propriété, s'amuse silencieusement le témoin étonné. Sylvia s'extirpe de l'étreinte et passe aux présentations.

– *Meine Liebling* – Mon Amour –, voici Oskar. Oskar, je te présente Klara, ma femme.

Il a beau avoir l'esprit ouvert, son masque souriant qui s'extasie sur la joie de la rencontre craquelle sous la surprise. Cette sœur si « intéressante » comme il l'a jugée, en regardant sa photo, sa grande sœur impressionnante est donc amoureuse d'une femme. Elle a le droit, elle a le droit, se répète-t-il avec la vigueur d'un coup de fouet sur la nuque. Il n'empêche ! Tout ce qui paraît simple et banal chez les autres demande un instant d'acclimatation quand il s'agit de voir midi à sa porte. Vieux macho jaloux ! se dénonce Oskar en rigolant de lui intérieurement.

Monsieur n'est pas au bout de ses surprises. Sur les pas des deux femmes, en haut d'une rambarde, s'ouvre une pièce tout en longueur ressemblant à un musée. Le royaume de Sylvia.

– C'est ma cuisine ! Je dissèque les âmes errantes du passé. Des Sybille et d'autres, leurs filles, leurs fils… prévient-elle mystérieusement, d'un large sourire.

Comme d'habitude, quand il ne comprend pas, Oskar enchaîne des « Hum ! Hum » jusqu'au moment où il s'avance vers un espace baigné d'une lumière dorée d'un début de soirée printanière. Il tombe des nues. Sous ses yeux, la sœur qui se battait tout à l'heure devant une tasse de café pour défendre sa filiation, se métamorphose et endosse son habit de lumière. Une sorte de Cendrillon de l'intellect.

Ici s'exprime, avec l'autorité de son savoir et de son prestige, la professeure Sylvia Kunner. Ses titres et récompenses universitaires s'alignent sur les murs. D'un geste circulaire, la surprenante sœur explique son domaine d'investigation au sein d'une « une sorte d'institut du temps présent, consacré aux dégâts des guerres et des conflits sur la personne humaine. Ce sujet fut si longuement négligé, jusqu'aux années quatre-vingt », souligne-t-elle. Oskar se sent soudainement tout petit, en bas du piédestal.

– Ça alors ! Waouh ! Tu m'impressionnes ! Elle sourit, le regard droit. Ni modestie feinte ni arrogance déguisée.

Mains croisées dans le dos, les yeux de l'invité se promènent sur des photos de colloques ou de congrès en Allemagne, Pologne, Grèce, Italie, Danemark, États-Unis, Afrique du Sud, partout, même en Australie. Jusqu'au bout du globe, micro à la main, la professeure Kunner est reçue en tant que sommité reconnue et écoutée. Son frère comprend mieux pourquoi Sybille ne s'est pas crue autorisée à divulguer ses coordonnées. Le parcours de sa fille – celle qu'elle nomme dans la lettre « mon bébé perdu » – a dû la remplir de respect, d'admiration et de culpabilité, imagine Oskar.

Sur une table, des catalogues confirment son impression sur l'envergure scientifique de cette femme brune qui le fascine. À la tête d'une quarantaine de spécialistes d'une dizaine de nationalités, les travaux de la professeure Kunner se concentrent sur une cible pointue : les conséquences post-traumatiques des violences subies par les victimes civiles en zone de guerre, femmes, enfants, des hommes aussi.

Elle dirige l'institut en coordination avec l'historienne en poste dans les universités de Freiburg et de Berlin, celle qui a intrigué Oskar à son arrivée. Les travaux de la professeure Klara Hertzberg mesurent les effets à long terme des traumatismes post-guerres sur des groupes de populations. L'une se concentre sur les phénomènes observés sous le microscope de l'Histoire, l'autre sur la géographie du cerveau avec les outils des neurosciences. La chercheuse a beau déployer des efforts de pédagogie et de clarté, Oskar aurait du mal à résumer l'ensemble de son propos.

Cela doit se voir dans ses yeux, il n'a pu dissimuler un moment de flottement… en comparant non pas les deux scientifiques, mais Sylvia et Klara, deux femmes qui l'impressionnent par leurs compétences et leur prestance. L'une est aussi brune que l'autre est blonde, l'une a des cheveux courts, l'autre les porte mi-longs, Klara est élégante jusqu'aux ongles quand Sylvia va à l'essentiel. Une chose est sûre, se dit-il, le charisme ignore les codes vestimentaires. Chez elles, il saute aux yeux. Oskar s'en veut de tomber dans « ce travers de ploucs », comme il le qualifie lui-même. S'est-il fourvoyé une seule fois à comparer l'accoutrement de deux chercheurs masculins ? Un petit pincement de honte rosit ses joues.

Sylvia reprend la parole avec son sujet de prédilection et dont Oskar ignorait jusqu'au nom : l'épigénétique. Là, il s'accroche pour ne pas paraître doté d'une intelligence de mite et retient que cette spécialité permet de cerner une question clé : les changements dans l'activité des gènes sous les effets de l'environnement social. Quel rapport avec leur histoire de frère/sœur en train de se disputer une mère biologique ? se demande-t-il en y répondant lui-même. Sa sœur a sans doute été guidée davantage par la nécessité que par le hasard. Elle a manqué de la chaleur d'une mère. Elle a voulu comprendre, devine-t-il.

Si Oskar a bien compris la professeure Sylvia Kunner, l'environnement – la vie au quotidien – peut provoquer des changements durables sur l'activité de nos gènes et même les modifier. La chercheuse a fait des expériences sur les souris. Elle a constaté que les enfants souris souffraient des conséquences des souffrances de leurs ancêtres sur cinq générations.

– Cinq générations, répète-t-il, est-ce transposable aux humains ? s'inquiète Oskar.

Avec son équipe, la scientifique analyse les effets des traumatismes sur des enfants et des adultes.

– Les premiers résultats confirment les travaux sur les souris, affirme-t-elle. Les traits de son interlocuteur se figent. Elle vient de préciser que les modifications se voient dans les cellules du cerveau. Mais pas seulement. Les traumatismes s'écrivent également dans les ovules et le sperme. Ses connaissances fascinent son frère. Elle souligne un point qui le laisse pensif. Les personnes concernées par ces ravages souffrent souvent de stress, argumente-t-elle, soulignant que la science a mis très longtemps à mettre au jour les mécanismes à l'œuvre dans certaines maladies. Jusqu'à récemment, regrette visiblement Sylvia, la science a ignoré l'héritage émotionnel – en particulier celui issu des violences – que chacun porte en soi.

Soudain, il décroche. Sans aucun signe précurseur, le visage de Momine s'empare de ses pensées et un cortège de questions avec. Les conséquences de certains traumatismes perdurent encore au bout de cinq générations, soutient sa sœur ? Mais alors, *quid* de Lola et de Jules, s'alarme-t-il intérieurement. Momine n'a-t-elle pas dit qu'elle aussi avait des « choses enfouies » ? Oskar flotte comme une feuille tombée sur l'eau d'une rivière.

« Humhum, humhum ! » répond-il aux explications qui le dépassent. Il n'ose pas demander à Sylvia si elle ressent en sa chair ces traumatismes, et encore moins se demander à lui-même s'il n'en souffre pas également. Une bombe à retardement qu'il s'agirait de désamorcer au plus vite pour épargner la génération de ses enfants. En faisant quoi, comment, avec l'aide de… qui ?

Que dira Momine en apprenant tout ce qu'il entend depuis son départ de Paris deux jours plus tôt ? Ses mains bougent sur son visage comme des essuie-glaces un jour de brouillard sur une route de montagne quand la visibilité se réduit à cinq mètres dans les tournants.

Il faudra qu'il interroge Sylvia, à tête reposée. Il doit lui parler de Momine constamment sous tension, il l'aime, mais elle lui tord l'estomac… Vivre sans elle serait une punition, vivre avec elle… devient une épreuve. Oskar est loin de se douter qu'à l'autre bout du monde, sa femme, elle aussi, déblaye des tombereaux de cendres devant la porte de sa propre histoire. Il n'imagine pas à quel point ce qu'elle extirpe du puits familial peut être éprouvant. Lui-même n'aurait jamais pensé devoir faire face à son passé, celui de ses ascendants traînant leur héritage douloureux. Sans l'éclairage des professeures Kunner et Hertzberg, Oskar aurait probablement enfoui sa tête sous le sable pour ne pas percevoir le ressac. Mais il y a ses enfants… Il s'accroche pour Jules et Lola.

À travers les vitres décorées de fleurs et de feuilles de lierre peintes sur leurs pourtours, le soleil disparaît pour de bon. Sylvia et Klara s'apprêtent à redescendre l'escalier, Oskar fait un effort surhumain pour ne pas paraître réfugié sur une étoile lointaine.

– Mais alors quel rapport avec la question sociale du traumatisme ? Parlez-moi comme à un gosse en classe de sixième. Vos spécialités complexes m'intimident… s'excuse-t-il en riant en direction du plafond.

Les deux professeures soulignent à tour de rôle que leurs domaines connaissent des applications concrètes. « Nous savons maintenant que les traumatismes entrent dans les gènes, dans notre ADN. En deux mots, si la recherche aboutit à des remèdes permettant de soigner des millions de gens de toutes générations – des millions d'entre nous sont concernés – alors c'est la société dans son ensemble qui pourrait être apaisée. »

Au rez-de-chaussée de la grosse bâtisse, la spécialiste en neurosciences fait part de façon claire d'une certitude. L'héritage d'un conflit peut briser non seulement des individus, mais influencer une société tout entière.

– Beaucoup de comportements sont influencés par l'expérience de la guerre – ou toute autre expérience violente –, soutient Sylvia. Notre attitude au volant peut être agressive à cause d'un passé brutal ; ce passé affecte nos relations quotidiennes avec autrui.

Elle saisit vigoureusement Oskar par l'épaule.

– Tu sais, personne n'y échappe si on ne travaille pas sur soi. Tout le temps ! Moi, la première. Tout à l'heure au musée, si je m'étais laissée aller, je t'aurais donné une gifle.

Son frère se met à rire, un de ces rires qui sert d'échappatoire. En avançant vers l'impasse Grünwälder, son rire jaune s'évanouit vite. Il confesse tout à trac le malaise qui le ronge :

– Je me demande si je ne deviens pas fou en ce moment. La lettre de Sybille m'a complètement désarçonné.

Et que dire de la lecture de son terrifiant périple à travers une Allemagne en miettes. Tout cela l'a atteint profondément. Depuis, il oscille constamment entre détresse et révolte. Il s'arrête, s'accroche au bras de sa sœur. Pour la première fois de sa vie, il partage ses émotions en confiance. En s'adressant à la spécialiste – pas à la sœur –, il parle sans filtre, sans crainte d'être jugé. Il se voyait comme un type solide grandi avec l'idée d'être un fils aimé par une maman souriante, positive, préservée de tout ce qui salit. Désormais, les entrelacs du doute le happent.

– Jouait-elle un double jeu ? demande-t-il. Était-elle ainsi avec toi, si posée et si rassurante ?

Sylvia tourne et retourne un trousseau de clefs entre ses doigts, marche sur place. Sans attendre sa réponse, Oskar se confie. Depuis plusieurs jours il ressent des accès de panique, sursaute au moindre bruit la nuit, ses cauchemars sont plus réalistes que les images effrayantes de fictions d'horreur. Il se réveille en sueur, épuisé, accablé de tristesse. Il pleure souvent, ces temps-ci, sans rien dire à personne.

– Être une victime et surtout ne pas le montrer, ne pas parler de peur d'être incompris, s'isoler. C'est un comportement typique ! répond Sylvia en hochant la tête pendant qu'il s'éloigne en silence pour prendre appui contre un tilleul. Il cache son visage.

Le témoignage d'Oskar concorde avec les découvertes des chercheurs en neurosciences sur le stress. Un syndrome post-traumatique peut se déclencher de façon décalée à cause d'un événement violent ou symbolique de nature à bouleverser une existence.

– Il faut se faire aider, rares sont les cas de résilience automatique, l'encourage-t-elle.

Oskar l'orgueilleux reprend doucement du poil de la bête et répond avec une moue sceptique :

– Ça passera, non ? Je n'ai pas trop envie de médicaliser mes sentiments, franchement, je suis assez costaud… La psychiatrie comme réponse à n'importe quel aléa, très peu pour moi…

Sylvia hausse les épaules, l'air de dire : « Tu verras ! Le corps et la tête n'oublient rien. » Elle suit des patients qui souffrent de dépression, d'isolement social, avec des comportements sociaux inappropriés, tantôt en repli total, tantôt en proie à une exubérance exacerbée parce qu'ils sont restés trop longtemps dans le déni.

– Faute d'avoir été traitées, les souffrances s'aggravent, affirme la médecin Kunner.

Dans leur champ de vision, Klara s'approche. Oskar comprend qu'il va devoir remettre cette conversation à plus tard. Il bouillonne. Voyant Klara enlacer Sylvia, il se risque à une blague qu'il trouve bête, lui-même : « J'ignore ce que la biologie nous a confié en commun, mais moi, je suis nul en sciences. » Sylvia se retourne, regardant au-dessus de l'épaule de Klara, et alors qu'il ne s'y attend pas pointe vers lui un index menaçant comme une épée.

– La biologie ? Entre toi et moi ?… Je te raconterai ce que je sais de mon origine biologique. Et de la tienne aussi… du même coup. Elle s'approche de lui, très près de son visage et chuchote à son oreille :

– Nous sommes les deux derniers prisonniers de la Seconde Guerre mondiale, Oskar ! Enfermés à triple tour par Sybille la secrète !

Il se dresse comme un coq sur ses ergots, répond :

– Au point où nous en sommes, je m'attends à tout, ma grande sœur… Mais je suis certain que tu vas nous organiser une grande évasion !

Les deux femmes rient de bon cœur. Oskar sent que l'heure est venue pour lui de s'éclipser :

– Je tombe de sommeil. C'est mon jour le plus long, dit-il à Sylvia. Tu vois, la Seconde Guerre mondiale continue à nous habiter…

– Je vais te prouver que tu n'as pas tort, répond Sylvia redevenue une sœur, simplement.

– 21 –

La nuit des jumelles

« Si ce n'était pas toi, j'aurais dit non ! » répond la voix au téléphone.

Toujours fidèle à sa réputation de maîtresse femme, la Gisèle. Momine sourit comme une communiante. Depuis le temps qu'elle cherchait Gisèle Emery ! Une robe à fleurs s'avance dans l'allée de gerberas en trottinant, appuyée sur une béquille. Impressionnante femme. Autrefois, elle courait le jour, la nuit. Dix fois, se dit Momine. Dix fois, sa mère, Amélie de Kerveguen, a vu Gisèle Emery arriver devant son lit. Longtemps, Amélie a parlé d'une grande femme brune, costaude avec une prestance qui faisait taire même les hommes menaçants. Toujours fière, en tout cas, pense Momine devant le visage qui la scrute. En plus de procéder aux accouchements et de prodiguer des conseils de survie, les sages-femmes de ce temps-là savaient être les gardiennes de secrets affreux.

– Tu es plus petite qu'à la télé ! observe-t-elle en arrivant au barreau.

Momine se précipite sur elle, entoure de ses bras la femme qui a entendu son premier cri. Ursule avait conseillé de la faire parler. La trouver fut une autre affaire. Son nom dit toujours quelque chose entre Montvert et Ravine Blanche, et même jusqu'aux Trois Mares, à l'autre bout du Tampon, mais elle s'était volatilisée. Il a fallu un coup de pouce inattendu. Un matin, chemin des Papangues, le vieux facteur Gabriel s'est arrêté brusquement devant Momine :

– Tu ne serais pas la fille d'Amélie ? a-t-il demandé, se penchant comme un Quasimodo curieux.

– Je te réponds si tu me dis où est passée Gisèle, la sage-femme ! a-t-elle répondu en s'écartant tant le monsieur semblait sorti d'une distillerie de rhum.

Avec ses dents rouillées, le maigrichon s'est écrié :

– Gisèle ? La garce ! Elle m'a lâché pour le mari le plus moche du Tampon !

À son époque, Gisèle l'intrépide s'orientait sur des chemins sans nom écrit sur un panneau, elle se repérait au pied de litchi dans un tournant, à une treille de chouchous[18] au fond d'une cour, au réservoir d'eau accoté au champ de cannes. Auprès d'elle, Momine vient consulter une bibliothèque « du temps lontan », comme disent les créoles à la recherche d'autrefois. Elle savait tout de la société de son époque, basée sur la ségrégation par la couleur de la peau. Personne ne pouvait lui cacher les petits secrets des droits de cuissage – et des incestes –, des potions pour avorter et des naissances non souhaitées. Elle savait tout, mais pour protéger les plus vulnérables, la règle – paradoxalement – était souvent le silence.

Les femmes qui parlaient trop de « tout ça » ne faisaient pas de vieux os. Les maris, les cousins, les frères s'en occupaient avec un sabre à cannes, un peu de DTT ou du

18. Le chouchou, encore appelé « chayotte » ou « christophine », est une plante de la famille des Cucurbitacées cultivée comme plante potagère pour son fruit comestible, mais également pour ses tiges, ses jeunes pousses et même ses racines.

poison d'herbes aux recettes secrètes. Quand la malheureuse résistait aux potions, l'art des sorciers savait éliminer les « saletés de femme », sans compter la stigmatisation dont elle faisait l'objet et son rôle de bouc émissaire, inhérent à la vie en petites communautés sur une île.

Au téléphone, hier, pour la séduire, Momine a vanté son projet de film sur « La Réunion lontan ». Gisèle s'est montrée flattée d'y participer. « Avec mond' comm Ou, not tit péï lé en l'air » – Des gens comme toi nous font honneur. Si ça peut me permettre de te faire parler… s'est dit sournoisement Momine.

– Comment va Amélie ?

Momine ne s'attendait pas à cette question, pourtant simple. Elle bégaie, comme si on lui demandait de décrire scientifiquement le dernier manteau de lave de La Fournaise. La vieille femme s'impatiente, la bombarde de questions, poussée par sa curiosité sans borne.

– Après ce qu'elle a connu, ta maman doit être heureuse maintenant ? On m'a dit qu'elle avait des orchidées qu'on ne trouve plus ?

– Ah ! Euh ! Oui, oui, elle est contente, elle est très contente et… des orchidées, ouiiiii très jolies…

Mais Momine n'est plus vraiment là. Elle vient de dégringoler de quarante-cinq ans et atterrit dans la case en bardeaux où Amélie enchaîne les naissances, parfois deux, la même année.

Momine se ressaisit, prête à chanter n'importe quelle chanson pour convaincre Gisèle d'ouvrir sa « boîte à secrets ». Gisèle Emery est la personne qui sait, qui a vu, entendu… durant toutes ces années où le clan des Kerveguen a définitivement abandonné Amélie pour cause de péché mortel. Elle était présente quand cet étranger en concubinage avec

Amélie la battait et affamait leurs enfants, plus nombreux chaque année. Gisèle a sûrement des réponses aux nombreux « Pourquoi ? ». En particulier, pourquoi Amélie est-elle devenue cette mère capable de caresser le cochon qui la suivait alors qu'elle partait remplir son seau à la citerne, mais inapte à dire le moindre mot tendre à ses propres enfants ?

– Quels souvenirs as-tu gardés d'Amélie du temps lontan ? lui demande sa visiteuse.

Gisèle réfléchit, elle regarde ses mains.

– Quand on dit violence, on dit peu. Amélie a été massacrée ! C'est la vérité.

Gisèle donne son consentement pour l'enregistrement de son témoignage.

– Si ça peut t'aider à comprendre ce qu'elle a enduré… Et aussi pour toutes les autres femmes de ce temps-là.

La femme qui a coupé le cordon ombilical de Momine ne peut pas trahir Amélie. À bientôt quatre-vingts ans, Gisèle se souvient de certains moments avec une si vive acuité qu'elle doit baisser les yeux pour refouler son émotion. Et alors elle raconte…

Une nuit, se souvient Gisèle, il pleuvait des cordes. Deux enfants frappent à ma porte. Une fille qui devait avoir douze ans et son frère, treize ans tout au plus. Ils tremblaient comme des feuilles. Les deux enfants sont Julie, la plus grande des filles d'Amélie et Axel, l'aîné. Ils ont marché plus d'une heure, dans l'obscurité, sur les roches coupantes. Leur maman a hurlé « Mme Emery… chercher Mme Emery ».

Amélie hurle depuis la fin de l'après-midi. Exactement comme Pompon, la chienne des voisins. Le gros Albert a pendu la fidèle bâtarde à une branche du jacquier. Quand il a passé la corde autour de son cou, les enfants d'Amélie, comme tous ceux du voisinage, ont ri en se tordant d'effroi. Pompon a poussé des cris insupportables, angoissants. Elle faisait trop de petits, la chienne joueuse aux longs poils roux avec ses gros yeux brillants comme des billes. Elle les lâchait dans la nature. « Il faut la pendre. » Peine de mort, avait décrété Albert avec ses mains d'équarrisseur.

Amélie hurle comme Pompon, les racines bouillies et les prières n'ont pas suffi. Elle n'a pas voulu utiliser des aiguilles à tricoter comme sa voisine Simone. Simone s'est ratée il y a quelques jours. On a vu cinq petits enfants se lamenter derrière son cercueil, porté à travers la ville jusqu'au Terrain fleuri.

Amélie hurle et ne voit pas que le soleil s'est effacé, d'un coup. La nuit noire étend une nappe épaisse tout autour de la masure en bois. En entendant ses cris de douleur derrière la frêle façade en bardeaux, ses enfants ne rient plus, ils pensent à la balançoire funèbre de l'amie Pompon, la maman chienne qui faisait trop de bébés. Trop peur qu'on la pende, elle aussi, leur maman qui fait trop d'enfants… ?

Momine met des feuilles dans ses oreilles, mais les cris trouvent toujours le chemin de sa tête. Même la sirène d'incendie est moins effrayante. La petite fille a beau fermer les yeux, remplir ses oreilles d'herbes, sa peur a des jambes et galope sans laisse. Son angoisse mélange le souvenir d'un feu dans le champ de géranium de l'autre côté de la case, des flammes qui dansent en grimaçant, et la dépouille de Pompon sur une branche du jacquier, la langue rose pendante. Jouer à la marelle autour des roches à trous aide à balayer ses peurs. À voix haute, elle invente une histoire. Sa maman ne mourra jamais, le vent dans le jacquier va réveiller Pompon, elles courront à nouveau ensemble à la chasse aux coccinelles.

Les rafales de pluie et de vent poussent Momine, ses frères et sœurs sous la treille de lianes de chouchous. Ils s'accroupissent en rangs d'oignons sur les moellons en guise de tabourets. Les plus petits se font trimballer d'une roche à l'autre, passant de bras en bras, manquant de tomber sous les baisers qui étouffent leurs hoquets.

Ces derniers temps, les plus grands ont remarqué que le ventre de leur mère la faisait ressembler aux grosses araignées jaunes et noires qui grimpent sur leurs toiles transparentes tissées entre les feuilles de bananiers. Julie n'a rien dit, mais en regardant Amélie, elle s'est promis de sauter du pont de la Ravine Blanche si ça lui arrivait.

À douze ans, elle a vu tant de fois son père frapper sa mère, tant de fois elle a ramassé des poignées de cheveux blonds sur la terre battue. Julie est assez grande pour comprendre ce qu'il se passe quand un homme comme Mukesh Bajaj, pas très grand mais costaud, pousse sa mère, l'entraîne par le bras vers le lit en arrachant ses sous-vêtements, et fait claquer ses mains sur tout son corps. Toujours le même scénario. L'adolescente ferme les yeux de dégoût et de colère quand elle entend son père grogner avant d'exulter. Puis il se rhabille et repasse par l'allée de becs d'oiseaux mauves. Il va retrouver ses amis et jouer aux cartes dans le tripot au fond de la boutique du Chinois Ah-Teng.

Le seul lien de Julie avec cet homme – comme toute sa fratrie – est son nom. Pas une photo de ce père de papier avec ses enfants et pas une seule image des deux parents ensemble, jamais sa signature sur un carnet scolaire ni une seule lettre de lui alors qu'il est instruit, contrairement à leur mère. Jamais acheté un cahier, un livre, une ardoise, un bout de craie. Jamais une robe.

Julie, elle, assure le rôle de mère adjointe pour ses sept frères et sœurs. Quand Amélie accouche une énième fois, elle compte sur ses enfants pour survivre seuls. Cette nuit, les deux plus grands escortent la sage-femme jusqu'au lit de leur maman sous des rafales cycloniques.

À la lueur tremblante d'une bougie, Gisèle sort ses ciseaux, saisit son flacon d'alcool et dit à Amélie de respirer très fort.

– Allez, allez, Amélie ! Pousse ! Pousse fort ! Il ne sortira jamais si ça continue. Le voilà ! dit l'accoucheuse comme si elle recevait un trophée rare.

Quelque chose la chiffonne :

– Ah ! Mais elle n'est pas seule, cette enfant.

Amélie fait comme si elle n'entendait pas. Cette nuit de pluie, elle enfante deux fois, comme Joséphа sa sœur, comme Léopoldine, sa mère. En expulsant le deuxième enfant, un sanglot déchire sa gorge.

– Mon Dieu, pourquoi ? Je n'en peux plus !

Gisèle en a vu d'autres et n'ajoute pas à la désolation.

– Tu as des jumelles, se contente-t-elle d'annoncer doucement, masquant son inquiétude. Neuvième et dixième accouchements, mais pas vraiment la routine cette nuit. Dès le début, la sage-femme pressent une difficulté. Ni la première née ni la suivante ne poussent un cri, un vrai cri de santé. Deux êtres sans voix. Gisèle les examine près de la flamme de la bougie.

– Amélie, ça fait pas neuf mois… ? demande-t-elle, sûre du contraire.

– J'ai pris des tisanes, ça n'a pas marché. Je ne fais jamais attention aux dates… répond-elle en fermant les yeux.

– Je pense qu'elles déboulent avec au moins deux mois d'avance ! estime Gisèle. L'accoucheuse expérimentée est sceptique sur les chances de survie des « petites choses qui ne bougent pas beaucoup ». Il faudrait les couver, aller à l'hôpital de Saint-Louis. À pied, dans une nuit de cyclone, où demander du secours ?

D'habitude, le dernier rejeton trouve sa place, blotti dans le lit nid, au milieu des plus grands qui ont appris à ne pas écraser les plus faibles. S'il a faim, il comprend vite le circuit d'alimentation, du producteur au consommateur. En général, le petit se débrouille assez bien pour trouver le sein.

Cette fois, c'est différent. Gisèle entortille les deux minuscules créatures dans une piquette – le lange en tissu piqué d'une couture solide –, mais elles sont beaucoup trop fragiles pour les lâcher dans le lit.

Mme Emery inspecte le maigre équipement autour d'elle. Dans la petite chambre, elle déniche une boîte à chaussures coincée entre des tasseaux et la charpente de bardeaux. Elle ne contient pas de chaussures, mais le trésor d'Amélie. Ses aiguilles et ses bobines de fil à broder. Gisèle aplatit légèrement le couvercle et la boîte.

– Voilà des berceaux, mes belles, dit-elle avec une douceur inhabituelle.

L'accoucheuse saisit délicatement, dans une main, une enfant après l'autre. Elle en est absolument sûre maintenant. Les jumelles ne sont pas seulement des enfants malingres ayant manqué de vitamines et de nutriments dans le ventre de leur mère épuisée par les naissances innombrables et une pauvreté mordante. Elle se trouve face à deux grandes prématurées. Deux petites filles si chétives, si fragiles que l'accoucheuse les enveloppe dans un peu de ouate qu'elle a pris soin d'apporter en même temps que ses ciseaux.

– Elles respirent ! s'empresse-t-elle de se rassurer en imaginant deux porcelaines transparentes dans des réceptacles improvisés. Elle les pose avec une infinie précaution sur la table ovale vernie, bouge malgré elle la tête d'un air sceptique et triste. Ces deux-là sont si vulnérables. Comment auront-elles la force de téter ?

Amélie ouvre lentement les yeux, jette un regard vers l'installation des deux minuscules bébés. Elle garde le silence comme si ce qui se passe autour d'elle ne la concerne pas vraiment.

– Elles respirent, répète la sage-femme, cherchant à forcer le destin. Il est tard, je dois trouver mon chemin dans ce temps de pluie. Je repasserai prendre des nouvelles, promet Gisèle Emery en refermant son cabas d'accoucheuse.

Julie prépare une tisane d'ayapana[19] et de benjoin[20] à sa mère. Il faut craquer cinq ou six précieuses allumettes avant de pouvoir ranimer le feu qui s'obstine à ne pas prendre à cause de l'humidité infiltrée sous les cendres du trépied. L'année dernière, cette tisane subtile a redonné des couleurs à sa mère. Elle replace correctement un oreiller sous la tête d'Amélie, rafraîchit son visage. La nuée d'enfants qui dormaient sous la treille sur les genoux des plus grands vient se répartir sur les deux lits. Les plus petits entourent la mère, marchent sur elle, sollicitent son attention. Leurs ventres commencent à claquer de faim.

Amélie soulève son corps fracassé et veut en avoir le cœur net. Aucun murmure ne s'est échappé de la boîte à chaussures transformée en berceaux. Elle s'assure que ses jambes tiennent debout, s'approche de la table. Elle ne touche pas les enfants. Mais ses lèvres bougent doucement. Julie arrive sur la pointe des pieds, pose un bras autour de sa mère, caresse doucement les visages de ses petites sœurs. Et sans prononcer un mot, elle, la grande sœur, pleure dans ses mains.

---

19. Le yapana, dont le nom latin est *Ayapana triplinervis*, fait partie de la grande famille des *Asteraceae*.

20. Résine de plantes du genre Styrax.

Amélie recule d'un pas, prend appui sur le dossier du lit et s'assied. Elle a compris, dès le premier regard, que ses deux nouveaux enfants n'ouvriront pas les yeux. La mort est passée. Elle rassemble ses forces et se replace face à la table vernie. Un voile de silence entoure une boîte à chaussures, berceau puis cercueil de jumelles arrivées trop tôt. Un adieu sans bruit, comme si cela faisait partie de l'ordre des choses que des enfants meurent devant leur mère. Elle baisse les yeux et dit doucement, s'adressant à elle-même : « Elles étaient trop faibles pour vivre parmi nous. C'est mieux ainsi… » Amélie joint les mains, murmure quelques mots inaudibles, ne se révolte pas, ne se plaint pas. Elle accepte la mort venue chercher ses enfants.

– C'est ma destinée… dit-elle en regardant sa fille Julie.

Amélie parle comme si elle décrivait le jour qui décline ou la pluie qui cesse de tomber. Deux étoiles filantes sont passées chez elle. Des jumelles envolées après une escale, une nuit de pluie. Peut-être était-ce seulement un rêve.

Le sommeil s'empare d'Amélie de Kerveguen, trente ans et dix enfants. Trois sont morts de pauvreté. Elle rêve qu'elle s'envole. Les jumelles sont venues tisser ses ailes.

Gisèle Emery cesse de raconter cette terrible nuit, elle bouge la tête, l'air de dire « Quel malheur ! », dégourdit ses doigts qui ont aidé tant d'enfants à naître, mais n'ont pu sauver ces deux êtres vulnérables. Tout à coup, saisie d'un doute, elle mesure la gravité de ses confidences.

– Je n'ai pas voulu salir ta famille. Tu vas pas raconter tout ça ? Tu sais qu'elle est orgueilleuse, ta mère ? Amélie va tout emporter dans sa tombe.

Gisèle et sa visiteuse expirent au même moment, plissent les yeux en même temps en regardant le ciel.

En silence. Elles sont l'une et l'autre devant la scène des jumelles mortes, installées dans une boîte à chaussures, sur un coin de table dans une chambre éclairée par une bougie, pendant que des rafales de pluie torrentielle balayent les bardeaux d'une maison plongée dans une quasi-obscurité. J'irai au bout de mon projet de film, cette scène y figurera, se promet Momine. Elle regarde la vieille dame, saisit sa main.

– Gisèle, c'est vrai, tout ça. Tu viens de réveiller des souvenirs. Mais qui va nous croire ?

L'ancienne accoucheuse secoue la tête :

– Je comprends que l'on puisse douter de mon récit ! Mais il reste des témoins heureusement… La pauvreté était cruelle dans ce temps-là, ajoute-t-elle en tordant un bout de son tablier fleuri.

Mais soudain, elle s'inquiète. Faut-il réveiller les morts, se demande-t-elle. Momine se penche vers elle, la sonde du regard, puis surmontant une montée de colère froide, elle lui pose cette question qui la taraude :

– Elle t'a parlé de… lui ? Mon père… en fait…

En prononçant ces mots qui lui écorchent la bouche, un visage fait irruption dans sa mémoire. Un portrait en noir et blanc. L'unique photo qu'elle possède de son père est stockée dans l'album numérique de son téléphone. Elle partage l'écran avec Gisèle.

Il surgit sous leurs yeux. Mukesh Bajaj a une quarantaine d'années, visage ovale, cheveux noirs, épais, coupés courts, quelque chose d'un séducteur brutal dans son regard méchant. Il porte un costume chic. On dirait de la soie. Une cravate claire, de bonne facture, est en partie occultée par un élégant gilet. Penchée sur l'épaule de Momine, Gisèle éprouve un haut-le-cœur, elle ferme les yeux ; une larme tombe sur sa joue. Elle l'essuie sans un mot. Son silence est plus éloquent que tous les mots.

Momine continue de dévisager la photo de l'homme qui a frappé sa mère, lui a imposé de produire dix enfants à nourrir, loger, éduquer, la laissant affronter des torrents de boue dans la solitude.

D'autres souvenirs l'assaillent aussi. Une poupée qu'il lui a offerte, elle devait avoir neuf ans. Et cette autre fois, quand il a tenu sa petite main et l'a emmenée voir le Cirque Brazil devant la mairie de Saint-Pierre. Pourquoi avoir été ainsi distinguée de tous les autres ? Non seulement elle n'oublie pas ses deux cadeaux, mais elle les garde dans une petite boîte bleue, au fond de son cœur. Ce père-là devait l'aimer, quand même ? Un paradoxe qui n'efface pas une réalité tenace : Momine est le fruit des crimes de cet homme.

Amélie n'emportera pas ses secrets dans sa tombe, se promet-elle, les yeux fixés sur la clôture frémissante sous une course d'insectes. En observant les fourmis qui se hâtent vers le bonheur d'une miette, un épisode enseveli dans sa mémoire en émerge sans prévenir.

Un après-midi, il y a longtemps de cela. Elle se rend à Saint-Pierre pour une convocation dans une vaste bâtisse de l'époque coloniale. Au rez-de-chaussée siège le tribunal d'instance. Quand la porte s'ouvre, le juge n'a pas besoin de faire les présentations. Mukesh Bajaj est venu défendre… une demande de pension alimentaire à sa fille de vingt ans qui vient tout juste de signer son premier contrat de journaliste à l'ORTF. Épaulé par Me Ingar – son avocat –, il explique qu'il est ruiné. Momine lui fait face Elle n'a pas peur de lui rafraîchir la mémoire. Ni le juge, ni l'avocat, ni son père – ce père à l'état civil – n'osent l'interrompre. Aucun des trois n'insiste. Elle n'a jamais payé un seul centime de pension alimentaire pour un homme prétendument son père, qui les a tous abandonnés, elle, ses frères et sœurs et leur mère.

Gisèle semble somnoler. Momine ferme les yeux à son tour. Elle écoute au loin les vagues s'écraser sur les roches et le vent qui souffle dans les fleurs jaunes et blanches des lataniers[21]. Son regard descend et va fouiller sous un rectangle de terre bordée de quatre pierres. Les os blancs de Mukesh Bajaj sont alignés pour l'éternité. Le cimetière de Saint-Denis resplendit au soleil de l'océan Indien. Momine ouvre les yeux.

– Cette fois, c'est moi qui te convoque au tribunal, Mukesh Bajaj, tu vas rendre des comptes ! La mort ne sera pas une excuse, jure la fille d'Amélie Rivière de Kerveguen.

---

21. Nom vernaculaire donné à certaines espèces de plantes de la famille des *Arecaceae*.

– 22 –

Le premier pas

Gisèle Emery n'a jamais revu les jumelles.

Au bout de la nuit, quand le jour paraît, les deux petites filles attendent d'être portées en terre. Amélie se frotte le visage. Est-ce ma faute ? se demande-t-elle. Peut-être pas cette fois. Mais si ça continue… ? Revivre une telle misère dans quelques mois – un an au maximum – fera d'elle un assassin. Elle regarde les deux minuscules corps immobiles. Une idée vient, portée par la force du vent qui succède à la pluie du matin. Partir. Le mot traverse sa tête comme l'éclair foudroyant qui déchire le ciel. Partir. Briser ses chaînes. La culpabilité la secoue. Pour la première fois depuis qu'elle met au monde chaque année un enfant, parfois deux, Amélie ne se dérobe pas à sa conscience. Trouver le moyen de s'échapper.

Un bruit de tissu frotté annonce une visite très attendue dans l'allée de becs d'oiseaux mauves. Le père Léon Nativel n'est pas n'importe quel prêtre. Ne pas se fier à son apparence de falot indifférent. Il entre dans la cour, se fraye un chemin entre les plis de son ample soutane soulevée comme une robe de mariée au-dessus de la boue. Il s'arrête un instant, le temps de s'éponger le front. L'homme d'Église respire, puis prend son élan vers la marche et hisse sa masse de graisse à travers la porte à bascule en soufflant comme le car Ducheman dans la montée de Saint-Pierre.

– Ah, je vois, soupire-t-il, s'avançant vers la chambre éclairée de flaques de lumière du jour qui perce entre les bardeaux disjoints.

Ce n'est pas une vision divine qui inspire l'étonnement du serviteur de Jésus, mais la vue soudaine d'une table mortuaire, exposée dans le clair-obscur comme un tableau du Moyen Âge.

Julie, blême et tremblante tant l'homme d'Église l'impressionne, présente le broc qu'elle a rempli dehors. La plus grande fille d'Amélie a puisé l'eau au fond d'un ancien bac à essence siglé Esso qui sert de réservoir comme chez toutes les familles de l'arrondissement.

– L'eau de la vie éternelle, merci, mon enfant ! remercie le curé en reprenant son souffle. Deux femmes en mantilles blanches, immobiles comme sur la gravure montrant le cœur du Christ accrochée à un clou, attendent, recueillies. Elles sont venues en renfort afin de donner un peu d'allure à la cérémonie religieuse.

Amélie est assise sur son lit, les mains jointes comme si le prêtre allait enfin procéder à son mariage en même temps qu'au baptême de ses enfants mortes. Sous sa peau affleure l'apaisement. Elle a insisté pour que l'adieu soit organisé dans le rituel de ses origines. Enfin une victoire dans son existence de chutes répétées. Être reconnue comme membre de sa communauté – la communauté des créoles blancs catholiques –, c'est tout ce qui lui reste. Elle a besoin de ce lien, le seul lien social avec le monde dont elle vient.

Les deux paroissiennes empruntent un air aussi solennel et illuminé que si elles avançaient dans une procession officielle à

Notre Dame. Elles se postent dans un coin de la pièce exiguë, près de la tête du lit. Les prénoms des jumelles sont choisis sur-le-champ. Aigrement. « Marie-Hélène et Marie-Claire ? » propose l'une des deux bénévoles. « Pas Marie-Claire ! Ce nom porte malheur » répond Amélie avec assurance, comme si elle témoignait dans un procès régi par le droit canon. « Chantal et… Josette, alors ? » négocie précautionneusement l'autre dame catéchiste. « Certainement pas ! Trop commun. Chantal, c'est pour les filles de mauvaise vie ! » argue Amélie d'une voix de gisante. Au bout de cinq minutes après avoir égrené la moitié du calendrier romain avec des Jeannette et des Ginette rejetées au bord de la ravine, le choix est arrêté, sans enthousiasme. La maman des baptisées adresse un bref signe de la tête pour indiquer qu'elle n'oppose plus d'objection. Le curé commence à manifester son impatience en toussotant, ce qui provoque de petits tressautements sur son large poitrail.

Missel à la main, les visiteuses entonnent un chant d'allégresse. « Dieu nous accueille à son festin… » L'une des deux femmes s'époumone sur un ton si haut – et si faux – que le prélat en sueur l'interrompt en découvrant ses dents dépareillées dans un fou rire.

– Non… tu vois bien Marie-Estelle, la maison n'est pas assez grande pour ça. On repart, un peu plus bas. Un, deux, trois !

Le curé, arrière-petit-fils d'esclaves malgaches, ferme les yeux, dessine des gestes d'exorciste pour chasser Satan tapi, en chair et en os, sous ce toit du péché.

Les géniteurs des nouveau-nés n'ont, en effet, jamais été mariés devant un autel catholique – ni d'une autre religion, et pas plus à la mairie, d'ailleurs. Des aventurières telles que cette Amélie n'ont pas droit au passeport chrétien pour l'au-delà. Ni pour elles ni pour leur progéniture née de la lubricité.

Heureusement que le Père Nativel a su rester imprégné de la société créole ; il n'a pas peur d'adresser des clins d'œil au dogme quand il le contourne. Grandi à la lisière de croyances rattachées à la pratique de la sorcellerie, il a accepté de venir bénir les petits corps dans le but d'encourager Amélie. Il n'est pas de ceux qui disent : « Souffre et le paradis t'attend là-haut. » Au contraire. Il est homme à apprécier la chance d'être vivant sur Terre. « Fuis ton enfer » disent ses lourds mouvements sous la chasuble qui colle à ses bras costauds.

José Nativel ne promet pas le paradis de l'au-delà.

– On verra bien, au jour du jugement dernier, si tu es admise au royaume des cieux, Amélie, confie-t-il soudain.

Amélie sursaute en fronçant les sourcils. Elle baisse les yeux, étend ses jambes douloureuses en mâchonnant sa colère. Elle s'abstient de discuter, mais son commentaire muet raconte que le jugement des humains sur Terre ne l'a pas ratée et qu'elle paye sa dette depuis un moment déjà.

Le représentant du pape saisit toute son énergie, dessine de ses doigts épais une croix qui monte jusqu'au plafond de l'étroite masure comme s'il bénissait un régiment entier en partance pour une croisade. La boîte à chaussures ouverte en deux, transformée en deux cercueils d'enfants, est aspergée copieusement. La cérémonie va « sortir le diable de la tête » des deux nouvelles chrétiennes. Le prêtre sait bien que Lucifer n'a pas eu le temps de s'y incruster, les deux petites ont vécu quelques minutes, tout au plus.

– Au nom du Père, du Fils, du Saint-Esprit, récite le curé de sa voix chaleureuse, je vous baptise…

Sous leurs yeux clos, Marie-Louise et Marie-Anne-Solenn embarquent pour l'éternité. Pour la première fois, des enfants d'Amélie sont enregistrés à l'état civil sous son patronyme « Rivière dite de Kerveguen ». Elle a demandé à Gisèle Emery

– l'accoucheuse témoin de ses défaites – de lui accorder « un service très important ». Se rendre à la mairie en bois qui trône au-dessus d'une volée de marches en basalte, près du dépôt de rhum du Tampon. Mission : faire la déclaration de naissance des jumelles. Ainsi a-t-elle devancé celui qui se précipite pour enregistrer des nouveau-nés afin d'entrer un jour dans le livre des records. Pour Amélie, il ne fallait surtout pas qu'elles portent le nom honni des huit autres. Ce nom qu'elle ne prononce jamais. Les jumelles sont les enfants de son cœur, elles partent avec son héritage personnel, son histoire. Celle de ses ancêtres du Finistère. Sans la vile trace d'un imposteur surgi de l'ombre du hasard, un jour de ténèbres, sur les roches coupantes du chemin de l'Hermitage.

Les deux dames dévouées à l'église nouent Marie-Louise et Marie-Anne-Solenn, côte à côte, dans un morceau de drap blanc. Elles les emportent, blotties comme des poussins, dans une soubique[22] qui exhale encore le vacoa tressé des bords de mer. Le coffre de leur premier et dernier voyage dans le monde des vivants s'en va au bras d'une vieille fille qui aime les enfants. Amélie observe le minuscule cortège funèbre sortir de sa chambre, sans demander dans quelle tombe ses deux petites filles seront inhumées au cimetière du Terrain fleuri. Elle serre les dents, deux perles translucides s'échappent de ses yeux mi-clos alors que ses lèvres murmurent trois ou quatre mots. On devine une promesse à tenir.

Une semaine passe. Cet après-midi, les deux paroissiennes sont de retour, chemin du Gouverneur, chez Amélie. Elles avancent prudemment, comme sur une terre peu sûre, dans l'allée embaumée de becs d'oiseaux mauves. Elles se

---

22. Grand panier à deux anses dont se servent les marchands pour transporter les fruits, les légumes...

trouvent aussitôt cernées par « les marmailles » d'Amélie. La troupe bruyante espère que le vieux voisin ronchon, ce méprisant et pingre Jeannot les voie. Lui qui les traite comme des insectes nuisibles sera bien surpris et jaloux. Ce n'est pas si fréquent que deux dames bien habillées et souriantes fassent l'honneur d'une visite en leur caressant la tête.

– Tu veux voir notre maman ? demande la petite au teint clair. Viens ! Elle est en train de broder. C'est elle qui fait les plus belles chemises avec des fleurs !

Les deux dames aux cheveux ramassés en rouleaux sur le cou ont les yeux qui brillent et la gorge nouée. Elles s'attardent au milieu d'un troupeau d'enfants aux pupilles de toutes les couleurs comme si elles contemplaient des spécimens rares exposés sur les étagères d'un muséum d'histoire naturelle. On ne se mélange pas si fréquemment ici, chez les Blancs du Tampon. Surtout pas avec des hommes cuivrés. « Ils sont beaux les enfants d'Amélie ! Ça alors ! » Ni les plus grands des marmailles, Axel et Julie, ni les six autres ne mesurent l'exclamation des visiteuses. Ils cataloguent les deux gentilles extraterrestres de « mond'riches » sans se rendre compte que leur apparence suscite curiosité et même un brin d'affection.

Les demoiselles De Villiers n'ont jamais enfanté. La bande qui fait la ronde autour de leurs jupes à plis surmontées de corsages boutonnés jusqu'au cou réchauffe leur cœur maussade. L'innocence et la joie qui s'exaltent de toutes ces bouches rieuses et leurs peaux de bibasses[23] veloutées, les consolent comme une douche de bonheur. « Quelle chance a eu Amélie, quand même… », chuchote l'une des sœurs.

23. La bibasse est le fruit du néflier du Japon.

« Des enfants si beaux, et en plus, vigoureux ! Elle n'a pas fait des monstres comme nos cousins-cousines », persifle la plus jeune. Jamais les sœurs De Villiers ne confieraient qu'elles font l'éloge du métissage. À aucun prix. Elles s'aventurent avec une lampe torche dans un couloir de la société peuplé de sens interdits et savourent leur promenade. Sans oser davantage.

Jadis, dans leur jeunesse, Amélie et ces deux visiteuses communiaient avec la même ferveur dans l'église en basalte édifiée grâce aux largesses du comte de Kerveguen. Amélie n'était pas peu fière de souligner son ascendance dans la filiation complexe des aristocrates enracinés dans la lointaine Bretagne. Elle avalait l'hostie en marchant dans l'allée centrale, droite, en relevant le buste.

Marie-Estelle et Jeanne-Aimée – les deux paroissiennes pieuses – ont rompu toute fréquentation quand Amélie a mal tourné. Elles n'ont pas été les seules à la bannir. Toute la société blanche du Tampon a vécu la chute de la splendide jeune fille comme un traumatisme annonçant le temps sauvage des mélanges de sangs.

Les années ont passé et surtout, Gisèle Emery avait su trouver les mots en les appelant au secours. Les sœurs chrétiennes reviennent avec une bouée de sauvetage. Amélie leur a demandé de l'aide, discrètement, lors du baptême des jumelles mortes. Épuisée, Amélie quête une intercession pour déverrouiller une porte de sortie et s'évader de sa vie en enfer. Après tout, elle a suffisamment payé ses péchés et mérite la compassion dont se prévalent ceux qui communient chaque dimanche, pour obtenir une chance de racheter et vivre décemment, a-t-elle plaidé.

Touchées par sa misère et surprises par la beauté et la grâce des enfants aperçus la première fois lors de la cérémonie d'adieux des petites Marie-Louise et Marie-Anne Solenn, les vieilles filles se sont laissées attendrir. Leur excellente réputation ajoutée à un dévouement sans faille à la communauté catholique blanche du Tampon a parlé pour elles. Marie-Estelle et Marie-Aimée sont allées défendre sous toutes les varangues entre Les Trois Mares et Montvert la cause d'Amélie et de sa cohorte d'innocents affamés exposés au danger. Partout elles se sont portées garantes de la volonté d'Amélie de surmonter ses péchés et ses erreurs. Parfois, elles ont dû faire front à la mémoire blessée.

– Que ses fautes la fassent brûler chez Lucifer ! a répondu Poupette Dubuisson accoudée à sa fenêtre, comme si absoudre une femme allait porter malheur à sa solide fortune, acquise dans l'industrie du sucre sur le dos d'anciens esclaves.

– Il faut penser à ses enfants, ils ne sont pas responsables des bêtises d'Amélie, a sermonné l'une des De Villiers.

– Avez-vous donc oublié nos devoirs ? a questionné l'autre sœur en agitant son index vers le ciel. Il voit tout, a-t-elle menacé, Il voit si c'est Amélie ou vous qui avez le plus souffert…

– Merci bien, je ne veux pas gagner le concours du malheur ! a répondu la tête dure, toujours aussi outrageusement fardée, en fermant sa fenêtre.

Après une semaine de visites sous les varangues et dans les salons des plus belles demeures du Tampon et des alentours, le dévoué duo a trouvé des oreilles ouvertes à la pitié.

Elles arrivent donc au milieu du troupeau d'enfants porteuses d'une possible planche de salut.

– Amélie, dit l'une des deux femmes, si tu veux relever la tête et remonter la pente, il faut que tu t'engages à… il faut que… mais attention…

Amélie ne la laisse pas finir sa leçon de morale :

– Non seulement je veux relever la tête, mais je le ferai. Je n'oublierai jamais si vous nous aidez. Un jour, mes enfants vous rendront fières de nous ! promet Amélie.

Elle se demande aussitôt sur quelle richesse elle peut bien s'engager pour parler ainsi. Ses enfants rendront fières les demoiselles De Villiers ? Eux ? Ces enfants-là, vraiment ? Il ne faut pas laisser le doute transparaître, ne pas partager ce qu'elle a sur le cœur, alors elle sourit. Elle parle des enfants d'une autre mère.

– Très bien, reprend l'autre femme. À tout péché, miséricorde !

Amélie sent un drôle de parfum humecter ses narines. Quelque chose qu'elle a oublié et qui revient. L'espoir ? Il lui ressemble en flottant, agreste et libre, au milieu de cette cour nue. Les simples murets qui délimitent l'espace vide se dressent comme des murailles dans sa tête. Elle se tait et s'envole.

– Je serai à la hauteur, promet-elle comme si elle contemplait quelqu'un d'autre s'exprimant en son nom.

Les héritières De Villiers sont rouges d'excitation. Marché conclu. Les anges Marie-Louise et Marie-Anne Solenn vont garder une place pour elles au ciel. Elles vont en trouver une sur Terre pour leur mère battue, humiliée avec dix enfants, dont trois au fond de tombes prêtées.

– Mais il te faut encore attendre un peu, conclut l'aînée des De Villiers, en remontant l'allée.

C'est tout juste si elle ne mentionne pas l'imposition d'une ordalie[24]. Toute la communauté verrait Amélie marcher

24. Au Moyen Âge, épreuve destinée à établir l'innocence ou la culpabilité d'un accusé.

d'un bout à l'autre du Tampon, portant un fer brûlant dans une main. Si elle rentre sans s'être consumée jusqu'à l'os, ses contempteurs considéreront qu'elle est désormais lavée du péché de concubinage et du reste. Amélie Rivière dite de Kerveguen est cet après-midi-là dos au mur. Prête à tout pour partir. Loin de la ville. Il ne faut pas que Mukesh Bajaj la retrouve pour lui imposer un onzième enfant. Elle vient d'avoir trente ans.

Trois jours passent. Les oiseaux annoncent l'aube, on frappe à la porte. La plus jeune des De Villiers arrive avec sa bonne. Elle vient donner le feu vert pour organiser la fuite d'Amélie. Il ne faut pas beaucoup plus d'une heure pour rassembler sa richesse à exporter de l'autre côté du Tampon. Sa table ovale – s'il n'y avait qu'une seule pièce à sauver, ce serait cette table où les petites ont passé leur unique nuit auprès d'elle –, les deux sommiers et matelas, une console vernie en bois de natte[25]. Le temps de remplir les trois malles vertes en métal, et d'emporter les quelques ustensiles de cuisine.

Elle laisse grande ouverte la porte à bascule que des brigands ont cherché à forcer tant de fois, la nuit. Elle marche comme marchent les survivants, la tête haute, dans l'allée de becs d'oiseaux mauves. Le vieux Jeannot méprisant doit savoir qu'Amélie Rivière de Kerveguen vient de briser les barreaux de sa prison. Qu'il aille le dire partout.

Amélie et sa ribambelle grimpent dans un gros camion bleu qui tressaute comme un asthmatique en attendant de démarrer. Elle est assise à l'avant. Les enfants sont installés à l'arrière, sur les bancs en bois, sauf Momine qui aura

25. Les nattes – le petit natte et le grand natte – sont des espèces d'arbres de la famille des *Sapotaceae*, d'un bois rouge-brun. On les appelle aussi nattier, barbottier ou makak en créole mauricien.

bientôt six ans. La ravageuse, comme la surnomme Amélie, a promis de devenir sage comme une image pour avoir le droit de monter à l'avant, entre sa maman et le chauffeur. L'homme, un Malbar[26] qui se présente comme habitant La Ligne Paradis sur la route de Saint-Pierre, regarde en coulisse, pendant que des volutes bleues s'échappent d'un grand tuyau sur le capot du Berliet.

Un dernier regard vers ce toit couleur de cendre où elle s'est promis de dire non à son existence emmurée, Amélie est prête. Son premier pas vers la liberté. Elle serre contre elle un objet rectangulaire, en carton, qui semble passablement écorné. Une boîte entourée d'une ficelle qui contient son unique trésor sur Terre. Ses aiguilles et ses bobines de fil à broder y ont retrouvé leur place.

Personne ne peut deviner qu'une ancienne boîte à chaussures soit dotée d'un double pouvoir magique. Longtemps avant sa rencontre avec le diable Mukesh Bajaj, ses bobines de fil et ses aiguilles lui tissaient déjà des ailes pour s'envoler d'un ennui mortel. La semaine dernière, la boîte est devenue unique au monde par la force des deux empreintes qu'elle porte à jamais. Jusqu'à son dernier souffle, Amélie de Kerveguen se souviendra que ses deux filles se sont endormies là, pour toujours, avant de partir, ensevelies dans un morceau de drap blanc.

Si Marie-Louise et Marie-Anne Solenn sont passées dans son existence à la vitesse de deux étoiles filantes, leur présence constante à ses côtés ne fait aucun doute pour elle. Ses jumelles sont venues en messagères, porteuses d'une mission. Lui dire qu'elle peut s'évader. Elles sont passées dans sa vie pour lui offrir cette chance.

---

26. Groupe ethnique d'origine indienne de l'île de La Réunion.

Quand le poids lourd tourne en bas du chemin du Gouverneur pour s'engager vers la droite, en direction des Trois Mares, Amélie sent monter entre ses côtes quelque chose qu'on appelle, sans doute, le sentiment de liberté. Elle aurait voulu dire « merci » quand cette saveur oubliée a inondé sa bouche. Elle qui n'a presque pas pleuré quand les coups lui arrachaient la peau et les cheveux, elle qui a serré les dents quand un premier enfant est passé dans l'autre monde, la voici qui sanglote entre ses mains, comme un prisonnier lâché au vent. Le chauffeur cherche à la consoler.

– Il ne faut pas pleurer, vous irez bien là-bas, vous verrez !

Elle ne répond pas, sinon elle dirait qu'elle pleure de gratitude, de bonheur, d'espérance. Elle dirait à tous ceux qui sont à leurs fenêtres, aux portes, dans les jardins et les cours, qu'elle a gagné le gros lot à la loterie ; elle annoncerait qu'elle se fiche totalement du passé. Elle dirait que – pour le moment – seul aujourd'hui compte et aujourd'hui est un beau jour. Un très beau jour.

Amélie passe la tête à l'extérieur. L'air chargé du carburant de poids lourd est délicieux, il lui fait monter des larmes aux yeux. Amélie n'en revient pas d'avoir eu l'audace de desserrer la corde qu'elle a attachée à sa vie. Les sœurs De Villiers ont été décisives pour dénicher une solution, mais c'est elle, Amélie, qui a eu le courage de soulever la dalle de son tombeau.

Après le pont de la Ravine Blanche, en montant vers le garage Bigey, raide sur son siège à la manière des « gens qui viennent des grandes familles », Amélie regarde devant elle. Le plus loin possible.

Soudain, elle se tourne vers le chauffeur :

– Oh ! Quel beau jour !

Quelque chose la gêne. Elle saisit la main du Malbar.

– Mais au fait, monsieur Ramassamy, on est quelle date aujourd'hui ?

Depuis le matin où Jocelyne, sa marraine, l'a fait entrer dans la maison jaune entourée de bougainvilliers, Amélie de Kerveguen a rayé le temps de son existence.

Le pommeau du long levier de vitesse du Berliet tressaille quand le chauffeur accélère en questionnant le profil de sa passagère étrange. Amélie regarde droit devant et dit :

– Je ne suis pas folle, mais je n'ai aucune idée de la date.

Le camion s'essouffle comme s'il rendait l'âme. Le chauffeur coupe le moteur. Le Berliet bleu s'immobilise devant un jardin épais comme une jungle.

– Le jour et la date ? répond-il en ouvrant la porte du véhicule. Le jour de la liberté. C'était le 14 juillet hier. Mais la liberté, c'est tous les jours, madame Kerveguen !

– Oui, oui, oui ! La liberté ! enchaîne une voix de petite fille. La première fois qu'elle entend parler d'une chose pareille. Momine attrape la jupe d'Amélie occupée à sortir ses affaires du Berliet.

– Maman, ça veut dire quoi la liberté ?

Amélie se redresse. Elle regarde les hautes herbes devant la maison qui l'attend. En échange de ce refuge, elle a promis aux demoiselles De Villiers de saisir sa chance. Pour elle et ses enfants. Elle réfléchit, fixe Momine dans les yeux :

– Je vais t'inscrire à l'école des Trois Mares. Ta liberté se cache là-bas !

– 23 –

Les ailes de la coccinelle

Momine a six ans, elle adore son école des Trois Mares, mais aujourd'hui elle ne croisera pas les bras devant son pupitre en bois quand Mlle Jeanne Picard fera l'appel des quarante-cinq noms de sa classe de CP.

Elle a suivi Axel et Maximin, ses deux grands frères, sur le chemin de terre qui court devant leur nouveau logis. Au moment de continuer sur la droite, en direction des flancs montagneux et bleutés du Bras de Pontho, vers leurs classes, ils ont couru d'un pas joyeux, à gauche.

Ils longent maintenant la boulangerie de la pingre Sylvette en ralentissant le pas. Illusion. La boulangère les surveille comme du lait sur le feu dès qu'ils s'approchent, tels des oiseaux Martin affamés, de sa boutique qui sent si bon les macatias sucrés. Qui ne connaît pas les enfants d'Amélie ? On les appelle « Marmaille mains longues ». Une bande de petits chapardeurs au ventre creux et aux mains agiles.

Alors, en adressant une grimace à Sylvette qui les fusille du regard, ils marchent comme les Dalton, l'un derrière l'autre, jusqu'à l'église. « On va marron ? » nargue Gilbert, le cantonnier, appuyé sur son balai, en découvrant ses gencives sans dents. Il les mortifie, ce soûlard bavard. « Aller marron » ? C'est ce qu'on dit de ceux qui s'enfuient, la peur aux jarrets, pareils aux fuyards du temps des esclaves.

Momine dévisage Gilbert qui finit par cacher ses gencives, estomaqué par l'aplomb d'une petite fille qui n'a pas peur de lui. C'est sûr, le boiteux bavard ira les dénoncer, ces marmailles pas comme les autres. L'ignorant ! La fille d'Amélie de Kerveguen préfère, comme tous les cantonniers du monde, vivre au grand air. Ce matin, elle court organiser sa propre leçon de choses. Les noirs oiseaux Martin et les serins jaunes, les fleurs de jacarandas mauves et les plantes sauvages innombrables, l'armée des insectes, la nature tout entière est son théâtre, la scène grandiose sans maître qui lui offre la fantaisie de rôles démesurés. Avec ses longs cheveux de soie et ses yeux verts couleur filao, son teint doré d'origine, elle aime follement jouer les personnages de diablesses comme dans le vrai carnaval grimaçant de la vie qui l'entoure. À regarder les adultes, elle a appris la règle numéro un. Les plus brutaux et les plus traîtres gagnent et dominent le jeu. Elle a compris que pour exister, elle doit se régler sur leur tempo, frapper avant d'être frappée, faire peur au lieu de craindre, courir avant d'être attrapée. Quand elle soutient le regard rempli d'éclairs de sa maman, c'est pour lui dire : « Je sais comme tu souffres. Je ne serai pas comme toi. » En contournant la statue du Père Rognard, la petite sauvage oublie de faire le signe de la croix, elle sautille en chantant : « Une souris verte qui courait dans l'herbe… » Elle se hâte vers les touffes de bananiers, là où les coccinelles ont leurs nids. Le matin, elles s'évadent en cortège de leurs cachettes. Rusée, Momine attire ses préférées du peuple des insectes sur une petite feuille frottée de colle de banane verte.

Écarquillant les yeux, elle brandit son petit poing comme une diva qui joue le rôle de sa vie dans un opéra en plein air. « Je vais te punir, coccinelle ! Tu auras mal ! Très mal ! » La petite créole fronce les sourcils, fait virevolter ses longs cheveux en arrachant une mandibule, continue avec une aile rouge, une patte minuscule. Ses gestes sont lents, raffinés, précis.

Sur un fragment de végétal rainuré, elle dépose avec délectation une épave de coccinelle frémissante réduite méthodiquement en pièces détachées. Arrondissant sa bouche, elle souffle lentement sur la victime de son forfait avant de fermer les yeux. Après le châtiment viendra la résurrection. Elle tue, mais la vie sera plus forte. C'est ce qu'elle a appris en regardant sa maman. Amélie n'est-elle pas toujours la plus… forte ?

Avec la couronne qui glisse sur un côté de son front, elle a l'allure d'une fée menaçante, pareille à celle aperçue dans un livre de contes de sa copine Suzelle. Pour lui ressembler, elle a tressé sa décoration de cheveux avec les iris et les fougères chapardés dans des vases alignés sous la croix, devant l'église. Un peu du ciel est sur elle puisque ces bouquets ne sont plus de simples tiges surmontées de pétales, mais déjà en lien avec le monde des esprits qui peuplent chaque centimètre carré. Il ne faut les froisser à aucun prix, ils lui porteraient terriblement malheur. Dans la journée même. La dame du catéchisme, toujours impeccable dans sa longue robe plissée, regard pointé vers le ciel, a prévenu. Les esprits voguent sur les fleurs, sur les arbres, sur les toits. Ils sont partout. Gare aux esprits errants… Momine joue le rôle d'une reine au cœur de pierre, à l'image de ces femmes riches qu'elle a aperçues à la messe, enveloppées dans des foulards de la tête jusqu'au ventre – ces femmes, forcément plus belles que les autres, ont une maison entourée d'un jardin et possèdent une voiture conduite par leur mari. Elles crient « Voleuse ! Petite jument ! » quand la fillette court avec une mangue arrachée à une branche basse. Ce matin, c'est elle, la souveraine méprisante qui a droit de vie et de mort. Son royaume se répand sur une colonie de bêtes porte-bonheur qui se promènent entre les lianes de grenadilles et les immenses bananiers qui font vibrer leurs grandes feuilles dorées comme des drapeaux. La justicière réprime sans pitié une coccinelle qui a résisté à la capture et cherché à s'enfuir. Comme elle.

Au creux d'une main, elle contemple les points noirs sur la coque rouge carmin, les compte et recompte : « 7 ? Tu as bien 7 points ? » questionne-t-elle durement la minuscule bestiole qui ne volera plus jamais.

Elle les massacre si elles s'enfuient, mais elle les aime follement, ces confidentes, rouges comme les flammes sur sa boîte d'allumettes Trois Étoiles dans laquelle elle les retient prisonnières. Elle les trouve plus féeriques que les crapauds à peau bosselée. Ceux-là crachent, sous leurs gros yeux ahuris, le feu des mégots de Bastos que Maximin et Axel enfoncent dans leurs gueules. Ses grands frères se tordent de rire quand les crapauds explosent.

En attendant qu'Axel et Maximin reviennent de leur mission d'inspection – il faut dénicher quelque chose à manger –, la petite fille patrouille d'un œil de policier soupçonneux sur le muret de la maison des Lambert. Armée d'une branche effeuillée, elle se met à discourir et à haranguer la foule vrombissante qui habite les hautes herbes en contrebas.

– Si vous n'êtes pas sages, si vous ne m'obéissez pas, je craque une allumette de ma boîte Trois Étoiles ! Ah ! Ah ! Vous allez mourir !

Elle ment, mais qui sait qu'elle ne possède pas une seule allumette ? Trop chères, les bûchettes garnies de soufre pour être gaspillées. Elle tient la boîte dans une main, la brandir suffit pour imposer la loi et faire croire à la menace. Descendre du muret pour aller capturer des abeilles et des sauterelles ne lui ferait pas peur. Elle craint seulement les gueules béantes des caméléons aux dents pointues, surtout les gros paresseux, les endormis hypocrites qui s'accrochent aux branches en volant leurs couleurs. Si ce n'était cette répulsion, elle se laisserait glisser doucement le long du vieux mur en moellons vers le royaume qui stridule sous les rayons pourpres du soleil. Elle atterrirait dans la végétation sauvage qui avance comme une jungle épaisse et dévore le jardin des Lambert. Les azalées blanches et les guirlandes diaphanes reculent mètre après mètre.

Trop occupée à menacer tous azimuts, elle ne se rend pas compte que Maximin et Axel sont déjà arrivés en bas.

– J'ai peur des caméléons, venez me chercher ! ordonne-t-elle à ses frères. Elle brûle d'aller découvrir avec eux la grande maison en bois alanguie au fond du jardin.

Il y a quelque temps, le cercueil du vieux professeur Lambert a été ballotté par la foule à travers la ville, passant de main en main jusqu'en haut du chemin de roches, après la rivière d'Abord. Tout le monde parle de sa propriété, désormais inhabitée, comme d'un lieu mystérieux où rôdent des monstres. Les pilleurs n'ont pas attendu, mais ils n'ont pu emporter ce qui remplit l'imagination d'enfants sauvages.

La bascule qui sert d'ordinaire à fermer le logis pend désarticulée le long de la porte, comme un bras mort. Le gong d'un battant ressemble à une molaire arrachée et claque dans le vide. Momine imagine un gardien haut comme un papayer, grand chabouc à la main, se précipiter sur eux et les attacher comme les andouilles qui pendent le vendredi chez le tueur de cochons.

– 24 –

Vendue !

Chaises renversées autour d'une longue table vernie, tiroirs vidés de leurs contenus, papiers lancés comme de grands confettis sinistres jusqu'en haut d'une pendule ronde. À l'intérieur de la maison, les trois enfants tremblent, mais aucun ne s'enfuit. Maximin saisit à deux mains un dictionnaire aplati, ses yeux brillent.

– Tu as déjà vu un livre comme ça ? Doré sur le côté ! Julie va être contente, chuchote le garçon en direction de sa sœur comme s'il partageait un festin. Momine le suit pas à pas, accrochée à son bras. La peur et l'excitation se lisent sur leurs visages d'enfants sauvages à la lueur d'un rai de lumière où virevolte la poussière. Ils avancent à tâtons, pieds nus, le cœur battant. Le plancher craque sous des vêtements enchevêtrés, projetés avec la violence d'une tornade, mélangés à des assiettes cassées et des éclats de verre qui scintillent dans l'ombre. Les pilleurs cherchaient l'or et l'argent d'une vieille famille qui avait brillé par sa culture depuis le début de la colonisation.

– Pourquoi ont-ils déchiré ces images, se lamente Momine.

Maximin sursaute à la même seconde que sa sœur dans une vaste pièce jouxtant le salon dévasté où la curiosité les a guidés. Ils sentent une présence qui les observe, tapie entre les meubles qui décoraient feue la jolie maison de Rosette et Étienne Lambert. Rien vu. Juste perçu une sensation. Mais où est passé Axel, le plus grand d'entre eux ? À treize ans, c'est lui le chef des escapades, l'éclaireur fiable, le plus intrépide, celui qui a toujours une bonne idée quand les choses vont de travers. Axel, le cerveau du petit groupe soudé comme un commando, s'est volatilisé.

– Il n'y a rien, chuchote Maximin en saisissant la main de Momine, peut-être une hirondelle qui a fait son nid.

Ils prennent la fuite vers la pièce principale. Au bout du salon, Axel semble transformé en statue de pierre face à un garçon massif habillé en short, se tenant de dos. Les yeux d'Axel montent avec timidité vers la tête de l'étranger qui le surplombe fixement. Le gros garçon ne bouge pas, ne se retourne pas quand Axel crie :

– Maximin, viens !

Momine n'attend pas un rappel pour s'accrocher au bras de son frère.

– Non, attends-nous ! ordonne le grand frère à côté de la porte.

Elle ne discute pas l'ordre. Elle a confiance en lui. Mais au bout d'un moment, la plus petite veut savoir pourquoi elle est exclue de la discussion. Mètre après mètre, elle réduit la distance avec eux et ce visiteur qui l'inquiète. Était-ce lui dans l'ombre ? Pour aller les dénoncer aux gendarmes ? À part le gros livre ramassé par Maximin, ils n'ont touché à rien dans ce désordre angoissant qui grouille de peurs.

– Je veux partir ! s'écrie-t-elle.

– Va dans la chambre ! Attends là-bas ! commande une voix qu'elle ne reconnaît pas. Axel, d'ordinaire si protecteur, a pris un ton menaçant.

Elle recule, serre ses doigts jusqu'à sentir la douleur de ses phalanges, sa bouche est sèche, sa salive devient pâteuse. Soudain, son regard rencontre un miroir étincelant qui répond à une clarté infiltrée du jardin. Peut-être existe-t-il une porte au bout de ce couloir, après ce miroir, se demande Momine. Fâchée, elle veut s'échapper sans l'autorisation d'Axel, vraiment bizarre ce matin.

C'est bien la première fois qu'elle se sent écartée d'une aventure alors qu'ils forment, depuis qu'elle a commencé à marcher, un trio inséparable sans la moindre fêlure. Si l'un trouve un bonbon, chacun le déguste à tour de rôle, si l'un tombe, les deux autres le relèvent. Ils vont par monts et par vaux, escaladent des murs, grimpent aux arbres, heureux d'être frères et sœurs. Quand elle ne peut pas suivre, ils la prennent par la main et la soulèvent. Un père violent, une mère dépassée par ses responsabilités et qui ne les embrasse jamais… Ils se tiennent les coudes, ça les rend forts et heureux.

Elle entend des pas pressés, c'est Axel qui vient parler à l'oreille de Maximin occupé à fouiller dans une malle qui déborde de hardes et de vieux papiers suintant l'humidité. Maximin, le plus petit des deux, se redresse sur ses pieds, lâche quelque chose qui tombe sur le plancher avec un bruit métallique. Il regarde sa petite sœur, baisse les yeux sans dire un seul mot, puis sort rapidement, suivi de son frère aîné.

À peine les deux garçons se sont-ils envolés comme des papillons qu'elle entend qu'on s'approche derrière la cloison. Des mains la frôlent. Saisie sous les bras, renversée, tête en bas, jusqu'à la pièce d'à côté, elle est jetée sur un lit. Un corps énorme qui la domine de la tête aux pieds, tandis qu'une main puissante arrache sa culotte, écarte violemment ses jambes avec des ongles acérés. Elle est paralysée, mais voit tout, entend tout, s'imagine à la place du caméléon qui étouffe sous le mégot de Bastos. Au lieu de l'odeur âcre de la cigarette qui se consume, une substance inconnue s'instille dans sa bouche. La chair massive se frotte si violemment à son ventre que le lit tremble dans un bruit de ferraille comme s'il allait s'effondrer. La masse au-dessus d'elle pousse des gémissements en la secouant si fort qu'elle hurle, mais aucun son ne sort. Un liquide chaud jaillit sur le bas de son ventre, coule le long de ses cuisses, jusque sur ses jambes. La masse se soulève.

Dans la pénombre, elle reconnaît le visage qui se colle à nouveau au sien en lui léchant la bouche. Ses yeux sont deux fentes qui transpercent son visage à la peau jaune. « Le Chinois », comme l'appellent Maximin et Axel. Celui de la boulangerie Ah-Teng, en face de l'église, de l'autre côté du magasin de tissus, celui-là même qui discutait avec Axel, tout à l'heure. Il se lève du lit sans un mot, Momine porte sa main, sans réfléchir, en haut de ses cuisses. Elle n'a jamais connu pareille sensation. Un liquide visqueux coule lentement sur son corps.

Elle se sent sale, pire que sale. On ne lave pas facilement une saleté comme celle-là, se dit-elle comme un automate. Est-ce seulement l'ombre d'un cauchemar ? Elle n'arrive pas à pleurer toutes les larmes qui se bousculent. Et si c'est vrai, lui reprochera-t-on de s'être salie exprès, comme ce jour de pluie où Amélie, sa maman, l'avait laissée dehors parce qu'elle avait glissé sur le limon et taché sa belle robe en organza brodée ? À qui confier cette chose qui lui arrive sauf au vent ou aux nuages ? Même pas aux coccinelles qui diront « bien fait pour toi ».

Elle se relève, dégringole du lit et saute sur le plancher qui grince. La lumière du soleil qui passe à travers les bardeaux l'aide à avancer à tâtons vers la pièce d'à côté où elle est passée tout à l'heure.

Maximin et Axel sont dehors. Elle s'arrête sur le seuil – ses jambes sont si fatiguées –, elle se sent cassée, comme la poupée en morceaux qu'elle avait vue dans le sac de Suzy. Elle regarde en direction de ses frères pour sonder si elle est en faute. Ils ne lui adressent pas la parole, leurs visages sont renfrognés. Ils se chicanent. Maximin racle rageusement la terre avec ses pieds, il menace.

– Je raconterai tout si tu ne partages pas !

Alors leur petite sœur entend, ils parlent du prix d'une marchandise, et elle comprend que cette marchandise, c'est elle. Elle comprend que la vente de son corps d'enfant a coûté dix francs CFA – la monnaie coloniale – au « Chinois Joseph », avec la complicité de son grand frère adoré. Une fortune pour un enfant comme lui. Axel a négocié le tarif, vendu sa sœur, creusé un trou, enterré son butin. Il a placé une pierre sur son trésor, bien décidé à cacher son secret. Mais son cadet ne le laisse pas tranquille. Les deux frères se querellent âprement, prêts à se battre, chacun a une main posée sur la pierre. Une tombe, pense la petite fille de six ans. Elle regarde les visages de ses frères. Ils étaient ses anges. Elle ne les reconnaît plus.

Elle titube vers eux, les dépasse sans un mot, avance les mains sous une touffe d'azalées blanches. Elle aussi a caché un trésor. Sa boîte d'allumettes Trois Étoiles. Elle l'ouvre délicatement. Une frêle carapace rouge hésite, puis déploie ses ailes.

– Pars ! Va-t'en ! Je n'joue plus ! Momine regarde la coccinelle s'envoler vers le ciel.

À force de menacer à haute voix « Je vais dire, je vais dire ce que tu as fait, je vais tout raconter », un index pointé vers sa petite sœur, Maximin passe aux aveux, le soir même. Première annonce : lui, son grand frère Axel et Momine ont passé toute la journée loin de l'école. Sa deuxième vérité porte une réclamation : il n'a pas reçu une partie du butin. Axel a gardé toute la récompense pour lui. « Quelle récompense » demandent tous les autres enfants ? Patience, Maximin a une troisième révélation : la petite sœur a passé du temps au lit dans la maison Lambert avec Joseph, le fils du Chinois Ah-Teng. Qui a donné de l'argent. Axel s'est arrangé avec le gros garçon.

– Joseph ? s'interroge Julie, mais c'est un homme, il a au moins dix-sept, dix-huit ans !

Axel s'écrie :

– Joseph m'a obligé, j'ai volé un macatia, il m'a vu ! Alors il voulait Momine, sinon il appelait les gendarmes, alors j'ai dit, il faut de l'argent, comme pour le macatia !

Axel n'a pas besoin d'avoir peur d'être « corrigé ». Le fautif n'est pas lui à qui on donnerait le Bon Dieu sans confession, avec ses yeux innocents et son si beau visage.

Verdict d'Amélie. Faire l'école marron, c'est grave, mais le péché de Momine la couvre d'une souillure impardonnable.

– Elle devrait mourir de honte, mais le chien a mangé sa honte, juge froidement la mère de famille en s'adressant à son enfant de six ans, comme si elle avait cassé un objet. Assise sur un tabouret, dans un coin de la pièce en terre battue, elle dévisage la fillette. Ce n'est pas la pitié qui descend de ses yeux.

Une fois de plus, Amélie Rivière de Kerveguen charge son adjointe d'une besogne qui n'est pas de son niveau. Entièrement dévouée à sa mère, Julie est prête à remplir le rôle attendu, mais punir convenablement exige une organisation. À douze ans passés, la brunette taciturne connaît le poids de ses responsabilités de plus grande fille de la fratrie. Axel, son aîné, n'a pas ses prérogatives et surtout son sens inné des responsabilités. Elle se lève du coin du petit lit en fer qui sert de siège collectif, s'éclipse un instant du huis clos.

Momine commence à gigoter comme un ver de terre, elle sait ce qui l'attend. Sa grande sœur a de l'entraînement. Julie revient de la cour équipée d'une pierre et d'une branche.

– À genoux, ordonne-t-elle.

Momine est poussée sur une grosse roche de volcan parsemée de petits trous. Le châtiment mérité commence. Julie a choisi une branche de pêcher sauvage qui siffle à chaque fois qu'elle s'abat sur les mains, le dos et les fesses de la petite. À chaque coup de fouet, la peau de l'enfant se heurte à la roche qui la blesse.

– À force de traîner sur tous les chemins en suivant ses frères, voilà ce qui arrive !

Amélie commente, mais ne frappe pas. Son regard se charge de le faire.

Les jours suivants, les voisines chargées d'enfants aux nez qui coulent hochent la tête en entendant Amélie parler de la petite fille à qui il « manque la queue pour être un chien ».

En l'écoutant dénigrer sa fille, les Jeanine et les Lucette continuent de bercer doucement leur progéniture. Quel goût doit avoir le baiser d'une maman, s'est demandé Momine qui a tout entendu.

Elle n'a jamais cessé de se poser ce genre de question inutile. Le plus simple aurait été d'en faire son deuil. Après tout, des enfants qui ne sont pas aimés se comptent par millions. Pendant des années, elle y a réussi.

Quarante ans plus tard, en faisant les cent pas devant l'église du Tampon, Momine se demande si Julie, si Axel, si Maximin imaginent qu'elle a pu oublier la maison Lambert un seul instant, un seul jour de sa vie. Savent-ils qu'il y aura toujours une Momine de six ans qui attend quelque part ? Elle est souvent ici, en bas de l'ancien muret bordant l'église.

Et eux, ont-ils pu oublier ? Axel a voulu piéger une seconde fois sa petite sœur. Elle s'est enfuie. Maximin ne l'a plus jamais traitée avec la tendresse du grand à l'égard de la plus petite. Elle s'est sentie couverte de honte pendant des années, quand son frère chantait en gesticulant « Je suis Momine, j'ai vendu mon boyo[27] pour dix francs à Joseph ».

– Je n'oublie pas et je ne pardonne pas non plus, prévient Momine, à voix haute. Non, pas question de passer l'éponge ! Jamais !

Une coccinelle stationne sur la fleur rouge sang d'un bananier. « Pars, pars vite et ne reviens pas… » Elle est seule à voir une coccinelle rouge et noire s'envoler haut dans le ciel.

27. Très familier, le cul.

– 25 –

Un cœur à deux places

– Tu verras, les fresques murales sont à couper le souffle !

Sylvia Kunner aurait pu lui donner rendez-vous sur la Lune à la recherche de fragments de poussières d'étoiles, Oskar Weber n'aurait pas hésité une seconde.

Ce samedi matin, ils font route séparément et avancent l'un vers l'autre en direction d'Ortenberg, dans les environs de Freiburg. Au volant de la voiture qu'il a louée, Oskar respire à pleins poumons l'air encore frais sur les collines plantées de vignobles autour de villages des anciens temps. Depuis son retour en Allemagne, il y a plus d'une semaine, il n'avait pas éprouvé un sentiment si proche du bien-être. Il s'arrête, le temps de contempler le ciel et la terre sur la plaine du Rhin.

« Vu de loin, le genre de paysage moqué comme cliché, mais de près, la route des vins et des fleurs rapproche du bonheur » écrit-il dans un SMS groupé.

Momine, Jules, Lola vont me traiter de chauvin sentimental, pense-t-il en souriant. J'assume ! C'est simplement beau et je suis heureux ici.

Comment penser la guerre sur ces terres qui expriment si bien la douceur de vivre au pays de Bade ! Pourtant la fureur du massacre est passée par ici et pas qu'une fois... La dernière oraison funèbre s'est répandue avec fracas, à perte de vue, fin avril 1945 avec une promesse énorme. La paix. La route des vins et des fleurs charriait la transpiration puante de la peur.

Ce printemps-là, les chenilles de la Première division blindée française dégringolaient autour de Baden-Baden. L'infanterie coloniale, elle aussi, était en route. Après les sacrifices des troupes du continent africain sur la terre italienne de Monte Cassino jusqu'aux froides montagnes des Vosges, l'heure de la vengeance allait sonner. La victoire, enfin. Ils allaient payer, tous ces complices d'Hitler. Les femmes, les enfants poussés dans des cortèges entiers de civils – forcément désarmés – paieraient pour les crimes des hommes. « La guerre n'est pas un dîner de gala » avait promis la propagande de Goebbels. Ceux qui allaient naître après la chute des hitlériens, et des années après, le sauraient. Sylvia a eu le temps de le savoir. Oskar, lui, le sait depuis peu.

Ce matin, il est loin de penser à ces années-là ; il se gare au bout de l'étroite rue en pente douce. Le cœur léger, il marche jusqu'à la chapelle Maria Ruh à la découverte des merveilles du Moyen Âge vantées par sa sœur. Soudain, il tressaille, ses pas cessent de résonner sur les pavés. Une longue silhouette juvénile, en jean et tee-shirt rouge, fait des signes, loin devant. Elle l'a repéré. Comme dans une embuscade. Klara semble absente du paysage. La fiancée de sa sœur n'est pas gênante, même sympathique, mais un tête-à-tête avec « sa » Sylvia autorisera une franchise décontractée. Surtout qu'elle s'est engagée à « tout dire ». La promesse de Sylvia lui fait l'effet d'une boule de bowling lancée à vive allure qui s'apprête à le dégommer. Toutes ses certitudes ont volé en éclats. Sa mémoire à la renverse, il chavire à la lutte avec un sentiment vertigineux qui s'empare de lui. Et pas seulement de son corps.

Tout dire… Que reste-t-il donc à apprendre ? s'inquiète le fils de Sybille en se grattant nerveusement. Il a déjà découvert tant de zones d'ombre en l'espace d'une dizaine de jours – dix jours passés à une allure folle, loin de sa famille et de sa vie d'avant –, alors que va-t-elle lui révéler aujourd'hui ?

Et pendant qu'ils marchent l'un vers l'autre dans la foule des promeneurs du samedi matin, la lettre posthume lui apparaît, ligne après ligne. Cette simple feuille de papier devenue un séisme permanent dont les répliques se font sentir dès que Sylvia apparaît, dès qu'elle ouvre la bouche. L'existence de cette sœur née la même année que lui, à seize jours d'intervalle, dans une violence ignoble, le tétanise, et pourtant il avance vers elle et chaque pas la rend plus réelle. Elle serait l'enfant abandonnée et lui, Oskar, aurait été choisi pour la remplacer ? S'il n'avait pas vu la collection de photos de colloques à travers le monde et les diplômes internationaux étalés sur les murs de l'Institut pour une Mémoire sociale, Femmes pendant/après la guerre, Herr Weber croirait que Frau Sylvia Kunner souffre de paranoïa aiguë. « Cette histoire qui déboule sur ma vie est quand même dingue ! » mâchonne-t-il comme un vieux chewing-gum coincé au creux d'une mâchoire. À chaque pas, malgré les preuves irréfutables, il s'obstine à répéter : « Je ne comprends pas et je vais le lui dire. »

– C'est le paradis, ici, non ? s'extasie Sylvia qui le rejoint en désignant la vallée de la Kinzig qui s'ouvre en contrebas. « Je me déplace uniquement à pied » assure-t-elle en dessinant un cercle autour de maisons rustiques tout en se léchant les lèvres, sûre de son aura et de son plan. Oskar est sur ses terres. Face à cette légèreté inattendue, le frère ouvre de grands yeux en pensant « Elle pourrait travailler pour une agence immobilière ! ». Elle pourrait briller n'importe où, peu importe ce qu'elle fait. Il a une envie folle de la serrer dans ses bras, de toucher sa peau pour s'assurer qu'il ne rêve pas, que cette sœur existe réellement. Elle fait comme si elle ne se rendait pas compte de son émoi, vante les lieux pour faire diversion.

– J'habite à deux minutes, juste en dessous du château.

Oskar la félicite de vivre dans un lieu si préservé. S'attriste, en silence, de ne pas être invité à prendre un café dans sa demeure qu'elle semble tant apprécier. Il reste donc un étranger pour elle ? Ah ! À cause de Klara, sans doute, soupçonne-t-il. Comme si j'étais un concurrent…

Sous les voûtes de Maria Ruh, les peintures sont de toute beauté, les connaissances artistiques et historiques de Sylvia sur la dynastie des Zähringen au XIIe siècle, franchement époustouflantes. Oskar est aux anges. La professeure en neurosciences raconte des histoires hilarantes de ducs querelleurs avec l'assurance d'une guide patentée. Intarissable. Légère, séduisante. Une Sylvia si différente de la harpie belliqueuse qui bataillait pied à pied, avant-hier encore, en comparant deux pièces d'identité sous les yeux horrifiés de son frère érigé en ennemi. Celui qui lui a volé sa mère. Le genre de femmes à faire peur aux hommes, imagine Oskar en la regardant bouger, souveraine, libre comme un animal des grands espaces. Il n'est pas près d'oublier leur première rencontre, mais ce matin elle brouille les pistes, Sylvia la douce est à la manœuvre.

À cheminer au côté de cette femme rayonnante, soudain joyeuse comme une enfant, Oskar doit bien reconnaître qu'il est subjugué, au point que sa cheville a failli se tordre, à force d'épier les gestes de sa sœur. Subjugué et soudain inquiet. Il redoute de la voir lâcher, d'une seconde à l'autre, l'engin explosif tapi en elle.

Sous son air gai, une femme à vif, un être brûlé à vie par les hasards, devine son frère. Pas de doute, se dit-il, elle a choisi de s'investir dans les neurosciences pour apprendre à se réparer. Il imagine un article de *Der Zeug*, son magazine chéri, portant ce titre « 1945 tatoué dans mes gènes ».

Pauvre con, s'accable-t-il, en prenant doucement sa sœur par les épaules, tu ne lui arrives pas à la cheville et tu veux raconter à sa place ! Spectateur, tu es !

Ce samedi, l'atmosphère est charmante sur le marché pittoresque d'Ortenberg qui aligne ses fruits et légumes biscornus des petits paysans du coin. Tout respire la sérénité, à part Oskar qui se gratte frénétiquement la nuque et le dos. « Merde de grattelle[28] ! » proteste-t-il silencieusement en serrant les omoplates. Pourquoi ne pas reconnaître que sa peau le démange sous l'effet d'un stress incontrôlable ? Parler de choses intimes… Révéler à l'autre ces petits riens de leur enfance passée séparément, qui, partagés, dessinent les contours et le cœur d'une fratrie. Il manque des jalons impossibles à poser d'un jour à l'autre, quand il est déjà tard.

Au bout d'une heure et demie, le circuit touristique a épuisé le charme de la balade. Oskar traîne les pieds devant chaque café, Gasthof[29], terrasse où s'affairent les serveuses en longues robes froncées à la taille, typiques de la Forêt-Noire.

Sylvia n'est pas prête à céder et fait mine de ne rien voir.

– Ça te dit d'aller faire un saut à Nordrach ? propose-t-elle sur le ton de l'improvisation qu'on ne refuse pas. Elle s'arrête soudain tout en plaçant ses lunettes de soleil en bandeau sur ses cheveux et dissèque les traits d'Oskar.

– Nord… Nord quoi ? s'inquiète-t-il. Il lutte âprement contre l'envie de serrer une cigarette entre ses doigts tremblants. Dire qu'il se croyait définitivement libéré après presque six mois d'abstinence.

28. Maladie de peau contagieuse due à un parasite acarien qui provoque de fortes démangeaisons.

29. Taverne typiquement allemande.

– Tu ne connais pas Nordrach ? Un lieu… spécial… il faut que tu voies… répond-elle en regardant ses pieds.

– Non, jamais entendu parler de ce haut lieu… se moque-t-il en reniflant un piège.

Elle le coupe d'un geste, pas de discussion possible. Cinq minutes plus tard, ils roulent au ras des pieds de vigne.

– On est arrivé. Gare-toi devant l'hôtel Die Sonne. Le chauffeur obéit en silence, curieux de savoir pourquoi Nordrach l'inconnue mérite ce pèlerinage impromptu. Ils avancent lentement, en silence, dans la rue principale d'une petite cité ordinaire. À l'angle d'une voie qui descend, l'accompagnatrice s'immobilise dans un garde-à-vous inattendu. Son visage se fige. Elle contemple une façade en bois percée d'étroites fenêtres bordées de bacs de géraniums en fleurs.

– C'est ici que Gisela Bader m'a fait déposer… abandonn…

– Quoi, ici, mais pourquoi ? sursaute Oskar en l'interrompant.

– Abandon. Enfant non reconnue. Ni père ni mère. J'avais cinq jours, répond-elle de la voix posée d'un témoin identifiant un criminel derrière une glace sans tain.

Oskar a besoin d'une petite remise à niveau.

– J'ai dû lire ou entendre ce nom quelque part, mais aide-moi, qui était-ce, cette Gisela ? interroge-t-il, pressé de donner sa langue au chat.

Ce nouveau coup de massue l'a mis presque K.-O. Il saisit des bribes qui racontent comment sa sœur a été abandonnée dans l'hiver froid de janvier 1946. Quand le bébé Sylvia atterrit à Nordrach, un nouveau phénomène balaye l'Allemagne occupée par les armées alliées. À Nordrach, dans l'arrondissement de l'Ortenau, au pays de Bade, une pouponnière s'improvise. Situation d'urgence. Neuf mois après la chute des nazis et l'arrivée des troupes françaises, les naissances hors mariage explosent, mais personne ne veut des nouveau-nés. Ils sont massivement abandonnés. L'orphelinat de Nordrach accueille les enfants nés de viols commis par les soldats sous uniformes à écusson bleu-blanc-rouge. Sylvia dit qu'elle parle de ce temps-là pour témoigner des violences faites aux civils, aux plus vulnérables depuis toujours – les femmes – quand la guerre commence. Et quand on croit que la raison va revenir, elles sont toujours en première ligne dans les rangs des victimes. Elle dénonce pour prévenir, assure-t-elle, car c'est ainsi depuis la nuit des temps…

– Si tu veux être utile, écris là-dessus. Le reste, c'est du robinet à bons sentiments et ne sert à rien du tout. Tu vis en France depuis longtemps. Les Français savent-ils ce que leurs vaillants soldats, qui défendaient la bannière de la liberté flottant au vent de la victoire, ont commis ici ? demande-t-elle à Oskar, scrutant sa réaction et devinant sa réponse.

Il baisse les yeux, en respirant longuement.

– Non, répond-il en secouant la tête, bien sûr que non… Le sujet est tabou et on part du principe que les crimes du nazisme dépassent tout.

Elle sourit d'un air entendu et ajoute :

– On peut toujours parier sur la puissance de l'amnésie des vainqueurs. Ils écrivent la victoire. Mort aux vaincus, ça on le sait. Les victimes civiles – les femmes, massivement –, comptent pour si peu, observe-t-elle.

Oskar s'en veut de n'avoir jamais traité ce sujet qui questionne la France. Il a toujours défendu la manière d'être des gens, y compris les travers du pays de ses enfants, Jules et Lola. Comment pourra-t-il expliquer à sa fille, à son fils, son indifférence ? Son silence confortable.

La professeure Sylvia Kunner, spécialiste du cerveau, Directrice de l'Institut pour une Mémoire sociale, accuse la France. Les militaires violeurs de filles encore à l'âge de l'enfance, jusqu'aux grands-mères de plus de soixante-dix ans, appartenaient à des garnisons de la zone d'occupation française à partir d'avril 1945. Les tricolores, explique-t-elle, étaient maîtres d'un territoire de 42 mille kilomètres carrés s'étalant entre Stuttgart et Baden-Baden, incluant Freiburg et s'étendant à la frontière suisse, jusqu'au lac de Constance.

Sylvia a réuni des données. Des mères choisissaient de déguiser leurs filles en vieillardes, coupaient leurs cheveux, enduisaient leurs visages de noir de fumée… Il fallait les rendre laides et repoussantes, mais les artifices ne suffisaient pas à éloigner le danger.

Durant les deux premières années après la guerre, les abandons d'enfants sont quotidiens dans le sud-ouest de l'Allemagne.

– On estime qu'il y a eu une naissance pour cent viols, affirme Sylvia, et moi, je suis l'une d'elles, expose-t-elle avec la froideur d'un médecin de guerre qui puise sa force de sauver dans d'autres vies que la sienne.

Elle s'avance vers la grosse bâtisse, effleure les copeaux de bois assemblés en carapace, ses yeux semblent transpercer la façade. Les bras ballants, Oskar piétine, muet. Il fait les cent pas avant d'obliquer en direction d'un banc où il se laisse choir. Elle le rejoint et parle entre ses mains, posées sur son visage.

Sylvia raconte que la pouponnière de Nordrach a dû s'agrandir en s'installant dans un immeuble de la famille Rothschild, avant d'être fermée en 1951.

– Tu penses bien, dit-elle, qu'une petite fille comme moi, visiblement teintée de sang arabe, ne pouvait pas être gardée par la famille d'accueil de Sybille. C'était inconcevable à l'époque.

Oskar regarde fixement entre ses pieds, incapable d'articuler un seul mot.

– Cent mille enfants comme moi à travers l'Allemagne. Cent mille, Oskar, tu te rends compte ? Car les Russes et leurs camarades n'ont pas été les seuls à violer. Les GI' n'étaient pas en reste. Idem pour les British de Sa Majesté. Et nous étions faits – je dis faits, créés – pour affronter la honte, l'humiliation… Nous devions être l'incarnation de l'opprobre, les derniers des derniers. Une tache ineffaçable sur la nation allemande. Le viol comme arme de guerre. Puis la mémoire collective nous a rayés de l'Histoire.

Oskar hoche la tête comme un pantin. Il retient du récit détaillé que des grands-mères se sont parfois occupées de petits germés dans les viols à répétition, mais la plupart des indésirables ont été « donnés ».

– Moi, c'est Gisela Bader qui a réglé mon sort… Elle se redresse, lève un index pour forcer l'attention de son frère qui ne sait plus comment rester assis tranquillement.

Elle jure, en levant l'autre main :

– Je te signale qu'il y a eu énormément d'avortements clandestins, ça, je l'ai appris de mes travaux avec l'aide de femmes qui ont brisé le silence. Et puis il y a eu celles qui n'ont plus jamais parlé. Beaucoup de suicides…

Elle marque une pause en fermant les yeux, on sent qu'elle serre les dents pour contrôler son émotion. Ne rien laisser paraître de sa peine. Oskar l'imite.

– Tu as lu le nom de « Gisela Bader » et son rôle d'hôte involontaire dans le journal de Sybille, reprend-elle doucement.

Oskar lève les yeux vers elle ; il se rend compte qu'il n'est pas le lecteur privilégié et unique des comptes rendus écrits dans le gros registre bleu, le journal personnel de sa mère, reçu par la poste peu après la lettre posthume.

– Mutti aussi a dû se sentir abandonnée, répond-il sans trop réfléchir.

– On ne parle pas des mêmes abandons, Oskar, voyons ! corrige sèchement Sylvia en le heurtant avec son coude.

Il secoue la tête, et cligne des yeux. S'il avait la force de s'exprimer, il répondrait que le malheur ne se mesure pas à l'aune d'un concours du plus malheureux.

Sur ce banc de Nordrach, au bord de la rue Rothschild, Sylvia continue de guerroyer avec l'attention de son frère. Elle ne lui offre pas d'autre choix que d'écouter son périple d'enfant non désirée.

Oskar est catapulté en avril 1945, totalement pétrifié devant l'insoutenable violence, dont sa mère, une jeune fille de quinze ans, est victime. Sous ses yeux, défile au ralenti, le film de son histoire qui s'achève sur l'image d'une petite fille brune.

– Je t'admire. Je t'aime, Sylvia, lâche-t-il soudain. Sans plus de digues pour retenir l'émotion qui l'étreint.

Ces mots qu'elle n'attendait pas l'ébranlent. Elle serre ses poings, esquisse un sourire pâle et réitère sa demande d'engagement pour faire connaître cette face cachée de l'occupation de l'Allemagne :

– J'attends de toi que tu écrives un livre. Tu es sûr de mesurer la tragédie qui a frappé les civiles ? L'histoire de Sybille est l'histoire de millions de femmes.

Elle ressasse peut-être, mais comment peut-il lui dire de se taire ? Qui peut lui dire de se taire ?

Sybille a confessé la vérité à sa fille peu après leur première rencontre. Le 19 janvier 1946, Gisela Bader, avec l'aide d'une voisine, s'improvise sage-femme. Sybille Rossbauer, pas encore seize ans, donne naissance à une brunette aux cheveux torsadés comme des fils de fer barbelés. Elle serre instinctivement l'enfant contre elle. Le petit corps qui frissonne n'a rien à voir avec les gueules grimaçantes des soldats criminels. Sybille est seule au monde. Deux frères tués en Russie, aucune nouvelle depuis bientôt un an, ni de son père ni de son troisième frère. Les derniers courriers sous censure de la Wehrmacht les localisaient l'un vers le port de pêche de Saint-Jean-de-Luz, l'autre du côté de Saint-Dié-des-Vosges en flammes. Soldats d'occupation en France, étaient-ils morts, prisonniers ?

La miséricorde de Gisela Bader a des limites. Elle n'a pas l'intention d'héberger indéfiniment sous son toit peuplé de croix la preuve vivante du chaos et de l'humiliation de sa prestigieuse ville, fantôme de pierres et de poutres calcinées. Il n'est pas nécessaire que Sybille consente à se débarrasser de son enfant. Elle n'aura rien à dire. Dans la minuscule pièce mansardée d'une des rares maisons encore debout, le sort de deux victimes civiles de la guerre – mère et enfant – se joue sans témoin et sans discussion.

Qui prend Gisela pour un monstre ? « On est quand même chrétien » susurre-t-elle, attendrie, en voyant la minuscule bouche s'arrondir en cherchant le sein. Non, elle ne va pas l'arracher tout de suite à sa jeune maman, même si le pays n'est plus humain depuis tant d'années. Mais ce sera la seule et unique fois où le lait maternel sucré viendra étancher la soif de la petite qui n'a pas vraiment la peau des descendants de sang germanique. Sybille n'oppose aucune résistance. Elle regarde sa fille entortillée dans un morceau de drap quitter son lit métallique étroit. Personne ne la voit serrer les poings, personne ne l'entend faire la promesse de sa vie et croire très fort au fond de son cœur : « Un jour, je retrouverai mon enfant. »

La minuscule brunette est évacuée sans tarder, blottie comme une marchandise ordinaire dans un panier à provisions au bout du bras de la grande maigrichonne Gisela. Le panier longe les décombres de l'ancien couvent des Augustins, descend jusqu'au canal menant à l'Insel, en passant sur les quais du quartier des artisans datant du Moyen Âge. À l'arrière d'un ancien atelier de taille de pierres précieuses, Frau Kiefer l'attend. Elle adresse un signe à la grande Gisela. Ne pas faire de bruit. En pénétrant dans la pièce éclairée par une bougie, trois petits paquets respirent sous leurs paupières closes, alignés comme des saucissons sur un sofa bordé par des chaises. En attente de livraison.

Hanna, tout juste quinze ans, la propre fille de Frau Kiefer a donné naissance à un garçon, fin décembre. Remis à un orphelinat trois jours après son premier cri. C'est ainsi que Frau Kiefer est devenu agent de liaison dans une mission particulière. Porter secours pour éviter des abandons en pleine rue, empêcher des infanticides et limiter les suicides de femmes désespérées. Elle est devenue, tout naturellement, l'une des organisatrices du plan d'évacuation avant abandon.

Pour entreprendre ce voyage vers l'inconnu, un baptême s'impose. Un prêtre se tient disponible, il a revêtu sa chasuble. Dieter, le mari de Frau Kiefer, déjà parrain des trois autres paquets sur le sofa, devient une nouvelle fois témoin de l'au-delà. La marraine, comme d'habitude, sera la femme qui vient livrer l'enfant. Au nom du Père, du Fils et du Saint-Esprit, Gisela Bader avale sa salive pour faire refluer son émotion. Marraine d'une Sylvia Hannelore, des prénoms qu'a tout juste eu le temps de choisir Sybille. Hannelore, le prénom de sa mère assassinée dans le train fantôme fuyant les troupes de Staline en Silésie.

La cérémonie s'achève par une simple poignée de main, sans le traditionnel café accompagné du gâteau de la Forêt-Noire – les tickets de rationnement ne permettent pas de telles largesses. Gisela Bader repasse par les quais du canal, elle longe les ruines de la rue de la célèbre mairie en briques rouges, la conscience claire. Un devoir l'attend. Elle va aider Sybille à reprendre le cours de sa vie.

Quatre jours plus tard, la Croix-Rouge prend le relais de Gisela Bader et de Frau Kieffer. La petite Sylvia est installée dans un berceau en bois au rez-de-chaussée d'une grande maison. À Nordrach…

Ce samedi matin de mai, quarante-cinq ans après, elle n'arrive toujours pas à accepter ce qui lui a été imposé. Comme l'atelier de la famille Kieffer a disparu, que la maison des Bader a été rebâtie, il ne reste plus que cet unique repère, là, sous ses yeux. Avec sa façade grise en copeaux de bois et ses fenêtres fleuries, la bâtisse de deux étages est le seul témoin de son abandon, la trace de son destin, qui hurle le malheur des enfants nés de viols.

– Il y a eu tant d'enfants abandonnés que des groupes entiers ont été confiés à des bénévoles de l'autre côté de la frontière. En France, affirme Sylvia. Que sont-ils devenus ? demande-t-elle en ouvrant les yeux si grands qu'elle doit certainement redouter un précipice.

Oskar commence à comprendre l'acharnement de sa sœur contre l'oubli.

– Le manque de chaleur maternelle est la manifestation de la plus grande injustice humaine, observe-t-elle, comme si elle devinait les pensées de son frère. Ce manque ne se comble jamais. Jamais ! jure-t-elle.

Elle se retourne et cherche les yeux d'Oskar en chuchotant : « Il faut en faire l'expérience pour savoir mesurer cette faille. Irréparable. »

Son bagage universitaire, son expertise reconnue et son obstination lui ont permis l'accès à des sources officielles

– certaines encore verrouillées – en Allemagne… et en France. Elle a entrepris ce travail de recherche avant même de retrouver celle qu'elle nomme « ma mère de sang », Sybille Rossbauer.

C'est ainsi que la dirigeante de l'Institut pour la Mémoire sociale a retrouvé la trace de « destins surprenants de petits non souhaités, ballottés entre Allemagne et France », en plein chaos de l'après-guerre. Sylvia assure que les histoires de victimes civiles après la chute du nazisme dérangeaient les uns et les autres. Elle soutient que les autorités françaises ont cherché à favoriser l'adoption d'enfants nés de viols ou de brèves relations plus ou moins consenties. À une condition : que les mères signent un certificat d'abandon et que les pères reconnaissent être… les pères.

– C'est grave ce que tu dis, Sylvia ! C'est écrit où, tout ça ? Tu veux dire que des deux côtés du Rhin, des complices cachent de telles monstruosités ?

Oskar sent l'incompréhension monter en lui.

À nouveau, cette saleté de gratelle le saisit. Si violemment qu'il ne peut le cacher.

– C'est le stress qui déclenche ces démangeaisons… Cherche pas plus loin. Ton corps est en révolte, Oskar ! assure-t-elle en souriant gentiment.

Il ne lui rend pas son sourire, mais triture un bouton de sa chemise et racle le sol avec ses semelles.

– Il faut que je vérifie tout ça avant mon départ lundi soir.

– Vérifier ? Je m'y emploie depuis plus de vingt ans. C'est même comme ça que j'ai connu Klara. En épluchant les archives. Elle, c'est son métier… répond-elle. Dans la pratique, selon ses informations, les mères – déjà traumatisées par la violence qu'elles avaient subie – étaient loin de pouvoir accomplir des démarches administratives. La plupart ne voulaient pas s'attacher à leur enfant, mais n'avaient pas non plus la force de le rayer de leur vie par une signature couperet apposée au bas d'un formulaire administratif. J'ai recueilli des confidences de femmes vulnérables. Avec l'âge, aujourd'hui, beaucoup donneraient tout pour revoir leur enfant.

Elle cesse d'argumenter, saisit le bras de son frère :

– Oskar, ces femmes sont d'autres Sybille : la culpabilité ronge les survivantes. Donne-leur la parole ! Plonge dans leurs vies !

Elle respire avec force, se masse le crâne et ajoute :

– Je te préviens, elles ne sont pas très bavardes.

Oskar aimerait prendre sa sœur dans ses bras, lui dire qu'il la comprend, mais il hésite et ce n'est visiblement pas ce qu'elle recherche. Elle serre ses genoux l'un contre l'autre, on dirait qu'elle cache des tremblements. Et pendant qu'il donne des petits coups de pied dans des gravillons, elle dit tout bas comme si elle s'adressait à sa conscience :

- Oskar, tout ça n'est pas simple pour toi. Moi, je baigne dans ce no man's land depuis toujours. Je suis un peu anesthésiée. Elle se tait quelques secondes et ajoute : « Pour toi, c'est difficile d'admettre la vérité… non ? »

Il se redresse.

– Alors vas-y, dis tout, ne cherche pas à m'épargner, répond vivement Oskar en bougeant la tête comme s'il s'attendait à voir tomber la lame d'une guillotine.

Un roulement de tambour en haut dans la rue principale les surprend. Leurs mots sont engloutis un à un dans le tintamarre qui s'engouffre à l'angle de la rue Rothschild. Trop tard pour s'éloigner d'une foule dévorante qui avance avec la force d'un torrent joyeux. Un cortège assourdissant de supporters de l'équipe de foot d'Offenburg klaxonne, siffle, chante en lançant de pleines poignées de confettis derrière une fanfare où se côtoient des enfants, des jeunes, des retraités, des bedonnants et des maigres. Les équipes du dernier carnaval reprennent du service. L'homme et la femme assis sur le banc sont des cibles toutes trouvées, les voici copieusement bombardés.

Sous leurs masques de petits papiers multicolores, Sylvia et Oskar se regardent comme s'ils devinaient une route à travers des feux antibrouillard. Ils éclatent de rire.

– Voilà, c'est ça, la vie ! Absurde, amusante. Pas seulement tragique ! s'écrie Oskar en extirpant des paquets de confettis engouffrés dans son col. « Bon, tu n'as rien de drôle à me raconter Sylvia ? On va finir par crever avec tes histoires tristes. J'en ai marre de la Seconde Guerre mondiale ! »

Oskar se lâche, il est au bout du rouleau. L'idée de passer le reste de sa vie à ruminer le malheur le déprime, lui le type optimiste qui préfère toujours parier sur le bon côté de la capsule qui tombe au sol. Il fait mine d'ouvrir sa chemise en désignant son cœur.

– Donne-moi le coup de grâce. Vas-y, vise ! Mais vise bien, c'est ta dernière chance ! Il pouffe de rire.

Mais son rire recule, il dégringole sous des larmes qui ruissellent jusque sur ses lèvres. Sylvia se penche vers lui et le prend par les épaules. La première fois depuis leur rencontre. C'est un frère, son frère qu'elle serre ainsi contre elle. Sur la terrasse de Die Sonne, dans l'axe du banc, un couple observe et s'interroge des yeux. Réconciliation ? Pardon ? Amour ? La vie des autres est si fascinante dans une petite ville où il ne se passe pas grand-chose. Personne ne leur a dit que des centaines d'enfants encombrants ont été abandonnés ici avant d'être lancés comme des confettis aux vents du destin.

– L'histoire de la pouponnière va lentement s'effacer, dit Sylvia en fermant les yeux. Elle ne voit pas les derniers lanceurs de confettis retenir leurs gestes en passant devant ce banc de Nordrach et hâter le pas. Oskar se penche vers elle en murmurant. Sylvia semble incrédule. Son frère paraît insister. Elle rayonne, lève ses deux pouces. Oskar vient de lui proposer un « remède » à l'oubli.

– Génial ! Géniale ton idée ! Merci mon Oskar. Ils se lèvent et rejoignent la terrasse du Biergarten où ils ont rendez-vous.

– 26 –

Se revoir

Dans l'hémisphère sud, l'Oubli – cet oiseau moqueur de parages étranges – voltige au bout d'une longue ficelle, il nargue et refuse de se taire. L'Oubli jacasse et dénonce des arnaqueurs. Parmi les pires. Ceux qui jouent les oublieux de souvenirs inoubliables. D'ordinaire, l'Oubli construit son toit en arrachant les brindilles d'une herbe nommée mauvaise conscience. Ce matin, il fredonne un air d'autrefois, au bout de la longue ficelle. Un cardinal vient sautiller comme un petit espion, « Oh ! tridule l'oiseau rouge je viens te dire que je ne fais que passer, je suis fatigué de vos dialogues de sourds ». Il s'envole loin de ce jardin où les oiseaux sont bien les seuls à converser.

– Ah, non. Non, pas cette fois-ci, je n'ai pas envie, ça me fatigue ! Amélie place ses mains sur ses yeux comme si elle jouait à colin-maillard, puis sur ses oreilles. Elle ne joue pas. Non, c'est non. Sa fille prend l'avion du retour vers Paris dans trois jours ? Et alors ! Le sujet de l'invitation d'adieu est clos. Pas envie du tout d'une fête, le mot seul lui donne de l'urticaire. Quelle idée folle ! Un déjeuner de retrouvailles dans sa maison ! Le havre entouré d'un foisonnant jardin créole qui devait servir de port d'attache à une famille expulsée de masure en masure faute de pouvoir s'acquitter des loyers est devenu la tanière d'Amélie. Son refuge, qu'elle défend bec et ongles sous tous les prétextes possibles. Les ennemis menacent autour, prêts à venir piller ses plantes rares. Deux portes de la maison n'ont-elles pas été « rayées avec un couteau » ? Momine a tout inspecté et n'a décelé aucun sabotage, mais déniché sous l'évier une boîte métallique remplie de clefs reliées par un cordon. Toutes semblables. Les clefs de la maison. Amélie répète inlassablement que des voisins méchants viennent les dérober. Pétrie de méfiance et de peur, elle les cache, les oublie, en rachète. Des clefs cousines… Elle les regarde.

– Ça peut servir pour plus tard… ! répond-elle à sa fille.

Elle saisit un coin de son tablier, s'essuie les joues, offrant aux nuages qui courent dans le ciel le regard las d'une femme épluchée vivante. Elle bégaye :

– Pas envie d'avoir tout ce monde dans les jambes… ils vont abîmer mes arbres, chavirer mes herbes médicinales… Non, laissez-moi tranquille !

Momine baisse les yeux, saisie par une certitude. Elle ne remettra plus les pieds sous ce grand goyavier. Cette fois, elle a compris Amélie. Être couvée par ses enfants l'a éloignée d'eux. À force de se sentir trop redevable, trop dépendante, elle a fini par en vouloir à ses compagnons d'armes. La guerre contre la pauvreté quotidienne est terminée, elle ne veut plus les voir, ces témoins de sa chute. Orgueilleuse Amélie qui se croyait – malgré tout son malheur – plus estimable que ses voisines noires. Ces voisines qui s'abaissaient à aller nettoyer des salles de classe pour nourrir leurs gosses. Impensable d'aller faire des ménages quand on descend – même illégitimement – des Kerveguen.

Les années ont dévalé la pente. Désormais, des copines de toutes couleurs offrent leur compagnie pour aller à la messe.

À leur contact, Amélie a pris goût au sentiment de liberté. Devant les yeux incrédules de « sa fille de France », sa main dessine un mouvement qui dit « Allez tous loin d'ici, je veux la paix », plus éloquente que des mots.

Momine s'assied sur le petit muret. Une autre épreuve l'attend. Axel décroche. Il décroche toujours son téléphone. Pour ne rien dire. Il ne parle plus, il pleure. Comme la dernière fois, et la fois précédente. Rien de nouveau depuis des années. Rongé par un mal insaisissable, l'aîné de la fratrie est accaparé jour et nuit par des douleurs aussi effrayantes que mystérieuses. Les spécialistes des hôpitaux de Saint-Pierre et de Saint-Denis ne cherchent plus, depuis trois ou quatre ans. Pas de trace de cancer, même si lui se plaint de tumeurs partout dans son corps, dans ses intestins, dans son estomac et parfois elles se baladent, ces garces de cellules pourries. Axel ne viendra pas au déjeuner commun. Elle lui pose une question, si par hasard… Non, pas la peine d'insister. Axel n'a plus aucun souvenir de Joseph, le fils du boulanger chinois Ah-Teng. Non ? Non, il n'a jamais rencontré le gros garçon qui le toisait dans le jardin de la maison Lambert.

– Je jure sur la croix, dit-il entre deux sanglots. En lui rendant visite, il y a au moins deux ans, Oskar a posé son diagnostic :

– Axel me rappelle un voisin ; dans mon enfance à Freiburg, tout le monde disait qu'il avait été un nazi actif. La culpabilité des meurtres l'avait rendu fou. Il souffrait de maladies fantômes.

À l'époque, Oskar ne savait rien de l'enfance de sa femme. Mais elle avait su que son mari, à l'inverse des médecins, avait deviné le mal qui rongeait son frère sans imaginer quelle en était l'origine. Momine raccroche, bouleversée par les souffrances de son frère, mais se sentant trahie par son amnésie. Joseph avait profité de la faiblesse d'un plus petit que lui et qui avait faim. Accepter cette vérité aiderait à pardonner.

Elle soupire tristement et compose le numéro du suivant sur sa liste.

– Un déjeuner de… famille, samedi ? Impossible ! Il faudrait que je sois mort ou presque pour rater ma chance.

Guy, le plus jeune frère, sera lancé à la poursuite du rêve de sa vie sur un gallodrome de Saint-Pierre. Un combat de coqs, une de ces batailles féroces et cruelles entre des coqs entraînés comme des athlètes. Interdite en France continentale, cette compétition apportée par les esclaves revêt un prestige sensationnel dans l'île. Guy vise la couronne royale, l'emblème de champion de La Réunion. Un tel enjeu ne se discute pas.

– Toi, tu peux me comprendre, présume-t-il, champion de combats de coqs vaut autant que ta Légion d'honneur !

– Le rouge sur une crête de coq ou sur une médaille est une belle couleur ! philosophe sa sœur en lui souhaitant bonne chance.

Amélie a tout entendu de la conversation sur haut-parleur même si elle fait la sourde en arrachant des herbes folles qu'elle est seule à débusquer autour du muret.

– Le Tévelave alors ? suggère Momine.

Amélie répond d'un haussement d'épaules, ni encourageant ni dissuasif. Indifférent.

L'essentiel est que tu viennes ! pense sa fille en observant sa mère plisser des yeux comme si des larmes de piment les noyaient au fond des orbites.

– Va donc pour la verdure du Tévelave, se résigne Momine en dégourdissant ses jambes. « Une aire de pique-nique en terrain neutre vaut mieux qu'une annulation. »

Elle n'ajoute pas : « C'est encore mieux, un terrain neutre, si jamais les choses tournaient mal. »

Se régaler est un prétexte, une accroche, posée comme un appât aussi visible et naturel que le nez sur un visage. Guy a une excuse en or, Axel a flairé un piège.

Heureusement que Solange, quatrième de la fratrie, se réjouit d'un grand étalage de caris et de rougails.

– Tu ne risques rien, plaide Solange auprès de Julie, sa sœur plus âgée qui hésite à se joindre au déjeuner de famille. « On essayera de voler une poule avec un fil et une caisse, histoire de vérifier si on a perdu la main. »

Sa blague ne fait pas rire Julie. Avec sa tête d'enterrée vivante, elle se plaint d'une famille disloquée, démunie d'un projet commun. Elle marche les épaules ployantes, accablée par les péchés de ses frères et sœurs. Pour être juste, elle en a pris un peu trop sur la tête comme mère adjointe. Julie réserve sa réponse. Reste à convaincre Maximin, Marie-Ernestine, Josian. Solange s'en charge.

Deux jours plus tard, le samedi matin…

Pendant qu'Oskar et Sylvia secouent leurs cheveux pleins de confettis sur un banc en Allemagne, un convoi slalome entre des filaos accrochés à du sable noir comme du goudron au sud de l'océan Indien. Arrivées de différents points de l'île, cinq voitures chargées de trois générations se sont donné rendez-vous à Saint-Leu. On se jauge, on s'embrasse, on remonte dans les véhicules bercés par des airs de maloya pour longer la côte des surfeurs intrépides venus narguer les requins. C'est parti, se dit Momine, c'est parti au forceps, mais on y arrivera. Le cortège roule vers les terrasses ombragées des Avirons, ralentit à peine dans les tournants menant au gros village avec la sensation enivrante d'une promenade en nacelle au-dessus de la mer.

En quelques minutes, une trentaine de descendants d'Amélie de Kerveguen vont passer des bords de la côte découpée dans la lave au rempart sauvage du Tévelave à mille mètres d'altitude. L'impressionnante excursion n'émeut plus les sensibilités saturées de nature exubérante. Momine baisse totalement sa vitre, avale au goulot le grand air que l'altitude a décanté du sel de la route littorale. Respirer en pensant à Oskar, à Jules, à Lola, à Agnieszka qui tous l'ont soutenue avec leurs messages ce matin encore : « Sois heureuse, c'est ton île, on t'attend. » Ce samedi, elle a vraiment besoin de sentir leur amour auprès d'elle. Ce déjeuner de retrouvailles sera le premier et le dernier.

Personne n'est vraiment d'accord sur l'emplacement précis où se poser. Les voitures s'arrêtent, on se concerte encore, elles mugissent à nouveau, avalent d'autres lacets en épingle à cheveux, comme s'ils redoutaient d'arriver dans un cortège fantôme destiné à se dissoudre, là-haut dans le brouillard du Tévelave, dans les montagnes sauvages où les esclaves marrons risquaient leur vie vers la liberté. Ces hommes et ces femmes courant pieds nus portaient en eux des rêves bien plus exaltants – plus nobles – que le troupeau disparate d'Amélie de Kerveguen.

– Il y en a qui ne se posent pas de questions, remarque un jeune à l'arrière du minibus. Du menton, il a désigné des silhouettes qui déambulent au bord des fossés dans un équilibre chancelant.

– Le rhum charrette a encore frappé ! persifle une autre, avertie des ravages d'un poison violent sur la société insulaire.

Ils parlent des hommes au regard lunaire coiffés presque tous d'une casquette à l'américaine.

Mais où est passé le chapeau en feutre que tous les hommes dans mon enfance portaient, rabattu sur le front ? regrette Momine. Ils l'arboraient avec fierté, ce symbole de la domination des « Grands Blancs », ce trophée symbolique gagné de haute lutte par les descendants d'esclaves…

– Si le chapeau était le seul abandon… dénonce un costaud à moustache. On perd notre identité, les jeunes sont dans l'imitation « moun' déhor » – les gens de l'extérieur.

Il s'appelle Gilles, est infirmier. Solange prie son mari de se taire : « La famille est déjà assez estropiée… » se justifie la prof.

– Ce n'est pas le jour, murmure-t-elle, aujourd'hui, on oublie ce qui nous fâche, n'est-ce pas les enfants ?

– Ouiiii, répond un chœur amusé.

– Pourquoi, qui n'est pas content ? couine un boutonneux aux dents cerclées de broches métalliques.

Parmi la ribambelle de neveux et nièces du joyeux tintamarre, les plus grands frôlent l'âge adulte, les plus petits fréquentent la maternelle, et jamais aucun n'a participé à une telle rencontre de famille.

– Vous allez jacasser comme z'oiseaux Martin ! Trop de choses à vous raconter… ! devine une petite à la peau de malbaraise qui bat ses mains l'une contre l'autre, se préparant à applaudir un spectacle d'extraterrestres. Enfin une place de rêve fait l'assentiment de tous.

– On a de la chance, on a de la chance, claironne Maximin avec son optimisme rayonnant. « Punch bibasse-longani pour qui ? Ou jus de tamarin parfumé au rhum arrangé ? » propose-t-il, à peine arrivé. Dans ses bras, des fioles et des carafes où dansent ses préparations concoctées avec toutes sortes d'écorces et de « zerbages » poussées entre remparts et îlets. Maximin veut les étourdir. Pas tout à fait sans raison…

Le cliquetis de ses bouteilles se dissout dans un ronflement de moteur qui grimpe les lacets vers le Tévelave. Un véhicule se gare. Stupeur. Un gros individu, bas sur pattes, visage grenat barré par une moustache taillée à la serpe, s'extirpe péniblement d'une jeep. Dans son short trop court et qui bâille – style années soixante-dix garanti – il avance vers les convives entre les fougères arborescentes avec l'élégance d'un éléphant. Quelqu'un murmure : « Mais c'est qui, ce Mimile ? »

Le Réunionnais est connu pour son fameux « moucatage » – mélange subtil d'ironie mordante et d'humour corrosif. On s'esclaffe comme des dingues. Un fou rire contagieux s'empare des pique-niqueurs qui, les uns après les autres, tombent à genoux, comme des dominos. Deux ou trois prennent la fuite dans les arbustes, d'autres se réfugient derrière leurs véhicules. On entend une expression que chacun avait déjà en tête. « Le gros dégueulasse ! » « Le gros dégueulasse est arrivé ! »

– C'est Gérard.

On vient d'entendre la voix de Julie. Maximin était seul à savoir que sa sœur avait rencontré « un type pas facile et très radin, mais il va changer parce qu'on s'aime, on s'aime… ».

– Au secours ! pense Momine en se mordillant les lèvres, des dessins de Reiser en tête. Son fou rire est foudroyé par le regard de Julie. La plus jeune des deux sœurs mesure le risque de voir le déjeuner de retrouvailles virer au scénario catastrophe. Il ne faut surtout pas que Julie prenne la colère et lève le camp. Elle serait suivie.

– Bienvenue Gérard ! Tournée générale ! décrète Solange avec toute sa persuasion pédagogique.

Heureusement que la jeune génération ne manque pas de questions pour rompre le silence qui commence à s'épaissir. La liste des pourquoi est longue. Par exemple, ils ne comprennent pas pourquoi le mot fête était banni sous le toit d'Amélie de Kerveguen. Même quand la vie s'est arrangée et qu'on possédait une réserve de dix kilos de riz, deux queues de morue séchées, une boîte entière de sucre et du Nescafé, comme les riches. Réponse : parce que les enfants d'Amélie devaient se garder de céder à l'insouciance et à la légèreté. La consigne était de ne jamais se laisser aller à croire qu'ils étaient comme les autres. Alors avec le temps, la légèreté leur est devenue naturellement insupportable. Les fêtes de mariage ont ainsi été réduites au strict minimum. Aucun d'eux n'a organisé de festivités lors de pareils événements. D'ailleurs, Amélie a constamment déconseillé de se lancer dans des vies de couple :

– Le mariage ? Quelle drôle d'idée ! Et d'abord, qui voudra épouser des gens comme vous ? Se marier, avoir des enfants ? Il y a mieux à faire dans l'existence. Faire pousser des arbres, oui, broder, rapiécer, réparer ce qui est cassé sont des activités nobles qui donnent du sens aux jours qui passent.

Aussi, tous se sont sentis plus ou moins coupables en passant à l'hôtel de ville et encore plus à l'église.

Les petits-enfants d'Amélie pouffent de rire en écoutant ces « histoires de oufs ». Vraies de A à Z. Ils n'en reviennent pas ! Solange, Axel, Momine se sont mariés en douce, annonçant leur décision au dernier moment, en parlant de choses et d'autres « euh, on va se marier… euh dans quinze jours ». Il fallait trouver une excuse. Se marier par plaisir ? Par… amour ? Les bans étaient déjà publiés depuis belle lurette.

Julie, la plus âgée des filles, a écouté sa mère à la lettre ; elle n'a jamais osé franchir le pas. Si elle trouve « quelqu'un », elle sera « embarrassée » a-t-elle souvent confié à ses frères et sœurs. Embarrassée jusqu'à cinquante ans passés pour avouer à sa mère qu'elle a une vie sentimentale. Pourtant, si un membre de la famille a été sacrifié pour s'occuper de la propreté des plus petits, les surveiller, les éduquer, c'est bien Julie. À huit ans déjà, elle était devant une roche à laver et frottait le linge d'accouchement de sa mère. Elle a souvent parlé du sang « de vos naissances » pour justifier sa tutelle sur les plus jeunes.

Elle occupe la place de mère adjointe pour la vie. Gare à celui ou à celle qui serait rejeté un jour par Julie : expulsion du clan assurée. « Parce qu'elle a souffert plus que nous » répètent les plus jeunes emplis d'une sainte gratitude. Avec le temps, elle s'est composé une tête qui va avec sa revendication de Mater dolorosa. On aurait envie de lui offrir une plaquette de Doliprane en guise de dessert. Mais pour la première fois depuis longtemps, ce samedi de retrouvailles, devant la tête joufflue de son Gégé, la Sainte Rita sourit aux anges. Elle brave un interdit en invitant un inconnu. Sans aller jusqu'à l'embrasser devant tout le monde, ça ne se fait pas, Julie est amoureuse et le montre.

Neveux et nièces posent d'autres questions simples et dérangeantes, sur l'air de « Dommage d'avoir attendu tout ce temps pour se voir » sous les yeux bovins et indifférents du gros Gérard qui ne fait rien pour s'intégrer à la ronde.

Il prête attention quand Maximin, occupé à roussir des épices, se redresse en soulignant son propos avec une grosse cuillère qu'il balance comme un encensoir :

– Faut pas se mentir !

Maximin arrache un morceau de papier sur le rouleau d'essuie-tout, s'éponge le front, avant d'ajouter :

– C'est quand même la première fois, la toute première fois qu'on se retrouve presque au complet depuis que chacun a pris sa vie en main. La vie est partie, on ne se voit pas !

Gégé ne semble pas très informé de l'histoire réelle d'Amélie et de ses enfants. Ni la pauvreté mordante, ni l'abandon de la famille par le géniteur – « papa était commerçant » lui a fièrement raconté Julie – sans préciser que Mukesh Bajaj est mort ruiné après une faillite et une vie gaspillée. L'alcool, les vies parallèles avec des enfants un peu partout, les coups et blessures contre Amélie, rien, elle n'a rien dit de la réalité et tricoté un roman plus présentable. Or, le voici à l'endroit idéal pour un rattrapage express. Mais Julie surveille Momine comme du lait sur le feu, car le danger, c'est elle, cette bavarde qui raconte partout les secrets d'enfance et de jeunesse « pour faire l'intéressante ». Toute leur vie, les deux sœurs se sont appuyées l'une sur l'autre malgré les huit années qui les séparent à l'état civil. Pas un jour sans s'appeler, pas une décision sans recueillir l'assentiment de l'autre. Mais, cela doit faire un an, changement radical : tout ce que dit l'une énerve l'autre. Depuis que Julie a déménagé, gardant secrète l'adresse de son concubinage.

– Ça te dit quelque chose le nom de Joseph ? glisse Momine à l'oreille de Julie, en mélangeant un rougail de tomates. Comment son aînée aurait-elle oublié ce prénom ? Le soir du viol dans la maison Lambert, la grande sœur avait été une procureure sans faiblesse.

– Ça m'dit rien du tout ! réplique Julie rendue furieuse comme une guêpe, l'aiguillon prêt à piquer. « Si tu es venue chercher des bagarres chez nous, à La Réunion, riposte-t-elle à voix haute, alors crois-moi, tu vas regretter ta farce. Tu n'impressionnes personne ici avec ton boulot de bavardage dans le poste ! Nous, on travaille dur ici !

Estomaquée, mais n'en laissant rien paraître, sa cadette rétorque sur un ton narquois – en faisant du bruit dans le bol pour ne pas être entendue par d'autres : « Si je révélais que tu passes son temps dans les magasins funéraires à acheter des anges en plastique ? À chacun ses p'tits délires… »

Pendant qu'elles s'invectivent, dos tournés au reste du clan, la sage Solange reprend sa leçon de choses. Aux regards incrédules de ses neveux et nièces, elle révèle un épisode de douleur. La mort de ses sœurs jumelles arrivées sur Terre trop tôt et « parties au ciel » dès le lendemain, dit-elle. Les jeunes réagissent comme si ce deuil s'était passé dans un pays lointain, pendant la peste espagnole. Leurs parents ont gardé ce secret trop lourd dans un coin de leur tête, là où s'entassent les oublis et les chagrins rendus muets. Amélie regarde ailleurs. Ses yeux ont trouvé abri dans les corolles des capucines en bas des pentes du Tévelave. Jamais elle ne mentionne les noms de ses enfants morts ni ne parle d'eux. Les survivants se sont souvent demandé comment elle a pu supporter la mort de trois d'entre eux. Un secret.

Mais tout à coup, elle prend la parole et se lance dans un rappel généalogique qui lui fait redresser le buste. Elle a son orgueil de créole blanche face à ces gosses multicolores. La grand-mère asperge les têtes de ses petits-enfants d'un peu de parfum doré des puissants.

– On descend d'une grande famille, vous savez. Vous avez entendu parler des De Kerveguen ? Tout le sud de l'île leur appartenait. De l'Entre-Deux à Saint-Joseph, en passant par les habitations de Saint-Pierre, jusque dans les Hauts du Tampon, ils avaient les meilleures terres et même une monnaie à eux. C'est notre famille, les De Kerveguen… !

Le sentiment d'une attache aristocratique – certes un peu discutable – n'est pas nouveau. Amélie est fière de ces lignées de gens… qui l'ont abandonnée, méprisée ; toutes ces belles âmes avec leurs petits yeux étriqués et leurs têtes de souris grises qui ont traité ses enfants de bâtards sans que cela ne gêne personne. Jusqu'à son âge avancé et même si le monde a changé, Amélie Rivière dite de Kerveguen se reconnaît toujours en eux. Elle sait pourtant que les comtes de Kerveguen étaient des esclavagistes parmi les plus puissants de l'île. L'un d'eux régnait sur presque mille six cents esclaves dans ses champs de café, de girofliers et de cannes à sucre. Ses affaires allaient si bien qu'il avait fait installer la première distillerie de l'île.

Mais de ce passé criminel, Amélie ne souffle pas un mot à sa descendance de toutes les couleurs du nuancier humain, du noir brillant au blanc d'œuf.

Solange fait la moue. Elle a beau être enseignante, ce n'est pas le jour pour servir une part d'histoire familiale aussi râpeuse. Elle se contente de dire :

– On a appris à rester groupés entre frères et sœurs, pour se soutenir dans la vie. On était un peu seuls…

– Et alors ? s'enhardit une nièce, sur un ton malicieux. Sa curiosité distille un instant de flottement autour des marmites parfumées. « Vous avez réussi à rester groupés ? »

– Ohhh… Avec le temps, c'est fatigant de rester groupés ! Surtout si on vend la maison de maman ! réplique une voix lancée comme une fusée.

Julie, penchée sur un mortier d'où sautent des piments, ment. L'air de rien, elle continue à écraser des zestes de combava[30] récalcitrants sous une lourde pierre. Ses lèvres frottées l'une contre l'autre disent sa satisfaction. Se venger royalement de l'allusion « Joseph » en se faisant passer pour l'ange gardien, voilà un art qu'elle maîtrise à la perfection. Son Gérard a les oreilles d'un lapin en arrêt devant des phares, il balance ses courts mollets sous un tronc d'arbre servant de banc, prêt à compter les coups.

Momine s'avance avec lenteur vers le pilon qui crache des larmes pimentées. Les yeux glacés, elle mâche sa colère. Courbée sur ses épices, la Mater dolorosa souffle sur les braises :

– Il n'y a que la vérité qui blesse, susurre Julie.

Momine la toise, prête à en venir aux mains. Mais un signal se déclenche dans son système, met sa rage sur « pause ». La très

30. Agrume ancien de petite taille qui ressemble à un citron vert. On utilise particulièrement ses zestes et ses feuilles. On l'appelle aussi makrut, citron combera, lime kaffir, et il serait vraisemblablement originaire d'Indonésie.

méchante allusion coule à pic. Ce n'est que partie remise. Un mitraillage en embuscade ne s'oublie pas si on s'en relève. C'est donc, elle, Julie, qui a nourri ce mensonge en accusant sa jeune sœur de vouloir mettre leur mère à la rue ! La calomnie a parfaitement poussé sur le terreau de la paranoïa qui frappe Amélie, une femme cabossée, suspectant des ennemis tous azimuts. Momine cherche le regard de sa mère, attend un signe, quelque chose qui rétablisse la vérité. Lèvres pincées, un revolver dans les yeux, Amélie se cadenasse ostensiblement dans un silence éloquent. Elle compte les points.

Comme Gégé qui sursaute quand Maximin lui donne un léger coup de coude et confie :

– Hé, mon beauf, pas de fête de famille sans une jolie bagarre, pas vrai ? En créole, on appelle ça « un baisement ».

Deux yeux globuleux s'ouvrent comme des soucoupes devant une telle perspective.

– Un baisement ? C'est pas mal ! reprend-il. Le rhum arrangé lève les barrières de la timidité.

– On dit aussi un « coquement », un « râler-pousser », enrichit le frère légèrement éméché en lançant des clins d'œil fraternels au gros dégueulasse.

Le moment choisi par Momine pour s'échapper vers les fougères monumentales, grands témoins de la forêt d'origine. Le toucher rêche des couches d'enveloppes sèches enroulées autour de leurs troncs, la souplesse des feuilles d'un vert unique, la force tellurique des terres rouges et ces odeurs de l'enfance, en pleine nature sauvage, la ramènent plus de trente ans en arrière. Au temps d'instants de bonheur inoubliables, quand il arrivait à Amélie d'être une maman.

Comme ce jour-là, demeuré si présent.

Amélie paraît encore jeune, trente, trente-cinq ans tout au plus, toujours dotée de sa chevelure fine et blonde coiffée en rouleau sur la nuque. Ses gencives sont presque nues depuis des années. Pourtant elle illumine comme le grand soleil après la pluie qui remplit le chemin. Elle tient les deux plus petits par la main – Guy et Momine – peut-être par amour, pour qu'ils ne tombent pas, certainement. Elle cueille des framboises sauvages en chantant « Un torrent qui vient de la montagne ».

Dans ces instants-là, Amélie oubliait d'en vouloir à ses enfants, elle courait avec eux entre les bassins de la Ravine des Cabris, jouait à cache-cache entre les ronces, et riait, elle aussi, naviguant sur les vagues de l'insouciance.

Au retour de la ravine, sortie du grand manteau végétal, elle fermait la parenthèse, remontait le pont-levis pour se barricader intérieurement et c'était fini, pendant des jours. Elle devenait une autre. Et ses enfants – surtout ses filles – essuyaient alors son acrimonie sans pitié.

– Oh, mais tu es grosse ! Mon Dieu que tu es vilaine ! Elle accompagnait son compliment d'une bonne crème de méchanceté en dessinant une barrique pour appuyer ses propos. Se rendait-elle compte des blessures irréparables qu'elle causait ?

Un après-midi – Momine devait avoir dix ans à peine –, le temps était lourd comme du plomb, la pluie menaçait. C'était un jeudi – jour sans école –, Amélie frottait la lessive, penchée devant la roche à laver. Sous ses yeux, Momine s'amusait à courir dans tous les sens en gesticulant. Trop amusant de capturer des chipeks – pardon – les mantes religieuses créoles, elle criait victoire à chaque insecte fait prisonnier. Tout à sa joie de jouer en plein air. Oublié qu'ici, même le jeudi il n'y a pas de place pour laisser galoper son imagination, c'est le jour des corvées, quand on est une enfant. Trouver du petit bois dans les champs voisins, sinon pas de riz cuit ce soir, ramasser une brassée d'herbes – seule nourriture de Paul, lapin maigrichon promis à la marmite –, chercher de l'eau à la citerne, en bas dans le village… Sur ses pattes arrière, Paul était aux aguets dans son clapier, il roulait ses gros yeux peureux, pressentant un orage. Il avait dû sentir la colère monter. La foudre allait s'abattre dans un fracas furieux, emportant toute raison, en un crachat de mots inimaginables dans la bouche d'une mère. Jamais Amélie ne s'était déchaînée avec une telle violence : « Petite traînée, petite putain ! Ça pense déjà aux garçons au lieu d'aider ! »

Pire qu'un coup de couteau au cœur. Sans un mot, sans une larme, Momine avait lâché ses chipeks – pardon –, s'était penchée, avait saisi une roche sur le tas devant le muret et l'avait placée dans un chiffon volé sur la pile de linge. Le projectile avait atterri devant le lavoir. Trop lourd, pas assez d'élan, lancé de trop près. Une autre roche, plus petite, le temps de s'éloigner et de viser tranquillement. Touchée ! Le bras meurtri, Amélie avait blêmi, s'était à peine redressée, mais avait continué à frotter le linge. Sidérée. En dévisageant sa fille, ses yeux avouaient qu'elle avait perdu. Le soir, Axel avait été chargé de la punition.

Jamais ni la mère ni sa fille n'avaient pu rayer de leur mémoire la scène de lapidation. « Momine me frappe depuis qu'elle a dix ans » aimait à se plaindre Amélie dès que l'occasion se présentait, à savoir en présence de personnes étrangères à la famille et si possible en ayant toujours une larme garée au coin d'une paupière. À chaque fois, Momine a reconnu les faits en précisant les circonstances : « Je ne regrette pas ce geste. Ce jour-là, si je m'étais contentée de pleurer, je serais devenue une victime. Ce jour-là, tu m'avais appris à résister ! »

Tant d'années après, tous ces jours demeurés incandescents continuent d'agiter leurs fantômes dans la brume qui descend sur le Tévelave. Momine n'est peut-être pas la seule à les distinguer. Sous ses yeux clos, Amélie y pense certainement, elle aussi. Les couleurs, les objets, les visages, les expressions, les sons, les odeurs, l'envie de tordre le cou de sa propre mère si elle en avait eu la force… la sidération, rien n'a disparu, tout est là, en ordre, conservé sans tri, et accepté. Mais il suffirait de dévier légèrement le compas qui mesure la perception du passé pour saisir l'autre face de la réalité. Quelques degrés d'écart sur l'instrument des souvenirs, et cette même femme resplendirait sous une lumière sublime. Amélie n'était-elle pas aussi cette mère courage puisant on ne sait où la force de croire que l'école allait sauver son enfant. Amélie était l'une, et était l'autre. L'une a failli détruire l'autre.

D'un mouvement de tête qui se renverse en arrière, Momine referme la boîte à images. Le passé est rangé à sa place. Elle écrase entre les doigts un fragment fibreux de la forêt tandis qu'un goût âcre et délicieux à la fois se rapproche de ses lèvres, elle se sent légère en remontant du pays de son enfance. « Une chance unique… de m'être envolée » se félicite-t-elle en rejoignant l'aire de pique-nique. Amélie somnole. Son visage résigné accentue son air d'étrangère parachutée dans ce déjeuner de retrouvailles où l'ennui et l'indifférence la gagnent.

Maximin, Marie-Ernestine, Solange et Josian préparent le festin.

– On a de quoi nourrir un régiment en opération, se réjouit Josian. Mains sur les hanches, il supervise de son œil optimiste le déménagement des victuailles, bien loin des années de misère, qu'il ponctue par un « Totoche ! Oté ! Oté ! » pour dire « je n'en reviens toujours pas de notre sauvetage ».

Alors qu'elle dépose une salade de fruits géante, Momine réclame une seconde d'attention à l'aide d'une fourchette qui tinte sur un verre. Personne ici n'est habitué à pareil prélude à un discours solennel.

– Ben, on se croit à la télé ou quoi !

Un timbre inconnu, une voix d'homme qui n'a pas pu se retenir, mais Gégé est lâche ; il se cache, Julie serre les lèvres.

– Merci d'avoir accepté cette idée de nous retrouver, commence Momine.

Le rire d'Amélie, comme toujours nimbé d'une ironie mordante, sort en saccade de ses gencives nues.

– Ah ! Mon Dieu, mais ma fille, tu ressembles de plus en plus à Mme Desbassyns ! lâche-t-elle avant de soupirer lourdement.

Il faut avoir grandi sur ce volcan pour mesurer la comparaison abrasive. Sa fille respire, rassemble ses forces, évite de penser à la sorcière honnie de la colonisation. Marie-Anne Thérèse Ombline Desbassyns, propriétaire de quatre cents esclaves, connue pour sa cruauté sans bornes. La figure de femme incarnant le Mal absolu dans l'histoire de l'île et le mépris immense qui escorte son souvenir. « Ne cède pas, ne répond pas » se dit Momine.

– On a préparé ce déjeuner comme on révise un manuel d'explosifs ! Pourquoi ai-je proposé ces retrouvailles ? demande-t-elle, les mains ouvertes. Après un regard circulaire, elle se tourne ostensiblement vers deux convives :

– Je viens vous dire que je n'ai pas oublié la maison Lambert. J'ai été vendue pour dix francs et violée, à six ans. À partir d'aujourd'hui, ce passé qui pèse sur ma vie depuis quarante ans va à la poubelle ! Peut-être aussi – enfin – sur la conscience de certains ici ?

Un silence de plomb.

– Bon appétit, maman, chers frères et sœurs ! conclut Momine.

Des petits applaudissent avec la gaieté frémissante des bulles de savon qui voltigent autour des tables. Ils semblent croire à une plaisanterie bizarre et comme ils sont dans une famille bizarre… Les grands se regardent, interloqués, leurs parents plongent les mains dans les marmites, remplissent leurs verres, vieille technique créole du « Z'oreille canard ». Ils n'ont rien entendu comme les canards qui se dandinent vers la mare. Le régal commence.

– C'est géant de se retrouver tous, comme ça. Dommage qu'on n'ait pas connu notre grand-père ! regrette Sylvain.

L'ado idéaliste rêve d'un symbole pour compenser l'absence d'un repère qui lui manque. « Il faut bien inventer une photo de nos grands-parents puisqu'elle n'existe pas. » Sur son écran, il crée un photomontage destiné à ses amis de Facebook.

On y voit Amélie et Mukesh se faire face, guindés, mais réunis autour de leurs progénitures involontaires. Mukesh Bajaj, regard coupant comme une lame, légèrement bedonnant dans son costume bien coupé orné d'une pochette élégante. Amélie de Kerveguen vêtue de noir, chapeautée de noir, le regard hautain ou triste – l'un ou l'autre. Sans la moindre trace de joie récente. Lui, la cinquantaine bien sonnée, elle, environ vingt-cinq ans et déjà sept enfants en attente d'un huitième. Momine frémit en découvrant ce couple d'étrangers qu'elle n'a jamais vu s'embrasser, rire ensemble, prendre un enfant sur les genoux, faire des courses, lire, chanter, vivre. Elle les a vus dans la même pièce, ces deux-là, mais avec cris et tabassages, pleurs et insultes. Sylvain a utilisé également le cliché en noir et blanc centré sur le portrait de la petite fille au chignon en forme de gâteau trônant sur le sommet du crâne. Par la force de ses clics audacieux et ironiques, une famille a surgi dans une histoire arrangée, inventée, fantasmée, une consolation pour l'inconsolable.

– Tu nous fais un pansement pour le cœur et la tête. Ça fait du bien… et ça remue aussi, félicite Solange.

Momine se penche à son tour.

– Eux… ensemble ?

Elle croise les mains en prière, murmure comme le sorcier de La Chatoire quand il implorait une divinité. Amélie fait la grimace, elle refuse de regarder la création de son petit-fils. Quand l'émotion se retire, telle une vague lente, Momine tape sur l'épaule de son neveu.

– Tu as raison, Sylvain, créer repousse les murs… ça aide à vivre.

Le jeune lève le nez de son ordinateur.

– Ben oui, c'est dans la tête qu'on crée sa famille, pas seulement avec du sang, des cellules, tout ça, faut… une p'tite larme de piment… pour rêver. Cimandef et ses potes esclaves, y zon fait comment… tu crois ?

La génération Internet a compris. Dans cette famille, on n'est pas fâché, seulement malade du passé, rien d'essentiel n'a survécu aux traumatismes. Même les plus beaux souvenirs ont séché. Enfants, leurs oncles et tantes se sont battus ensemble, l'un pour l'autre, commando largué en terre hostile donc forcément solidaire. Mais depuis longtemps déjà, le pouvoir magique de tout partager s'est envolé de leurs cœurs. Chacun a voulu compter sur la force de ses propres ailes. D'une façon ou d'une autre, tous se sont trompés de direction, croyant se mettre à l'abri d'un rempart protecteur pour respirer tranquillement. Le pire des remparts, la solitude. Peu à peu, ils sont devenus étrangers les uns aux autres. Comment dissimuler l'œuvre du temps qui les a abîmés au plus profond d'eux-mêmes, aussi inexorable que l'érosion qui ronge le relief volcanique du Tévelave ! Momine avait besoin de ces retrouvailles pour clore le chapitre de sa vie avec sa mère, ses frères et sœurs. L'épreuve de la maison Lambert. Elle emportera avec elle les plus beaux souvenirs, la solidarité et les rires.

Tout à coup, un rideau de pluie se déverse avec une force stupéfiante sur la scène dérisoire de leur pique-nique triste à mourir. Même la profusion n'est pas parvenue à masquer le vide. Ils n'ont plus rien à donner à l'autre, rien à se dire et plus rien ni personne à aimer ensemble. Le coup de vent ravine l'aire de recréation dans un déluge tiède. L'eau ruisselle sur le Tévelave, chaude et réconfortante, pas seulement sur les fougères arborescentes surgies des temps profonds. Mais il y a la jeunesse ! Les grosses gouttes se mêlent aux baisers tendres posés par des Kevin et Ursula, des Baptiste et Juliette… et la douceur des mots de Coline, de Solène…

– Je vous aime, murmure Momine. N'oubliez pas Oscar Wilde : « Vivre est la chose la plus importante au monde, la plupart des gens se contentent d'exister. »

Sylvain, l'inventeur de la photo de famille, lève le pouce. Elle ajoute :

– Ne faites pas comme nous ! Soyez heureux.

Dans leurs yeux ils répondent « trop cool, trop stylée la tantine ». Quand les véhicules les emportent, ils lui adressent des signes et des bisous à travers les pare-brise, jusqu'en bas, dans les virages bordés de capucines, en dégringolant vers les Avirons. Particule esseulée d'un théâtre à l'abandon, Momine crie dans ses mains : « Merci ! » Son cri va se perdre dans le gémissement des branches mouillées.

Elle se retourne. La place des agapes est vide, balayée par le seul bruit de la pluie et le chuintement du vent qui froisse l'air. Elle se débarrasse de ses chaussures trempées, marche pieds nus à reculons. Si jamais Julie et son distingué fiancé revenaient sur leurs pas… Toujours regarder de face l'ennemi arriver. Frissons au frôlement d'une fougère arborescente étendant ses ramures en parasol géant, collé au ciel. Elle sent monter une profonde respiration, des pieds au crâne, et sa tête, lourde soudain, ploie doucement vers l'arrière. Enfin, ce moment de communion attendue, goûtée dans le privilège d'une absolue solitude. Sous la voûte d'une cathédrale végétale, à perte de vue, les mains posées à plat sur le tronc orné de dentelles transparentes, elle s'adresse à l'arbre comme d'autres se confient à un chien ou à un humain. Le rituel d'abandon magique découvert dans l'enfance au milieu de la nature sauvage.

Un jour, forcée de quitter le havre obtenu grâce aux sœurs De Villiers, il lui a fallu apprivoiser un nouveau confident qui ne trahirait jamais. L'un de ses arbres préférés fut le poivrier rose, qui se prosternait tout en bas vers la ravine, au bout d'une cour rocailleuse, inoubliable consolateur éloquent et tendre du chemin de l'Hermitage. Histoire d'amour entretenue en cachette, où le poivrier savait tout, les secrets et les rêves, la joie de courir pieds nus sur les sentiers, les sautes d'humeur d'Amélie, l'attachement de son enfant à elle, malgré tout, et des prières pour que sa mère ressemble à Jeanine ou à Josette, ces voisines qui embrassaient leurs enfants baveux. Dire adieu à cet ami aux baies roses parfumées fut un arrachement quand le gros Berliet bleu marine se mit à tousser, prêt à démarrer vers un logis encore plus éloigné de l'école. Les deux filles De Villiers venaient de mourir dans un accident. La maison prêtée allait être vendue. À nouveau commençait l'errance.

Tant d'années après cette séparation, dans la solitude du Tévelave, Momine a fini de raconter tout ce qu'elle a sur le cœur à l'arbre austère et majestueux. Elle ferme les yeux, ne pense plus à rien, fait le vide, balaie les pensées polluées. La fougère géante serrée entre ses bras, elle l'embrasse, la caresse. Sa main se détache lentement du tronc robuste, comme on dit adieu à une peau, elle se retourne, envoie une dernière promesse secrète murmurée du bout des lèvres. Même l'oiseau de l'Oubli, cet oiseau moqueur aux parages étranges, ne doit pas entendre au bout de sa longue ficelle. « Il irait cafter, moi la folle qui parle aux arbres. » Elle sourit en se secouant les mains. Quelque chose bouge près de ses chaussures lâchées sous la table.

– Oh ! Reste là, toi ! Quel cadeau du ciel ! Viens ici, jolie petite musaraigne, tu me donnes une idée ! dit-elle à haute voix comme si elle avait découvert un trésor. La petite bête se faufile dans une boîte plastifiée qui attendait, béante, sur la poubelle. Pas de hasard, se réjouit Momine.

Elle ne s'est pas rendu compte que le ciel s'est éclairci. Le soleil illumine le Tévelave, en haut d'une terre de mirages, un après-midi de songes. « Suis en retard ! Je me grouille ! Je te raconterai tout, mon Oskar » répond-elle à une rafale de SMS inquiets : « Où es-tu ? Plus de nouvelles ! Le volcan t'a avalée ? C'est quoi cette fugue ? » Elle aura tout son temps pour lui, pour eux, dans quelques jours. Le temps d'accomplir une dernière visite. Elle roule en aplomb de l'océan scintillant. Direction les Trois Mares.

– 27 –

On n'a que l'amour…

Sylvia se retient. Si elle se laissait aller, elle sauterait au cou d'Oskar et l'embrasserait.

– C'est génial ! Géniale, ton idée, lui répète-t-elle en sautillant à son bras comme un oiseau qui salue le printemps.

L'idée qui la bouleverse tient en deux mots, « une plaque ». Oskar s'est engagé. Dès lundi, il entreprend les démarches auprès de la mairie de Nordrach afin qu'une plaque officielle soit apposée rue Rothschild pour rappeler l'histoire de la pouponnière. Des mots pour éclairer la mémoire, dire la vérité sur les abandons d'enfants, les viols de masse après le nazisme. Un monument contre l'oubli. Une trace symbolique.

Oskar s'arrête de marcher, retient le bras de sa sœur.

– Pourquoi ne pas imaginer une rue, des rues ! À Nordrach, Freibourg, Freudenstadt, Constance… Berlin, Hambourg, Dresde… ! Partout, dans des villes et des villages, là où des centaines de milliers de femmes ont été violées en 1945 par les Russes, les Français, les Britanniques, les Américains. Ces victimes… toutes ces Sybille et ces Sylvia n'en seraient pas dignes ? Tu n'en serais pas digne ?

– Des rues ? répète Sylvia, comme s'il promettait la Lune. Elle en doute.

– Pourquoi pas une rue des Enfants de 1945, suggère-t-il.

– Rue des Enfants de la Lune, ce serait plus joli, corrige-t-elle l'air dubitatif. Attention, il faut que toutes les femmes, de tous pays, de tous villages, que toutes les femmes… Elle s'arrête et dit « et pas que les femmes… il faut une plaque incriminant la guerre ! Pour que les hommes se sentent embarqués eux aussi. C'est la guerre qui les a rendus monstrueux ! Seules, nous n'irons pas assez loin. Il faut la Terre entière pour que ça change… ».

– Lançons un appel dans les journaux régionaux, peut-être à l'occasion du 8 mai. Commémorer la capitulation aura encore plus de sens en rendant justice aux civiles allemandes. Mais d'abord, raconte-moi la suite de ta propre histoire. Une fois que tu as été déposée ici, que s'est-il passé ? questionne Oskar.

– J'ai eu de la chance, répond-elle en ouvrant les bras comme si elle saisissait le soleil. Mais très vite, son visage s'assombrit.

La voici à nouveau dans la peau de l'enfant abandonnée.

– Klara est la seule à qui j'ai raconté. Elle accélère le pas en parlant.

Sylvia devait faire partie d'une expédition de gosses à placer dans l'institution des Sœurs de Saint-Joseph d'Alger.

– Alger ? l'interrompt Oskar en ouvrant les yeux d'incrédulité.

– Oui, l'Algérie faisant partie de l'empire colonial français, répond sa sœur, les orphelinats des institutions religieuses ont été mis à contribution, là-bas aussi. Tous les enfants devaient être dans un état de santé irréprochable. Le jour J, ils l'étaient tous. À une exception. Moi, jure-t-elle, un index dirigé comme la pointe d'une épée contre son tee-shirt. Au moment du départ, la petite Sylvia était bouillante de fièvre. Entreprendre un si long périple, c'était la condamner. Le 27 janvier 1946, le soir de l'évacuation du groupe, la minuscule boule de chair fiévreuse attendait son destin dans son petit berceau, au rez-de-chaussée de la bâtisse de Nordrach.

« La laisser seule pour la nuit dans cette grande pièce mal chauffée de la pouponnière ? » C'est sans doute ce qui tourmente Frau Elsbeth Kunner ce soir-là, qui prend le bébé dans ses bras et lui chante « Meine Käfer… » ; pas vraiment une berceuse, cette histoire d'enfant dans un pays qui brûle à cause de la guerre. La guerre, elle la connaît bien, cette jeune femme inconsolable. Elsbeth Kunner avait perdu ses deux enfants dans les bombardements sur Freiburg, en février 1945. L'incendie qui s'était propagé jusque sur les bords du canal, à l'autre bout de la vieille ville, n'avait laissé que des cendres. C'est dans ce malheur qu'elle a puisé sa force pour porter secours aux enfants des autres – des orphelins au début – sous l'emblème de la Croix-Rouge. Puis des nouveau-nés dont personne ne voulait. Elsbeth avait choisi l'amour comme remède à son chagrin insondable et à l'absence de Thomas dont elle était sans nouvelles. Son mari, professeur de musique à Freiburg, avait été enrôlé dans la Wehrmacht, il ne fut pas le seul esthète à devenir occupant dans un pays plus ou moins lointain. Quand il est rentré d'un camp de prisonniers, en 1947, Elsbeth ne lui a pas laissé le choix. Sylvia était devenue sa fille, leur fille.

– Dès mon jeune âge, raconte Sylvia, ma sauveuse m'a confié qu'elle n'était pas ma créatrice d'origine, que nous nous étions choisies l'une l'autre, par un feu de détresse dans nos regards. Un clin d'œil tendre du hasard qui nous invitait à vivre. Le destin cherchait-il quelques survivants à qui confier la mission de témoigner un jour ? La date du 27 janvier figure sur mes papiers d'adoption.

Elle voudrait continuer, mais sa voix s'étrangle et déraille au fond de sa poitrine. Oskar croit qu'elle va vomir, il lâche son bras, s'éloigne un peu, par discrétion. Sa sœur s'appuie contre un mur, les mains à plat. Il tourne la tête, sa sœur se tient debout comme en état d'arrestation, tête baissée, elle pleure. Lui aussi. Au bout d'un moment, il s'approche précautionneusement – il se méfie de ses réactions –, elle se laisse faire. Serrée contre lui, ses larmes coulent sur le cou d'Oskar.

– Je te comprends, Sylvia, lui murmure-t-il, en taisant sa surprise. La femme apparemment si dure, toujours en contrôle de ses sentiments, peut aussi lâcher prise ?

Elle respire fort, ouvre les yeux et dit :

– Merci Oskar ; je n'ai jamais pleuré de ma vie entière autant que cette semaine.

Son frère l'observe en silence, l'entend ajouter : « Je t'attendais, je crois, pour vivre ces moments. Je parviens enfin à mettre des mots sur ce qu'il m'est arrivé alors que je passe ma vie à réparer des victimes de traumatismes. Je n'ai pas partagé de la même manière avec Klara. »

– Le cordonnier est toujours le plus mal chaussé, répond Oskar.

Elle se tait, le regarde.

– Tu vois, il faut être frère et sœur pour ça.

Elle raconte que le soir du 27 janvier 1946, Elsbeth Kunner rentre chez elle, un panier à provisions coincé entre son coude et son épaule. À ce moment, l'auxiliaire de la Croix-Rouge ne pense à rien, seulement à ne pas glisser sur le verglas. Si elle se casse une jambe, ce ne serait pas une catastrophe, mais si son bras lâche le panier à provisions, alors… Trop de souffrances ont frappé depuis des années cette fille de la bourgeoisie aisée. Les bombardements incessants dès 1940 et jusqu'en février dernier encore ont décimé les siens. Plus de rêve en tête, plus de rêve de bonheur en tout cas.

Son unique projet, à cette heure triste, est de ne pas laisser une toute petite fille, abandonnée et enrhumée, mourir de froid et de faim. Elsbeth allume le réchaud, prépare une bouillotte. Un reste de miel est mis à tiédir sur l'eau qui frissonne et badigeonné au bout d'une tétine. Puis elle se met dans son lit, installe le petit paquet entortillé dans un lange directement contre sa peau, la bouillotte placée au bout des petits pieds. Autrefois, elle avait réussi à ramener à la vie un marcassin complètement frigorifié, épargné par un chasseur qui avait tué la laie, sa mère. Quand elle se lève pour réchauffer sa soupe, elle vérifie et revérifie si le cœur de Sylvia bat normalement. Le lendemain matin, la petite bouche cherche le sein de sa mère. Elsbeth a pitié. Bien sûr, elle devine la cause de l'abandon.

Les jours suivants, Elsbeth fait savoir qu'elle ne reviendra pas avant un moment au service de l'organisation humanitaire. C'est ainsi que le bébé de Sybille Rossbauer atterrit chez une femme qui n'a pas fait le deuil de ses propres enfants – comme si un tel deuil était jamais possible. Sylvia est arrivée dans une famille cultivée et prend son nom. Sylvia Kunner grandit à une vingtaine de kilomètres de son lieu de naissance. Si près, si loin de Sybille, devenue Frau Weber. « Elsbeth m'a tout donné, les soins, l'éducation, une famille. Elle m'a aimée, à sa façon, avec le deuil autour de Johanne et de Petra devenues mes sœurs du souvenir. Et pourtant, il manquait… »

Elle cherche le mot approprié.

« Il m'a manqué quelque chose ; ni Elsbeth ni personne d'autre que ma mère de sang ne pourrait jamais me l'offrir. »

À force de tourner en rond, ils commencent à connaître Nordrach par cœur. À piétiner, ils ressentent le besoin de se reposer, poussent la porte de l'église, s'installent côte à côte à la lueur vacillante des bougies. Dans la pénombre, ils se serrent l'un contre l'autre, dans le silence. Ils sont près de s'assoupir quand Oskar se penche sur l'épaule voisine en chuchotant :

– Et, moi, tu sais comment j'ai atterri dans cette histoire ?

Elle le regarde en biais.

– Tu veux vraiment savoir ? Toi aussi, tu as eu de la chance, répond-elle.

Sylvia assure qu'elle a consigné par écrit la véritable confession de Sybille dès les premiers temps de leurs retrouvailles.

– Mutti m'a juré la vérité…

Elle a raconté à Sylvia que, désemparée devant le rapt de sa petite fille, elle se laissait engloutir par le chagrin. Frau Bader a su réagir opportunément, rendant service à deux femmes dans une même action de sauvetage.

L'histoire d'Oskar commence au matin du 5 février 1946. Helga, une voisine de vingt ans, met au monde un petit garçon. Son premier enfant. Frantz, le père du nouveau-né, se trouve quelque part. Sous terre ou prisonnier. Sa jeune femme était tombée enceinte lors d'une permission dans les tout derniers jours de la guerre, puis il avait disparu sans laisser de trace.

Une semaine après la naissance, la jeune maman meurt en couches, foudroyée par le tétanos. Frau Bader, qui avait veillé sur elle lors de l'accouchement, se fait entremetteuse du destin une deuxième fois. Elle va trouver une maman pour l'orphelin. D'ailleurs, elle en a une toute prête sous son toit. Elle grimpe quatre à quatre l'escalier vers la mansarde.

– Tu as de la chance, s'exclame-t-elle au chevet de Sybille. Personne n'en saura rien et toi, tu seras heureuse. Tu veux être une maman ? Tu as un garçon, c'est toi sa maman maintenant, la sienne va être enterrée ce matin. L'âme en peine, Sybille se retourne sur sa couche, Gisela Bader place un blondinet dans ses bras. Sybille ressemble à une petite fille devant une poupée de remplacement.

– Il n'a plus de maman, c'est vrai… ? murmure-t-elle en caressant la joue du petit.

Oskar deviendra le fils adoré, celui dont la tendresse et la réussite la rendaient si fière. Et heureuse. Entre eux, l'amour était plus grand, plus puissant, plus miraculeux que tous les ADN de l'humanité. Sans famille l'un et l'autre, ils vont s'adopter. Et faire face à la vie. Seule Sybille saura le secret de leur lien, plus fort que n'importe quel autre.

Méticuleuse jusqu'au bout, Frau Bader n'a rien oublié dans son plan de réparation. Puisque Sybille prend la responsabilité de l'enfant, elle est tout à fait digne aussi de porter une alliance, comme toutes les mamans. Mariées, forcément. En demandant pardon à la Vierge Marie, au nom du petit Oskar, Gisela a fait glisser la bague de mariage du doigt de la défunte Helga au creux de sa main, l'a rangée comme un totem dans son mouchoir au fond d'une poche. Elle passe maintenant l'anneau d'épouse à l'annulaire gauche de Sybille qui ne proteste pas. La larme qui coule sur sa joue est chaude comme la respiration palpitante du petit contre sa peau « Au nom du Père, du Fils… ». Désormais, la grande Gisela se sent beaucoup mieux. Elle héberge sous son toit une veuve de guerre, dotée du statut beaucoup plus honorable que celui de fille-mère violée par l'occupant. Il reste à dénicher un mari à Sybille, donc un papa de substitution à son petit garçon. Comme la guerre a détruit les bases administratives du Troisième Reich et que l'état civil est parti dans les flammes de la mairie de Freiburg, il suffit de brouiller les pistes des généalogies. Un jeu d'enfant, en empruntant les papiers des morts. Ce ne sera ni la première ni la dernière fois. Pour la bonne cause.

L'année d'après, l'arrangement de Gisela avec la vérité se concrétise. L'été 1947, Oskar commence à marcher, mais il est encore trop petit pour se souvenir de quoi que ce soit. Cet été-là, la Croix-Rouge ramène des colonnes de soldats allemands faits prisonniers un peu partout en Europe. Maigres, affamés et rêvant d'une famille. Parmi eux, un instituteur, Gustav Weber. Un petit mensonge valant toujours mieux qu'une nouvelle injustice contre Sybille – suivant la morale pragmatique de Gisela Bader –, un gentil scénario est brodé sous les yeux amoureux d'un grand échalas. Gustav Weber épouse, sans tarder et sans condition, une très jolie et jeune veuve de dix-sept ans. Gisela lui raconte, des larmes dans la voix, que Franz, le père du petit garçon, est un frère d'armes, mort dans les Vosges, pendant les derniers jours de la guerre. Gustav avale la potion magique, adopte Oskar, lui donne son nom. Une famille ordinaire se construit, achète d'abord un Vespa, puis l'instituteur aura droit à sa Wolkswagen, tout le monde se réjouit du Miracle économique.

Sybille saisit sa chance, elle aussi croit au miracle. Il se produira un jour. Elle en est certaine. Une seule personne au monde connaît sa quête, une amie, fiable comme son double. Madlen Gaesler.

Réfugiée, comme elle, des territoires perdus de l'est du Reich, Madlen partagera jusqu'au bout le secret de Sybille.

En déroulant son récit, Sylvia tient le bras d'Oskar comme s'attendant à une réaction incontrôlée.

– Je dois fermer l'église, il est midi, prévient une paroissienne surgie dans le clair-obscur. Avec son trousseau de clefs brandi comme un encensoir contre le péché, elle dévisage sans se gêner ce couple d'amants – sûrement un adultère – qui bavarde dans l'église au lieu de prier pour leurs fautes. Dehors, ils marchent à nouveau, sans but, entièrement occupés à décortiquer leurs destins entremêlés autour d'une question des plus complexes. L'identité. Non pas celle inscrite à l'état civil, inexacte pour l'un et l'autre. Ils parlent de l'identité ressentie, l'identité authentique, indépendante de la loi des hommes, celle tissée par le hasard et les contorsions de la vie. Ils parlent de l'histoire vraie, la leur, celle que Sybille Rossbauer a dissimulée pendant quarante-cinq ans. Donc, l'identité bâtie sur l'origine, la trajectoire, le hasard… la vie.

– Tu comprends pourquoi j'ai invité Madlen à nous rejoindre au déjeuner ? demande Sylvia, soudain suppliante.

– Nous sommes quand même frère et sœur de cœur ? bredouille Oskar, pâle comme un linge.

Sylvia l'entoure de ses bras.

– Tu crois que le sang, seul, fait le lien essentiel entre humains, qu'il suffit de petits tas de globules rouge et blanc ? Moi, non. La chaleur d'une maman, voilà ce qui compte. Tu es plus son enfant que je ne l'ai jamais été. C'est la vérité Oskar… En étant son enfant, tu es mon frère puisque moi aussi je suis son enfant. Tu es bien mon frère ! D'accord ?

Elle le prend par les épaules.

– Tu entends, tu es mon frère. Pour la vie.

Il la regarde en bougeant la tête, la gorge en flammes, trop ému pour trouver les mots justes.

Cette fois, cependant, il doit accepter la vérité. Il n'a plus aucun lien charnel avec ceux qui jusqu'alors partageaient une histoire et une famille avec lui. Un père, une mère, deux frères. Peut-il les rayer d'un coup ?

– C'est beaucoup, tout d'un coup, dit-il avec un brusque mouvement du corps, comme s'il secouait la poussière d'un éboulis gigantesque. Il écarquille ses yeux incrédules. « Alors, il faut que je révèle tout à Manfred et à Sebastian… »

Sylvia le coupe abruptement :

– Rien du tout. La vérité risque de faire trop de dégâts. Tu ne dis rien pour le moment. On verra plus tard. Ils sont mes deux demi-frères, mais, comment te dire, je ne ressens aucun lien avec eux. À la différence d'avec toi…

Elle sent que cette conversation soulève trop d'émotions. Sylvia redevient un instant la thérapeute des grands blessés des sentiments. Il faut calmer la vague qui submerge ce frère qu'elle vient de se choisir.

– Gardons notre secret. Et je ne crois pas que Sybille ait souhaité tout bousculer.

Elle lui caresse le front comme on le fait d'un malade en rémission :

– Tu es mon double, c'est tout, chuchote-t-elle.

– J'ai soif à mourir, dit-il en se penchant brusquement vers la fontaine au milieu du carrefour. Il ouvre le robinet, boit comme s'il avait traversé un désert sans fin, puis s'asperge de la tête aux pieds.

– Mais tu ressembles à un canard ! À moins que tu ne croies au symbole de la purification ? plaisante Sylvia sans penser à rien de précis.

Il répond en se lissant les cheveux des deux mains.

– J'aurais préféré que Mutti nous réunisse tous les deux, qu'elle s'explique. Il manquera toujours un chaînon.

Sylvia le prend par les épaules, fermement.

– Ça, c'est un souhait très masculin ! Il y a des femmes qui détestent leur enfant du viol toute leur vie. Elle, Sybille, a vécu pour nous en t'aimant. En m'aimant. Je suis sûre qu'elle m'a aimée en silence. Culpabilisée.

Lorsqu'ils entrent sous la treille du Biergarten[31] de Die Sonne, Madlen se lève, sourit, d'abord sans un mot parce qu'elle est bien incapable de dire quoi que ce soit. Elle les serre l'un et l'autre dans ses bras avec une vigueur à faire craquer leurs os, pendant un moment interminable. Puis, tranquillement, elle essuie ses joues, prend son élan et fait un serment :

– Écoutez-moi : quand je traverserai de l'autre côté, lorsque Sybille viendra me chercher sur l'autre rive, je lui dirai « Maintenant tu peux dormir tranquillement. La guerre est finie ! Ils se sont retrouvés ! ».

Les pieds de trois longs verres de Weizenbier, l'inimitable bière dorée du sud, s'entrechoquent. Au bout d'un moment, les circonstances des retrouvailles entre Sybille et Sylvia s'infiltrent dans la conversation.

Oskar apprend que Sylvia a été mise en contact avec Sybille, il y a trois ans à peine. Sybille souffrait de tels troubles du sommeil qu'elle a dû consulter un spécialiste. Celui-ci a recommandé une unité de soins orientés sur la pratique de la parole.

– Parler, raconter, se confier. Oser dire ce qu'il vous est arrivé. Vous allez vous trouver entre les mains de personnes qui ne vous jugeront pas, mais vous aideront à comprendre ce que vous avez mis de côté. Ce sont les bagages de votre vie. Il est temps de les ouvrir, prenez le temps de mettre de l'ordre dans votre tête, comme vous mettez de l'ordre dans vos tiroirs ; conservez ce que vous souhaitez conserver ; le reste : poubelle, lui a expliqué le Dr Winter, geste à l'appui.

Elle ne voulait pas, n'y croyait pas. Mais les nuits sans sommeil à revivre le départ du train qui roule en parallèle avec

31. Jardin ou terrasse d'un restaurant où, à l'origine, les consommateurs pouvaient s'asseoir et consommer leurs propres denrées, à condition de commander de la bière.

des avions volant en rase-mottes, les cris, les hurlements de sa mère Hannelore qui s'effondre dans un bain de sang, le cauchemar dans le fossé sous l'assaut de deux soldats, pourrissaient son existence. L'absence de Sylvia se faisait chaque heure plus cruelle. Tant d'années après, elle pouvait décrire chaque détail, comme si c'était hier. Les violences qui la torturaient la nuit ont fini par la convaincre. À une condition, ne jamais prendre de chimie pour affronter son passé.

Atteinte de traumatismes jamais traités, elle a accepté d'être suivie lors d'un séjour en immersion.

– À mon époque, il n'y avait pas tout ce cinéma de suivi psychologique, avait répondu Sybille à son médecin. C'était : ou tu avances, ou tu tombes.

Et c'est ainsi qu'elle est entrée pleine de doutes et de méfiance dans une clinique entourée de hêtres et de sapins, sur la route du lac de Constance. Une thérapeute spécialisée dans les troubles de la personnalité, les traumatismes qui brouillent l'identité, l'estime de soi, les perturbations des émotions, l'a prise en charge. D'emblée, la méfiante Sybille qui craignait les charlatans comme la peste a précisé qu'elle refuserait d'être « infantilisée ». « Je veux comprendre ce que j'ai, retrouver le sommeil… » Un jour, la psychiatre n'est pas venue, puis une deuxième fois. Son remplacement définitif fut annoncé peu après. Le secrétariat du centre de soins a expliqué à Sybille, un peu gêné, qu'une consœur allait prendre le relais et s'occuper d'elle. C'est là que Madlen a eu un rôle décisif. Elle savait que Sybille était allée très loin dans ses confidences, qu'elle avait parlé de son enfant perdue née d'un viol. Madlen a compris tout de suite qu'il devait y avoir un lien entre ses révélations et la fuite de la thérapeute.

Un après-midi, elle a attendu sur le parking. Quand la thérapeute est sortie de son véhicule, elle l'a forcée à l'écouter.

– Vous avez abandonné une personne fragile, sans aucune explication, c'est irresponsable !

Elle l'a désarçonnée. Madlen a joué sur la corde de la déontologie.

– Vous ne pouvez pas l'abandonner. Elle cherche sa fille depuis toujours. Vous pouvez l'aider ?

Elle n'a pas dit : « Vous pouvez l'aider à retrouver sa fille », mais c'était bien le sens de ses mots et surtout de l'expression de son regard.

La femme médecin a cédé.

– Alors, Il faut que vous soyez présente lorsque je passerai la voir. Demain 16 heures, a-t-elle concédé.

Le lendemain, Madlen n'a rien dit à Sybille. Elle s'est contentée d'être devant la porte lorsque la thérapeute est arrivée.

– Vous êtes capable de tenir votre langue ? a-t-elle demandé, le regard d'acier.

– Docteur, j'ai survécu à l'Armée rouge, alors franchement, le reste, c'est facile. Que voulez-vous de moi ?

– Je veux que vous m'apportiez une brosse à dents de cette dame. Et un peigne dont elle est la seule à se servir.

Madlen la regarde.

– Vous êtes fétichiste ?

– Je n'ai pas trop envie de plaisanter, a répondu froidement la grande brune qui a fermé la porte au nez de Madlen.

Quelques semaines plus tard, un scientifique américain, ami de Sylvia, lui annonce les résultats des analyses ADN pratiquées dans un laboratoire de Chicago. Les ordinateurs ont fait parler les cheveux présents sur le peigne et la salive sur la brosse à dents de Sybille. Les données ont été comparées à celles de Sylvia. Les deux femmes portent des inscriptions génétiques communes. Elles partagent un patrimoine identique basé sur des spécificités germaniques. L'autre patrimoine de Sylvia, celui de son père, porte des caractéristiques arabes d'Afrique du Nord.

Sylvia Kunner, thérapeute exerçant à la clinique Am See, à Triberg, au cœur de la Forêt-Noire, est bien la fille de Sybille Weber née Rossbauer. Elle avait ressenti ce lien avec une violence inouïe devant le divan de Frau Weber qui avait éclaté en sanglots. On lui avait arraché son enfant fin janvier 1946. Ce jour-là, Sylvia a entendu les mots qu'elle n'osait plus attendre.

– Je veux la revoir, ma petite fille, mon bébé volé. Au moins une fois. Une seule. Après, je pourrai mourir en paix. Je veux qu'elle sache que je n'ai jamais cessé de l'aimer.

Puis Sybille était tombée dans un profond sommeil et la thérapeute avait fermé la porte de sa chambre. C'est le lendemain que la femme médecin avait demandé à être remplacée au chevet de Frau Weber.

À la fin de son récit, alors que Madlen atteste comme un notaire, Oskar déglutit à grand-peine. Il a toujours du mal à comprendre comment sa chère Mutti a pu dissimuler tout ce pan de son existence.

– Et maintenant, j'ai le choix. Ou je m'écroule, ou je continue ma vie en acceptant ce que je ne peux pas changer. Il lève son verre de Weizen : « *Prost* ! Je crois que je vais d'abord bien déjeuner et après on verra. »

Sylvia l'applaudit. Madlen lève le pouce.

– Ah ! Enfin ! clame soudain Oskar. Il parle seul devant l'écran de son téléphone qui vibre, il se lève et s'éloigne. Momine est à l'autre bout.

– 28 –

La facture

Des Trois Mares, il reste leur nom affiché devant un pan de montagne bleu mauve dans la lumière dorée du couchant. « Trop beau, on dirait du faux… vraiment… kitsch » sourit Momine, comme si elle avait pu oublier les ciels de fin d'après-midi. Elle ralentit en tournant la tête comme une girouette happée par le vent. Où est passée la boutique en bois de Henry Tang ? L'unique commerce de jadis était pourtant planté par ici, plus visible que n'importe quel panneau, à l'aplomb d'un chemin de terre. Simple case en bardeaux sans fenêtres, ouverte sur deux portes à bascule des charpentiers de marine, mais solide boussole du village à cause de sa buvette. Point de ralliement des journaliers agricoles, le samedi en fin de journée, paye de la semaine en poche. Le reste du temps, ils attendaient le samedi suivant.

« Mais bien sûr ! s'entend-elle constater à voix haute, inutile de chercher plus loin. » L'asphalte stérile a avalé le chemin de terre. Disparus aussi les champs de cannes à sucre sous le béton armé des immeubles, le plus sacré des emblèmes de prospérité. Sur la droite, l'épicerie bazar n'est plus que l'ombre d'un souvenir fondu dans un supermarché mastodonte, vorace aspirateur de l'argent pas encore gagné. Sa façade, écaillée par le vent, exhibe un grand bec vert et jaune rigolard. Le dessin du Dodo, exterminé par des chasseurs sans scrupule, est bien le seul à avoir sauvé sa légende. Le gros oiseau peinturluré travesti en maquignon fait de l'œil comme personne pour vendre des bières à son nom.

Les traces du temps s'effacent du paysage méconnaissable, mais elles continuent de tricoter le passé dans l'imagination d'une petite fille qui regarde droit devant elle. Sur une photo en noir et blanc qui la hante.

Momine se souvient de chaque détail de ce cliché. Bien plus qu'une image, un sésame collé à son cerveau. Elle serre les dents, cligne les yeux face au rayon de soleil. Dans son univers d'enfant, la violence prospérait sous l'aile complice de la pauvreté aussi implacable et naturelle que les cyclones. Tout le monde admettait les lois des plus forts. Même les opprimés avaient leur loi. Il y avait toujours un plus faible en dessous de soi. Les derniers étaient les enfants malformés qui traînaient dans la poussière ou la boue, logés à la même enseigne que les poulets et le cochon qui couraient autour d'eux. Les personnes handicapées faisaient partie du paysage vu qu'on ne savait pas très bien qui était la cousine de quel cousin… dans des généalogies bancales. Sans compter les ravages du rhum vendu au robinet de la citerne au fond des épiceries.

Dans ce temps-là, le samedi, le maître de cérémonie dans ce coin désolé des Trois Mares était un petit homme replet, raide dans son éternel short kaki, mollets arqués. Henry Tang promenait une constante méfiance dans ses yeux en boutonnière de culotte. Il ne riait pas souvent et quand il lui arrivait de sourire, ses lèvres ressemblaient à deux lames de rasoir. « Chinois » – c'était ainsi que tout le monde l'appelait – surveillait ses boîtes de sardines Robert comme des coffrets de béluga, des doigts de virtuose greffés à un boulier multicolore. Pas du genre à être allé perdre son temps sur les bancs de l'école primaire, en face de son comptoir. Arrivé de Canton après la Révolution de Mao, l'épicier soupçonneux ne parlait que le mandarin, agrémenté de quelques rudiments de créole. Son bagage semblait lui suffire amplement puisque, chaque fin de semaine, les « haleurs de pioche » se pressaient devant sa caisse pour se faire plumer. Tang imposait ses prix, sa boutique était sans concurrence aucune à des kilomètres à la ronde.

À douze ans, Maximin avançait comme un grand, dans les rangs des soûlards, pas pour vider des Dodos, mais à leur égal pour enrichir M. Tang. Ouvrier agricole, sans être dispensé des travaux beaucoup trop lourds pour son âge tendre, il trimait au moins douze heures par jour, six jours sur sept – parfois sept – dans les carrés de géranium Bourbon de ce gros accapareur de Georges Leveneur. En cas de répit dans les champs, le garçon servait comme domestique dans l'habitation. Une poignée de francs CFA en guise de salaire – jamais déclaré – rétribuait un sous-prolétaire comme les autres. Bouche cousue, cela allait de soi. Qui osait faire une remarque était jeté sans pitié.

L'ouvrier miniature ne passait pas inaperçu. Sa chemise élimée sur un pantalon retenu sous ses aisselles par un cordon trois fois trop grand pour sa taille lui donnait un air de Charlie Chaplin famélique. À la différence de Charlot, Maximin Rivière de Kerveguen ne portait pas de chaussures. Il n'en avait jamais eu. En faisant la queue dans le commerce de la famille Tang, l'enfant chétif passait son temps à frotter ses pieds l'un contre l'autre, comme s'il combattait un escadron de fourmis gloutonnes. Un soir, trop intriguée, Momine avait voulu savoir pourquoi son visage grimaçait pendant qu'il dansait, un talon sur l'autre. Pour avoir la paix, Maximin avait soulevé une jambe, puis l'autre. L'effroi avait projeté sa sœur trop curieuse en arrière contre un ballot de riz tant elle fut saisie d'une horrible envie de vomir. La plante de pied du serviteur de cour ressemblait à une semelle usée, constellée de trous rougeâtres dégoûtants. Il prétendait que ses ongles avaient délogé des petits vers gris nourris dans sa peau malade à cause du purin des parcs à cochons.

Pour retrouver son frère muni du trésor de son labeur, il suffisait à Momine de traverser la cour de l'école sous les filaos, de grimper le muret pour se retrouver dans la foule d'hommes, une liste d'urgence, non écrite, incrustée dans sa tête. Le salaire d'esclave d'un garçon de douze ans constituait l'unique budget régulier de sa famille.

Les deux enfants d'Amélie le géraient ensemble. Calculer la subsistance de quatre, cinq personnes, sans avoir la main trop lourde, obéissait à un exercice rigoureux et naturel. Gagner l'argent relevait du devoir du frère. Le choix des dépenses familiales, de sa sœur d'une dizaine d'années. Ils avaient appris la rigueur tout seuls. Huile, riz, un peu de poisson sounouk[32] puant ou une queue de morue séchée, une boîte brillante où se pressaient des sardines succulentes, des allumettes, une bougie, une poignée de sucre – le café vert en grains était grappillé au hasard des chemins. Tout était acheté en vrac, en puisant dans de grands ballots en goni[33] fibreux posés au sol ou dans des bidons géants. Elle comptait les emplettes, son frère payait, puis ils rentraient à pied sur des chemins pierreux, heureux, vraiment heureux, partageant des projets d'une vie plus jolie à travers la nuit épaisse. Ils

32. Sounouk ou snoek : poisson très salé et séché.

33. À la Réunion, sac en toile de jute dont la toile, très solide, servait à la fabrication de divers objets.

répétaient les mots d'Amélie « Le roi, pas not' cousin ». Un jour, quand ils seront grands, ils auront un buffet grillagé rempli de délices, comme chez les riches.

Ils se racontaient tout. Sauf le matin de marronage au lieu d'être sur les bancs de l'école. Jamais ils ne parlaient de ce qui s'était passé ce jour-là, quatre ans plus tôt. Momine n'avait pas besoin d'y penser puisque c'était comme un clou solidement planté dans sa tête. Un grand écrou rivé dans sa peau lui rappelant de ne plus cesser d'être sur ses gardes. Jamais.

C'est pourquoi, les soirs où Maximin tardait à rentrer des champs vers la boutique – c'était un monde prolétaire taillable et corvéable à merci –, au lieu de risquer de se faire harponner par un de ces bons pères de famille qui appuyaient la façade en bardeaux de leurs dos engourdis par l'alcool, l'écolière descendait le chemin de terre jusqu'au gros pied d'eucalyptus. À côté de l'arbre embaumé, une chapelle, qui empestait la bougie à bout de souffle, abritait la statue d'un saint, droit comme un i, tenant une épée en forme de croix à la main. Saint Expédit effrayait et fascinait petits et grands avec son allure de gladiateur sanglé dans son costume romain orné d'un gros ceinturon et chaussé de spartiates hautes. La petite fille allait se mettre à l'abri devant lui, parfois le priait. Comme tout le monde. On ne sait jamais.

Il est des paysages – sans être des plus exaltants – qui s'incrustent dans un sas de nos mémoires. Le chemin de la chapelle de Saint-Expédit est un de ces endroits. Qui n'a pas baigné dans un univers empreint de magie comme la société créole de ce temps-là ne peut comprendre. La sœur de Maximin, elle, n'a jamais cessé de visualiser le chemin de terre devant l'eucalyptus accoté à la chapelle. Le rendez-vous dans le voisinage de Saint-Expédit était déjà écrit quand son frère et elle s'offraient des rêves à tâtons dans la nuit… en contournant les fantômes qui planaient autour d'eux. Elle savait qu'elle reviendrait aux Trois Mares. Un jour ou l'autre. Il manquait la date et l'heure. Le destin a choisi que ce soit aujourd'hui, un samedi. Avant dix-sept heures.

Momine cherche une place où stationner, évitant de s'engager en voiture dans la rue goudronnée et de se faire remarquer. Prudence et discrétion obligent, elle gare son véhicule – modèle passe-partout – sur le parking, cliente anonyme parmi d'autres qui poussent leurs chariots. Derrière ses lunettes de soleil, un coup d'œil furtif balaye les alentours, en obliquant le regard sans bouger la tête comme le font les agents secrets et même les simples vigiles. Sans doute, aussi, la police criminelle. Rien d'alarmant. L'heure tourne. Une quarantaine de minutes devant elle.

Pas de précipitation, sang-froid de rigueur malgré la contorsion sur le siège étroit pour agrafer une ample jupe à volants au-dessus de son bermuda. L'attirail serait incomplet si elle n'ajoutait un brouilleur de pistes essentiel. D'un geste adroit sur ses cheveux plaqués sous un filet, elle ajuste une perruque blonde garnie de boucles opulentes. Il manque encore la longue étole en coton qui va flotter autour de son cou. Ultime vérification. Cruciale. La boîte contenant le petit habitant du Tévelave est bien rangée dans le sac en plastique avec le nécessaire pour son escapade vers Saint-Expédit.

L'allure décontractée d'une mère de famille un samedi de courses au supermarché, elle avance comme si elle vivait dans les parages. Si des enquêteurs recherchent un suspect dans le coin, on signalera le passage d'une blonde plantureuse, l'allure chaloupée dans une jupe à frou-frou, à l'heure de la prière à la chapelle.

L'eucalyptus, déjà vigoureux quand elle était en CE2, apparaît en majesté, imposant monument bâti sur un tronc épluché, fidèle au rendez-vous décidé il y a plus de trente-cinq ans. « Après l'eucalyptus, tu dépasses la chapelle, longes la grille de pois de senteur, puis marches jusqu'au jacaranda penché. Tu verras… »

Maximin a fait son repérage l'avant-veille. Elle peut compter sur sa coopération. Il sait être muet comme une tombe. Son frère, devenu un homme solide, fier de sa petite entreprise de construction, sait aussi qu'il doit se racheter malgré son amnésie de façade.

La foule prie avec application, ses suppliques viennent inonder l'asphalte. Les adorateurs de saint Expédit – toutes religions confondues – se rassemblent pour la neuvaine hebdomadaire devant la statue du saint le plus vénéré des Réunionnais. Maximin assure que Ginette Ah-Teng ne rate jamais la prière du samedi.

La maison de Ginette est blottie au fond d'une cour avec son jacaranda penché.

– Le barreau est bleu, tu ne peux pas te tromper, a certifié Maximin.

Il a vérifié, « le loquet n'est jamais taqué à clef pendant la journée, il ne se passe jamais rien dans ce voisinage tranquille ».

Momine entend chaque mot de son aîné : « Il ne se passe jamais rien. » Elle hoche la tête « hum, on va voir ça ! ». Elle réajuste l'étole, long ruban qui glisse d'un côté jusqu'à ses pieds, et en vérifie inconsciemment la solidité.

Après le portail, au fond de la cour, sur la droite, « tu le verras de dos, il attend sa Ginette sous la véranda… en regardant la télé ». Maximin est vissé dans son rôle de complice à distance, n'ayant pas pu refuser quand sa sœur lui a mis un redoutable marché en mains. Il faut dire qu'elle a manié des arguments… à réveiller un mort.

En poussant délicatement le portail bleu, Momine sent son corps plonger en état d'hibernation, elle fonctionne sur pilotage automatique, avance à pas de loup. Elle laisse les battants ouverts pour éviter de provoquer un grincement métallique. Au bout de l'allée de lys en fleurs, la scène correspond aux descriptions. Il y a bien une véranda, un homme est assis de dos devant un écran bariolé.

Depuis tant d'années, elle attend ce face-à-face avec le monstre. Les tentatives de le rayer de sa mémoire se sont toutes soldées par des échecs, il fallait venir régler les comptes. L'affronter. Elle se met à trembler, le trac paralyse soudainement le bout de ses phalanges. Elle ne va pas fuir. Elle est prête. Encore quatre mètres. La voici au contact de la cible, à portée de sa vengeance.

Son frère avait omis un détail qui lui saute aux yeux à présent – à la gorge plus exactement, maintenant qu'elle se rapproche tout près de l'objectif. Elle va faire face à un colosse. Un pli de graisse descend sur une nuque de taureau tassée au ras d'un grand fauteuil dans un faux style Compagnie des Indes. Une corde autour de ce cou gras se salirait très vite si elle se laissait aller à une solution radicale à la hauteur de sa souffrance et de son dégoût. Pris au piège d'une corde bardée de lames tranchantes, il dégoulinerait de sang noirâtre, du sang corrompu mariné dans la pourriture de ses crimes, qui s'échapperait par les oreilles et la gueule, refluant par ses ignobles naseaux. L'idée d'un étranglement dans un bain d'excréments remplit sa bouche de salive, mais trop tard pour cracher.

– Bonjour ! Comment ça va ? lance Momine faussement enjouée, à la manière d'une colporteuse de miracles.

Le fauteuil Compagnie des Indes équipé de roulettes fait un quart de tour d'un mouvement brusque de robot. Qui ose déranger Joseph Ah-Teng devant sa télé chérie ?

On inverse les rôles, pense Momine alors qu'une vague de dégoût monte en elle à la vitesse d'un éclair. Un visage jaunâtre et massif, ravagé de petits paquets graisseux surmontés de points noirs, grimace sous un nez aplati.

– Ça alors ? Depuis quand on entre chez moi sans prévenir ? reproche la masse de graisse d'une voix qui couine. L'homme ne montre aucune peur en la déshabillant du regard. Gueule de crocodile face à une proie, il éructe :

– Vous êtes qui, par hasard ?

– Une vieille connaissance. Tu ne me reconnais pas ? répond-elle.

Il plisse les paupières.

– Ma femme n'est pas là, se contente-t-il de dire en se replaçant dans l'axe du dessin animé.

Bourreau et victime se retrouvent quarante ans après. Momine peut l'examiner pendant qu'il feint de ne pas la voir. Sous ses traits immobiles, la violence de Joseph Ah-Teng transparaît. Le danger rayonne de ce salaud, pense-t-elle en frémissant. Quelque chose n'a absolument pas changé. Ses yeux. Minuscules et perçants, ils laissent passer une lueur malfaisante. Ces mêmes yeux qui avaient fixé et paralysé de peur la petite fille piégée dans la pénombre de la maison Lambert. C'est bien lui. Il bouge ses mains comme s'il cherchait à les dégourdir. Des mains robustes qui avaient étouffé des cris d'épouvante pour commettre son acte barbare. Il l'avait traitée comme un objet à sa merci, aujourd'hui c'est elle qui se tient debout devant lui et le dissèque. Il suffirait d'un geste. Pas compliqué de saisir la bouteille de Johnny Walker sur le guéridon et de lui fracasser le crâne.

Mais Joseph est le genre de type à savoir renifler une menace. Il s'appuie sur les accoudoirs, se redresse sur le haut du siège, prêt à bondir. Elle fait l'idiote sous ses cheveux de fausse blonde qu'elle agite comme un grand balai à poussière. Pas près de se laisser duper, il attend le moment pour faire fuir la voleuse – elle ne peut être qu'une voleuse, sinon quoi ? On l'a toujours laissé tranquille avec « les histoires ». Qui va « déterrer tout ça » ? Il arrive qu'un frémissement de peur le parcoure, quand la télé exhume des « choses qui se faisaient ». La peur de la prison, pas de sa conscience.

– Ah, ma vieille camarade Ginette va pas tarder ? Je lui ai apporté un petit cadeau de voyage, dit Momine en prenant un siège tout en désignant son sac.

– Pas avant une demi-heure, la prière à Saint-Expédit vient de commencer, mugit le gros cataplasme.

– Trente minutes ? répond Momine en traînant les deux mots avec un air de potiche tandis qu'elle fait danser les volants de sa jupe.

La gueule bouffie – vieillie prématurément – s'énerve, même si ses gestes perclus de méfiance paraissent engourdis – merci au verre de whisky presque vide. Il tend le bras vers son téléphone posé sur le guéridon. Trop lentement. Momine fait mine de l'aider, mais d'un revers de main, elle fait valser le portable sous une chaise. Elle s'accuse d'être constamment maladroite, il se met en colère :

– Foutez le camp, espèce de jument ! J'appelle la police !

Elle le supplie de se calmer, présente ses excuses en jurant bruyamment. Il n'a pas remarqué qu'elle porte des gants transparents qui ne risquent pas de laisser des empreintes sur l'appareil. Momine fait mine de se précipiter pour le ramasser. Elle se redresse aussi vive qu'un éclair, se retourne, d'un revers de main elle porte une frappe directe au menton de son ennemi et en quelques gestes parfaitement ajustés elle réussit à l'immobiliser. Le bonhomme est surpris. Comment aurait-il pu imaginer que la fausse blonde en jupons bouffants est une sportive, un reporter de guerre qui a appris à se défendre lors de stages d'entraînement au combat avec des commandos français et britannique ? Il reprend ses esprits, aboie des insultes :

– Pute, salope…

Trop tard. Il est son prisonnier. En une poignée de secondes, le rouleau de chatterton dissimulé à côté de son cabas plaque un garrot sur ses poignets et ses ongles, ses mains disparaissent entièrement sous le ruban noir collant, puis c'est au tour de la mâchoire du gros homme d'être entravée. La colère palpite sous son thorax de catcheur. Il ne cède pas encore. Combat au corps à corps, il renverse son attaquante d'un coup de pied, elle se relève, Momine n'était pas préparée à une résistance si forte d'un homme déjà loin de sa jeunesse et encombré par des amas de graisse. Joseph ne s'attendait pas non plus à une telle réaction de survie. Merci les commandos ! Ne plus jamais être une proie, plutôt mourir que tomber entre les griffes d'un prédateur, c'est ce qu'elle avait compris de son effrayant face-à-face, quarante ans plus tôt, avec ce violeur.

Mais un avantage n'est pas un trophée conquis, il faut dominer l'autre sans faiblir en allant jusqu'au bout de l'action. L'étole passe de son cou à celui de Joseph, enroulée pour former un étau qui coince les coudes de son ennemi. Surpris comme un varan collé au sol, les yeux – cette paire d'yeux étroits qu'elle n'a jamais réussi à oublier – disparaissent sous un bandeau adhésif. L'impotent s'agite comme un animal furieux pris au piège sur son fauteuil transformé en toupie.

Ce n'est que le début. Le plan initial prévoyait une aspersion d'eau de Javel pour un bain chimique rituel, du crâne aux orteils. La capture ramenée du Tévelave – ce cadeau du ciel – sera d'un usage plus amusant.

Pendant qu'il se débat avec rage, elle saisit la musaraigne dans la boîte, descend la fermeture Éclair de la braguette répugnante et, surmontant son dégoût, elle lâche l'animal dans le pantalon.

Coincé dans le vêtement, le petit rongeur cherche à filer par tous les moyens, à coups de griffes et de dents acérées. Joseph ne sait pas encore que les dommages les plus graves ne seront pas causés par les morsures et les griffes de l'animal sur son sexe, sur son ventre, partout où il essaiera de se faufiler. La musaraigne est un puits ambulant de bactéries et de virus.

Momine sue, son cœur bat à trois cents comme un hamster, mais elle domine enfin le combat. Voir l'incarnation de son cauchemar mis hors-jeu, ligoté dans du chatterton, ridiculisé, quelle revanche !

– Charogne, criminel, violeur d'enfants ! mâche-t-elle en donnant un nouveau coup de genou bien ajusté vers l'ignoble bas-ventre où la musaraigne applique sa punition. Momine imagine la bestiole à l'œuvre, poursuivant consciencieusement sa dentelle de châtiment, mordillant avec ses petites dents pointues un homme qui n'a pas eu pitié des enfants qu'il a abîmés à vie.

– Ah ! Ah ! Je t'ai bien eu, c'est de la part de nous, les enfants que tu as martyrisés, le nargue-t-elle.

Le prisonnier se tord de fureur, se débat encore. Elle le calme en lui tordant violemment une oreille avant d'enfoncer un ongle ganté, taillé comme la pointe d'un couteau sous les replis adipeux de la gorge. La vengeresse se garde bien de mentionner la maison Lambert même si elle brûle de crier : « Cela fait quarante ans que j'attends ce moment, salopard ! Tu payes pour le saccage de mon enfance, l'achat de mon corps, dix francs CFA, quand je n'avais pas encore six ans. »

Pas le temps de s'attarder, il faut lever le camp, sa femme va rentrer. Rouleau adhésif, ciseaux, étole, boîte en plastique, toutes les pièces à conviction jetées dans le grand sac plastifié, elle prend son élan et crache par terre à deux reprises en replaçant correctement la perruque, les boucles blondes commençaient à dégringoler de tous côtés sur son visage. Elle a envie de rire, envie de pleurer, soulagée, après ce bon tour joué au fils du pâtissier qui l'avait repérée comme on repère une friandise dans une vitrine.

Même si elle se faisait prendre, aucun regret, aucun remords ne l'atteindra. Le châtiment infligé sous cette véranda n'est rien comparé aux dégâts que Joseph Ah-Teng a commis pendant des dizaines d'années, au su de tous, sans que la justice ne le convoque une seule fois. Dans l'allée de lys bleus, elle se retourne et l'aperçoit bras levés, une main déjà à l'air libre. Si elle ne se contrôlait pas, elle reviendrait sur ses pas pour lui arracher sa langue de serpent qui a sali son corps d'enfant, l'enverrait gicler loin de sa gueule sur le tas de fumier au bout de la cour. Elle n'est pas venue tuer, juste lui donner une trouille qui ne le quittera plus en lançant : « Je reviendrai et pas seule, on t'emmènera en enfer, ordure. »

Joseph sera puni subtilement, longuement, sous les assauts permanents de la peur, le jour, la nuit, une peur qui dévora le reste de sa vie, sous l'œil d'un Caïn lancé constamment à ses trousses.

« Qu'il demande à Ginette ce que veut dire expier ses péchés » jubile Momine. Quand sa femme aura fini de faire toutes les promesses possibles pour obtenir la réalisation de sa neuvaine auprès du ciel et du Purgatoire, elle sera étonnée de voir combien son bon mari Joseph a pu attirer la foudre humaine sur lui. Il lui restera à questionner sa perversité dans un vivier insoupçonnable.

Instituteur, puis professeur des écoles, Joseph A.T, comme le surnommaient ses élèves, n'avait pas besoin d'aller loin pour dénicher ses petites victimes. La technique utilisée pendant sa jeunesse n'avait pas varié – Momine n'était pas la seule à avoir vécu une expérience traumatisante dans les parages où elle vivait.

Le criminel choisissait une enfant d'une famille fragile, pauvre, rendue instable affectivement – père absent, deuil, chômage –, il se mettait en contact avec un proche de sa proie, une personne faible ou rapace. Et il passait à l'acte. Un jour, a raconté Maximin, lors d'une fête sur la place de l'église du Tampon, on a vu l'instituteur faire son choix pendant que le carrousel tournait.

– Te fais pas de souci, expliquait-il sans se gêner à ceux qui observaient son manège, bandes ptit's marmailles, ça oublie ! Pourquoi agitent-elles leurs petites fesses sous nos nez, hein ? Elles cherchent des corrections, ces p'tites putes dans l'âme !

Autour, on riait.

– Il plaisante ! Oh ! C'est pour rire ! prétendaient ses amis. Personne n'en avait fait un scandale. Personne n'était vraiment scandalisé.

Tant que cela se passait chez les autres… avec des petites filles promises, de toute façon, à la destruction de leur intégrité. Ce n'était qu'une question de temps, chez des gens qui ne savaient pas se défendre.

Joseph était un stratège. Il avait créé un véritable système de complicité, échangeait noms, adresses et victimes avec d'autres de son espèce. Pendant toutes ses années de crimes, il a pu compter sur la peur des familles. Le viol était vécu comme une honte par les victimes. Les victimes ne parlaient pas. L'honneur blessé des familles s'occupait du silence.

– La fille de Roger Clain, on sait ce qu'elle a subi. Elle s'est suicidée. Et qu'est-ce qu'on a raconté ? Qu'elle était hystérique !

Les confidences de Maximin cachant ses yeux tapent contre les tempes de sa sœur.

– Pourquoi ne suis-je pas allée dénoncer Joseph ? J'aurais pu éviter d'autres viols. J'aurais dû. Et c'est un remords. Le seul. Elle trouve sa vengeance dérisoire.

Momine regrette de n'avoir pas prévu autre chose de plus visible, comme une pancarte, accroché à une branche haute du jacaranda penché.

« Joseph A.T., violeur d'enfants, criminel multirécidiviste. Justice pour les victimes. »

L'eucalyptus balance doucement ses hautes branches en moulinant une brise rafraîchissante. Elle regarde l'arbre, respire la joie pure de l'enfant qu'elle fut. Elle entend le bruissement de son feuillage argenté murmurer un chant de résurrection. Comprenne qui voudra. Aucun psy, aucun médicament n'aurait pu faire accéder au sentiment de libération qui s'empare d'elle.

« Désormais, c'est Joseph qui fera des cauchemars. Demain, un jour plus léger se lèvera sur le reste de ma vie. Merci à vous trois, mes Amours, merci d'avoir compris que je devais faire ce voyage… » écrit-elle à ses enfants et à son mari face à l'église en pierre de basalte, à l'endroit exact où sa vie a basculé. Ce matin où elle courait avec une boîte de coccinelles vers le jardin de Rosette et du professeur Étienne Lambert.

Depuis ce matin-là, une partie de Momine avait grandi, elle avait pris son envol. L'autre Momine était restée figée à l'âge de six ans, parce que cette moitié-là ne pouvait plus grandir, ne pouvait plus partir, ne pouvait plus vivre. Enfermée dans le cadre de la photo en noir et blanc, dans sa robe en organdi blanc ornée de son inutile talisman rempli d'herbes aux vertus secrètes. Mais plus le temps passait, plus l'adulte se sentait amputée de la moitié de son être, plus elle cherchait son ombre partout, quand elle traversait un univers en tumulte, une guerre civile, un pays ravagé par un terrible fléau nommé pauvreté. Elle cherchait cette enfant de six ans sous toutes les latitudes, avait cru la reconnaître sous des cieux et des traits changeants, toujours la même silhouette de petite fille, pieds nus, toujours le même regard. Il y avait eu une orpheline errant dans un camp de réfugiés sur les côtes de la Malaisie, à Pulau Bidong, qu'elle avait prise par la main pendant tout le tournage d'un reportage au milieu des survivants des boat-people. À la fin de la journée, elle avait embrassé l'enfant. Il avait fallu lâcher la main qui s'agrippait à elle.

Là, la Momine qui avait grandi s'était mise à pleurer en remontant dans l'hélicoptère des Nations Unies. Qui laissait-elle sous la poussière soulevée par la voilure tournante ? Pleurait-elle un être humain vulnérable, cette enfant parmi des milliers d'autres dans les camps de réfugiés, emportés dans les horreurs de la guerre, ou une seule petite fille ? Une victime unique qui lui ressemblait parce que tant de dangers menaçaient son innocence sur les routes de l'exil ? Ce soir-là, les larmes coulaient parce que la reporter avait dit adieu, sous les pales de l'aéronef, à une part d'elle-même.

Une autre fois, en Équateur, une fin d'après-midi au soleil couchant, la Momine adulte s'était sentie secouée dans les pas d'un cortège présidentiel. Deux rangs devant elle, François Mitterrand tenait par le bras Françoise Sagan qui titubait sur des dalles mal ajustées. Pareille scène ne se perd pas d'un œil. Tant pis ! Momine s'était éloignée un instant du troupeau officiel. Un réflexe. Le temps de déposer quelques pesos et de lancer un baiser à une fillette brune, assommée de fatigue, devant un étal de mangues et de goyaves à côté de l'église, place San Francisco, à Quito.

Ces deux petites filles – à des milliers de kilomètres de distance et à des années d'écart – devaient avoir cinq, six ans. Une Amérindienne et une Vietnamienne. L'enfant asiatique avait vu sa maman se faire jeter par-dessus bord dans la mer de Chine quand un équipage de pirates avait fini de la violer. L'autre, une petite marchande de la cordillère des Andes, s'était endormie, écroulée sur un tas de fruits. Les deux enfants portaient en elles des atomes d'une même histoire. L'histoire éternelle des enfants vulnérables.

Les années passaient, Momine avait continué à courir, comme un bateau qui n'avait plus d'autre choix que naviguer malgré un trou béant dans la coque, espérant ne pas couler. Mais elle ne pouvait plus ignorer la voix qui insistait à l'aube, au crépuscule, à chaque fois qu'elle s'apprêtait à plier bagage. Une voix montait la tarauder à l'improviste : « Tu peux continuer à tourbillonner jusqu'à quatre-vingt-dix ans, si tu veux. Mais tu devrais commencer à comprendre que moi, la Momine de six ans, je t'attends. Ici, dans ce cadre ! » Et la voix insistait, chaque jour plus forte : « Regarde la photo, la petite fille en robe d'organdi. Va la venger. Rentre chez toi, retourne dans le sud de l'île, retrouve le criminel ! »

Momine avance jusqu'à l'endroit où courait l'ancien muret, là où les coccinelles prenaient leur envol vers le ciel. Je vais faire comme elles ! se promet Momine en pensant à Lola et à Jules. À Oskar aussi. Il doit avoir tant d'émotions à raconter, se dit-elle. Lui aussi a dû changer. Plus que jamais.

– 29 –

Trous de mémoire

Herr Doktor Jung trépigne en haut des marches. Le visiteur qui vient de sonner en bas dans la cour – il entend déjà ses pas pressés dans l'escalier – est réputé coriace et légèrement tordu. Homme de sciences, un peu raide, Gerard Jung n'aime pas affirmer des vérités sans sources solides. Face à l'intervieweur qui voudra lui faire dire ce qu'il ne peut affirmer catégoriquement, ce ne sera pas simple de rester rigoureux. L'historien frotte ses mains l'une contre l'autre, sûr de sa probité et de sa rigueur. Mais c'est vrai, il le reconnaît, il se méfie des journalistes. « Avec eux, pas de nuances, il faut répondre par oui ou par non, confesser la tête sur le billot que c'est tout blanc ou tout noir, voilà ce qu'ils veulent ! » a prévenu son collègue, Herr Doktor Hermann.

Celui-ci s'est déjà fait piéger par un bleu, un petit boutonneux de rien du tout du *Badische Zeitung*, alors il compte bien rester bouche cousue ce matin. Le conservateur adjoint du service des archives de Freiburg a les pieds collés au granit des temps anciens, plus jamais d'interview.

– *Guten Tag* – Bonjour, *Herr Doktor* ! Oskar « le sympa » sait ce qu'il vient chercher. Le destin de Sybille Rossbauer sera sa pelote de laine. En tirant sur le fil d'une tragédie particulière, il documentera une histoire plus vaste, les viols de masse pendant l'occupation française en Allemagne du Sud-Ouest, les abandons d'enfants, les pouponnières pleines de petits sans pères connus. Le sujet est beaucoup moins documenté que les crimes sur les femmes commis par l'Armée rouge en Allemagne orientale et à Berlin. Oskar Weber arrive aux archives de Freiburg dans un esprit de mission. Il est là pour respecter l'une des trois promesses faites à Sylvia.

Même s'il fait un effort pour sourire, la main hésitante de Herr Jung, aussitôt vissée à sa ceinture, ses yeux qui plongent vers ses chaussures, toute sa personne trahit sa gêne. « Aie ! Te fais pas piéger ! *Der Zeuge* ne fait pas de cadeau ! » lui textote son collègue dissimulé derrière le pilier central dans l'entrée de cette ancienne maison patricienne. *Der Zeuge* – « Le Témoin » – l'hebdomadaire redouté pour ses révélations et ses enquêtes qui font trembler l'Allemagne très régulièrement, cherche des scoops à tout prix, disent les jaloux. La vérité n'est-elle pas faite d'un alliage mou qu'on peut tordre au point qu'il finisse par sembler droit ? Le journaliste sourit comme un attaché commercial en déboulant en haut des marches.

– Vous risquez d'être déçu, Herr Weber ! L'historien a pris son courage à deux mains, espérant calmer les ambitions de l'enquêteur si curieux qu'il est déjà en train de griffonner Dieu sait quoi sur son calepin chiffonné, avec sa tête de renard entrant dans un poulailler.

– Pourquoi serais-je déçu ? Les viols sont bien répertoriés dans vos archives…

« Bien répertoriés », exactement ses mots au téléphone. Il cherche des traces écrites, des preuves tangibles qui auraient dormi tranquillement depuis avril 1945.

Herr Doktor Jung l'interrompt en fermant les yeux, bras croisés sous les aisselles.

– Vous êtes en poste en France, Herr Weber ? Alors, allez consulter les archives de Colmar, celles du Fort d'Ivry, celles de Vincennes. Les militaires français ont presque tout emporté. À eux de raconter. Après tout, c'est leur histoire autant que la nôtre, n'est-ce pas... ?

– Presque... tout emporté, dites-vous, et ici ? interroge son vis-à-vis en levant les yeux vers l'étage supérieur, puis jetant un regard circulaire. « Ici, vous gardez quoi de ce temps-là ? »

Freiburg préfère garder la poussière sous le tapis, lui ont dit Sylvia et Klara, son amie historienne.

– Je vais vous montrer et vous expliquer, répond le conservateur, pressé de le voir déguerpir. Se dirigeant vers une salle plongée dans la pénombre, Gerard Jung tend le bras vers le vasistas où se découpe la silhouette d'une église massive. « Les Français ont déboulé par-là, la Kaiser Strasse, en passant devant l'église St Johann, le 21 avril 45. C'est par là aussi que De Gaulle est arrivé avec le maréchal de Lattre, un peu plus tard, en octobre. » Le genre de détail qui plaît aux incultes et les égare.

Herr Jung fait le maximum pour que le journaliste puisse noircir quelques lignes de son carnet. Celui-ci garde ostensiblement son stylo en l'air, une main coincée sur sa mâchoire, sur sa faim. Bien sûr, le reporter note pour mémoire que les troupes d'occupation françaises ont stationné dans le sud-ouest de l'Allemagne, jusqu'à trois cent mille hommes, sous uniforme à écusson bleu, blanc, rouge. Les derniers ont plié bagage du quartier Vauban en 1992. Mais fallait-il qu'il se déplace, lui, le correspondant du prestigieux et redouté *Der Zeuge*, jusqu'aux sombres archives municipales pour apprendre un tel scoop ?

Non, Herr Jung le sait et met cartes sur table.

– Dans nos archives, nous avons trace de centaines de viols. Mais la plupart sont signalés en notes de bas de page. Il n'y a pas eu de procès, ici, malgré les centaines de plaintes. Faute de preuves. Comme ailleurs. Pas loin d'ci, à Freudenstadt, 600 viols ont été répertoriés, à Karlsruhe, à Stuttgart, partout où il y avait des troupes françaises, il y a eu ce qu'on appelle les fameuses « zones grises ».

Oskar saisit le bras de l'historien.

– Écoutez, vous-même, vous avez entendu parler des horreurs de 1945 contre les femmes d'ici ? De la difficulté à réunir des preuves ? Vos papiers, dit-il en désignant la salle de lecture de son menton, vos documents ne correspondent pas aux violences, aux crimes commis ici par l'armée d'occupation, vous êtes d'accord, n'est-ce pas ? Ça, vous pouvez le dire ?

Le conservateur devine le piège d'une citation, il voit déjà son nom étalé en haut d'un article encadré, il se raidit sur sa chaise.

– Sans trace, on fait comment ? On affirme ? Sans preuve, on se fâche avec les historiens français ? se défend-il.

Oskar se penche vers lui et répond sur le même ton :

– En attendant que les Français aient envie de se renseigner, eux qui passent leur temps à faire la leçon à la Terre entière, je vais me mettre au boulot. Si des historiens de l'autre côté du Rhin avaient écrit sur ce sujet, je le saurais. Il a failli dire « je n'en serais pas là… ».

Il sort de son porte-documents une photo.

– Je veux trouver la même, mais côté français !

Le conservateur n'a pas besoin d'examiner longuement la copie d'un cliché célèbre, il la connaît, cette image tragique prise à Leipzig en 1945. Deux soldats soviétiques hilares tirent sur le gilet d'une femme qui tente de leur échapper, tête baissée et pleurant. Elle n'ira pas loin. L'un d'eux a déjà les doigts sur sa braguette ouverte.

– On sait que les Soviétiques ont utilisé le viol comme arme de vengeance, on le sait moins pour les autres occupants. Dont les Français. Il faut établir la vérité ! Aidez-moi !

L'historien hoche la tête, remué par la sincérité d'Oskar. Il comprend que le journaliste vient chercher une trace personnelle et qu'il ira jusqu'au bout de ses intuitions. Le journaliste referme lentement son carnet à peine noirci sur une seule page, ce matin. Les deux hommes se lèvent, prêts à prendre congé l'un de l'autre. En sortant de la pièce, ils tombent sur le collègue méfiant. D'un air malicieux sous ses lunettes posées en équilibre sur le nez, Herr Doktor Hermann tend un fascicule rouge et noir à Oskar.

– Tenez, ce sera mieux que rien. Vous aurez quelques chiffres…

« Enfin la paix ! » titre le mince ouvrage rectangulaire signé de deux historiens allemands ; Oskar tombe sur la page qui liste les interdictions imposées par les nouveaux maîtres en 1945. Interdiction de quitter la ville, interdiction d'écouter une radio, interdiction de posséder un appareil photo, même les couteaux de cuisine, y compris des modèles très ordinaires, doivent être débarrassés des pointes. En bas de la page 63, Oskar relit deux fois. Non, il n'est pas paranoïaque. C'est écrit noir sur blanc dans la publication des archives officielles de la capitale de la Forêt-Noire. Les occupants ont « imposé que vingt otages civils soient disponibles à tout moment, prêts à être fusillés en cas d'attentat contre toute personne appartenant à la force d'occupation ». Des otages civils à exécuter en représailles ? Les nazis n'avaient-ils pas imposé cette même loi d'airain pour commettre leurs crimes, à Tulle, à Varsovie, à Athènes… un peu partout sur le continent ? Les méthodes d'intimidation de la population par les SS de Hitler ont donc été recyclées par l'armée française en temps de paix. Les lois de la guerre permettaient à l'occupant de s'imposer à sa guise et en toute légitimité chez le vaincu, remarque-t-il.

Oskar lève les yeux vers les deux gardiens des archives. Ils le scrutent comme on surveille un enfant turbulent qui ne respecte pas les règles du jeu.

– Et bien sûr, avec ça, observe le journaliste en faisant claquer ses doigts sur le papier de l'ouvrage, avec ça, il devait être facile pour une mère de famille qui voyait sa fille se faire violer dans la cave de lui porter secours en donnant un coup sur la tête du salopard ?

Herr Jung ne répond pas à la remarque, il plisse les yeux, salue d'un geste de la tête l'intervieweur en colère, lui tend la main pour signer la fin de l'entretien. Oskar attend, rigide et muet, mais si loquace dans sa rage. Ses yeux disent « À quoi servent vos archives bidon ? À exonérer vos bons amis français au nom de la réconciliation ? ». Jung dévisage son interlocuteur de *Der Zeuge* et finit par exprimer ce qu'il reflue depuis un moment sur sa langue. Ce n'est pas un historien qui s'adresse à un journaliste. C'est un corps à corps d'homme à homme, dans la rudesse d'arguments qui les renvoient à leur propre examen moral :

– Herr Weber, je ne sais pas où était votre père entre 1940 et 1945. Le mien était soldat occupant, en Grèce, en Pologne, en Serbie, en France… Je ne sais pas ce que mon père a fait aux civils croisés sur sa route… Je ne sais pas ce qu'il a fait aux femmes et aux enfants. Je n'ai pas l'impression qu'il était en vacances… chez eux. Le chercheur soupire, l'air sincèrement soulagé de mettre les points sur les i.

Son collègue revient sur ses pas, à la rescousse.

– N'oubliez pas une chose, Herr Weber : après la guerre, on a eu la chance que deux géants comme De Gaulle et Adenauer aient saisi le courage de la réconciliation… Bon, il a fallu passer l'éponge ! C'était le prix !

– *Danke* – merci –, répond Oskar en leur tendant la main.

Il redescend l'escalier, se reprochant d'être sorti de son devoir de neutralité. Mais il n'est pas venu pour rien. Repartir les mains presque vides est aussi une information dans certaines circonstances. Il traverse la rue Grünwalder, descend vers la place du Münster. Autour de la cathédrale, comme autrefois, les enfants jouent dans les fameux bächle – ces minuscules canaux qui donnent un air italien aux façades. Il fait grand beau temps, les terrasses illustrent bien l'art de vivre dont se vante la ville, comme si les cauchemars de la guerre s'étaient effacés à jamais.

Parmi ceux qui prennent le temps de respirer l'air du printemps, en cette fin de matinée, Sylvia, entourée de femmes qui ont l'âge d'être sa mère. Des amies de Sybille.

– Alors, la vie est belle ? demande Oskar, histoire d'entrer dans une conversation visiblement animée. Elles avouent ne parler de leur jeunesse – plus exactement du printemps, de l'été, de l'automne 1945 – que rarement. Quand l'une d'elles tire sa révérence.

Doris éteint son sourire, elle prend son élan pour grimper dans une nacelle qui remonte le temps. Ça y est, elle est au printemps 45 ; au cas où sa mémoire flancherait, si Oskar ne la croyait pas, les autres pourraient confirmer.

Confirmer que certaines d'entre elles ont revu des membres de leurs familles rentrer abîmés du centre d'interrogatoire, près de l'aéroport, après avoir été torturés par les Français. Parce que nazis ou simplement soupçonnés de l'avoir été.

Confirmer que la population était paniquée et épuisée. Du début de la guerre jusqu'en mars 1945, Freiburg a subi une quarantaine de bombardements, plus de 3 000 morts et d'innombrables blessés.

Confirmer le manque dramatique de logements et de nourriture. « La faim, jure Doris en se tournant vers la cathédrale, la faim était devenue un moyen de "rééducation" des Allemands. Même les Soviétiques étaient plus généreux dans leur zone d'occupation que les Français. Des femmes et surtout des bébés, serrés les uns contre les autres dans des ruines, mouraient de froid et de faim. L'eau et l'électricité avaient disparu du quotidien puisque les installations avaient été détruites par les bombes. »

Confirmer que tous les villas et appartements intacts étaient réquisitionnés même si les occupants n'en avaient pas besoin. « Quand un officier français s'approchait, le "Schleu, le Boche, le Casque à pointe", comme ils nous surnommaient, devaient changer de trottoir, sinon, il y avait la cravache. Nous étions les occupés marqués par deux lettres : FB – Bade français, le pays de Bade – allant de Stuttgart à Constance en passant par Baden-Baden. »

– Je fais un article sur les viols, pas sur la faim, j'ai besoin de témoignages. Qui a été violée parmi vous, demande abruptement Oskar face à des survivantes qui veulent tout mettre dans la balance. Elles veulent qu'il comprenne la complexité des choses, lui le gosse qui a grandi dans un pays en paix, pendant les années d'opulence du Miracle économique. Il doit admettre que les viols étaient considérés comme « pas vraiment » graves. Par rapport à tout le reste.

– On nous disait, vous êtes vivantes, on a eu tant de morts, taisez-vous, résume Johanne en se balançant sur sa chaise.

Puisque Oskar insiste, elles confient timidement, puis crûment, leurs histoires personnelles, celles des copines. Les yeux embués, Christa se souvient de sa camarade de classe.

Theresa avait été retrouvée, les jambes attachées à un chariot, une bouteille enfoncée dans le vagin. Minute de silence. Et la vie revient. L'une lève son verre de Sekt, les autres imitent en agitant dans les verres les bulles pétillantes du vin de Bade.

Quand ces femmes ont appris ce qui a été fait en leur nom, elles et des millions d'Allemands n'ont plus osé parler des souffrances des civils lors de l'effondrement du Troisième Reich. Pourtant la chute des maudits ne signifiait pas la fin du cauchemar. Sylvia cite Klara, historienne. « Fin janvier 1945 explique la directrice de l'Institut pour une Mémoire sociale, 15 millions d'Allemands de Silésie, de Poméranie, de la Prusse de l'Est, des Sudètes fuient ou sont chassés de leurs régions, leur "Heimat". 2,5 millions vont mourir – de froid, de faim, écrasés sous les obus, massacrés par les Russes aidés des Polonais, ils disparaissent dans des eaux glacées de la mer Baltique quand leurs bateaux sont coulés par des sous-marins, ensevelis sous la glace en tentant de fuir avec chevaux et vaches, humains et bêtes pulvérisés par les bombes. Jamais l'Europe n'a connu une épuration de cette dimension. Le plus grand nettoyage ethnique du XXe siècle. »

Elle pourrait ajouter que sa famille de sang – les Rossbauer Küne Schulte – a payé sa part du tribut pour les crimes de guerre de l'Allemagne. Sybille, sa mère, n'avait jamais réussi à calmer sa douleur au souvenir de ses frères arrachés de leur lycée, mis sous un uniforme vert et, après une formation militaire éclair, envoyés sur le front russe. Jamais revenus.

Mais elle n'a pas oublié non plus ce que racontait Hannelore, sa mère. On n'a pas protesté, on n'a rien fait quand la synagogue de Schweidnitz a brûlé. Pareil, pour celle de Breslau. Et combien d'autres ? Qui a caché des juifs pour faire dérailler les trains en route pour les chambres à gaz de Gross-Rosen ? Sybille s'en voulait de ne pas avoir réagi quand

Léa et Alexandra, deux enfants de dix, onze ans ont disparu d'un jour à l'autre. Personne n'a souligné leur absence dans la classe à Waldenburg. Et jamais personne n'a demandé de leurs nouvelles.

– J'ai vérifié, affirme Oskar, ici à Freiburg, toute la population juive a été décimée ou exilée, idem à côté, à Offenburg sur la route de Strasbourg.

– Tout à fait vrai, mais se souvenir des crimes contre les femmes ne veut pas dire relativiser les crimes de l'holocauste. Ce serait absurde. Comparer n'aurait aucun sens ! On n'est pas dans la même dimension. L'Histoire n'est pas une compétition de souffrances, souffle Sylvia.

Oskar regarde sa montre. Son train part dans trois heures.

Toute la tablée prend la même direction. Une fleur à la main, deux tombes où s'incliner. Devant celle de Sybille, puis celle d'Elsbeth Kunner. « Mes deux mamans », murmure Sylvia. Enterrées à quinze mètres de distance.

– Moi aussi j'ai deux mamans, mais je ne sais pas où la première est enterrée. Et ça me hante. Je commence juste à m'habituer à son prénom, Helga. Et mon père, Frantz, Dieu sait où il est passé, et comment il est mort. Oskar se penche, saisit une petite poignée de terre, la pose sur la tombe de Sybille et plante la fleur.

– Sybille et Helga partagent la même terre pour l'éternité, dit-il en prenant Sylvia dans ses bras. Il murmure à son oreille : « En attendant l'éternité je vais faire ce que je t'ai promis, d'accord ? »

Sa sœur répond « Oui » d'une voix confiante. La voix d'une enfant qui croit en la parole donnée. Ils se mettent en route en se tenant par la main. L'heure des adieux approche.

– 30 –

Le train pour la plage

Le train d'hier après-midi est parti de Freiburg sans Oskar. Quitter Sylvia sur un air de requiem à la grille d'un cimetière de Freiburg était au-dessus de ses forces. Pas à cause des ombres de Sybille, d'Elsbeth, de Helga, plutôt apaisantes, d'ailleurs.

C'était quelque chose d'autre, relié à eux deux, une sorte de vertige qui rendait la séparation insurmontable. Oskar avait besoin de quelques heures de plus. Elle aussi. Être ensemble, c'est tout. Seuls. Un tout petit arrangement avec la vérité avait servi d'explication chez lui, à Paris. Sans drame. Quand ils se sont quittés tout à l'heure, sur le quai, ils se sont embrassés, regardés, puis ont placé leurs paumes de mains l'une contre l'autre. Sans rien dire. Juste une forme de serment muet. Parce qu'ils avaient pris le temps de tout se dire. Presque tout.

Il lui a fallu attendre de passer la frontière pour reprendre le fil de son identité après un périple qui a changé sa perception de la vie. Visage collé contre la vitre du train, Oskar redevient le mari de Momine, le père de Jules et de Lola, le correspondant de *Der Zeuge*. Il doit rentrer dans sa vie d'avant. Sans se bousculer. Ses paupières sont lourdes à force d'endiguer ses émotions. Même si les essieux du train grincent contre les rails, tout lui paraît doux. C'est à croire que le wagon roule sur un coussin d'air qui le hisse de plus en plus haut. Les arbres, les voitures, la silhouette d'un clocher, le monde voguent au loin, le paysage entier danse, drapé dans le ciel qui descend tout en bas, jusqu'à la terre mouillée. La fatigue emporte vers un espace cotonneux un passager livré au rêve. À l'oubli. Soûlé de sentiments nouveaux, Oskar s'endort sur la passerelle d'une semaine suspendue entre deux pans de son existence.

Au moment où il balance dans l'endormissement, sa femme et ses enfants se hâtent vers une plage, à l'autre bout de la France. S'offrir un pont à rallonge, un aqueduc même, comme entendu à la radio, une aubaine pour se retrouver en famille, a promis Momine au téléphone. Fin mai, l'eau est déjà agréable, les hordes de l'été chaud sont encore coincées dans les villes. La côte atlantique, au sud de l'Aquitaine, va leur offrir un paradis de nature sauvage, une parenthèse idéale. L'espoir d'amortir les chocs du retour et de se recentrer sur l'essentiel. D'un commun accord, le couple a choisi de changer de décor pour se retrouver. Ils ont besoin d'entrer dans un sas de décompression, à la manière des cosmonautes qui rentrent de l'espace et doivent se réhabituer progressivement aux lois de la gravité terrestre.

Rentrée la veille de son voyage éprouvant, Momine court derrière un ballon, avec Jules et Lola, sur le sable d'Ondres-sur-mer. Dans de grands éclats de rire, ils fuient les aspersions de Monsieur Bisous qui n'a pas hésité à affronter les vagues. Le chien des alpages suisses est comme toujours le meilleur agent d'ambiance des jours de retrouvailles.

– Oh, regardez ! s'exclame Lola en désignant un blockhaus tagué de tous côtés.

– L'Allemagne nous poursuit, répond Jules, la lèvre goguenarde, en parlant des vestiges du mur de Rommel. « À propos, Mam' il arrive à quelle heure, papa ? »

– Tard ce soir.

La nuit est même largement entamée quand Oskar tapote des doigts à la porte de la chambre d'hôtel. Personne ne répond. La course sur le sable a éreinté les trois vacanciers. Momine aussi s'est laissée bercer par le roulis des vagues entré par la terrasse ouverte, avant de sombrer dans un profond sommeil. C'est tout engourdie qu'elle titube jusqu'à l'entrée. Ses yeux déphasés sondent l'homme qui a une tête à revenir de la Lune. « Rien à déclarer » lit-elle dans son regard, mais bisou-bisou. Oskar cache un lourd bâillement au creux de son coude. T'inquiète pas, je ne compte pas te sauter dessus ! se désole Momine intérieurement. Aucune envie de mesurer sa capacité à séduire. Ni à se laisser séduire. Il faudrait repartir de zéro…

Comme si on réactionnait le moteur d'un couple à la manière d'une voiture ancienne, avec une manivelle ! Elle ne sait pas à cet instant que les bagages les plus précieux – les plus secrets – de son mari ne sont pas ceux qu'il porte à la main. Ils logent là où elle n'a guère de prise. Dans sa tête, dans son cœur – À moins qu'il ne se laisse rapprivoiser. Elle voit un étranger qui marche jusqu'à la terrasse ; il respire l'air de la nuit.

– Ça fait longtemps… soupire-t-il en bâillant, la bouche largement ouverte.

Elle ne détecte ni nostalgie ni tristesse dans sa voix. Juste de la lassitude.

– Oui, longtemps, pour moi aussi. Une petite douzaine de jours…, mais c'était autrefois… interrompt sa femme en regardant les lueurs métalliques de l'océan.

Il saisit mollement la main de Momine, elle se laisse tomber comme une branche morte sur une chaise longue. Oskar rapproche l'autre chaise longue. S'allonge à côté d'elle en glissant une main sur ses épaules meurtries par le long voyage depuis Freiburg. Le roulement des vagues dans leur incessant ressac offre un opportun viatique au silence des mots. Par quoi commencer le récit des jours l'un sans l'autre ? Quels épisodes doivent échapper au tri ? Il est tard, ils sont fourbus, pas de sujets trop épineux. C'est lui, finalement, qui craque le premier. « Alors, ça t'a fait du bien quand même d'y être retournée ? » « Le genre de question bateau qui te va comme un gant quand tu dissimules tes pensées » s'apprête à persifler celle qui garde les yeux ouverts sur la nuit épaisse. Elle se rattrape au vol, se découvre sans chercher une échappatoire facile dans l'obscurité qui masque ses émotions. Elle répond qu'elle se sent délestée d'un poids terrible, elle a bien fait d'être allée faire l'archéologue de la famille, mais ne croit pas qu'elle retournera là-bas de si tôt, il faudra du temps avant que se cicatrisent les coupures. Elle ne fait plus partie du clan.

– Oskar, en créole on dit de ceux qui vivent au loin qu'ils ont « saut' la mer ». Parti au-delà de l'océan, on devient un apatride à la société créole, tout juste bon à payer pour sa famille parce que la vie au loin est plus légère.

Oskar ne répond rien. A-t-il seulement écouté sa litanie ? Elle, ça la soulage de raconter la même histoire de déracinement en serrant les dents.

Rentrée seulement hier, la rage domine encore ses gestes, ses réactions, elle se redresse soudainement et marche jusqu'à la rambarde. Pourquoi garder plus longtemps pour elle seule le secret si effrayant qu'elle est allée débusquer ?

– Je suis une enfant du viol, comme tous les enfants d'Amélie de Kerveguen. Je commence à comprendre pourquoi elle nous a tant haïs.

Elle parle vite, un pan de montagne se décroche dans une avalanche de mots. Et pendant qu'elle se livre, dos tourné, à Oskar, elle l'entend se relever de la chaise longue, et s'approcher avec lenteur, comme s'il avançait sur une corde raide. En se retournant, elle devine des traits empreints d'une gravité inhabituelle.

– Et toi, c'était comment… ? s'inquiète-t-elle devant la silhouette figée, avec la sensation de s'adresser à une statue.

Elle frissonne. La statue parle et énumère des faits. Celui en particulier qui manquait dans la lettre de Sybille. Une date. 21 avril 1945, les soldats, Sybille jambes écartées dans un fossé.

Jusqu'au constat énoncé avec froideur :

– Sylvia est la vraie fille de Sybille. L'enfant du viol. Quant à moi, je ne disposerai jamais de la moindre photo de mes parents. Je ne sais rien de mon identité véritable. Entre toi et moi, je ne sais pas qui va devenir fou le plus vite…

Le bruit des vagues emplit à nouveau le silence qui enfle entre eux. Ils n'ont pourtant jamais été si proches, unis par la synchronicité de ce passé légué par leurs mères, avec lequel il faudra faire.

– Nous n'avons pas le choix, chuchote Momine en l'enveloppant dans ses bras. Il faut vivre, pour Jules et Lola, vivre vraiment, sans perdre une minute. Plus jamais !

– Alors, on commence tout de suite, murmure-t-il.

Pour l'esprit, il n'existe ni passé ni avenir, l'esprit est un immense présent.

Remerciements

Merci à Isabelle Laffont pour son regard et ses encouragements dès les premières versions qui ont abouti au manuscrit de présentation. Grâce à son travail d'agent, la chance m'est donnée d'être publiée par l'une des plus belles maisons d'édition.

Ma reconnaissance va à la direction de Michel Lafon. Merci à Marie Barlois, qui m'a accompagnée vers le texte définitif. Avec une acuité et une curiosité exigeantes, elle m'a poussée à clarifier des contextes délicats, expliciter ici une situation, là un dialogue, raccourcir si nécessaire, pour servir une histoire que je portais avec engagement, après plus de cinq ans de recherche et de rencontres.

Je tiens à dire ici que l'École m'a donné la chance absolue de m'exprimer en m'apprenant la langue française. Gratitude infinie aux enseignants qui m'ont ouvert les portes de la liberté en m'aidant à apprivoiser le verbe « être ».

Table des matières

Composition
PRESS·PROD

IMPRIM'VERT®

Imprimé en France
par Corlet
14110 Condé-en-Normandie
Dépôt légal : septembre 2021
N° d'impression : 21060463
ISBN : 978-2-7499-4716
LAF : 3099